EMMA BECKER

LA MAISON

Roman

Aus dem Französischen
von Claudia Steinitz

Rowohlt Hundert Augen

Deutsche Erstausgabe

Veröffentlicht im Rowohlt Verlag, Hamburg, Oktober 2020
Copyright © 2020 by Rowohlt Verlag GmbH, Hamburg
«La Maison» Copyright © 2019 by Emma Becker
Satz aus Proforma und Didot bei Dörlemann Satz, Lemförde
Druck und Bindung CPI books GmbH, Leck, Germany
ISBN 978-3-498-00690-7

Die Rowohlt Verlage haben sich zu einer nachhaltigen
Buchproduktion verpflichtet. Gemeinsam mit unseren
Partnern und Lieferanten setzen wir uns für eine klima-
neutrale Buchproduktion ein, die den Erwerb von
Klimazertifikaten zur Kompensation des CO_2-Ausstoßes
einschließt. | www.klimaneutralerverlag.de

Für Louis Joseph Thornton,
wunderbarer Mann und Vater.

Für Désirée.

Und für die Mädchen, für uns alle.

«Diese Spalte, die schmale Narbe, die sich nie anders öffnet als in einem endlosen Lächeln. Schwarz. Klaffend. Zahnloses Lächeln. Seltsam lasziv. Vielleicht gibt es nichts anderes am Ende unserer Unruhe, ist die einzige Antwort das unbändig stumme Lachen dieses klebrigen Lochs.»

LOUIS CALAFERTE, *SEPTENTRION*

VOUS QUI PASSEZ SANS ME VOIR,
JEAN SABLON

*M*ein Sohn räumt begeistert den Kleiderschrank aus, während ich sein Bett mache. Ich suche eine Steppdecke, die auf seine Matratze passt – doch beim Öffnen der Flurkommode fällt mir als Erstes die drei mal drei Meter große Tagesdecke ins Auge, die ich gekauft habe, als *La Maison* zumachte. Hastig zusammengelegt und nie gewaschen, wartet sie dort seit fünf Monaten.

«Hilfst du mir, die Tagesdecke auszubreiten?», fragt mich Inge im roten Zimmer. Die Decke kommt gerade aus dem Trockner, sie ist warm, fast lebendig in unseren Händen. Ich musste sie waschen, weil ein Gast Öl darauf ausgekippt hatte. Jede auf einer Seite des riesigen Betts streichen Inge und ich zärtlich die Falten glatt. Wir unterhalten uns – worüber? Keine Chance, mich daran zu erinnern. Aber ich bin gut drauf, liege super im Zeitplan, und es ist fast Feierabend. Inge schiebt die Organdy-Vorhänge zur Seite, um das Zimmer zu lüften, von draußen dringt ein fast übernatürliches vorabendliches Strahlen des Spätsommers herein. «Ich geh runter, bis gleich», sage ich zu Inge und ziehe meinen schwarzen Mantel über. Sie singt fröhlich vor sich hin, und im Flur schwebt noch ein schwacher Geruch von Waschpulver und nackten Körpern.

Genau dieser Geruch hängt auch jetzt noch in der Tagesdecke, diesem Wunderwerk, das ich für lächerliche fünf Euro gekauft habe, als die Chefin alles für einen Apfel und ein Ei an uns verschleuderte, bevor die Inhaber anderer Bordelle in unseren Sachen wühlen würden.

Ich habe die Decke wie ein an der Autobahn ausgesetztes Hündchen nach Hause getragen und mir lange eingeredet, ich könne sie nicht waschen, weil meine Maschine zu klein sei. Hinter dieser Ausrede steckte einzig und allein die Angst, den Geruch für immer zu verlieren. Ohne ihn wäre es nur eine nicht besonders geschmackvolle Decke, zu groß für alles, ein störender Haufen Stoff, den ich trotzdem nie wegwerfen würde. Und da liegt sie nun mit ihrer großen Mittelfalte, die nicht gerade gezogen ist und unsere Matratze ziemlich schräg aussehen lässt. Während der Kleine neben mir weiter den Schrank ausräumt, werfe ich mich auf den duftenden Stoff, und in meinem Kopf dreht sich ein Kreisel bunter Erinnerungen. Der Waschmittelgeruch ist mir vertraut, ich könnte sogar die Sorte wiederfinden, wenn ich die nötige Zeit, Energie und Skrupellosigkeit aufbrächte, meiner Familie das Aroma des Bordells zu verpassen, in dem ich zwei Jahre gearbeitet habe. Wie aber soll ich den scharfen Geruch schwitzender Männer und stöhnender, sich windender Mädchen daruntermischen, den Geruch von Schweiß, Speichel und allen anderen menschlichen Säften, die auf den Fasern getrocknet sind, und wie die scharfe, manchmal unerträgliche Note der blauen Seife, die die Freier im Männerbad benutzten? Auch wenn ich sie nicht wasche, wird die Tagesdecke in der Luft des Zimmers irgendwann den Geruch des Kleinen annehmen; die Gespenster des Hauses (zu denen auch ich gehöre) werden sich verflüchtigen, der Duft wird Tag für Tag weniger werden, und am Ende sind die drei mal drei Meter bestickter Stoff ein jungfräuliches, nach Windeln und sauberer Babyhaut riechendes Tuch.

Ich sollte die Tagesdecke wie ein Buch aus dem Mittelalter hüten, sie nur ganz selten und unter optimalen Bedingungen ausbreiten, ohne zu viel Licht oder Bewegung. Als ich sie nach Hause trug, war ich irgendwie überzeugt, dass *La Maison* nicht endgültig schließen, dass uns im letzten Moment irgendwas oder irgendwer retten würde, dass ich künftig andere Accessoires hassen oder anbeten würde – und selbst wenn das Bordell hier verschwinden sollte, würde es unweigerlich anderswo neu erblühen. Ich war überzeugt, mit all dem, was ich in meine Wohnung stopfte, dem Bett aus dem weißen Zimmer, den Spiegeln, dem Nachttisch, dem Couchtisch, den Handtüchern, dem kleinen Ventilator, werde die Erinnerung überleben. Aber die Gegenstände haben eine so anmutige und diskrete Art, sich anzupassen ...

Als meine Großmutter uns besuchte, fragte sie begeistert, wo wir das wunderschöne solide Bett gefunden hätten; überrascht stammelte ich etwas von einem Flohmarkt in Reinickendorf, auch wenn alles an diesem Bett das Bordell verrät. Wohin sonst passte so ein von romantischen Gipsfiguren, Tauben und blühenden Lorbeersträußen umkränzter Spiegel am Kopfende? Aber hier, in meinem Schlafzimmer, hatte das Bett seine ganze lächerliche Erotik verloren und den bescheidenen Anschein eines unverhofften Schnäppchens angenommen. Als ich verkündete, es habe gerade mal dreißig Euro gekostet, wiederholte meine Großmutter, es sei wirklich entzückend. Sie wollte wissen, wie wir es hergebracht hätten.

«Das war eine höllische Schlepperei», hörte ich mich antworten. An dem Tag regnete es, wir waren früh um sieben aufgestanden, um am anderen Ende von Berlin einen Transporter zu mieten, weil meine Augen mal wieder größer gewesen waren als der Kofferraum und wir außer dem Bett vier Spiegel, zwei Tische und einen Berg Plunder mitnehmen mussten, den ich keines Blicks gewürdigt hätte, wenn ich ihm nicht in diesem Haus begegnet wäre. Wir parkten in der Ausfahrt direkt vor der Tür, durch die meine Kolleginnen und eine Horde mit Maßbändern und Schraubenziehern bewaffneter russischer Möbelpacker kamen und gingen. Zum ersten Mal sah ich diese Haustür zwischen den zwei Buchsbaumbüschen so verzweifelt weit offen stehen. Das roch nicht nach Umzug, sondern nach Steuerschulden, Gerichtsvollzieher, Auflösung. In der ersten Etage war schon alles leer. Im Vorbeigehen warf Jutta einen langen Blick in das weiße Zimmer und seufzte: «Was für ein Elend!» Dann rannte sie weg, angeblich zu einer Verabredung, aber ich glaube, sie brachte es nicht fertig, das Bett aus dem Zimmer verschwinden zu sehen. Wir brauchten eine ganze Stunde, um es auseinanderzunehmen, es bestand aus drei unglaublich schweren Teilen, die absolut nicht für einen Transport geschaffen waren. Jemand hatte das Bett dafür entworfen, dort zu bleiben und das Zimmer nie mehr zu verlassen. Der Rost besteht aus massiven Holzbrettern, wir konnten mit aller Kraft darauf herumspringen und hörten kein Knacken, dafür war es gebaut, für Bewegung, für kräftige Stöße, für Hochzeitsnächte, wilde und flüchtige Umarmungen – nur nicht zum Schlafen. Genau deshalb schlafen wir so gut darauf. Wir versinken in der Erschöpfung all derer, die sich dort vierzig Jahre lang verausgabt haben. Aber das weiß niemand außer mir. Ich brauche immer eine Weile, ehe ich die Augen zumache, weil mich das Bedürfnis, mich im Spiegel zu betrachten, von meiner Müdigkeit ablenkt. Wenn ich den Kopf drehe, erwarte ich insgeheim immer noch, hinter meinen vorteilhaft drapierten Pobacken die weiße Kommode, in der

Inge die Bettwäsche aufbewahrte, die sternförmige Lampe und das kitschige Gemälde einer Blondine am Fenster zu sehen, ich höre fast den Musikbrei, der aus den Lautsprechern quoll und dem ich meine Playlist aus der Hi-Fi-Anlage entgegensetzte. An jenem Tag dachte ich irgendwann, wir würden das Bett nie aus dem Zimmer kriegen und müssten es zerstückeln. Wir hatten bestimmt fünfzig Schrauben entfernt, und als wir versuchten, den Rahmen hochzuheben, drohte er zu zerbrechen. Am Ende mussten wir die fünf Russen zu Hilfe rufen, die in einem anderen Zimmer ein anderes Bett zerlegten. Wir fühlten uns wie die Gehilfen eines Bestattungsunternehmers. Da, wo das Bett gestanden hatte, war das Parkett heller, und ich überlegte mir, dass die Chefin ein ganz junges Mädchen gewesen sein musste, als diese Bretter das letzte Mal Licht gesehen hatten. Drei Viertel der Mädchen, die später auf diesem Bett lagen, waren damals noch nicht einmal geboren. Der Staub war ebenso alt. Wir beluden den Transporter und fuhren erschöpft und schmutzig los; es war das letzte Mal, dass ich das Haus, die Zimmer, die Buchsbaumbüsche, diese Straße in Wilmersdorf gesehen, das letzte Mal, dass ich diesen Geruch aufgesogen habe.

Stattdessen spinne ich nun an meiner Geschichte vom segensreichen Flohmarkt, wo wir ein Paar Spiegel, die ursprünglich vierhundert D-Mark gekostet hatten (wie dem Etikett auf der Rückseite zu entnehmen ist) für zwanzig Prozent des Preises bekommen haben. Und diese Lampe, die Handtücher, die Ablage ... Das Einzige, was wirklich nach Bordell riecht, ist die Tagesdecke, die ich verstecke wie ein Brautkleid, nachdem die Ehe tragisch geendet hat. Erklären kann ich diesen Kauf nicht, die Decke ist tausend Meilen von meinem normalen Geschmack entfernt. Ihr Wert ist einzig und allein emotional, aber diese Emotionen lassen sich nicht ohne weiteres rechtfertigen – deshalb schreibe ich dieses Buch.

Am Ende habe ich keine Wahl, weil sich der Kleine nach seinem Bad splitterfasernackt in meine Arme kuschelt und ausgiebig auf die Tagesdecke pinkelt – jetzt muss ich sie waschen. Auf die Kinder können wir uns immer verlassen, wenn es darum geht, eine Seite umzublättern, die wir gern noch länger gelesen hätten. Hier beginnt die Trennung.

Und hier beginnt mein Buch.

«Man durfte nicht dahin gehen, wo die Dame mit den prachtvollen Kleidern wohnte. Niemand sprach mit ihr, niemand sagte ihr auch nur Guten Tag. Sie entführte kleine Jungs. Ihr Haus war voll davon. Voll kleiner Jungs, die man nie wiedergesehen hatte, die man nie wiedersehen würde, weil sie sie nacheinander auffraß. Die Dame mit den prachtvollen Kleidern war ein Freudenmädchen.»

LOUIS CALAFERTE, *LA MÉCANIQUE DES FEMMES*

«Doch die Leute im besetzten Haus
riefen: ‹Ihr kriegt uns hier nicht raus!
Das ist unser Haus, schmeißt doch endlich
Schmidt und Press
und Mosch aus Kreuzberg raus!›»

TON STEINE SCHERBEN, *RAUCH-HAUS-SONG*

SEASON OF THE WITCH,
DONOVAN

*W*ann habe ich angefangen, darüber nachzudenken? Ich hatte eine ganze Menge bescheuerter Ideen im Leben, aber ich glaube, diese eine war – mehr oder weniger bewusst – immer da.

Vielleicht war es vor fünfundzwanzig Jahren, an einem ganz normalen 14. Dezember in Nogent. Oder zehn Jahre später, als mir langsam der Unterschied zwischen kleinen Mädchen und Frauen auffiel. Vielleicht, als ich zu lesen begann. Vielleicht, als ich begriff, dass ich Joseph nicht halten kann, und allein und traurig durch die breiten, eisigen Straßen von Berlin lief. Vielleicht beginnt dieser Roman auch genau in dieser Nacht: Stéphane, der zu Besuch gekommen ist und sich darüber schwarz ärgert, liegt neben mir im Tiefschlaf; er zieht mir nicht nur die ganze Decke weg, sondern schnarcht auch noch dumpf und bedeutungsschwer. Wenn ich neben einem Mann, der schnarcht, der auch deshalb schnarcht, weil er keine Zwanzig mehr ist, nicht einschlafen kann, dann bedeutet das, dass ich mich wieder mal habe reinlegen lassen, dass ich entgegen meiner Erwartung und trotz meiner Liebe zu Stéphane eigentlich einen Jungen mit brandneuen, völlig freien Nebenhöhlen brauche – anders gesagt einen Jungen meines Alters. Unvorstellbar, oder?

Natürlich ist da noch Joseph. Joseph – den Namen in der Dunkelheit zu denken, ihn mit der Liebkosung der zart aufeinanderliegenden Lippen geräuschlos auszusprechen ist ein Schmerz, für den ich keinen Namen habe. Vielleicht ist es besser so. Vielleicht sollte ich Joseph nicht in diesen Roman mischen. Wenn jemand geht, ist es wie ein Tod, nur dass du nicht darüber hinwegkommst, weil der Gedanke, dass diese Person quicklebendig und gar nicht weit weg ist, dass sie nur für dich nicht mehr existieren will, immer wieder neues Salz in die Wunden spuckt. Es ist ein Tod. Und ich habe dazu beigetragen, Joseph zu töten, wie ich überhaupt damit beschäftigt war, alle Menschen, die ich liebe, langsam umzubringen.

Ich verstehe seinen Hass auf mich, im Vergleich zu meinem Selbsthass gleicht er allerdings eher einer schwachen Antipathie. Ich bin aus Feigheit nach Berlin gegangen und weil ich keinen anderen Weg sah, ihm begreiflich zu machen, dass ich ohne Hoffnung war. Dass wir ohne Hoffnung waren. Ich war überzeugt, dass ich dort, in dieser Stadt, Menschen finden würde, die mir ähnlich wären. Ich weiß noch nicht, ob es irgendwo auf der Welt Menschen wie mich gibt, aber die Straße ruft mich, immer wieder, lauthals, unter dem geringsten Vorwand. Seit Joseph weg ist, habe ich das Gefühl, den Atem anzuhalten, wenn ich nicht draußen bin, nicht laufe. Jetzt, während Stéphane schläft, so tief es nur geht, weiß ich nicht, was mich daran hindern sollte, wieder zu atmen. Also ziehe ich mich an, um zu fliehen. Als Stéphane noch nicht da war, starb ich vor Einsamkeit, aber kaum ist er angekommen, sehne ich mich nach mir selbst, wie immer, wenn jemand, egal wer, auf meine Gesellschaft hofft. Deshalb die überraschenden Fluchten. Alles, sogar das Reiben der Schnürsenkel, die ich mit angehaltenem Atem zubinde, sogar das Knacken meiner Knie, wenn ich mich bücke, um nach meiner Tasche zu greifen, spielt gegen mich und für den Schlafenden. Gott sei Dank könnte man im Schlafzimmer eine Kanone abfeuern, ohne dass Stéphane ein Auge aufmachen würde. Als ich die Tür schließe, fühle ich mich, als hätte ich mir die Freiheit gestohlen, wie ein Kerl, der zusieht, dass er wegkommt, nachdem er ein Mädchen in einer Bar angemacht und in ihrer Wohnung gevögelt hat.

So, mal wie eine Frau, mal wie ein Mann, fühle ich schon seit einigen Jahren. Eigentlich schon immer. Aber es ist mir noch nie so aufgefallen wie in Berlin, bei meinen einsamen nächtlichen Spaziergängen auf den großen, von Prostituierten gesäumten Straßen. Wie durch Zauberhand kreuzen sie meinen Weg, egal, wo ich entlanglaufe. Nachmittags um vier ist die Straße leer, aber kaum geht die Sonne unter (rasend schnell wie immer in Berlin im Februar), hast du einmal geblinzelt, da stürmen schon Legionen von Mädchen mit Kniestiefeln und Gürteltaschen den Bürgersteig. Seit ich hier wohne, habe ich das Gefühl, immer dieselben zu treffen, und wäre ich nicht so entsetzlich schüchtern, sobald es sich um Frauen handelt, würde ich sie so selbstverständlich grüßen wie die Händler in meinem Viertel. Vielleicht halten sie mich für eine Zivilpolizistin oder eine potenzielle Kollegin, die sich über ihre Arbeitsbedingungen informiert. Mein Refugium ist eine Bank ganz in der Nähe, idealerweise unter einer Laterne; ich setze mich hin und tue so, als würde ich lesen, oder ich lese tatsächlich, aber nie, ohne nach ihren Schatten zu schielen, die sich neben meinem bewegen.

Jedes Mal denke ich, das sind Frauen, die wirklich Frauen sind, die *nur das* sind. Eindeutig geschlechtliche Wesen, mühelos zu erkennen. Gäbe es bei ihnen auch nur die geringste Zweideutigkeit, würde sie im Überschwang der Accessoires und der Pheromone, mit denen sie ihr Stückchen Bürgersteig sättigen, ertrinken. Von Joseph habe ich die widersinnige Überzeugung übernommen, dass eine Frau, die ebenso viel und ebenso unbekümmert Sex hat wie ein Mann, eine Nutte sein muss, egal, in welcher Aufmachung und mit welchen Blicken sie sich anbietet. Das zeigt, wie schwer es Joseph in unseren drei gemeinsamen Jahren zwischen wilder Liebe und unsäglichem Hass gefallen sein muss, mich klar zu definieren. Vielleicht gab es am Anfang ein Missverständnis, doch irgendwann hat Joseph verstanden (nicht akzeptiert), dass die Hingabe und die Neugier, die mich im Bett auszeichneten, bei weitem nicht ihm allein vorbehalten waren – schlimmer noch, dass sie nicht auf ihn gewartet hatten, um zu erblühen. Wahrscheinlich hat er auch verstanden, dass sich meine Lust nicht auf einen Mann im Besonderen richtet, sondern auf die Gesamtheit der männlichen Art, gespickt mit unverständlichen Trieben, die sich nicht auf das Frohlocken des Fleisches beschränkten. Ich habe so viele Jahre damit verbracht, die Lust, den Körper überhaupt zu intellektualisieren, dass ich ihn fast befriedigen könnte, ohne auch nur ein Kleidungsstück abzulegen. Wie? Keine Ahnung. Wahrscheinlich schlafe ich genau deshalb weiter mit Männern, ich bilde mir ein, dass sich die Lösung des ewigen Rätsels gegen jede Erwartung genau da finden lässt.

Die Wahrheit ist, dass seit Josephs Fortgehen jeder Gedanke an körperliche Erleichterung verflogen ist. Ich denke nicht mal mehr daran, es ist so unwahrscheinlich wie irgendwas, mit einem anderen als ihm zum Orgasmus zu kommen. Meine Befriedigung läuft über die des Mannes, ich sehe ihn unter mir ausgestreckt, halte das Geheimnis zwischen den Schenkeln und begreife es nicht, bin überzeugt, mich ihm durch diesen wilden Ritt anzunähern, bei dem nur mein Gehirn aktiv ist. Mein Körper gibt sich dieser Farce gerne hin, aber ich kann mir noch so große Mühe geben, es mit der raffiniertesten Akrobatik treiben, immer ertönt in mir die ruhige, kalte Stimme eines lauernden Raubtiers: Kann sein, dass er gleich kommt. Wenn du ihn so streichelst, passiert's. Wenn du etwas langsamer wirst, zögerst du es noch ein bisschen hinaus, aber guck mal, wie ihm die Haare auf der Brust zu Berge stehen, sieh dir die Gänsehaut auf seinem Bauch an – da, er kommt. Er starrt auf deine hüpfenden Brüste, und bei dem Anblick ist er nicht mehr zu bremsen.

Hinter dieser Stimme höre ich eine andere, unanständig kindliche, es ist die der immer noch Fünfzehnjährigen, die kaum fassen kann, was sie sieht. Die Bewegung *meiner* Brüste bringt ihn zum Höhepunkt, *meine* Brüste, diese winzigen Brüste, von denen ich nie geglaubt hätte, dass sie mehr als bloße Deko sind! Mein Körper, mein Geruch, die Art, wie ich mich bewege, die Geräusche, die ich mache – mein Körper saugt ihm langsam die Beherrschung und seine Säfte aus dem Leib, ist das nicht allein schon ein Wunder? Ich, ein Körper? Ein Körper, der geil macht? Krass!

Nach all den Jahren, in denen ich mich dieser Beschäftigung hingebe, sollte man annehmen, die anfängliche Begeisterung habe nachgelassen – aber nein. Jeder Mann, der mich anspricht und mehr oder weniger subtil seinen Wunsch äußert, das Bett mit mir zu teilen, wirkt auf mich wie eine Chance, die ich ganz fix ergreifen muss, bevor sie verschwindet. Als könnte ich womöglich wieder in der Haut des kleinen Mädchens aufwachen, das schon die Hoffnung aufgegeben hatte, für die Jungs etwas anderes zu sein als die Freundin mit Brille. Ich frage mich, was wohl im Kopf einer Hure vorgeht, wie ihr Ego, ihr Selbstwertgefühl aufgebaut ist. Von meiner kleinen Bank aus beobachte ich eine ganz junge Blondine, die eine Vogue pafft, während sie auf und ab geht. Sie trägt, wie ihre Kolleginnen überall in Berlin, Kniestiefel aus Kunstleder, die das Laternenlicht spiegeln und das Auge magisch anziehen. So tadellos weiß und mit den hohen

21

Plateausohlen rufen sie noch lauter als die lasziven Blicke *Zu mieten*. In die Stiefel gesteckte helle Jeans, hauteng um rührend jugendliche Schenkel, neonfarbene Gürteltasche, die irgendwie pikant ihre kurze Kunstpelzjacke bauscht. Im eisigen Wind präsentiert sie ihr rosiges, etwas feuchtes Gesicht und lange blonde, fast weiße, hinter ihr wogende Locken, die durch den grauen Zigarettenqualm glänzen.

Als sie den Rauch ausbläst, verrät mir ihr Gesicht, dass sie mindestens fünf Jahre jünger ist als ich. Fünf Jahre, kaum zwanzig, aber welche Kunst der Bewegung, was für ein Selbstbewusstsein! Das geht schon bei den Absätzen los. Niemand könnte damit laufen, ich jedenfalls nicht, aber bei ihr sind sie eine ebenso natürliche Verlängerung des Beins wie ein nackter Fuß. Und das Geräusch, das schmachtende Knallen bei den zehn Schritten hin und her, die ihr Territorium begrenzen ... Wer es hört, weiß, dass dieser gekonnte Rhythmus nicht von einem wackligen Mädchen stammt, das sich gleich die Knöchel verrenkt – hinter diesem Klappern steckt auf jeden Fall eine aggressiv verführerische Frau, die sich absolut im Griff hat. Und dann die Kleidung, das Haar, das Make-up; ehrlich, superheiß, aber wie eine Karikatur! Wie kann sie in ihrem Alter all diese Tricks und Deppenköder kennen, ohne wie ein kleines Mädchen auszusehen, das gerade den Kleiderschrank seiner Mutter geplündert hat? Wie fühlt sich das an, zu wissen, dass sie bei jedem Mann, den sie trifft, gewollt oder nicht, sexuelle Gedanken weckt? Was macht es mit ihr, da zu stehen, auf der Straße, zwischen Autos und Passanten, eine dröhnende, unerbittliche Erinnerung an die Vorherrschaft der Lust über alles andere?

Und was würde Stéphane dazu sagen, dem ich mich nicht mehr in solcher Aufmachung zu zeigen wage, seit ich mich in einer Pariser Fußgängerpassage in sündhaft teuren Stiefeletten der Länge nach hingepackt habe? Damals vergingen endlose Sekunden, bis mir Stéphane und ein paar Schaulustige, die ihr Lachen kaum unterdrücken konnten, zu Hilfe kamen – und kein Slip ersparte den braven Leuten den Anblick meines aufgewühlten Schamhaars. Obwohl das lange her ist, haben Stéphane und ich nie zusammen darüber gelacht, es bleibt ein Nicht-Ereignis, das weiterhin zwischen uns steht, so ernst und belastend wie ein Problem, das einen Streit auslösen könnte, sobald es jemand antippt. Ich habe es aus verständlicher Eitelkeit und aus Stolz nicht versucht, aber ich habe nie begriffen, was Stéphane davon abhält; vielleicht einfach die Angst, mich zu ärgern, indem er mich an den Abend erinnert (dessen Fortsetzung mich keineswegs für den Sturz entschädigte, sondern eine Reihe von Abfuhren in diversen Swingerclubs bereithielt – kurz und gut auch für unser Ego ein langsamer, schmerzhafter Sturz in High Heels). Oder er fand es gar nicht lustig. Das ist eine Möglichkeit, die mich ins Grübeln bringt. Vielleicht haben Stéphane und ich nicht den gleichen Sinn für Humor? Das würde das Schweigen erklären, das über dieser und anderen, harmloseren Szenen liegt, die sich alle um meine Person drehen und mit allem möglichen Schnickschnack zu tun haben, den die weibliche Spezies eigentlich ebenso gut beherrscht wie den eigenen Atem, während ich davon völlig überfordert bin. Wenn ich es mir recht überlege, würde er ebenso wenig über eine Fettleibige lachen, die im Schwimmbad einen Bauchklatscher macht – man amüsiert sich nicht über die Behinderungen der anderen. Vielleicht ist das der Eindruck, den ich auf ihn mache, wenn ich auf meinen Stilettos den Schmerz kaum verbergen kann. Wenn er die Anmut dieser Post-Teenagerin auf ihren zehn Metern Straßenpflaster sehen würde, die hier auf und ab läuft, ohne das geringste Unbehagen zu verraten, müsste er einsehen, dass mein fehlendes Talent für solche Sachen angeboren ist.

Ist das die Antwort auf die Fragen, die ich mir stelle, sobald Stéphane in meiner Nähe ist? Auf das ständige Gefühl, zwei Parallelwelten versöhnen zu wollen, die nicht durch den Raum, sondern durch die Zeit getrennt sind, weshalb ich eine Science-Fiction-Maschine bräuchte, um mich Stéphane wirklich nahe zu fühlen? Ob ich Absätze trage oder nicht, hat nicht den geringsten Einfluss auf unsere Nähe – das ist nur ein Symptom: Für ihn bin ich keine Frau. Sagen wir, noch keine. Falls ich doch eine bin, und wenn ich nackt bin, springt es ins Auge, fehlen mir trotzdem Jahrzehnte an Raffinement, das Frauen unter dem Joch des männlichen Begehrens erlernen. Was mir fehlt, um Stéphane zu faszinieren, ist guter Wille genauso wie eine gewisse Gleichgültigkeit, während ich versuche, mich in Stöckelschuhen auf den teuflischen kleinen Pflastersteinen von Paris oder auf den Treppen ohne Geländer zu bewegen, die in völlig überschätzte Clubs führen, wo wir erbarmungslos durchfallen, wahrscheinlich auch, weil sich Schmerz und Unreife auf meinem Gesicht ablesen lassen. Was mir fehlt, ist der Hochmut der anderen Frauen, wenn sie aufgepeppt sind, um zu killen, diese acht bis zehn Zentimeter Provokation, die Illusion, die Männer zu beherrschen. Was mir tatsächlich fehlt, ist die Fähigkeit, ihm ebenso arrogant zu begegnen wie jedem anderen Mann, der mir total egal ist.

Ich spüre es ganz deutlich, wenn wir spazieren gehen oder zusammen essen; ich spüre, dass wir abgesehen von manchen Ansichten, die wir teilen, und einer gleichen Sensibilität das am wenigsten zusammenpassende Paar sind, das man sich vorstellen kann. Es macht ihn fertig, dass alle glauben, er sei ein Vater, der seine in Berlin lebende Tochter zum Essen ausführt. Aber was sollen die Leute sonst denken, wenn ich mich wie eine brave Tochter anziehe, um nicht mit etwas Eleganz den Eindruck zu erwecken, ich wäre ein Escort-Girl, das seinen Kunden ausführt? Ihm wäre das natürlich lieber. Stéphane würde sich nie hinreißen lassen, mich in der Öffentlichkeit zu küssen, er behält seinen rauen Ton und seine schroffe Art, verloren zwischen Freund und Liebhaber. Wenn er lacht und ein Teil von mir bei seinem so erwachsenen sexy Lachen schmilzt, umklammert meine Hand unter dem Tisch meinen Schenkel vor Angst, nach seiner zu greifen. Mir ist auch schon der Gedanke gekommen, dass er mich nicht wegen der anderen in der Öffentlichkeit weder küsst noch umarmt, sondern weil er einfach keine Lust hat, weil ihn unsere Spaziergänge durch Berlin, die ihm zu lang sind, ebenso ermüden wie meine ständigen Fragen, mein Drang, ihn immer besser kennenzulernen; weil ihn mein ununterbrochener Redestrom – Zeichen meiner Schüchternheit und meiner Angst, er könnte sich langweilen – keineswegs unterhält, sondern erstickt, weil Stéphane sich mit mir irgendwann genauso nach seiner Einsamkeit sehnt wie ich mich nach meiner. Wenn wir zusammen unterwegs sind, gehen wir einander spürbar auf den Wecker, nur im Bett, fern der Blicke der Welt, erreichen Stéphane und ich – zumindest unsere Körper – eine Form der Gelassenheit. Jedenfalls bevor er anfängt zu schnarchen, ein ganz neuer Parameter, den ich in meinen Romanzenphantasien bislang nicht berücksichtigt hatte und der mich begreifen lässt, dass ich zu jung für ihn bin oder er vielleicht zu alt für mich ist. Das würde erklären, warum ich ständig das Gefühl habe, zwei Teile aus unterschiedlichen Puzzles ineinanderpressen zu müssen, wenn ich mich ihm nähern will. Und warum es mir, wenn er wegfährt und sich die Erleichterung in mir ausbreitet, nichts mehr vorspielen zu müssen, so leidtut, dass ich nicht zärtlicher, verständnisvoller sein, ihn nicht in mich verliebt machen konnte.

Ich stelle ihn mir schon in seinem Flugzeug vor, den rauen Bären, der mein Zimmer mit seinem Gebrumm erfüllt und die ganze Decke an sich zieht, den Grobian, der sich weigert weiterzulaufen, sobald ich zugebe, dass ich kein klares Ziel für unsere Wanderung festgelegt habe, der ungeduldig wird, wenn ich mich in der Hausnummer irre, diesen Mann, der älter ist als mein Vater und den die Vorstellung, auch nur im Entferntesten Lehrer oder Mentor zu sein, mit Grauen erfüllt, den meine Neugier nervt – und der doch auf so einzigartige Weise meinen Namen ausspricht, wenn er kommt. Es gibt einen heiligen Moment, wenn ich über ihm bin, höher, als ich es je sein werde, wenn Stéphane einem fast schon Ertrunkenen gleicht, wenn ich im Weiß seiner verdrehten Augen ein herrschaftliches, geradezu mythologisches Bild von mir sehe – und er «Emma, Liebste, Liebste, o Emma» sagt, wie ein in einer Frau verlorener Mann, ohne Altersunterschied, ohne Rücksicht auf die Herkunft, nicht wie ein Mann beim Orgasmus – jedenfalls nicht nur –, sondern wie ein Mann, der wahrhaft liebt. Danach wird seine Haut in dem prasselnden, nur langsam verlöschenden Feuer brennend heiß; den Kopf zwischen meinen Brüsten, blind und taub, seufzt er vor Wohlbehagen. Wenn er die Augen wieder öffnet, schließe ich meine, weil die Macht, die mir mein Talent im Bett zu verleihen scheint, der Tatsache keinen Abbruch tut, dass dieser Mann mich beeindruckt. Das ist der Fluch dessen, was ich trotz allem unsere Liebe nenne. Der einzige Augenblick der Nähe ist der, den er in mir verbringt. Das ist der Zauber unserer Geschichte, dieser Moment nach der Liebe, wenn ich ihn betrachte, wie er mich auf den Ellbogen gestützt betrachtet und mein Haar mit der Sanftheit streichelt, die Männer für eine Frau zeigen, mit der sie gerade geschlafen haben; man könnte darin eine normale Szene zwischen zwei Liebenden sehen, wäre da nicht die Fassungslosigkeit in seinen Augen bei dem Gedanken, dass diese Lust von mir kommen konnte, von dieser Göre, die er niemals lieben wird. Wir sind ganz und gar zusammen und so allein wie nie. Dann scheint es plötzlich, als wäre es doch möglich, sich zu lieben. In dieser Stille und dieser Betrachtung wird mir bewusst, dass jedes Wort diesen zerbrechlichen Zustand der Gnade, unser vergängliches Verständnis füreinander zerstören würde; dabei hätte ich so viel zu sagen, vielleicht ist das mein Problem, mein Drang zu reden, wenn die Stille völlig ausreicht. Ich würde gern behaupten, dass es tatsächlich einen Moment und einen Ort gibt, an dem Stéphane und ich uns lieben, auch wenn es nur ein winziger Punkt ist – und tatsächlich genügt dieses Eckchen, um uns beide bis an den Rand des Schlafes zu beherbergen, ehe es sich während der Nacht verflüchtigt. Am Morgen ist jeder an seinen Platz zurückgekehrt, Stéphane mit seinen Fehlern, ich mit meinen, aber ich kann nicht hören, wie er über die Kälte oder die Entfernung jammert, ohne mich an die Nacht zu erinnern, in der wir so verliebt waren. Ich warte geduldig auf den Abend, um die Erfahrung auf diesem griesgrämigen Schriftsteller zu wiederholen, ihm die Hingabe und die seltsame Klarheit zu entlocken, mit der er mir vom anderen Ende der Welt schreibt: «Vielleicht bist du im Grunde doch die Einzige.» Das ist ziemlich viel Unsicherheit für einen Satz. Um so eine Erklärung zu erhalten, müssen schon einige Parameter zusammenkommen: Stéphane muss traurig oder durch den Orgasmus seines Zynismus beraubt und von einer seiner

Frauen oder Geliebten verlassen worden sein. Was mich von *du bist die Einzige* trennt, ist das *vielleicht* am Satzanfang und das *im Grunde*, das sich als *gegen jede Logik und nach gründlicher Prüfung meiner Situation* übersetzen lässt. Raymond Radiguet hat geschrieben, wenn man *ich liebe dich* zu einer Frau sage, könnte man denken, man habe es aus diversen Gründen getan, die nichts mit der Liebe zu tun haben, man könnte denken, man lüge; dennoch hat uns in diesem Augenblick irgendetwas getrieben, *ich liebe dich* zu sagen, also ist es wahr. Es gibt Momente, in denen Stéphane und ich uns lieben, meistens klingt es absurd, aber manchmal rührt mich die Wahrheit dieser Lüge, dann kommt mir die Welt wie ein feindliches Terrain vor, in dem er und ich Seite an Seite kämpfen – und das ist doch besser als ein feindliches Terrain, in dem ich ganz allein gegen alle stünde, oder?

Als ein Polizeiauto an der Stelle vorbeifährt, wo das Mädchen herumsteht, stelle ich mir für einen erstarrten Moment vor, dass die Bullen, wenn sie ihre Papiere verlangen, genauso gut auch nach denen eines seltsamen Mädchens fragen könnten, das um vier Uhr früh auf einer Bank in der Kälte sitzt und liest. Da ich außer meinem Buch nichts mitgenommen habe und es mir gerade noch fehlen würde, die Nacht wegen eines Missverständnisses auf der Wache zu verbringen (obwohl ich dort vielleicht besser schlafen könnte als neben Stéphane), verdrücke ich mich in den Schatten einer Kastanie, bis das Auto weg ist. Auch das Mädchen hat sich verflüchtigt, und ohne sie bleibt nur ein von Spucke feuchter Fleck Asphalt übrig, der unter ihren Füßen zu blühen schien.

Von der Wohnungstür aus betrachte ich Stéphanes Körper, der sich diagonal über die ganze Matratze ausbreitet. Er schnarcht nicht mehr; entweder hat ihn das Schlüsselgeräusch kurz gestört, oder meine Anwesenheit und meine

Wärme haben vorhin eine günstige Schnarchatmosphäre geschaffen. Ich ziehe mich langsam aus und setze mich auf den Bettrand in die Bucht zwischen seinen angezogenen Knien und seinem Gesicht. Ich habe nicht oft Gelegenheit, ihn so zu betrachten, ehrlich gesagt ist das eine Premiere – Stéphane hat noch nie bei mir übernachtet. Als ich ihn so sehe, so ganz ausgeliefert, trifft mich natürlich die Erkenntnis, dass wir *nichts miteinander zu tun haben*. Das springt ins Auge. Fünfundfünfzig, stell dir das vor, auch wenn er jünger wirkt, für zwanzig würde ihn niemand halten. Alles an ihm kündet von Reife, sogar im Schlaf, selbst da behält er seine ernste, besorgte Miene. Wenn ich die Brille abnehme, sind die Konturen in der künstlerischen Verschwommenheit meines kurzsichtigen Blicks weniger markant, weniger scharf, und ich kann ihn so sehen, wie er mit dreißig war – nicht in meinem Alter, nein, Stéphane mit fünfundzwanzig ist ein Eldorado, von dem höchstens die Archive erzählen –, wie das Foto, das beim Erscheinen seines dritten Buches aufgenommen wurde. Man könnte dieses schlafende Gesicht mühelos über das runde, fröhliche des jungen Schriftstellers legen, der in Paris keinen Schritt machen konnte, ohne sich zehnmal zu verlieben. Das erfinde ich nicht, ich habe es gelesen, und wenn ich Mühe habe, es zu glauben, lese ich es noch mal. Um nicht zu vergessen, dass er mit dreißig schon so brummig war und lange brauchte, um aufzutauen, dass er hinter dieser Rüstung die Hysterie verbarg, in die ihn die Frauen versetzten – Stéphane ist ein sehr kontrolliertes Feuer, dessen Wärme nur manchmal kurz aufblitzt. Ich frage mich, ob er sich in mich verliebt hätte; Stéphanes dreißig Jahre, die aufregenden Achtziger, als ich noch im Nebenhoden meines Vaters plätscherte, sind für mich eine paradiesische Dimension, in der nichts unmöglich gewesen wäre. Ich sehe mich, weit oben, wie auf einem Turm, dieses junge, energiegeladene Tier faszinieren und in ganz Paris ausführen, sehe mich das Geheimnis jener Frau ergründen, der einzigen, die er genug geliebt hat, um ihr ein Kind zu machen. Vielleicht hätte auch ich ihn damals auf die Idee gebracht, sich fortzupflanzen, um mich in seiner Nähe zu halten – er hätte mich geliebt, dann wäre er meiner überdrüssig geworden und hätte mich am Ende für die Opfer gehasst, die niemand von ihm verlangte. Ich wäre die Gewohnheit geworden, die im Nebenzimmer mit dem Kleinen schläft, erschöpft und voller Milch, müde, weil sie ihn so gut kennt, müde seiner Schwächen, seiner Feigheit, seiner Versprechen, gedemütigt und entehrt von den nächtelangen Männertouren – ich hätte Stéphanes Wutanfälle, seine Vorwürfe, seine Ungereimtheiten, seine Betrügereien, vielleicht sogar seine Tränen kennengelernt. Und ich hätte nach Jahren des Zusammenlebens sagen können, dass es echt keinen Grund gibt, sich groß Gedanken zu machen, dass er nur ein Mann wie alle anderen ist. Wir hätten uns aus ernsthaften Gründen gefetzt, gebrüllt, Geschirr zerschlagen, und nachts hätte ich mich schuldbewusst auf den Rand seines Bettes gesetzt, wie jetzt, wie jetzt hätte ich die Hand auf seine Haare gelegt, Stéphane hätte ein Auge aufgemacht, hätte mich stumm angesehen, gezögert, was er empfinden soll, und hätte geseufzt *Ach, Liebling ...!*

«Ach, du bist es.»

Stéphane schüttelt sich, dreht sich auf die andere Seite und murmelt, während er schon wieder einschläft:

«Was hast du getrieben? Du bist eiskalt.»

«Nichts. Ich war ein bisschen spazieren.»

«Du bist verrückt. Komm ins Bett.»

Was wohlgemerkt genau das wäre, was er auch damals zu mir gesagt haben könnte. Ich suche mir einen Platz in seiner

Wärme, halte meine kalten Arme und Beine weit von seinen weg. Meine ganze naive Zärtlichkeit hat sich tief in meinen Kopf verkrochen, ich finde das vertraute Gefühl wieder, neben einem Freund der Familie zu schlafen, der sich zu spät darum gekümmert hat, noch ein Zimmer zu reservieren, und mehr oder weniger gern einwilligt, meins zu teilen.

*S*téphane und ich laufen unter einer schüchternen Sonne die Danziger Straße entlang. Ein mühsamer Spaziergang, weil Schnee liegt und weil wir kein Ziel haben (nach fünfhundert Metern weiß ich sowieso nicht mehr, wo ich bin), aber Stéphane scheint sich nicht zu ärgern, der Schnee, den er schon lange nicht mehr gesehen hat, macht ihn ganz fröhlich. Als wir eben die Kastanienallee heraufkamen, habe ich ihn ohne Grund lächeln sehen, der Kuchen zum Frühstück hat ihm geschmeckt, und die Geschäfte gefallen ihm. Er hat mir eine Riesenfreude gemacht, als er aus einem gar nicht unangenehmen Schweigen heraus, und obwohl ich nichts verlangt hatte, verkündete: «Ehrlich, hier könnte ich leben.»

Was ihn, abgesehen von seiner Arbeit, daran hindern würde, sei vielleicht das Wetter in Berlin. Zu kalt.

«Ja, aber sieh mal, wie hübsch das ist, eine Stadt ganz in Weiß.»

«Das stimmt», gibt er ruhig, fast verträumt zu, während er die Häuser betrachtet, die Sonne und Schnee wie Edelsteine funkeln lassen. «Aber in London ...»

Da schiebt sich ein hübsches Mädchen zwischen uns, ihr Pelzmantel mischt einen Hauch von feuchtem Fell in ihr Parfüm – und sie schenkt Stéphane, dem braven, von seinem Töchterchen begleiteten Familienvater, einen Blick wie ein Blitz, der ihn herumfahren lässt. Ich würde mich darüber ärgern, trüge sie nicht diese glänzenden Kniestiefel, weißer als der Schnee, wie gemacht für die Anmache im Winter.

«Ha! Das ist etwas, das du in London nicht hast.»

«Hübsche Mädchen?»

«Quatsch! Huren.»

«Das war eine Hure?»

Stéphane dreht sich noch einmal um, trotz der Stiefel kann er nicht glauben, dass dieses Mädchen im Studentinnenlook eine Hure sein soll, und noch weniger, dass sie sich keine Gedanken wegen der Gesetzeshüter macht.

«Aber ... ist das legal?»

«Alles ist legal. Prostitution, Bordelle, Escort-Girls.»

«Das ist ja das Paradies!»

Stéphanes Augen, in denen Faszination oder plötzlicher Appetit blitzt, folgen ihr bis zur Ecke Schönhauser Allee – in diesen Blick habe ich mich damals verliebt. Diesen Blick hat er am ersten Tag auf mich gerichtet, nachdem wir uns die Hand gedrückt hatten. Beim Weggehen hatte ich mich umgedreht, weil ich sehen wollte, welchen Eindruck mein Rock auf den viel zu erwachsenen Mann gemacht hatte – und da war dieser Blick gewesen. Weil ich glauben möchte, dass diese Aufmerksamkeit nicht den Professionellen vorbehalten ist, vermute ich, dass er alle Frauen so ansieht, die mit einer Mischung aus Gleichgültigkeit und Provokation wandelnde Symbole des Begehrens sind, friedlich in ihrer Allmacht und voller Verachtung für ihre Anbeter. Das war ich also auch für ihn, bevor mein Überschwang mir Wort und Initiative gab und ich an Strahlkraft verlor, was ich an Intimität gewann.

Ich war zu beeindruckt von diesem kaum verhohlenen, aber für jede andere unlesbaren Blick, um ihn zu deuten; ich bewahre nur eine sehr lebhafte Erinnerung an Wärme und die Dringlichkeit, schnell zu verschwinden, bevor meine Erscheinung ihre Herrlichkeit verlor. Als ich nun dieselben Augen an den Pelz und die schamlosen Stiefel geheftet sehe, frage ich mich mit der Kälte eines Gerichtsmediziners: *Was denkt er, genau jetzt?* Wenn ich ihn danach fragen würde, würde er *Nichts* sagen, aber ich könnte sehen, wie sich sein Gesichtsausdruck plötzlich ändert, als hätte ich ihn aus einem Traum gerissen – woraus besteht dieser Traum? Sicher ziehen Bilder an seinen Augen vorbei, Bilder von ihr nackt, in unmöglichen Stellungen, schwirrt in seinem Kopf alles, was er von ihr verlangen könnte, wenn er sich die kurzzeitige Herrschaft über sie gönnen würde. Denkt er, auch nur flüchtig, daran, sie mit zu uns zu nehmen?

«Glaubst du, sie ist epiliert?», frage ich mit einer Spur Hinterhältigkeit, sein Instinkt erfasst sie sofort, denn er trompetet:

«Bist du eifersüchtig?»

«Eifersüchtig? Eher hypnotisiert.»

Wir sind jetzt mitten im rechtsfreien Raum, dem kaum beleuchteten Teil von Prenzlauer Berg; etwas abseits der Fahrbahn haben die Huren ihren Dienst angetreten.

«Vor zwanzig Jahren war es in bestimmten Straßen in Paris genauso», stellt Stéphane fest.

«Was meinst du, wohin sie mit ihren Kunden gehen?»

«Keine Ahnung. Ins Auto? Vielleicht haben sie kleine Absteigen.»

Da ist eine große Brünette, hässlich, zu dick, in ein Korsett gezwängt – der Anblick ihrer Fleischmassen über und unter der enggeschnürten Taille erfüllt mich mit Grauen und Fröhlichkeit. Während sie Stéphane streift, schenkt sie ihm einen verächtlich-einladenden Blick, kaum eine Sekunde, bevor sie sich wieder auf ihr Ziel konzentriert, wahrscheinlich das Ende der Straße, der Anfang einer anderen, und unter Tausenden Männern der eine, der sich zu einem Halt im Warmen überreden lässt. Ich weiß nicht, ob sie Stéphane überhaupt gesehen hat, ob nicht Leute wie er, die nur im Vorbeigehen schauen (egal, wie eindringlich), zu einer feindlichen, lächerlichen Menge verschmelzen, die gern würde, aber nicht kann, die gern würde, aber sich nicht traut, die nicht mal gern würde, aber sich aufgeilt, bevor sie nach Hause zurückkehrt – eine Menge, die keinen Cent dafür rausrückt, sie mit den Augen zu verschlingen, sie, die das Wunder vollbringt, gleichzeitig bekleideter als ich und nackter als eine Statue zu sein, wie sie sich so in einem über ihre Daunenjacke geschnürten Korsett anbietet.

«Warum warst du nie im Bordell?»

«Ich hatte es nie nötig, ins Bordell zu gehen.»

«Das ist keine Frage von Not, oder?»

«Sagen wir, ich hatte nie das Bedürfnis, eine Frau zu bezahlen. Du kennst ja meine Knausrigkeit.»

«Es ist also eine Frage des Geldes? Erzähl mir nicht, dass es eine Frage des Geldes ist.»

«Warum sollte ich bezahlen, wenn ich ganz umsonst ein Mädchen haben kann, das Lust auf mich hat?»

«Ach, Stéphane ...! Ich weiß nicht, wegen der *Poesie*?»

«Es macht mich nicht besonders scharf, ein Mädchen zu ficken, von dem ich weiß, dass sie es macht, weil ich sie bezahle. Wenn du ein Mann wärst, würdest du verstehen, was ich meine.»

Ich lache, und in meiner aktuellen Obsession habe ich das Gefühl, dass die kleine blonde Hure, die uns ansieht, auch mir zulächelt.

«Wenn ich ein Mann wäre? Mein Lieber, wenn ich ein Mann wäre, wäre ich ständig bei ihnen.»

«Das glaubst du doch selber nicht!»

«Na gut, vielleicht nicht bei denen auf der Straße. Aber ich würde ins Bordell gehen. Findest du das nicht wunderbar?

Nicht das Hingehen, allein schon, dass es möglich ist. Stell dir vor, du gehst zur Arbeit, und dich packt die Lust auf Sex, und auf deinem Weg liegt ein kleines Bordell mit einem Dutzend hübscher Mädchen, die ...»

«... die darauf pfeifen, ob ich oder ein anderer sie nimmt.»

«Nehmen wir an, es ist früh am Tag, ja? Das Bordell hat gerade aufgemacht. Sie sind doch auch nur Menschen, vielleicht hatte eine von ihnen beim Aufstehen auch Lust, wie du.»

«Ich weiß nicht, wie lange du Lust haben kannst, wenn du so einen Job machst.»

«Hör mal, Stéphane! Das sind doch keine Roboter.»

«Nein, aber du hast keine Ahnung, wie es sich anfühlt, von zehn Männern am Tag gefickt zu werden. Wahrscheinlich finden sich Geist und Körper nach einer Weile damit ab. Echte Erregung wäre da das Sahnehäubchen, und das ist extrem selten. Stell dir vor ... Oh, pardon, Madame!»

Die Hure, die Stéphane fast umgerannt hätte, ist eine Blondine mit so roten Lippen, dass der Rest ihres weißen Gesichts verschwindet und nur noch dieser blutrote Fleck zu sehen ist. «Pardon!», wiederholt Stéphane verwirrt, und das Lächeln, mit dem sie ihm antwortet, verwandelt ihren Mund in einen Strauß aus Rot, Weiß und Rosa. Sie tritt auf ihren endlosen Absätzen einen Schritt zurück, um uns vorbeizulassen, und da der Mann, der nicht für Frauen bezahlt, sie immer noch anstarrt, verzieht sie einladend das Gesicht und zeigt mit dem Kopf auf den Eingang eines grauen Hauses, während sie mit den behandschuhten Händen die Masse ihrer entblößten Brüste so verheißungsvoll, so wirkungsvoll hochschiebt, dass ich Stéphanes ablehnende Geste ein bisschen bedauere.

«Sie war süß», gibt er zu.

«Ich kapiere nicht, wie eine Frau die Lust so gut imitieren und so leicht bei den anderen wecken kann, wenn sie total vergessen hat, was das ist.»

«Moment, sie hat schon Lust, Lust aufs Geld.»

«Ja, aber damit du so eine gelungene Imitation bringst, ohne ein Wort zu sagen, und die Lust im Bruchteil einer Sekunde weckst, sodass jeder Mann genauso schnell vergisst, dass es ein Spiel ist ...»

«Das ist Theater.»

«Ja, aber *gutes* Theater. Das ist große Kunst. Oder die Lust des Mannes ist total gaga, und ein Mädchen muss nur die Titten hochschieben, damit er an Gegenseitigkeit glaubt.»

«Du weißt doch, wie bescheuert die Männer sind.»

«Okay, nehmen wir an, die Männer sind bescheuert. Aber auch nicht so bescheuert, dass ...»

«Doch.»

«Mach mich nicht fertig, ich habe doch gesehen, wie du sie angestarrt hast.»

«Weil sie hübsch war!»

«Ich bin froh, dass du das sagst. Und du gibst mir recht; vielleicht besteht ihr Job erstmal nur darin, hübsch und begehrenswert zu sein, aber der Unterschied zwischen denen, die du ansiehst, und denen, die du ignorierst, ist die Seele, die sie dazugeben, um dich anzulocken.»

«Also sind sie Schauspielerinnen.»

«Möglicherweise die größten der Welt. Eine Hure, die dir das Gefühl gibt, dass sie dich wirklich besitzt, eine Hure, die dich vergessen lässt, was sie gekostet hat, ist die Quintessenz der Schauspielerin, mehr ist nicht nötig.»

Stéphane lächelt mich an.

«Das ist ein einfaches Prinzip, solange du den Job nicht selbst machst. Ich bin sicher, dass deine Freier in Paris voll und ganz befriedigt waren. Aber nur, weil du es aus Spaß gemacht hast. Weil es dich keine große Anstrengung gekostet hat, so zu tun, als ob – wenn du überhaupt so getan hast, als ob –, weil du das Geld nicht brauchtest, um deine Miete und deinen Einkauf zu bezahlen, sondern dir davon geleistet hast, was für dich Luxus war. Wenn du dagegen von den Mädchen hier sprichst ...»

«Ich sage nur, dass so tun, als ob, und zwar so gut, dass niemand es merkt, vielleicht zur Frau dazugehört.»

«Ach ja? Und zu was für einer Frau?»

«Zu jeder Frau.»

«Zu jeder Frau oder nur zu dir? Dein Problem ist die Neigung zu verallgemeinern, um dich zu beruhigen.»

«Es würde mich sehr wundern, wenn ich die Einzige wäre. Euch stört bei einer Hure zwar, dass sie simuliert, aber sie bringt euch trotzdem zum Orgasmus.»

«Du weißt doch, wie einfach es ist, einen Mann zum Orgasmus zu bringen.»

«Ja, das könnte auch eine Maschine. Aber das hindert euch nicht daran weiterzumachen, oder? Vielleicht ist das alles von Anfang an unecht, sogar mit deiner Geliebten oder deiner Frau – trotzdem hast du Lust auf Sex. Wenn du eine Erektion kriegst, denkst du nur noch an die Wärme eines Körpers an deinem und an die Geräusche, die das Mädchen machen wird, wie es gleich unter dir zappelt – solange es nur irgendwie den Eindruck macht, Lust zu haben, denkst du keine Sekunde daran, dass es nur Theater sein könnte.»

«Du meinst also, dass jede Frau simuliert?»

«Eine Hure bleibt eine Frau. Sie hat einen speziellen Beruf, aber das macht keine spezielle Frau aus ihr, du hast das gleiche Risiko zu scheitern und die gleiche Chance für einen Triumph wie bei jeder anderen.»

«Bei einer Frau, die nicht jeden Tag mit Sex verbringt, hast du eine größere Chance, sie emotional zu berühren und zu erregen. Weil sie nicht mit professioneller Gleichgültigkeit gepanzert ist.»

«Es kommt auch sonst vor, dass eine Frau mit Männern schläft, die sie eigentlich kaltlassen. Es gibt eine Menge Gründe, Sex zu haben, ohne dabei an den Körper zu denken.»

«Welche denn so?»

Welche? Ich sehe Stéphane an und fühle mich ihm plötzlich ferner denn je. Wenn er ein Mädchen wäre, könnten wir ganz sicher die besten Freundinnen sein – das Einzige, was ihn daran hindert, mich zu verstehen, ist dieses überzählige Organ zwischen seinen Beinen, für das Sex zwangsläufig Orgasmus heißt. Sex und Orgasmus sind untrennbar verbunden, Schwanz und Gehirn führen beim Sex kein Paralleldasein – sie gehen Hand in Hand und verschmelzen im Orgasmus. Wenn ich Stéphane so auf seinen Penis reduzieren würde, würde er lauthals protestieren und mir grobe Vereinfachung vorwerfen – mit dem entsprechenden schlechten Gewissen.

Zwei Stunden später, im Hamburger Bahnhof, sagt mir Stéphane, der nicht mehr scherzt, sobald es um Kunst geht, als wollte er mir einen Gedanken zu dem Kunstwerk mitteilen, vor dem wir stehen (eine merkwürdige Installation von Joseph Beuys), leise ins Ohr:

«Ich habe einen Steifen.»

«Warum?»

«Keine Ahnung, einfach so.»

Wir bewegen uns im Krebsgang zur Mauer gegenüber, wo Skizzen hängen, die mit Blut oder Erdbeersaft gezeichnet zu sein scheinen. Das interessiert Stéphane nicht mehr, er überfliegt die Erklärungen nur noch und sucht mit den Augen eine dunkle Ecke. Er findet sie in einem kleinen Raum, in dem experimentelle Kurzfilme gezeigt werden, und als wir uns zwischen die wenigen Besucher schieben, die im Stehen zuschauen, flüstert er:

«Gib mir deine Hand.»

«Du hast mich doch in diese Ausstellung geschleppt!»

«Ich weiß nicht, was los ist, ich habe eine Testosteronattacke!»

«Das geht vorbei.»

«Du willst nicht wissen, was ich mit dir anstellen würde, wenn es ginge. Mitten in diesem Saal.»

Was heißt, ich will es nicht wissen? Obwohl ich gerade anfing, mich für die Ausstellung zu interessieren, strecke ich Stéphane die Hand hin, er schiebt sie in seine Hosentasche, und ich lege sie um seinen Schwanz. Es ist faszinierend, dass dieser Mann kein Gramm Verstand mehr hat, wenn er so gepackt wird – wir sind drei Kilometer durch den Schnee gestapft, um zu diesem Museum zu kommen, das er unbedingt sehen wollte, haben uns dreimal gestritten, weil ich meinen Orientierungssinn überschätzt hatte, Stéphane hat die Besichtigung begonnen, als verdiente niemand außer Beuys den Namen Künstler, und jetzt raubt ihm eine Hand, eine kleine, warme Hand um seinen Penis jedes Denkvermögen.

Und er würde nie auf die Idee kommen, dass die Erregung, die ich empfinde und von der ich ihm erzähle, völlig von meinem Körper losgelöst ist. Er würde nie auf die Idee kommen, dass mein Körper völlig kalt bleibt, mein Kopf aber heiß ist – dass seine Erregung und die ihn heimsuchenden Bilder mich so fröhlich machen. Ist nicht genau das die Lüge zwischen ihm und mir? Er behauptet, ich sei der Ursprung dieser Erektion, und ich behaupte, diese Lust zu teilen, die nicht mir gehört und die wahrscheinlich dem plötzlichen Temperaturwechsel zwischen Straße und Museum geschuldet ist.

Für Frauen gibt es eine Menge hervorragender Gründe für Sex, die nichts mit der körperlichen Lust zu tun haben. Wie soll ein Mann das wissen? Wie könnte Stéphane auch nur ahnen, dass meine Freude darin besteht, dass sich unsere beiden Kontinente berühren, die sich ohne die Wetterbedingungen, ohne diesen Schneesturm einander kaum genähert hätten? Es ist dieser Zauber – zu erleben, wie er sich hingibt, wieder so jung, so weich wird wie ich, zu hören, wie seine tiefe Stimme in die schrillen Höhen des kleinen Jungen steigt, wenn ich mich auf ihn setze, zu sehen, wie er die Augen aufreißt, fassungslos ob der Macht, die ich erlange, wenn ich über ihm bin.

BREEZEBLOCKS, ALT-J

*O*ktober 2010, Joseph wird einundzwanzig; wir sind so verliebt, dass jedes Geschenk lächerlich wäre, unser Glück würde sich durchaus mit einer Kleinigkeit, einem Pullover oder einer Konzertkarte, zufriedengeben, aber in meinem Größenwahn habe ich einen teuflischen Plan ausgeheckt, von dem ich so begeistert bin, dass ich ihn unmöglich für mich behalten kann. Ich werde ihm ein Escort-Girl für einen Dreier schenken. Ich habe das Hotel reserviert und die Uhrzeit festgelegt, ich habe ein ganzes Programm im Kopf, jetzt fehlt nur noch das Mädchen.

Ich habe eine aufgetrieben, die perfekt wäre, weil sie auf Paare spezialisiert ist. Ihr Körper, soweit mich das interessiert, sieht hübsch aus, und die Beschreibung auf der Website lässt hoffen, dass sie nicht übertrieben professionell auftreten wird. Es gibt nur ein Problem: Ihr Gesicht ist verpixelt. Trotz meiner höflichen Anfrage weigert sie sich, mir ein Foto zu schicken; egal, wie perfekt der Körper ist, ich werde nicht das Risiko eingehen, ein Mädchen zu engagieren, dessen Gesicht womöglich alles kaputt macht.

Nach langem Hin und Her entscheide ich mich für Larissa, die ich auf einer englischen Escort-Website entdeckt habe, eine entzückende zwanzigjährige Russin, blond, mit zarten Zügen und großen mandelförmigen eisig blauen Augen, deren Foto ich ganz stolz Joseph zeige. In den zwei Wochen bis zu dem großen Abend sind wir nur damit beschäftigt, uns gegenseitig heißzumachen und uns exotische Kombinationen zwischen Larissa und mir vorzustellen, während er, die Hand am geschwollenen Penis, sich an unvergesslichen Bildern ergötzen wird; die Verwirklichung all der Schweinereien, die wir uns im Internet angesehen haben, scheint wunderbarerweise unmittelbar bevorzustehen. Bei unserem endlosen Vorspiel ist der schmachtende Name Larissa immer dabei.

Wir trafen uns im Café de la Paix.

Es war kalt und schön an jenem Tag, ich fröstelte, als ich auf der Terrasse nach ihr Ausschau hielt, während sie drinnen auf mich wartete. Nach dem ersten Blick hätte ich auf dem Absatz kehrtmachen müssen, aber ich war zu beeindruckt – wie reagierst du, wenn dich der Oberkellner an den Tisch einer riesigen, in einen Pelz gehüllten Russin führt, die gerade die Zangen eines Hummers knackt und Champagner trinkt? Alles an ihr stank nach Geld, sogar das Lächeln, zu dem sich ihr Gesicht verzog, ohne die Augen zu erreichen. Der Samt ihrer geschminkten Haut fing das Licht ein und strahlte in den Saal, misstrauisch beobachteten die Männer das seltsame Paar, das wir bildeten. Sie roch nach etwas Starkem, Raffiniertem, Guerlain Violette, und ihre kleinen Zähne funkelten wie Perlen, wenn sie so tat, als lachte sie.

Wenn Joseph bei mir gewesen wäre, wäre ihm sicher all das aufgefallen, wofür ich zu aufgeregt war; dass sie zu stark geschminkt war, dass es ihr scheißegal war, mit einem Mädchen oder einem Jungen zu schlafen, solange sie bezahlt wurde – wenn du Ansprüche stellst, bringst du es nicht so weit, im Café de la Paix Hummer zu speisen. Dass sie überhaupt nicht dem Foto glich – keine Spur von dem Nymphengesicht, nur die hohen Wangenknochen hatten der Bildbearbeitung des Fotografen widerstanden. Ich hätte ihr danken und mich auf die Suche nach einer neuen Hetäre machen müssen, aber die Zeit war zu knapp, um mir diese Laune zu erlauben, und wir hatten schon zu viel von Larissa geträumt.

Nachdem ich den größten Teil meines Vermögens losgeworden war, zwang ich mich, Larissa so, wie sie war, in unsere Phantasien aufzunehmen und die unergründliche Gleichgültigkeit zu ignorieren, die sie in mir weckte. Als Joseph mich fragte, wie es gelaufen sei, raste mein Herz, und ich log: «Oh, sie wird dir sehr gefallen.»

Ab achtzehn Uhr sind wir im Hotelzimmer. Ich habe den Champagner und das Koks rausgeholt, das sich als besonders schlecht erweisen wird – aber es kommt nicht infrage, dass ich mein eigenes Geschenk schlechtmache. Um Haltung zu bewahren, drehe ich uns hektisch einen Joint, der mich genauso wenig auf Touren bringt wie das Koks. Die Mischung von beidem, getränkt mit lauwarmem Champagner, rettet mich nicht vor meinen Ängsten.

Es ist zwanzig Uhr, Larissa ist nicht gekommen, ich fange halb an zu hoffen, dass sie sich mit meinem Geld davongemacht hat – die Aussicht, uns zu zweit zu lieben, ist plötzlich viel erregender als die Möglichkeit, den Job zu dritt zu versauen. Joseph hat genauso viel Angst wie ich. Wenn ich ihn umarme, wie in jener Zeit alle zwei Minuten, spüre ich hinter seiner schönen Brust sein Herz verloren rasen.

Als wir schon nicht mehr damit rechnen, klopft die ehrliche Larissa schließlich doch zart an unsere Tür, und mir wird ganz schwummrig. Gott sei Dank ist das Zimmer zu klein, als dass ich die Chance hätte, Joseph diskret zu fragen, was er von ihr hält – sowieso sind wir zu verstört und zu besorgt, um uns abzusprechen. Larissa ist mit Schuhen fast einen Meter achtzig groß und überragt uns um anderthalb

Köpfe. Wir sehen ihr an, dass sie nicht mit einem so winzigen Zimmer gerechnet hat, natürlich ist sie an die riesigen Räume der Pariser Nobelherbergen gewöhnt, die hätte ich reservieren sollen, eine Suite im Ritz, die uns mit ihrem großkotzigen Luxus erschlagen hätte. Wenn mich nicht schon Larissa ruinieren würde, hätte ich das gemacht; die eben noch kuschlige Enge des Zimmers wird erstickend, ich bin verlegen, weil es nur einen Stuhl gibt, und biete ihn ihr an, während wir uns wie zwei dumme Gänschen auf den Bettrand hocken. Larissa ist erhaben, erwachsen, uns quillt die Unerfahrenheit aus allen Poren. Sie sieht nur, wie jung und verschreckt wir sind. Das Beste wäre, so zu tun, als fiele ihr das nicht auf, aber nach einem langen Blick auf Joseph sagt sie kichernd auf Englisch: «Bist du überhaupt schon achtzehn?»

Während wir nicken, Joseph knallrot und ich entsetzt, sehe ich meine Hoffnungen dahinschmelzen. Ich hatte gedacht, ein junges, verliebtes Paar würde für sie mehr ein Trinkgeld sein als ein echter Job, aber in ihren großen Augen funkeln unverkennbar Herablassung und Hohn – und plötzlich habe ich ein bisschen Mitleid mit uns: Ich hätte eine Junge nehmen sollen, eine Anfängerin, die keinen Unterschied zwischen Arbeit und Vergnügen oder Arbeit und Erfahrung gemacht hätte und die überwältigt gewesen wäre von Josephs Schönheit, Josephs atemberaubender Raubtierschönheit auf dem Höhepunkt seines Ruhms.

Aber ich habe bezahlt und finde mich in der unangenehmen Position der Kundin wieder, die alles versuchen muss, um der Hure ein paar Fetzen von echtem Interesse zu entreißen. Da sich die Umgebung nicht für eine spontane Orgie anbietet und weder Joseph noch ich auf die Idee kommen würden, uns auf sie zu stürzen, beginne ich ein lahmes Gespräch auf Englisch, eine Sprache, die wir alle drei mit unerträglichem Akzent massakrieren.

Ich habe noch nie eine so eisige Frau getroffen; auch wenn sie lächelt oder bei meinen erbärmlichen Geistesblitzen grinst, auch wenn sie nur ein ganz kurzes Kleid trägt, habe ich mich keinem Menschen je so fern gefühlt. Das Koks, das ich ihr höflich anbiete und das sie höflich annimmt, lässt sie keineswegs auftauen, sondern verstärkt noch ihre Vorbehalte gegen uns, gegen die Ignoranz von Ahnungslosen, die das erstbeste weiße Pulver kaufen, wenn es nur fein genug gemahlen ist. Das in lächerlichen Lines ausgebreitete Gramm Nichts wird uns ebenso wenig helfen wie die meinem Vater geklaute Champagnerflasche: *Entspann dich, Baby, sniff ein bisschen Canderel, schlürf ein Glas Sekt!* Wie armselig!

Die Zeit verstreicht unerbittlich, ohne dass jemand etwas unternimmt: Ich weiß nicht, wer mehr Ohrfeigen verdient, ich, die labert und labert, Joseph, der mit seinem iPod den DJ spielt, oder Larissa (schließlich ist es ihr Job, verdammt!), die es sich mit ihrem Glas in der Hand gemütlich macht, die langen Beine über dem Schatz gekreuzt, für den ich mühsam mehr als einen halben Mindestlohn zusammengekratzt habe. Die sich wahrscheinlich sagt, dass sie schon eine Dreiviertelstunde rumgebracht hat – ich würde es ja begreifen, wenn wir zwei alte Lüstlinge wären, aber kannst du dir leichter zu befriedigende Kunden vorstellen? Nur ein Kuss, ein winziger Kuss mit einer feuchten Zungenspitze würde uns beide in ekstatische Höhen katapultieren, das muss sie doch merken, sie hat doch sicher begriffen, dass keiner von uns beiden unmögliche Verrenkungen oder alberne Rollenspiele verlangen wird. Da sie da ist, sind wir bereit, so zu tun, als würden wir uns mit nichts zufriedengeben.

Sie verfügt zwar nicht über die geringste Spur von Spontaneität oder komödiantischer Begabung (Spontaneität lässt sich genauso gut spielen wie alles andere), aber eine Spur von Erbarmen kann ich ihr nicht absprechen: Ich tue uns so entsetzlich leid, dass sie es spüren muss, denn nach einer Stunde bittet sie mich, mit ihr ins Bad zu kommen. Peinlicher Moment, als Larissa, zwischen Dusche und Toilette förmlich an mich gepresst, die restlichen dreihundertfünfzig Euro verlangt und dann vorschlägt, Joseph und ich sollten jetzt duschen. Das haben wir bereits überreichlich getan und uns fast die Haut vom Leib gescheuert.

Mit dem Geld in der Tasche legt Larissa los. Ich kann bis heute nicht an die Fortsetzung denken, ohne zu lachen, und ich bin sicher, wenn ich heute mit Joseph darüber reden würde, wenn ich heute noch über irgendwas mit Joseph reden könnte, würden wir uns zusammen amüsieren. O Gott! Verzeih mir, Joseph. Niemals hätte ich uns da reinmanövriert, wenn ich das geahnt hätte – aber ich wollte dir so gern eine Freude machen, ich wollte dir so gern eine kleine Sklavin schenken, um sie mit dir zu befummeln.

Als hätte sich plötzlich alles geändert, als hätten wir nicht schon sechzig Prozent der vereinbarten Zeit mit Reden verbracht, entledigt sich Larissa ohne Vorwarnung ihres Kleides und stürzt sich auf Joseph. Knutscht ihn auf den Mund, vergisst großzügig, dass Huren das nicht machen – ist das ihr persönlicher Beitrag, um uns zu entspannen, oder hat sie schon begriffen, dass es dabei bleiben wird?

Für mich ist es ... war es immer faszinierend, andere Lippen als meine auf Josephs Mund zu sehen. Da sich niemand um mich kümmert, ziehe ich mich aus und mische mich in das seltsame Paar, das sie bilden. Die Stille wäre völlig ausreichend, aber Larissa gibt auch noch dieses animierende Mauzen aus Pornofilmen von sich, und ich weiche Josephs

Blick aus – wir sind uns wortlos einig, dass diese Situation überhaupt nichts Sexuelles hat, und wenn wir nicht aufpassen, explodieren wir vor Lachen. Sogar unsere Küsse klingen falsch.

Ich sorge dafür, dass ich als Erste an seine Hose komme, denn ich weiß, dass er keine Erektion hat. Ich hoffe inständig, dass ich mich täusche, aber die Wahrscheinlichkeit ist gleich null. Ich will retten, was zu retten ist, und setze auf meine Überzeugungskraft. Aber Joseph bleibt weich, er, den ich nur tadellos hart kenne – sein Schwanz hat sich förmlich in den Bauch zurückgezogen, und trotz meiner Zärtlichkeit und Hartnäckigkeit bleibt er da, starrt mich an wie ein bockiges Kind, das nicht laufen will. Ich kann weder dem einen noch dem anderen Vorwürfe machen, Joseph ist ebenso verzweifelt wie ich; aber das Setting ist so gar nicht erregend. Eine Erektion würde den ganzen Zirkus weniger peinlich machen, aber wäre es nicht geschmacklos, sich von dieser großen Gliederpuppe anmachen zu lassen? Ich bleibe auch kalt, unser letzter Akt der Solidarität.

Es gibt keinen größeren Gegensatz zu meiner Vorstellung von einer erotischen Frau als Larissa. Sie hat diese deprimierende Perfektion, herrliche straffe Brüste, einen kleinen, aber ganz runden Hintern, die Haut so weiß und weich wie Milch, völlig unbehaart bis zu ihrer winzigen Möse – innen die Reproduktion einer Polly-Pocket-Vulva, so fein und so rein, dass ich mich frage, ob sich Larissa jeden Morgen häutet. Vergeblich suche ich zwischen ihren Pobacken einen irgendwie animalischen, menschlichen Hauch, ein Detail, eine Unvollkommenheit, die sie mir näherbringen würden; ihre Rosette könnte auf einem Kirchenfenster abgebildet sein, vor dem die Menge niederknien würde, eine kaum sichtbare Vertiefung, rosig wie eine Babywange, die durch ihre absolute

Hübschheit jeden unreinen Gedanken neutralisiert. Mit meinem wilden Haar auf Kopf und Körper, meiner weder gesalbten noch geschminkten Haut, meinem Geruch nach Tabak schnuppere ich gierig in allen Falten und Winkeln dieser gleichgültigen Jagdhündin. Die herzzerreißende Winzigkeit ihrer Klitoris und ihrer Schamlippen zieht mich total runter, so was ist doch illegal! Nur mein Speichel gibt ihrer Spalte Geschmack – als wäre Larissa ein Sammelbecken, würde die Form und die Farbe der Phantasmen jedes Kunden annehmen und ihre Seele gut verborgen hinter Schichten von Apathie hüten. Selbst eine Neunundsechzig mit ihr oben ist mehr so, als hättest du eine hübsche, minimalistische Kopfbedeckung auf; Joseph, üblicherweise abgestoßen von dieser Stellung, wird ein bisschen steif und sieht uns zu, als würde er sich fragen, ob er in einem schlechten Film oder in einem Albtraum ist. Hastig streife ich ihm ein Kondom über und werfe ihm einen Blick zu, der sagt *Um meiner siebenhundert Euro willen, bitte, fick sie.*

Kaum ist er in sie eingedrungen, rutscht er, von den eisigen Eingeweiden zur Ohnmacht verdammt, wieder raus – aber Larissa ist wie elektrisiert, will nur noch fertigwerden mit diesen beiden lüsternen Knirpsen; sie kniet über Joseph, umklammert ihn, schüttelt ihn wie rasend und stöhnt lauthals «*Come now, come for me*», trotz des Offensichtlichen: Noch nie war Joseph so weit von einem Orgasmus entfernt. Dazu brauchst du kein Wissen, Larissa, nur gesunden Menschenverstand: Er kriegt ihn nicht hoch, mein Gott, für uns ist das viel schlimmer als für dich – und eins kann ich dir sagen, es hilft ihm auch nicht, wenn du ihn zwischen deinen scharfen Nägeln zerquetschst, o nein, wie ich ihn kenne, betet er nur, dass du ihn nicht abreißt.

Wie konnte ich uns mit all meiner guten Absicht nur

da reinreiten? Während ich sie pflichtbewusst lecke, suche ich Larissas Augen, vergeblich, da Joseph, der an ihrer Brust saugt, mir den Blick versperrt. Ich kann die Vorstellung einfach nicht aufgeben, dass wir gar nicht so verschieden sind, und versuche, ihr mit meinen Liebkosungen an ihren stummen Schenkeln mein Flehen zu übermitteln – Larissa, meine Schwester, meinesgleichen, versteh mich, versuch es nur einen Moment, vergiss diesen Mann zwischen uns, der uns beide in Anspruch nimmt, wenn auch aus ganz unterschiedlichen Gründen. Ich war da, wo du jetzt bist, natürlich ist es ätzend, dass du ihn nicht anmachst, was sollen wir mit der verbleibenden Zeit anfangen? Das nervt mich genauso wie dich. Aber ich möchte daran glauben, dass wir Frauen die Situation noch retten können. Larissa, du warst auch mal so alt wie ich, du hattest auch mal einen Liebsten, vielleicht hattest du auch mal siebenhundert Euro in der Tasche, um diesem Liebsten ein besonderes Geschenk zu machen. Ich wollte meinem Liebsten mit deiner Hilfe einen überwältigenden Orgasmus schenken; nachdem daraus wohl nichts wird, würde es schon reichen, wenn du aufhören könntest, diese schrillen Schreie auszustoßen, die unser aller Intelligenz beleidigen, und wenn du spüren würdest, was ich da mit dir mache. So unangenehm kann es doch nicht sein, sich die Möse lecken zu lassen, wenn du eine Gymnastikstunde auf dem Plan hattest. Wenn du mich mit einem echten Seufzer belohnen würdest, einem einzigen – Herrgott, wenn du einfach nur die Hand in meinen Nacken legen, deine winzige Möse spreizen und ein bisschen erregter gucken könntest, um wenigstens einen Orgasmus so vorzutäuschen, dass du einen Fünfzehnjährigen überzeugen würdest ...! Siehst du in unseren jungen Augen nicht die Hoffnung, den Wunsch nach Spontaneität aufblitzen, den es nicht zu kaufen gibt?

Sogar ein Furz, ein unkontrollierbares Gas aus deinem eleganten Hinterteil würde reichen, damit Joseph dich für menschlich halten und ihn hochkriegen könnte.

Dann spielt Larissa einen Orgasmus, raffiniert für den Moment getimt, in dem sich Josephs Zunge in dem Bedienfeld, das sie anstelle der Vulva hat, zu meiner gesellt. Ich bin geneigt zu glauben, dass wir die winzigen Nervenenden ihrer winzigen Klitoris, die sich wahrscheinlich mit einer Sperlingsfeder begnügen würde, gründlich überstrapazieren. Aber gut, sie simuliert nicht allzu beleidigend. Und als Joseph die wilde Miene des Jägers aufsetzt, der endlich seine Stunde kommen sieht, fünf verfickte Minuten vor dem Ende der zugeteilten Zeit, richtet sich Larissa, deren Wangen kaum gerötet sind, mit einem eisigen Lächeln auf und versetzt ihm den Gnadenstoß: «Ich glaube, dein *kleiner Freund* ist müde ...»

Mit kleiner Freund, das wird mir mit Entsetzen klar, meint sie nicht Joseph, sondern seinen Schwanz. Wir beide lächeln dämlich, erstarrt vor Scham, sein Ding hat genug von diesen Abfuhren und zieht sich mit hängenden Ohren in seine Nische zurück.

Als Larissa endlich geht und die Tür hinter ihr ins Schloss fällt, lässt sich die Struktur des nun folgenden Schweigens schwer beschreiben. Ich habe Angst, Joseph in die Augen zu sehen und loszulachen – denn etwas anderes ist nicht drin. Siebenhundert Euro! Wie viele April-77-Jeans hätte ich ihm für siebenhundert Euro schenken können, Jeans, die ihn nie daran gehindert hätten, ihn hochzukriegen? So eine Ausgabe hätte wenigstens einen von uns glücklich gemacht, anstatt dass wir uns wie zwei verpeilte Penner vorkommen und ich obendrein das Gefühl habe, dass sie mich ganz schön übers Ohr gehauen hat.

Und dann löst Larissa ein Wunder aus, von dem sie nie erfahren wird. Ohne die kalte Aura, die sie mit sich genommen hat, erwacht unsere Wärme, und die Vorstellung, uns zu lieben, nur Joseph und ich, so wie immer, treibt uns die Tränen in die Augen und macht uns so scharf, als hätten wir uns noch nie umarmt.

«Komm her, mein Jagdflieger», schnurrt Joseph und streckt mir seine Arme entgegen – diese wunderbaren Arme, geformt von der Liebe und einem Jahr Bodybuilding, für die ich auf jede Bezahlung verzichten würde, wenn ich ein Escort-Girl wäre.

Sein Schwanz ist steinhart.

«Hast du gesehen, wie zart ihre Haut war?», frage ich, während er meinen in die Luft gestreckten Hintern mit seinen großen, klugen Geigerhänden umschließt.

«Das stimmt, ihre Haut war zart», gibt Joseph zu. «Fast zu zart, oder?»

Er beißt in meine Pobacke; mein Protest ist nicht ernst gemeint und fordert ihn nicht zum Innehalten auf. Josephs hübsche Nase steckt zwischen meinen Beinen und schnüffelt gierig. Ich ziehe mein Kleid hoch, um seine strahlenden, lächelnden Augen zu sehen.

«Hast du gesehen, wie winzig ihre Möse war?»

Joseph versinkt in einem Durcheinander von Lippen und krausen Haaren.

«Ich bin immer noch nicht sicher, ob sie überhaupt eine Klitoris hat.»

«Solche Mösen deprimieren mich. Sogar kleine Mädchen haben mehr zu bieten.»

«Woher weißt du das, du Lüstling?»

Seine Zähne glänzen, und ich seufze:

«Ihr Arschloch war völlig geruchlos!»

«Deins dagegen ...»

Er schiebt die Nase zwischen meine Pobacken und holt mit geschlossenen Augen tief Luft, wie auf einem Berggipfel.

«Spür mal, wie hart er ist.»

«Tatsächlich. Warum jetzt?»

«Das macht dein Hintern.»

Die Spitze seines Schwanzes berührt kaum den Eingang meiner Möse, da ist mein Mund schon voller Speichel und voll obszöner Worte. Für einen verliebten Jungen ist die Wirklichkeit das größte Geburtstagsgeschenk: «Darf ich dich zu meinem Einundzwanzigsten zerfleischen?»

Was sind schon siebenhundert Euro? Was zählt diese lächerliche Summe gegen Josephs Geruch und die Zeit, die stehenbleibt und jede Bedeutung verliert, sobald wir aneinanderkleben, benommen von der Lust, die dem Tod noch nie so nah war – ohne dass uns diese Aussicht auch nur einen Augenblick erschrecken würde?

Aber ich schweife ab.

Larissas Anwesenheit, ihr Schatten auf dem strahlenden Licht unserer Liebe, hat uns nicht daran gehindert, ein zauberhaftes Wochenende zu verbringen, wilde Romantik und Entenbrust, die wir uns am nächsten Tag auf der Terrasse eines Bistros in der Rue de Rivoli schmecken ließen. Dieses Bistro, war, Zufall oder nicht, vier Jahre lang unsere Zuflucht, in der wir jeden Streit, jedes Drama heilten, in der wir vor einer Flasche zu süßem Coteaux-du-layon, der uns ganz nachdenklich und sentimental machte, lernten, uns wieder zu lieben. Joseph kam wütend hereingestürmt, hatte die Nase gestrichen voll von mir, und wenn er die Lippen in diesen Nektar tauchte, bat ich unseren Schöpfer, mir noch ein Mal, und wäre es nur ein einziges, die Gnade eines Kusses auf diesen göttlichen Mund zu schenken; dann sah ich, wie sich seine düsteren Augen vor Genuss aufklärten, nun war er bereit zu reden, mir zuzuhören, während ich erbärmlich meine schlechten Entschuldigungen als rückfällige Fremdgängerin stammelte. Die Liebkosung des Weins flüsterte ihm ins Ohr, dass man mir nicht allzu böse sein dürfe. Dass man nicht glauben dürfe, was hinter meinen Lügen zu stecken schien. Dass ich ihn liebte.

Eine dieser Lügen war, mich vier Jahre lang mit Arthur zu treffen. Joseph hat nie geglaubt, dass Arthur und ich nicht miteinander schliefen. Ich verrannte mich im x-ten Märchen, um mit ihm ab und zu ein paar Roséflaschen zu leeren – wem sonst hätte ich von diesem ärmlichen Happening erzählen können? Als ich Arthur ein paar Tage später auf seinem Sofa jedes Detail geschildert hatte, dachte ich, er hört nie mehr auf zu lachen. Sein Lachen reinigte mich von meinem Ärger.

«Was für ein Schwachsinn, eine Russin zu nehmen!»

«Ich weiß. Sie sollte schön sein.»

«Eine Russin, die dich ins Café de la Paix bestellt!»

«Ich weiß, Herrgott, ich weiß. Mach mich nicht fertig.»

«Russinnen sind was für Geschäftsleute, denen alles schnuppe ist. Was weiß ich, hast du keine Freundin, die Spaß daran gehabt hätte ...»

«Nein, solche Freundinnen habe ich nicht. Und weißt du, wie schwierig es wird, wenn du einer Freundin vorschlägst, mit dir und deinem Liebsten zu schlafen? Selbst wenn es sie interessieren würde, musst du ihr auch noch klarmachen, dass es an einem bestimmten Tag und einem bestimmten Ort passiert, ohne vorheriges Treffen ... Nein, so was ist ein Job für eine Hure, ich wüsste kein Setting, das besser geeignet wäre.»

«Stimmt, aber du setzt zu große Erwartungen in eine Hure. Egal, ob Russin oder nicht. Für sie ist das ein Job. Natürlich findet sie einen Dreier mit Joseph weniger lustig als du. Stell dir vor, sie müsste jedes Mal Lust haben!»

«Willst du mir erzählen, ein hübsches Paar wie wir ist das Gleiche wie ein fetter fünfundsechzigjähriger Lüstling?»

«Nicht für uns, weil wir keine Huren sind. Für sie war es mit Leuten wie euch sicher weniger öde, aber vielleicht, ja, vielleicht sogar komplizierter, weil sie mit jungen Paaren keine Erfahrung hatte. Und das war ja offenbar so.»

Ich denke eine Minute intensiv nach, wie oft bei Arthur, dessen Stimme eine Frequenz hat, die selbst die unverrückbarste Meinung ins Wanken bringt.

«Ich meine doch nur, dass der Job einer Hure immerhin darin besteht, eine Illusion zu schenken.»

«Die Illusion hast du doch gehabt.»

«Eine Illusion, an die man glauben kann. Kein Zirkus, der hundert Meter nach Heuchelei stinkt. Das unterscheidet eine gute Hure von einer schlechten.»

«Eine Illusion bleibt es trotzdem, das ist der Deal. Du weißt es. Aber vielleicht ist eine Frau nicht so leichtgläubig wie ein Mann oder nicht so leicht zu befriedigen. Natürlich ist es besser, wenn sie einen guten Job macht und dir Zweifel kommen, aber ich glaube, insgeheim sind die Männer damit einverstanden, dass ihnen was vorgespielt wird. Ich kann dir versichern, dass sich die Mädchen an der Porte Maillot, wo man sich im Auto einen blasen lässt, keine große Mühe geben, so zu tun, als ob.»

Arthur zieht eine Braue hoch und fügt hinzu:

«Na gut, das kostet auch nur dreißig Euro.»

«Aua!», stöhne ich.

«Wie viel hat deine gekostet?»

«Siebenhundert für zwei Stunden.»

Arthur fängt wieder an zu lachen, und allmählich werde ich sauer.

«Hör endlich auf!»

«Krass! *Siebenhundert* Euro!»

«Für siebenhundert Euro kann ich wohl die Comédie-Française erwarten.»

«Aber natürlich, meine Fürstin!»

«Zugegeben, es ist nur ein Job, aber wenn sie so einfach zu Geld kommt, bleibt doch noch Platz für ein bisschen Wohlwollen, oder?»

«*Wohlwollen*! Das passt zu dir, das nenne ich ein tolles Konzept.»

«Ich würde es jedenfalls so machen. Die ganz große Show abziehen.»

«Ich weiß. Du wärst eine wunderbare Hure. Die beste von allen.»

«Das sage ich doch gar nicht.»

«Aber ich sage es.»

An jenem Abend haben Arthur und ich nichts Böses gemacht, dabei bleibe ich.

MONOLITH, T. REX

*W*enn andere diese Zeilen lesen, wird, von fast allen unbemerkt, ein wichtiges Stück Berlin verschwunden sein. So etwas passiert jeden Tag, alle Berliner trauern einem oder mehreren Orten nach, die sie für ewig gehalten hatten, bis sie sich eines Tages in Luft auflösten. Und die kleine Straße, die sie zufällig bei einem ziellosen Spaziergang entdeckten, auf der Suche nach etwas anderem, was sie nicht fanden, wird für sie immer einen unsichtbaren Stempel von Vergänglichkeit tragen.

Ich weiß nicht, wie andere solche Verluste überleben. Ich stand noch nie vor dieser Situation – normalerweise verlasse ich die Orte, die mir wichtig sind, und wenn ich wiederkomme, stelle ich fest, dass sie ganz gut ohne mich klarkommen. Meine Methode ist feige, funktioniert aber ganz gut: Ich vermeide es, daran zu denken. Ich vermeide den Blick auf diese Ecke des U-Bahn-Plans, und da ich dort sonst nichts zu tun habe, hält sich meine Wehmut in Grenzen.

Gestern aber habe ich mich mit dem Fahrrad verfahren und bin auf der Suche nach einer vertrauten Hauptstraße an der Kreuzung gelandet, an der bis vor einem Jahr mein Bus hielt. Ich erkannte die Bäckerei und den Heimwerkerladen. Wenn die wenige Meter entfernte Kirche ihre Glocken ertönen ließ, klang es in den Zimmern wie das vorwurfsvolle Grollen eines Vaters, der zu weit entfernt oder zu alt ist, um ein schlechtes Gewissen zu machen. Wand an Wand mit dem Bordell wirkte die Kirche riesengroß und legte ihren Schatten über das Café, in dem die Mädchen nach der Arbeit ihre Radler tranken. Eisige Luft drang aus ihren Mauern, ein Grabesatem, der uns von der schwülen Wärme und dem berauschenden Geruch von zwanzig Mädchen reinigte, die denselben Sauerstoff ein- und ausatmeten.

Da war *La Maison*, zwischen einem heiligen Ort und einem Kindergarten: Kein Wunder, dass man versucht hat, es zu schließen – und dass man es geschafft hat. Die Glocke sagte uns die Zeit an, und die Abzählreime der Kinder schläferten uns ein, wenn wir im Garten rauchten.

Es gab eine Zeit, da schaute ich nach oben, während ich mein Fahrrad anschloss, und sah an den Fenstervorhängen, wer schon bei der Arbeit war. Hinter dem rosa, violetten oder gelben Organdy bewegten sich Silhouetten, die ich sofort erkannte. Hinter den Schilfmatten am Balkon sah ich Rauchschwaden und die Schatten ausgestreckter Beine. Jetzt gibt es nichts mehr zu sehen. Ein gesichtsloses Gebäude zwischen Kindergarten und Kirche mit einem Mix aus Wohnungen und Büros. Büros! Es ist zum Heulen. Ich muss nicht mal auf den Hof gehen, um zu wissen, dass der Garten in eine Designerterrasse verwandelt wurde, die mit giftigem Kunstrasen bedeckt ist – ich kann mir den *open space* sehr gut von hier draußen vorstellen, ein paar Tischchen, Polyethylenbänke und pastellfarbene Aschenbecher für die Zigarette zum Latte macchiato während der vom Guru-Chef festgelegten Pause. Die Bidets hat er wahrscheinlich mit einem Hammer zertrümmern lassen. *Ich hasse euch, ihr Prolls*, denke ich, während ich hinter den nackten Fenstern wenigstens ein Gesicht suche, um meine Verachtung daran festzumachen.

Begleitet von einem halben Dutzend Erzieherinnen, kommt eine Kinderhorde die Straße entlang. Ich erkenne sie, als sie dicht an mir vorbeigeht, an ihrer weichen Stimme. Sie hat zwei kleine Mädchen an den Händen und versucht, einen Jungen in die Herde zurückzuholen, der dem Kebabverkäufer fasziniert beim Fleischschneiden zusieht. Ihr volles Haar ist zu einer strengen Frisur hochgesteckt, sie trägt einen ausgewaschenen Rock und Espadrilles. Während sie den Jungen am Arm zieht, treffen sich unsere Blicke – und es vergehen ein paar Sekunden, in denen sich die höfliche Gleichgültigkeit langsam in eine Frage verwandelt. Als sie mich endlich eingeordnet hat, zuckt sie zusammen und spricht mich als Erste an, sicher hat sie Angst, ich könnte sie mit einem Vornamen begrüßen, der nicht mehr ihrer ist: «Hi! Wie geht's?»

Besorgtes Lächeln. Blick zu den Kindern und Kolleginnen – stummes Gebet, sie mögen in mir eine frühere Nachbarin, eine Cousine, eine Nichte sehen.

«Ich war gerade in der Nähe. So ein Zufall! Geht's dir gut?»

«Sehr gut, ja.»

Die beiden Mädchen, die sich wieder an ihre Hände gehängt haben, beobachten mich. Ich grüße sie mit einer Geste, die kumpelhaft wirken soll, aber zu fremden Kindern hatte ich noch nie einen guten Draht, und sie starren mich weiter mit offenem Mund und zu intelligenten Augen an. Schon umringen uns die anderen, sie windet sich:

«Ich muss weiter.»

«Ich auch. Wir hatten eine gute Zeit.»

Sie lacht vor Erleichterung, und als ich ihr Lachen höre, kommen so viele Erinnerungen hoch, dass mir gleichzeitig ganz kalt und so heiß wird, dass ich heulen könnte. Es wird auch nicht besser, als sie rein rhetorisch, um mich nicht einfach so stehen zu lassen, sagt:

«Lass uns bei Gelegenheit mal einen Kaffee trinken.»

«Sehr gern.»

«Wir telefonieren.»

Während sie inmitten der Kinderschar davongeht, deren Geplapper einst die Geräuschkulisse unter unseren Fenstern war, schießen mir zwei Gedanken durch den Kopf: der erste, eigentlich unwichtig, dass sie weder meine Nummer hat noch ich ihre; der zweite, der in meinem Kopf hängen bleibt, bis ich wieder in Kreuzberg bin, dass sich ihr Hintern unter dem Blumenrock kein bisschen verändert hat. Obwohl Monate vergangen sind, seit ich sie zum letzten Mal nackt gesehen habe, obwohl mein Gedächtnis ihren Namen verschluckt hat, ist die Erinnerung an ihren Hintern, das Zucken ihrer weißen Haut und das Muttermal am unteren Rücken fest eingraviert, die Erinnerung an diesen schönen, üppigen Arsch einer Kurtisane, die jetzt als Erzieherin verkleidet durch Berlin läuft.

SPICKS AND SPECKS,
THE BEE GEES

*I*ch muss mich an alles erinnern. Irgendwo muss es eine genaue Beschreibung davon geben, was *La Maison* war, und diese Beschreibung muss unweigerlich Bilder entstehen lassen – so nah an der Wahrheit wie nur möglich. Wobei die Genauigkeit letztendlich unwichtig ist. Ich gebe mir zwar Mühe, die Aufteilung der Zimmer und die Farbe der Vorhänge zu rekonstruieren, aber ich sorge mich vor allem darum, wie ich die Seele dieses Ortes und die in der Luft schwebende Zärtlichkeit erklären kann, die die Geschmacklosigkeit so entzückend machte. Ich brauche dazu nicht viele Worte, nur die richtigen. Ein ordentlicher Schriftsteller würde es auf zehn Seiten schaffen. Ich habe schon zweihundert geschrieben und habe immer noch nicht das Gefühl, dem nahezukommen, was mich wirklich interessiert – dem einzig Wichtigen. Ich betrachte die Sache unter tausend verschiedenen Blickwinkeln, aber jedes Mal entwischt sie mir, und danach ist mein Kopf noch leerer, weil er einen Moment lang so voll war.

Wenn du mit der U-Bahn kommst, wie viele Mädchen und Kunden, gehst du die große Straße hinauf, immer auf den Kirchturm zu. Davor kommt der Park, grün im Sommer und im Winter unendlich trist, wäre da nicht der eisbedeckte See, eingerahmt von rußigen, raureifbepuderten Bäumen, ein trauriges Gemälde. Hinter dem Park kommt der Biergarten, an dem die Mädchen mit gesenktem Blick vorbeigingen, weil sie keine Lust hatten, zufällig Freier zu treffen. Die Krippe, die Kita. Der Bäcker, das Sonnenstudio. Der Döner und der

Blumenladen gegenüber. Ein Viertel ohne Sehenswürdigkeiten im alten Westberlin, in dem niemand außer den Anwohnern etwas verloren hätte, wäre da nicht die Haustür der Nummer 36 gewesen. Kaum zu sehen, von zwei Reihen zu Kugeln gestutzter Büsche verdeckt. Zwischen den normierten Klingeln sticht ein alter Kupferknopf hervor; kaum gedrückt, geht die Tür auf, und da ist schon die Eingangshalle mit den Schachbrettfliesen, sehr bürgerlich. Die kleine, abgenutzte, von den jüngsten Renovierungen verschonte Holztür führt in einen Hof. Dort schwebt bereits der Geruch des *Maison*, man hört das durch die Doppelfenster gedämpfte Lachen der Mädchen und die Glöckchen an den Zimmertüren, die sich für die Männer öffnen und schließen.

Hinter den vom Regen durchnässten Schilfmatten steigen blaue Rauchschwaden auf; jemand ruft laut einen Frauennamen, bricht die Stille mit weichen, trügerischen Vokalen. Das könnte ein normales Erdgeschoss mit Garten sein, so war es gedacht. Wer *La Maison* nicht betritt, findet nicht heraus, woher das Murmeln, das Geplapper, das Räuspern von Raucherinnenkehlen kommt.

Im Hinterhaus, dessen Eingang aus moralischen Gründen einer Renovierung für unwürdig befunden wurde, führt eine wurmstichige Holztreppe hinauf, von deren schön geschnitztem, breitem Geländer die Farbe abplatzt. Wenn ich die Augen schließe, spüre ich es noch, immer werde ich die Rundungen, die Verzierungen, die Reptilienschnitzerei unter den Fingern spüren. Bis zum Hochparterre sind es ein paar Stufen. Ungewöhnlich für dieses alte Gebäude ist die schwere gepanzerte Tür, an die in goldenen Buchstaben der Name *La Maison* genagelt ist, darunter die seltsame Bezeichnung *Selbstverlag*. Als könnte sich ein Selbstverlag so eine Tür und so eine Inschrift leisten.

Mein Finger drückt den Klingelknopf; drinnen ertönt ein gedämpfter altmodischer Triller, das Stimmengewirr wie von einer Mädchenklasse bricht kurz ab und geht etwas gedämpft weiter. Schon höre ich die Schritte der Hausdame. In der Zeit, die sie braucht, um sich zwischen den Mädchen hindurchzuschlängeln, fülle ich meine Lungen mit der stehenden Luft auf dem Treppenabsatz, dieser Luft, die allein schon ein Liebestrank ist. Unter der Tür quellen die Frauendüfte hervor, gemischt mit denen der Wäscherei in der ersten Etage, wo die etwa fünfzig selbstverlegten Autorinnen Handtücher und Unterhosen waschen. Die Verbindung dieser beiden kräftigen Gerüche ist irgendwie kindlich und obszön, es riecht wie die Wäsche einer Gruppe von Schülerinnen, die sich zum Rauchen in der Toilette versteckt haben; in den Zimmern, die die Mädchen mit ihrem Geplapper füllen, wurde eine ziemlich vulgäre Mischung von Desinfektion und billigem Raumspray versprüht, und fünf verschiedene Weihrauchstäbchen versuchen vergeblich, den Geruch von Tabak und feuchten Achseln zu überdecken; dazu kommt der Geruch der Männer, die kommen und gehen, dieses leicht säuerliche, kaum wahrnehmbare Aroma an den zarten Fingern. Auch in zehn Jahren, auch wenn der *open space* zwanzigmal den Mieter gewechselt haben wird und x-mal renoviert wurde, wird auf diesem Treppenabsatz immer noch ein Geruch schweben, den sich niemand erklären kann – bis auf ein paar Berliner, die sich an Schwänze und Mösen erinnern, die in halbdunklen Zimmern ausgepackt und in den schon lange verschwundenen Bidets mit reichlich Wasser gewaschen wurden.

Die Tür geht auf; der organische Geruch verstärkt sich und wird zugleich von einer Armee von Kerzen überdeckt, die auf einem Tischchen in der Diele brennen. Ihr tanzender

Lichtschein erweckt die schlechte Klimt-Reproduktion zu Leben und bietet ihr einen üppigen Rahmen. Von dem achteckigen Raum gehen verschiedene Türen ab; die erste führt in einen kleinen Salon, ein Boudoir mit einem weißen Ledersessel und einem Couchtisch, der mit alten Spiegel-Ausgaben bedeckt ist, in denen man mit der gleichen ängstlichen Erwartung blättert wie beim Arzt. Ein Wald künstlicher Pflanzen wuchert bis zur Decke, verschwindet hier und da unter Vorhängen und kommt an der Jugendstillampe, die das Zimmer in warmes Dämmerlicht taucht, wieder zum Vorschein. Trotzdem ist es hier heller als überall sonst. Der «Gast» setzt sich in den weißen Sessel, ein paar Minuten später kommen eine nach der anderen die Mädchen herein, und ihre Körper vervielfachen sich von allen Seiten in den Wandspiegeln. Das ist der Herrensalon, auch wenn er einzig und allein den Mädchen gehört; die Männer sitzen reglos in dem tiefen Sessel, der schon viele von ihnen verschlungen hat, sie sind beliebig austauschbar, während jede Frau ihren Duft und ihr Universum hereinbringt, die noch lange bleiben, nachdem die Frau verschwunden ist.

Die zweite Tür steht immer halb offen. Dahinter beginnt ein schmaler Flur, der bordeauxrote Teppichboden ist von den Schritten der Mädchen und ihrer Gäste abgewetzt. An den Wänden hängen französische Plakate der Belle Époque. *Der Kuss* von Klimt, schon wieder, bedeckt eine weitere Tür; das ist das Gelbe Zimmer mit dunklem Eichenparkett. Links, gleich wenn du reinkommst, steht eine Kommode aus hellem Holz mit einem Feldblumenstrauß aus Plastik, rechts ein mit gelbem Stoff bedecktes Sofa, ein Tischchen und eine Ablage, auf der nie etwas abgelegt wird. Der Blick fällt sofort auf das Bett in der Mitte. Kommode, Tischchen und Sofa sind nur dazu da, ihm Geltung zu verschaffen, als Ablenkung für die Schüchternen, die sich von dem aufdringlichen Bett erschlagen fühlen. Auf das Sofa setzt man sich nur, um sich an den Anblick des Mädchens zu gewöhnen, das splitternackt das niedrige, von zwei riesigen Triptychen eingerahmte Podest besteigt und sich zwischen den goldbraunen und pfauengrünen Satinkissen niederlässt. Das eine Triptychon ist sechzig Jahre alt, eins der ersten Mädchen hier hat es auf einem Flohmarkt entdeckt. Ich frage mich oft, was das Gemälde wohl gesehen hat, bevor es hier eingezogen ist, wo es zwanzig-, dreißigmal am Tag zuschaut, wie sich Männer, die mit geschlossenen Augen zum Orgasmus kommen, und Mädchen, die auf ihnen reiten und dabei das Licht der Hängelampe betrachten, auf mehr oder weniger barocke Weise paaren. Direkt daneben liegt das Violette Zimmer, das im schwachen Licht der schwarz gestrichenen Neonröhren an ein schäbiges Motel erinnert. Das Parkett besteht aus weißem Holz, das sich in den Zimmerecken wellt, Absatzschuhe haben neben dem Bett Abdrücke hinterlassen – das Violette ist ziemlich düster, das nimmst du nur, wenn alle anderen Zimmer besetzt sind. Direkt daneben liegt ein zweiter winziger Salon, in dem Männer warten, die an Tagen mit großem Andrang leicht mal vergessen werden.

Wenn du zurückkommst, am Herrensalon vorbei, geht von der Diele ein weiterer Flur. Hier gibt es einen hervorragenden Beobachtungsposten, von dem niemand etwas ahnt, der keine Röcke trägt. Der purpurrote Theatervorhang, der sich ständig bewegt, markiert die Grenze zwischen der Außenwelt und dem abgeschlossenen Universum, das die Mädchen jeden Tag von zehn bis dreiundzwanzig Uhr neu erschaffen. Wenn sich die Eingangstür für einen Mann öffnet, wird die kalte Luft sogleich von der Schwüle des großen Aufenthaltsraums erwärmt, der hinter dem Vorhang vor Leben sprüht. Wenn die Männer aufmerksamer wären, wenn die blendende Geilheit und die Hausdame sie nicht direkt zu dem weißen Ledersessel führen würden, sähen sie vielleicht in dem Vorhangspalt lange, schwarz umhüllte Beine, ein Gesicht mit zugekniffenen Augen oder künstliche Fingernägel aufblitzen, die die Stoffbahnen zuhalten.

Alles zieht mich hinter diesen Vorhang, aber die Erinnerung an die Zimmer wird wichtiger, je blasser sie wird. Ich habe sie nicht genug geliebt.

Der Flur geht um die Ecke, dort plätschert nach Ingwer duftendes Wasser wie Kinderpipi in einen Venus-Springbrunnen aus Stuck. Gleich dahinter kommt das Silberzimmer, das wie eine Bonbonniere vom Boden bis zur Decke dunkelviolett tapeziert ist. Der Raum ist winzig, das Bett reicht von einer Wand zur anderen und springt einem geradezu ins Gesicht. Ganz hinten, unter dem sternenbestickten Stoffhimmel, lässt ein kleines Fenster die laue Luft des Hofes und manchmal auch Kindergesang herein. Hinter der Tür ist ein Waschbecken versteckt, daneben der obligatorische Stapel gefalteter Handtücher. In dieser Ecke des Hauses strömen alle Gerüche zusammen, die versprüht werden, um die des Körpers zu überdecken; die Nase ist so beansprucht, dass dir schwindlig wird, und du verspürst das unwiderstehliche Verlangen, dich auf das Bett sinken zu lassen oder zum Fenster zu robben. Die Bilder an den Wänden, die einzigen Zeugen, gleichen Halluzinationen – vielleicht, weil sie in einer normalen Welt nichts nebeneinander zu suchen hätten: eine Graphik aus dem *Kamasutra*, das Plakat eines Balls der Goldenen Zwanziger und eine Kopie von Lempicka inmitten violetter Schleier. Du kämpfst gegen die Übelkeit, das Zimmer ist prall gefüllt mit hysterischen Umarmungen, gefolgt von einer Stille, die du hastig zu brechen suchst. Wenn du es verlässt, fühlst du dich in der schlechten Luft des Flurs wie bei einem Waldspaziergang.

Die Tür hinter dem Silbernen führt in eine vergitterte, mit einer Kette verschlossene Kammer, die ursprünglich dazu bestimmt war, Männer bei Domina-Sitzungen einzusperren. Ich habe sie noch im Licht einer roten Glühlampe erlebt, aber dann zeigte sich, dass es nicht sehr praktisch ist, so etwas mitten in dem Flur zu haben, durch den Mädchen und Männer nackt aus dem Bad in die Zimmer gehen. Wer diese wie bei einem echten Zwinger quietschende Tür jetzt öffnet, steht vor zwei Pappkartons, in denen sich Fundstücke der Mädchen, einzelne Schuhe, billige Korsetts, Höschen und Büstenhalter in einem nicht unangenehmen Geruch von Staub und Füßen stapeln.

Daneben, zwischen dem «Käfig» und dem «Studio», ist das Männerbad; der Fußboden aus grauem, schwarz- und goldgeädertem Marmor, pompös und entzückend hässlich, ist glatt, weshalb dort Badvorleger ausgebreitet sind, um die Sicherheit älterer oder ungeschickter Gäste zu gewährleisten. Wenn die Sonne an der richtigen Stelle steht, ist das Ganze durchaus ansehnlich, dann gleicht der Boden einem reglosen Teich, auf dem riesige Seerosen schwimmen. Hinter der Duschkabine befindet sich die Toilette, unter Glas hängt die Reproduktion einer Umarmung von Pygmalion und Galatea. Fast unsichtbar über der Tür ist ein kleiner Knopf, auf den man drückt, wenn man seine Waschungen beendet hat; dann klingelt es im Aufenthaltsraum, um dem Mädchen anzukündigen, dass ihr Schützling bereit ist, ins Zimmer zurückgebracht zu werden. Dieses System der Knöpfe in allen Zimmern minimiert das Risiko, dass sich Bekannte über den Weg laufen – der Angestellte und der Chef, der Ehemann und der Schwager, die Mutter und der Sohn. Natürlich haben nicht alle Mädchen und alle Freier solche Skrupel; oft treffen sich die Paare, die Mädchen kichern, begeistert über ihre legitime Gleichgültigkeit, die Männer senken wie ertappt den Blick und werden von ihrer temporären Partnerin ohne Umstände in die nächste Nische geschubst.

Am Ende des Flurs war das «Studio». Als *La Maison* zumachte, kaufte ein anonymer Sonderling die gesamte Einrichtung zu einem lächerlichen Preis; ich stelle mir gern einen alten Kunden vor, der sich zwischen der Folterbank und den Bambusstöcken zu Hause fühlte; aber es war wohl eher ein Bordellbesitzer, der heute sein Etablissement damit schmückt. Drinnen ist alles rot und schwarz, am Boden rutschfestes Linoleum, an den Wänden schwarzes Kunstleder und blutrote Farbe, davor eine mit Peitschen, Ruten und anderen Objekten unterschiedlicher Form und Farbe gespickte Folterbank mit allem, was das menschliche Gehirn für den Hintern ersinnen konnte. Wenn man reinkommt, steht man vor einem Sessel aus glänzendem Leder, der im Tageslicht erbärmlich aussähe, so oft ist er mit schwarzem und silbernem Klebeband geflickt. Vom Sessel aus muss man nur den Arm ausstrecken, um sich von einem Glastisch eine englische Zeitschrift zu nehmen, die auf weibliche Dominanz spezialisiert ist – *Victoria*. Es war immer dieselbe Nummer, immer dasselbe unter einem Pelzmantel nackte Mädchen mit weißen Kniestiefeln. So was, das man vor zwanzig Jahren in neutralem Umschlag bestellt hätte, um darüber zu masturbieren. Beim Blättern sieht man vergilbte Fotos von Männern mit nacktem Hintern, auf denen Damen in nicht sehr bequemer Position reiten und sich ihre schlammbedeckten Stiefel lecken lassen. Um sicher zu sein, dass den Interessenten nichts entgeht, hat ein hungriger Schriftsteller ein Geschichtchen hingehauen, das den Bildern Geltung verschaffen soll, einen Schwall von Dialogen, über die er wohl selbst nur lachen konnte oder vor Scham im Boden versunken ist – aber mit einem guten Dialogschreiber könnte das schlecht durchblutete Gehirn des erigierten Lesers ohnehin nicht viel anfangen. Gegenüber dem tiefen Sessel steht ein seltsames Gestell mit einem Loch, von dem ich nie verstanden habe, wofür es bestimmt ist. Zwei riesige Spiegel vervielfachen das Bild des auf der Bank unter dem Fenster Gefesselten ins Unendliche. Die geschwungene Kommode in der Ecke ist mit Stricken und den faszinierendsten Instrumenten vollgestopft; dazu gibt es eine so große Vielfalt von Handschellen und Fesseln, dass die Domina nie weiß, was sie wählen soll, am Ende nimmt sie immer dieselben oder legt die von ganz unten obenauf, damit alles gleichmäßig abgenutzt wird. Im Studio werden in Stoßzeiten die wartenden Männer geparkt. Die meisten trauen sich nicht, sich hinzusetzen, um nicht stillschweigend die Auswahl des Zimmers zu akzeptieren. Die Freier haben Angst vor dem Studio, die Mädchen telefonieren dort und kontrollieren im Spiegel ausgiebig, ob die Strumpfnaht exakt in einer Linie mit dem Strumpfhalter ist. Das rote Deckenlicht erdrückt die Männer, schmeichelt aber der Haut der Mädchen und zeichnet Schattenspiele auf ihr Gesicht, in dem das Weiß ihrer Augen funkelt.

Ich gehe zurück zu dem Theatervorhang, durch den das Lachen und Tuscheln dringt. An dieser Stelle habe ich mir so oft gewünscht, ein Mann zu sein, allerdings hätte ich dann nie hinter den Vorhang schlüpfen oder gar allein durch die Mäander des Hauses wandern dürfen – ich hätte neunzig Prozent vom Wesen dieses Ortes verpasst. Natürlich hätte ich einen heimlichen Blick in das Mädchenbad werfen können, um das Waschbecken zu sehen, in das sie mit der Großzügigkeit eines Kautabakfreundes ihr Mundwasser spucken, und das heilige Bidet, auf dem rittlings Hildie sitzt, deren Locken im Rhythmus der Hand zwischen ihren Schenkeln hüpfen, während sie über die Langsamkeit des letzten Kunden jammert, oder Gita, die sich kräftig abtrocknet, während sie von ihrem spricht, Waschweiber in den Körpern junger Kurtisanen. Ich hätte ihnen nicht folgen dürfen, wenn sie, die Unterhose um die Knöchel, zum großen Frauenzimmer hüpfen und im Vorbeigehen vom purpurroten Vorhang umarmt werden. Hätte die ständig verqualmte Küche nicht gesehen, in der die Mädchen essen und schwatzen wie auf dem Markt, die Arbeitsfläche mit dem Handrücken abwischen, bevor sie sich mit einer Pobacke draufsetzen, und in die durch das halboffene Fenster der Radau des Wochenmarktes auf dem Platz hereinkommt. Auch den großen Standspiegel an der Küchentür hätte ich nicht gesehen, vor dem Esmée im Schneidersitz ihr Schminktäschchen zwischen den Schenkeln ausgekippt hat, während sie ihre aufreizenden Brauen fabriziert, für die manche Kunden aus dem tiefsten Brandenburg angereist kommen.

Und vor allem hätte ich den Gesamteindruck von der Schwelle des Aufenthaltsraums verpasst! Wie oft habe ich dort etwas abseits gestanden, wenn in allen Winkeln des Bordells die Klingeln ertönten. Für mich allein blieb die Zeit stehen, und ich stopfte mich mit Bildern voll. Die in einem L angeordneten Sofas, dahinter eine Wand von Schrankfächern bis zur Decke; Agnetha, die neben dem Bücherregal sitzt, dessen Bände wir bestenfalls quer lesen können; Birgit, die die Seiten eines Romans umblättert und gleichzeitig versucht, der Diskussion zwischen Fauna und Tinkie zu folgen – die eine steht mitten im Zimmer und spielt an ihrem Nabelpiercing, die andere raucht auf dem Balkon und streckt den Oberkörper nach drinnen. Birgit hat die Beine gebeugt, und ihr ausgeschnittenes Unterhöschen verschwindet zwischen den Lippen – ein Schauspiel, an das wir uns gewöhnt haben, das aber meine Aufmerksamkeit für einen Moment ebenso fesselt wie Faunas schwere, fast durchscheinende Brüste.

Stumm vor all den halbnackten Frauen, die mich kaum ansahen, fühlte ich mich zwei Jahre lang wie ein als Frau verkleideter Mann, so gut verkleidet, dass ich im Vorbeigehen die groben Zärtlichkeiten liederlicher Frauenzimmer empfing, mehr oder weniger kräftige Hände auf dem Hintern, eine entfernt mütterliche Geste, die mein auf unfrisiert frisiertes Haar noch mehr zerstrubbelte. Ich glaube, sie haben meine Neugier eines schamlosen Kindes ebenso wenig geahnt wie die Lüsternheit, die mich ab und zu überkam, wenn mein Blick die Schamlippen eines Mädchens streifte, das sich die Fußnägel lackierte; und wenn sie irgendwas gespürt hätten, hätte es sie wahrscheinlich gleichgültig gelassen, weil es ihr Beruf ist, schön zu sein und angestarrt zu werden, und sie sich kaum um das mehr oder weniger anmutige Gezappel ihres Fleisches scheren.

Zwischen den Sofas steht ein niedriger, immer unordentlicher Tisch, auf dem sich Bücher und Teller stapeln oder die Kopfhörer liegen, die die Mädchen hinwerfen, wenn die Gäste sie von einem Podcast wegholen. An der Wand klemmt zwischen weiteren Schubladen der Schreibtisch, auf dem die Hausdame ihre Papiere und die beiden Festnetztelefone hat, außerdem ihr privates Handy und das, auf dem die Chefin oder der Escort-Service anrufen, manchmal auch der Hausmeister, der in den mit allem möglichen Firlefanz vollgestopften Schränken nie seine Werkzeuge findet. Auf dem Tisch liegt die Liste der Zimmer, in die jedes Mädchen auf Post-its Anfang und Ende der Kundenbesuche und ihren Künstlernamen einträgt. Nach Feierabend werden die Zettel abgemacht und die Zahl der Kunden und der Umsatz eingetragen. Auf einer anderen Liste steht, welches Mädchen welche Spezialität anbietet. Sie wurde vor so langer Zeit ausgedruckt, dass wir die Namen zwischen den Kaffeeflecken kaum noch lesen können. Viele sind schon seit Jahren nicht mehr da. An einer Pinnwand hängen Dutzende Speisekarten, Taxinummern, Karten von Steuerberatern, denen du *vielleicht* vertrauen kannst – und ganz unten die speziellen Anweisungen der Mädchen: «Kein Termin mit Carsten für Christina!», «Falls Tom anruft, kein Termin mit Sarah!», «Für Birgit Termine nur ab 45 Minuten!» und dann diese etwas zerknirschte Nachricht: «Ich habe vergessen, Lola 210 Euro in ihren Umschlag zu stecken, bitte sagt ihr Bescheid.» Lola ist zwei Monate nach meiner Ankunft ohne Vorwarnung verschwunden. Sie schuldete anderen Mädchen kleinere oder größere Beträge. Jetzt soll sie in München arbeiten, Genova sagt, sie habe sie gesehen, als sie in einer Champagnerbar Koks schnorrte. Auf den 210 Euro wird das Bordell wohl sitzenbleiben. Es ist ein unverbrüchlicher Glaube, der diesen Zettel dort hängen lässt, der Glaube an Loyalität, auch wenn die Mädchen, die diesen Job machen, sprunghaft sind, auch wenn gegensätzliche Kräfte sie in dieses Haus ziehen und zugleich davon fernhalten. Das geradezu naive Wohlwollen erstreckt sich bis zu den Wänden mit Schrankfächern, von denen einige noch die Namen seit langem verschwundener Mädchen tragen, die von den Händen der Neuen durchgestrichen werden – wahrscheinlich duftet der Staub darin noch nach ihnen.

Der Aufenthaltsraum hat einen schönen breiten Balkon, der sich in der Mitte zu einer kleinen weißen Steintreppe öffnet; vier antik anmutende, von einem breiten Geländer gesäumte geschwungene Stufen führen hinunter in den Garten. Du spürst zwar deutlich, dass es irgendwann, als die Eigentümer ihn pflegten, einen Rasen gab, aber heute ist da nur noch ein Stück Erde mit grünlichem Pelz – wie Farn oder Moos, hier und da ein Grashalm oder ein mickriges Blümchen, das im Schatten der Kirche aufgeblüht ist. Dafür riecht es fast wie auf einem Hof, wo Früchte wachsen und Vieh herumläuft. Ein Laubendach, an dem reichlich Efeu und weiße Ackerwinde ranken, schützt die Mädchen vor den Blicken der Nachbarn. Wo die Natur nicht alles verbergen mochte, wurden Kletterpflanzen aus Plastik eingesetzt, Regen und Schnee haben sie ausgebleicht, aber dem Ganzen fehlt es nicht an Größe, so ein bisschen Versailles für Arme. Verblasste Lampions hängen an den Schilfwänden, die aufgestellt wurden, damit wir uns wie in einem geschlossenen Raum fühlen. Deshalb siehst du den Garten nur, wenn du den Innenhof des Gebäudes betrittst. An Sommerabenden ist er wie eine grüne Blase, durch die ein langsamer Atem geht; Körper bewegen sich darin, und mehr oder weniger verdächtiger Zigarettenrauch mischt sich mit dem Duft billiger Räucherstäbchen.

Wäre der Garten für die Gäste bestimmt gewesen, hätte sich ein Inneneinrichter wohl mehr Mühe gegeben und elegante Möbel angeschafft, aber er ist das Privileg der Mädchen, die das billige Dekor noch mit ein paar wackligen Teilen ergänzt haben. Neben einer quietschenden Hollywoodschaukel mit schwerem, blau-weiß gestreiftem Stoff stehen Gartenstühle, von denen gelbe Farbe abplatzt, ein noch ziemlich vorzeigbarer Liegestuhl und als Glanzstück das immer noch majestätische Gerippe eines Strandkorbs vom Wannsee. Wenn es warm wird, blasen wir neben den Rhododendrontöpfen ein kleines Kinderplanschbecken auf, in das wir unsere müden Beine tauchen, bis irgendwann Zigarettenasche hineinfällt und sich das Ganze in einen Mückeninkubator verwandelt. An den Julinachmittagen kann ich die Augen nicht von diesem gerupften Hinterhof losreißen. Die ausgestreckten Mädchen, der große Strohhut auf Elsas offenem Haar, die Füße von Birgit und Ingrid im noch sauberen Wasser der ersten heißen Tage. Eddie hinter dem Himbeerstrauch, aus Prinzip, obwohl eh alle wissen, dass sie sich einen Joint dreht. Und alle anderen, die kommen und gehen, ihre Bräune begutachten, frische Getränke in die reglose Gluthitze bringen. Im Winter ist das Gemälde nicht weniger charmant – obwohl wir bei Schnee oder Glatteis schlechter mit den Absätzen zurechtkommen. Aber genau dieses Bild schätze ich besonders, Gita und Eddie, die in ihren Pelzmänteln mit Trippelschritten durch den Garten gehen und große Dampfwolken ausatmen – schweigend im rosigen Licht eines Dezembermorgens, staksend und anmutig wie zwei Schwäne, die gerade gelernt haben, ihre dünnen Beine zu beherrschen. In der Nacht hat es geschneit, immer noch fallen schmachtend dicke Flocken, pudern Gitas blonde Locken und Eddies schwarzen Knoten. Ich höre nur ihre Schritte im knirschenden Schnee; endlich finden sie eine Möglichkeit, sich hinzusetzen, wirbeln Schneestaub auf, der einen Moment in einem blassen Sonnenstrahl funkelt, und rufen im Chor: «Ist das schön!» Gitas halb geöffnete Jacke entblößt das bordeauxrote Korsett und ein Stückchen Brust, das von den BH-Bügeln hochgeschoben wird; sie zieht kurz ihren Fuß in fleischfarbenem Nylon aus dem Schuh und bewegt die Zehen – wenn Gita da ist, habe ich nur Augen für sie. Und als spürte sie es, wendet sie mir ihr Puppengesicht zu: «Kommst du raus, Justine? Hier ist bessere Luft als in der Küche.»

Ich habe mich immer gefragt, wie ich mich in diese Bilder einfügte – und ob manchmal jemand auf dem Balkon stand, den sie mit genauso viel Zärtlichkeit erfüllten wie mich.

Ich sitze in dem alten Strandkorb und sehe zwischen den Pflanzen am Zaun zu den Balkons in der zweiten Etage und den anderen Zimmern. Ich muss nicht hochgehen, um mich zu erinnern. Das Treppenhaus, in dem es nach Essen riecht, die Tür zur ersten Wohnung; der lange Flur mit rotem Läufer, die niedrige Kommode, die mit Handtüchern vollgestopft ist. Die Küche, in die die Mädchen kommen; sie sehen auf die Wanduhr und seufzen, dass die Zeit einfach nicht vergeht, während sie mitten in einem Termin eine heimliche Zigarette rauchen. Von der Küche aus hörst du gedämpft die Geräusche aus dem Goldenen Zimmer, mehr als zwanzig Quadratmeter purpurrot gepolsterter Wände mit orangenen Lämpchen – in einer Nische ein rotes Sofa und ein Buffet, über dem ein Foto von zwei Mädchen hängt, die sich innig auf den Mund küssen. Das breite, stabile Bett ist mit goldenem Stoff bedeckt. Wenn du erstmal liegst, musst du nur die Hand zum Mahagoniparkett ausstrecken, um nach dem kleinen Körbchen mit den Kondomen und der unverzichtbaren Küchenrolle zu tasten. Das Zimmer ist bei den Mädchen sehr begehrt, mein liebstes aber liegt gegenüber, am Ende des dunklen Flurs. Es hat oft den Namen geändert, erst «1001», dann «Jasmin» oder einfach «Rot», und tatsächlich verdient es alle drei Bezeichnungen. Das grandiose, nach Maß gebaute Bett nimmt die Hälfte des Raums ein. Von der Decke fallen kilometerlange Schleier herab, ein Ozean aus Batist, in dessen Mitte eine kleine, entfernt arabisch anmutende Wandlampe leuchtet. Das Tageslicht wird durch rot-golden bestickte Vorhänge gedämpft, hier wirkt auch die Haut der Mädchen wie Purpur, durch ihr offenes Haar zucken Flammen. Gegenüber dem Bett verbreitet

ein elektrischer Kamin, wenn er an eisigen Januartagen ange-
schaltet wird, einen Hauch von Haremsatmosphäre. Ein großer, wunderbar tiefer Samtsessel ist mit weißen Spuren übersät, alterslosen Hinterlassenschaften der Leichtsinnigen, die
mit nacktem Hintern ihre Zigarette danach geraucht haben –
der Teppich darunter ist ganz abgewetzt und ausgebleicht,
dort scharren die Mädchen ungeduldig mit den Füßen, während sie darauf warten, dass sich die Männer wieder anziehen.

Das Tropenzimmer in der Nachbarwohnung ist eine
winzige Kiste, die bis ins Treppenhaus nach Jasmin duftet.
Kunstpflanzen säumen ehrerbietig ein hässliches Fresko, das
ein verfemter Künstler gegenüber der Tür verbrochen hat –
eine Dschungellandschaft mit Blumen und Tieren, in der so
ein Durcheinander herrscht, dass ich noch nach zwei Jahren
neue und ungewöhnliche Details entdecke. Gegenüber dieser Verirrung hängt ein entzückendes Bild mit Mondlicht auf
der Ostsee, im Vordergrund eine Frau in der Farbe der Gischt,
die gerade ihr Kleid auszieht. Wenn du auf dem Bett liegst,
ist das faszinierendste, gleichsam schwebende Gemälde
zweifellos der Spiegel an der Decke, auch wenn die überall
klebenden Schmetterlingssticker, die um die gespiegelte
Nacktheit flattern, die blassen Körper wie schlechte Snap-
chat-Fotos aussehen lassen. Direkt neben dem Tropenzimmer und dem angrenzenden Bad wartet die vom Boden bis
zur Decke weiß gekachelte Klinik darauf, dass ein Kunde den
Wunsch äußert, das Mädchen auf den Gyn-Stuhl zu setzen.
Es riecht nach Alkohol und Desinfektionsmittel, obwohl wir
das Zimmer nur betreten, um uns am Waschbecken ein Glas
Wasser zu holen; die anatomischen Poster, der Rollwagen
voll chirurgischer Instrumente und die Kittel an der Garderobe zeugen jedoch von der Hoffnung, in diesem Zimmer,
das wir alle hassen, Arzt-Lehrlinge auszubilden.

Ganz hinten beherbergt eine dritte Wohnung die beiden letzten Zimmer von *La Maison* – das Grüne und das Weiße. Das Weiße, mit Ausnahme des elfenbeinfarbenen Fertigparketts ganz in Rosa, ist mit seinen Liberty-Vorhängen und den vielen Blümchen zum Heulen kitschig. Das Bett und der Rahmen mit albernen Schnitzereien stammen aus den erotischen Träumen einer alten Jungfrau. Aber wenn auch nur ein bisschen Sonne rauskommt, lassen die Vorhänge das Zimmer rosig leuchten, die Blumen verschwinden, der Nippes verblasst in diesem vaginalen Licht, und plötzlich fühlst du dich nicht mehr in den Phantasien der alten Jungfrau, sondern in ihr selbst eingeschlossen, behaglich zwischen ihren Schenkeln versunken, und die sanfte, auf die Dauer unerträgliche Musik, die sich durch Deckenlautsprecher überall ausbreitet, ist das einzige Zeichen der Außenwelt. Das Grüne nebenan ist wirklich elegant, ohne Schnickschnack bis auf einen Glasspringbrunnen, der meistens nicht funktioniert. Wenn ausnahmsweise doch, weil ihm der Hausmeister an der richtigen Stelle einen Tritt verpasst hat, erfüllt erstickende Moschusfeuchtigkeit das Zimmer. Die eigentlich zu große Küche dieser Wohnung ist voll von Schätzen, die die Mädchen und ihre Gäste vergessen haben. Liebesbriefe, Haargummis, billige Krawatten, Seife, Lippenstift und CDs erzählen viel über die einstigen Besitzer.

Am Ende eines Tages errate ich die Stimmung der einen oder anderen daran, welches Zimmer sie wählt. Esmée hat um elf im Goldenen angefangen – mit einem schlechtgelaunten Kerl, der sie sich nach den Fotos schlanker vorgestellt hatte. Ihre nächsten drei Kunden führt sie in das schmeichelhaftere Halbdunkel des Roten. Gita, die ihre Tage hat und heute nur im Studio aktiv ist, lässt ihre Gereiztheit an einem halben Dutzend Männer aus, die vor ihren im Rhythmus der Peitsche wogenden Brüsten knien. Ingrid hat eine neue Frisur und wechselt vom Weißen zum Roten, um den geföhnten Pony in den herrlichen Spiegeln zu bewundern und bewundern zu lassen. Agnetha macht früher als üblich Feierabend, weil ein etwas zu euphorischer Freier sie ganz wund gekratzt hat. Sie. Sie alle. Die frustrierten Seufzer, wenn sie den Schrank öffnen, in dem die Schlüssel hängen, und das begehrte Zimmer schon besetzt ist. Und die hervorragenden Gründe, nicht in das Zimmer zu gehen, das der Herr verlangt, *ich habe Rückenschmerzen, und es ist die Hölle, das Bett im Violetten zu machen; im Silbernen ersticke ich, gegenüber steht eine blühende Kastanie, und ich bin allergisch gegen die Pollen; im Licht des Tropenzimmers habe ich das Gefühl, einen Riesenarsch zu haben; im Goldenen fühle ich mich so allein; Genova ist direkt daneben, und ihre Schreie lenken mich ab ...* Und die Galaxien, die sie in diesen Zimmern erfinden, nein, erfanden, die jetzt als Ferienwohnungen vermietet werden, in diesem Garten, in dem jetzt andere Sklaven rauchen. Wohin geht die Seele der Orte, die so heftig bewohnt wurden?

LITTLE BIRD,
THE WHITE STRIPES

*D*orothée ist splitternackt und reibt ihre langen Beine mit Zitronenöl ein, dessen Duft sich mit dem der Suppe mischt, die ein Mädchen auf dem Couchtisch hat kalt werden lassen. Ich tue so, als würde ich lesen, aber ihre Nacktheit raubt den Worten jeden Sinn, ich habe einen schwarzweißen Buchstabenbrei vor Augen. Das einzige Schauspiel, das meine Aufmerksamkeit verdient, ist dieses Mädchen direkt vor mir, das mich nicht besonders mag und es sicher für eine deutliche Geste der Verachtung hält, mir ihren weißen Hintern zu zeigen. Wenn sie das Öl über ihre Pobacken laufen lässt und sie knetet, damit es einzieht, erkenne ich hier einen etwas dunkleren Fleck, da ein paar winzige Fettgrübchen und bin begeistert von ihrer Schamlosigkeit und Ungeniertheit. Mich berührt die geringe Beachtung, die sie ihrem ganz natürlichen Körper schenkt – ich habe das Gefühl, sie nackter zu sehen, als wenn sie schweißüberströmt aus einem Zimmer kommt.

Ich weiß gar nicht, wann und warum Dorothée angefangen hat, mich nicht mehr zu mögen; ich vermute, als ich ihr ganz ungewollt den dicken Franzosen zugeschoben habe. Aber da wusste ich schon genug über sie, um mir ihr Leben draußen auszumalen. Ich hatte irgendwie erfahren, dass sie Krankenschwester ist. Davon gibt es bestimmt ein Dutzend unter den fünfzig, sechzig Mädchen, die unsere Truppe bilden – auch Nadine, bei der ich mir gut vorstellen kann, wie sie mit ihrer Freundlichkeit und ihrem Lächeln Patienten tröstet, die entsetzt wären, wenn sie wüssten, wie sie ihren Monatslohn aufbessert. Vielleicht gehört Dorothée eher zu den jähzornigen Schwestern, aber sie ist ja auch nicht immer so. Es gibt Tage, da ist sie sogar zu mir ganz reizend, sie lacht über die Geschichten der anderen Mädchen, erzählt eigene und verteidigt *La Maison* gegen die Kritik einer Neuen, die aus Etablissements kommt, wo sie viel mehr verdient hat. Deswegen vermute ich, dass ihre schlechte Laune weder mit dem *Maison* noch mit ihrer Arbeit hier zu tun hat, sondern einfach mit den Stimmungsschwankungen, denen Huren oft unterworfen sind, weil sie älter werden, weil Jüngere nachkommen oder weil sie die leeren Stunden zwischen den Freiern schlechter ertragen. Eigentlich richtet sich Dorothées Wut nicht gegen uns, sondern gegen alles, gegen den Lauf der Welt. Wenn ich besser Deutsch könnte und wenn sie mich besser leiden könnte, würde ich ihr, während sie sich verrenkt, um das Öl zwischen ihren Schenkeln zu verreiben, gern sagen, dass es hier viele Jüngere gibt, die weniger hübsch sind als sie, dass manche niemals diese tadellose Haut hatten und haben werden, ebenso wenig wie den flachen Bauch, in dem zwei Kinder herangewachsen sind, ohne den kleinsten Schwangerschaftsstreifen zu hinterlassen.

Da kommt Esmée mit einem um den Kopf gewickelten Handtuch herein.

«Machst du schon Feierabend?»

«Was heißt denn schon? Ich bin seit Mittag da.»

«Dein Zeug riecht aber gut!», ruft Esmée und beugt sich mit der wunderbaren Vertrautheit von Frauen, die ein Schicksal teilen, über Dorothées Schulter, um mit geschlossenen Augen ihren Geruch aufzunehmen.

In den zwei Jahren in einem Bordell werde ich diese Kühnheit nicht lernen, die mich immer wieder fasziniert und um die ich sie beneide. Nach all den Monaten in einer Welt, in der alle Mädchen nackt herumlaufen und sich überall beschnuppern, werde ich immer noch rot, wenn mich eine von ihnen auf die Wange küsst. Mich berührt nicht die Art, wie Esmée an Dorothée schnuppert, sondern das Vertrauen in ihr Geschlecht, die Normalität dieser Regung, sich gegenseitig zu inspizieren. Vielleicht kommt es daher, dass sie nicht den ganzen Tag über ihre Schicksalsgenossinnen nachdenken, so wie ich, gar nicht mal sexuell, eher so, als würde ich Schmetterlinge aufspießen und nach Belieben betrachten.

«Kommst du morgen?», fragt Esmée.

«Nein, ich bin durch. Mein Plan für morgen heißt rausfahren und am See unter einem Baum ein kühles Bier zischen.»

«Dann sehe ich dich erst am Dienstag, mein Mäuschen?»

Ich bin immer wieder begeistert, wie man im Deutschen in all den *–chen* und *–lein* die Zuneigung sichtbar machen kann, durch die das banalste Wort wie eine Liebkosung klingt.

«Ich bin Dienstag nicht da. Mein Mann kommt am Sonntag zurück.»

«Wie läuft es denn mit euch beiden?»

«Im Moment super. Ich habe ein Hotelzimmer reserviert, und die Kinder sind bei meiner Mutter ...»

Immer wieder überrascht mich ihre Gleichgültigkeit bei dem Gedanken, hier mit vier, fünf, sechs Männern am Tag zu schlafen, und dagegen ihr erregtes Kichern, wenn es um ein Hotel und die Kinder bei den Großeltern geht. Dorothées Mann weiß nicht, dass sie hier arbeitet. Er ist Vertreter oder so was, mit vielen Dienstreisen, sicher kann er sich gut vorstellen, dass seine Frau ihn betrügt – aber von dem Gedanken, dass sie ihn auf diese Weise betrügt, ist er garantiert meilenweit entfernt. Eine Sache, von der niemand spricht, wenn es ums Bordell geht, ist die Frage, wie eine Hure mit dem vielen Sex umgeht. Und mit der Lust zu ficken – pardon, sich zu lieben –, wenn sie ihre Bürozeit mit einer gewissen Anzahl von Besuchern in sich absolviert hat.

«Er ist seit drei Tagen ganz aus dem Häuschen», erzählt Dorothée lächelnd. «Ich bekomme ständig schweinische SMS, du glaubst es nicht. Natürlich habe ich wegen der Gäste nicht viel Zeit zu antworten. Er schickt mir sogar Fotos von seinem Schwanz, na ja, ich freu mich, aber ehrlich gesagt erinnert es mich auch an die Arbeit. Wenn ich ein bisschen distanziert bin, macht ihn das erst recht geil.»

Sie beugt ihren langen Hals nach hinten, um sich einen Pferdeschwanz zu machen – und ich verstehe ihren Mann. In zwei Minuten hat sie ihre Alltagsklamotten angezogen, aber ich werde Dorothée immer nackt und vor Öl glänzend sehen, prachtvoll bis unter den Fahrradhelm.

«Als ich Montag aus dem Urlaub zurückgekommen bin, hatte ich seit zehn Tagen keinen Sex gehabt. Zehn Tage, krass, oder? Seit ich hier bin, ist mir das noch nie passiert. Sonst frage ich mich schon nach zwei Tagen, was los ist.»

Dorothée hat gesehen, dass ich ihnen zuhöre, sie lächelt mir zu – also nicke ich.

«Jetzt muss ich zusehen, wie ich bis zum Wochenende wieder Lust kriege.»

Sie schließt mit nachdenklicher Miene den Reißverschluss ihrer Jacke. Nach ein paar Jahren im Bordell kennt sie die Antwort, sie hat es selbst gesagt: Wenn sie zwei Tage am See Bier getrunken hat, wird sie sich fragen, was los ist. Sie wird diesen ganz speziellen Muskelkater in den Schenkeln und im Rücken spüren, der sie daran erinnert, dass es schon zwei Tage her ist, *dass*. Die Stellungen, die sie gelernt hat und hier täglich mit Männern ausführt, die ihr gleichgültig sind,

werden vielleicht keine besondere Lust wecken, wahrscheinlich gar keine, werden ihr höchstens ein behagliches Seufzen
bei der Vorstellung entlocken, es ohne Zwang zu tun, für den
Mann, den sie liebt. Das Bewusstsein, dass diesmal sie ein
Zimmer reserviert hat, während sie den Großteil ihrer Zeit in
Zimmern verbringt, die andere für sie reserviert haben, wird
sie darin bestärken, dass sie auf jeden Fall Sex haben wird,
egal, ob Lust oder nicht. Wenn er da ist, wird in ihren Refle-
xen, den Rücken zu beugen, den Hintern rauszustrecken und
schnurrend die Augen zu schließen, vielleicht ein Hauch Professionalität durchschimmern. Automatismen, die wie Eile
wirken, während sie schon an die Zärtlichkeit danach denken wird, an das Gefühl der erledigten Arbeit, die Aussicht,
nichts zu sagen, nicht auf die Uhr zu sehen, auf dem Balkon
zu rauchen. Und es wird sich für sie anfühlen, als hätte sie
keine Lust, als würde sie es tun wie irgendetwas anderes, aus
Gewohnheit, aus Resignation; bis zu dem Moment, in dem
er in sie eindringt, denn dann wird sie erkennen, dass dieser Penis, der sich nicht von tausend anderen unterscheidet,
nichts mit diesen anderen zu tun hat. Weil er eine Art hat, sie
auszufüllen, sie zu berühren, die sie verliebt machen würde,
wenn sie es nicht schon wäre. Und ihr Stöhnen wird wie ein
Lieblingslied klingen, dem man zuhört, anstatt es als Hin-
tergrundgeräusch laufen zu lassen. Wie ein Stück von Pink
Floyd auf einer richtigen Anlage, etwas Echtes, Mächtiges,
das einem beinah Tränen entlockt. Sie wird sich fragen, ob
er es spürt, ob er die Aufrichtigkeit erkennt; aber wie könnte
er? Das sind die Geräusche seiner Frau, sie sind ursprünglich
und echt, das ist seine Frau, die er lange nicht mehr gesehen
hat. Und die Geräusche, die sie macht, ihre Art, sich hinzugeben, das alles ist gut und vertraut, wie wenn man nach
monatelanger Irrfahrt heimkehrt. Egal, wie oft eine Frau mit

anderen schläft, egal warum, wenn sie es mit dem Einzigen macht, der zählt, ist es wie die Rückkehr in den Hafen. Und vielleicht wird Dorothée mit gespreizten Schenkeln und wirrem Blick kurz daran denken, dass alle Männer und alle akrobatischen Positionen höchstens eine gute Übung waren – vielleicht wird es ihr so vorkommen, als hätte sie die ganze Zeit an ihren Mann gedacht, wenn die Vielzahl ihr die Laune verdarb und sie das Gefühl hatte, nicht einen mehr sehen zu können, ohne ihm das Gesicht zu zerkratzen, vielleicht hat sie sich immer vorgestellt, dass *er* es ist, oder sie hat die Augen geschlossen und ihn im Zimmer gesehen, wie er ihr zusah – vielleicht ist es kein Betrug, dass er nichts von diesem Haus weiß, weil sie die ganze Zeit an ihn gedacht hat?

(SOMETIMES YOU GOTTA BE) GENTLE, HEAVY TRASH

*D*as Problem bei dem Job ist, dass dein Körper nach einer Weile nicht mehr weiß, wann du spielst und wann du wirklich was fühlst.»

Hildie sitzt auf den Stufen zum Garten und fächelt sich mit einem langen Seufzer Luft zu.

«Du gibst dir so Mühe, gleichgültig zu bleiben, das ist so zur Gewohnheit geworden, dass es dauert, bis dein Körper wieder lernt, was zu fühlen. Das ist das eigentliche Problem, wenn du als Hure arbeitest. Der Rest ist egal – was die anderen denken, das Geld, die Müdigkeit, die Männer ... Das Problem ist, dass du dir eine Maske aufsetzt, die zur Wahrheit wird.»

Ich habe ihren langen, geschmeidigen Rücken voller Leberflecken unter den Händen und verteile die Sonnencreme. Hildie ist siebenundzwanzig, das sagt sie auch, wenn ein Gast sie nach ihrem Alter fragt, obwohl sie laut Website fünf Jahre jünger ist. Es ist ihr peinlich, sich für so jung wie ihre Schwester auszugeben, dann müsste sie anders reden und kokettieren, wie früher an der Uni – aber da ist sie jetzt nicht mehr. Sie verachtet Männer, die sich ihre Partnerin für eine Stunde nach dem Alter aussuchen, mit denen hat sie nichts am Hut. Um den Job so gut zu machen und so vernünftig zu organisieren wie sie, muss ein Mädchen über fünfundzwanzig sein, dann hat es alle Vorteile und keine Probleme. Wenn sie mit achtzehn oder neunzehn angefangen hätte, wenn sich also der größte Teil ihres Sexuallebens in einem Bordell abgespielt hätte, wäre es heute schwieriger – dann würde sie gar nicht über das Problem nachdenken, echten Sex von dem zu unterscheiden, der komplett inszeniert ist, das wäre total unmöglich, und Hildie wäre für den Rest ihres Lebens erledigt. Eine Hure muss vorher richtig guten Sex gehabt haben, damit sie später so viel arbeiten und ihrem Körper an den Abenden, an denen sie einen Mann nach ihrem Geschmack findet, trotzdem noch zuflüstern kann, dass es diesmal echt ist. Die gute Seite dieser Berufskrankheit ist, dass sie einem Jungen nicht böse ist, wenn er sie ungeschickt anfasst oder nicht befriedigen kann; dann packt sie die enttäuschenden Umarmungen halt in dieselbe Schublade wie die im *Maison* und empfindet es nicht als gescheiterte Kommunikation oder einen Fehler der Chemie. Ihr Körper ist ein Kamerad, dem sie aufmerksam lauscht und der ihr an Tagen harter Arbeit ein bisschen leidtut, wenn sie nach Hause fährt und sich fragt, ob das, was sie acht Stunden lang gemacht hat, Sex oder nur eine Leibesübung war. Sie spürt, was sie ihrem Körper abverlangt. Manchmal sitzt Hildie zwischen anderen Frauen, die ebenso jung, ebenso hübsch sind wie sie, vor einem Café und stellt sich vor, sie würde einer von ihnen den Schenkel streicheln oder sich vorbeugen, um sie in den Nacken zu küssen. Der Schauer, der das Mädchen überlaufen würde, wäre echt, von den Haarwurzeln bis zur Zehenspitze wirklich empfunden – während es für Hildie nur eine vertraute, täglich wiederholte Berührung wäre, wie sie sich an Dornen zerkratzt, wenn sie durch den Wald läuft. Um sich wirklich hinzugeben, bräuchte sie die Langsamkeit und Geduld einer Jungfrau und einen Mann, der sie an Stellen liebkosen würde, um die sich sonst niemand schert, ihre Beine, ihre Arme, ihre Hüften. Dabei hat sie dieselben wilden Phantasien wie viele andere. Ein Freier hat ihr nach einer Sitzung im Studio die Augen geöffnet. Er hat sie gefragt, ob sie schon mal Tantra ausprobiert habe; Hildie hat gelacht, *natürlich nicht!* Sich mit der Verheißung, den größten Orgasmus aller Zeiten zu erleben, zweieinhalb Stunden massieren lassen? Das kam ihr wie der größte Schwachsinn vor. Der Freier hat wohl den Sarkasmus in ihrem Lachen gespürt; ohne sich aufzuregen, hat er ihr erklärt, dass Tantra nicht was für Alte ist, die ihn nicht mehr hochkriegen oder nicht mehr feucht werden und alle Zeit der Welt haben, einem Orgasmus hinterherzurennen – im Gegenteil, die Langsamkeit und das ewige Hinauszögern seien perfekt für junge Frauen wie sie, die viel (zu viel?) Sex hätten und dem Vorspiel deswegen nur sehr wenig Bedeutung beimessen würden.

«Du brauchst sehr starke Empfindungen, um zu kommen, stimmt's?»

«Ich glaube schon», hatte Hildie geantwortet und an den Lärm und die Stärke ihres Vibrators gedacht, bei dem sie kaum Zeit hatte, sich schmutzige Sachen vorzustellen, bis sie kam.

«Natürlich. Das ist normal. Aber durch das Tantra stellst du die Verbindung zu jedem Teil deines Körpers, zu jedem Quadratzentimeter deiner Haut her. Zum Beispiel – darf ich mal?»

Er hatte sich über sie gebeugt und auf ihre Zustimmung gewartet, um dann mit den Fingernägeln ganz zart vom Knöchel bis zur Kniekehle zu streichen.

«Du würdest staunen, wie sehr dich so eine winzige Berührung erregen kann. Das ist natürlich Übungssache. Es verlangt Hingabe, und das ist weiß Gott nicht einfach in deinem Job. Aber so kannst du die Zärtlichkeit wiederfinden. Du brauchst Zärtlichkeit, Hildie, wie jeder Mensch.»

Hildie hatte nicht auf ihn gehört. Im Grunde fürchtete sie

sich davor zu entdecken, dass es eine andere Form der Sinnlichkeit gibt, die sie verschmähen muss, obwohl sie ihr viel mehr bringen würde. Aber manchmal, wenn sie vor dem Café die glückstrahlenden Körper der anderen Mädchen sieht, schließt Hildie die Augen und streicht ganz langsam mit den Fingernägeln vom Knöchel bis zur Kniekehle. Während sie das tut, denkt sie an einen jungen Mann, auf den sie Lust hat. Und während ich die letzte Sonnencreme auf ihren Schultern verteile, spüre ich an meiner Wade etwas wie das irritierende Kitzeln eines Grashalms und hätte Hildies Hand beinahe weggeschubst, während sie unter ihrer Sonnenbrille lächelt und mir ihr schönes Gesicht zuwendet: «Merkst du, wie das wirkt?»

Ich werde noch lange an diese Liebkosung denken, vor allem bei ein paar Duos, Sitzungen zu dritt, nach denen die Männer fix und fertig sind. Dreißig Minuten, von Hildie und mir geschickt eingeteilt, ohne dass wir uns absprechen müssen, in denen wir uns Abgründe an Obszönität und unglaubliche Stellungen ausdenken, während der Mann zwischen unseren vier Schenkeln gefangen, blind und taub ist. Hildie reitet auf ihm und gibt mir stumme Hinweise. Sie spielt die totale Hingabe. Ohne die Hände des Mannes und das Kondom aus den Augen zu lassen, kontrolliert sie die steigende Erregung und denkt sich die ideale Kombination aus, um ihn zum Orgasmus zu bringen. Hildie und ich würden uns danach am liebsten abklatschen. Keinen Augenblick lang lassen wir uns durch Gefühle von unserer Mission ablenken, wir beherrschen uns noch bei der letzten Freudenäußerung, bei jedem Klaps auf unsere Hintern. Doch wenn ich zwischen ihre Beine tauche, um sie mit einem gar nicht mal gespielten Appetit zu lecken, denke ich an die harmlose Liebkosung auf meinem Bein und stelle mir vor, was passieren würde, wenn ich sie zum Orgasmus brächte und wenn sie wüsste, was sie mit mir machen, welche Stellen sie berühren, welche Sprache sie erfinden müsste, um meinem Körper erneut diesen Schauder zu verschaffen.

«Das sind alles Luxusprobleme», seufzt sie, vom Hintern bis zu ihren anrührenden Schultern eingecremt, und setzt ihren Hut wieder auf. «Wir gönnen uns die Zeit rumzuheulen, weil wir nicht viel empfinden. Ich denke dann immer an die Mädchen, die in Absteigen für 20 Euro pro Fick schuften. Das hier ist echt ein bürgerliches Bordell. Nur hier hörst du Mädchen jammern, sie hätten keinen Orgasmus gehabt.»

I'M SO GREEN, CAN

*B*ürgerliches *Bordell* heißt auch, dass Mädchen wie Victoria bei jedem Klingeln befürchten, dass ein Mann auftaucht, den sie kennt. Berlin hat dreieinhalb Millionen Einwohner, aber immer wieder steht jemand vor der Tür, den sie Gott weiß wo, bei der Arbeit oder im Supermarkt gesehen hat, ein Nachbar oder der Vater eines Schülers – Victoria scheint irgendwelche Pheromone auszusenden, mit denen sie alle Bekannten anlockt, die gern mit ihr schlafen würden, es aber aus unterschiedlichen Gründen nicht dürfen. Schuld sind vielleicht ihre Fotos – auf den nur oberflächlich bearbeiteten Bildern erkennt man sie sehr schnell. In den letzten vier Jahren hat sie dreimal den Namen geändert, aber es vergeht kaum eine Woche, ohne dass sie sich auf dem Sofa hastig anzieht und flüstert: «Das ist ein Kumpel von meinem Süßen!»

Dann muss Inge irgendwelche ebenso absurden wie unabweisbaren Entschuldigungen erfinden, *Victoria fühlt sich nicht und ist nach Hause gegangen, Victoria ist noch beschäftigt, wir haben auf der Terminliste etwas durcheinandergebracht* – und in den heikelsten Fällen sogar *Sie arbeitet nicht mehr hier, wer hat den Termin mit Ihnen ausgemacht?* Und bevor sich die schwere Eingangstür schließt, erschallt im Flur gelegentlich das laute Gejammer des Freiers, der wieder mal unverrichteter Dinge abzieht und ins Leere ruft, wie man eine Flaschenpost ins Meer wirft: «Ich weiß, dass du da bist, Silke! Ich weiß genau, dass du da bist!» Und niemand weiß, ob Victoria wirklich Silke heißt oder ob das nur ein Pseudo-

nym ist, das sie vor Jahren angenommen hat und das alle
außer ihm vergessen haben. Kommen diese Männer, um sie
auf frischer Tat zu ertappen, wie sie vermutet? Selbst in All-
tagskleidung gibt es bei Victoria kaum einen Zweifel an der
Art ihrer Tätigkeit – irgendwas, das mit Männern zu tun hat,
so viel steht fest. Wenn sie eh keinen Hehl aus ihrem Beruf
macht, müsste sie doch allmählich jedes Erpressungsrisiko
überwunden haben; ihre Art zu reden und ihre gute Laune
lassen auch nicht vermuten, dass es ihr irgendwie unangenehm wäre. Ich glaube, dass die Männer, die fluchen, wenn
sie abgewiesen werden, die jungen Kerle, die den Tränen nah
sind, wenn die Hausdame ihnen ein anderes Mädchen vorstellt, die Durchtriebenen, die sich mit falschem Namen an-
kündigen (vergeblich, denn sie späht immer durchs Schlüsselloch), sie keineswegs in die Enge treiben wollen, sondern
unter einem Bann stehen, mit dem sie sie belegt hat. Sie besitzt ein Geheimnis, auf das die Männer für nichts auf der
Welt verzichten würden – wie der eine, den ich eines Abends
zur Tür brachte, der plötzlich so unbeholfen war, dass er
einen Hocker umwarf, und den Victoria nie mehr wiedersehen wollte. Beim nächsten Mal zitterte er vor Ungeduld,
er war so verliebt und aufgeregt wie ein unberührter Junge,
dem sich eine neue Welt eröffnet hatte; aus Enttäuschung
nahm er Hildie, die Victoria ein bisschen ähnlich sieht,
von weitem, im Nebel. Hildie hat mir danach erzählt, wie
er vom Zimmer in die Dusche und von der Dusche zu Hildie geschlurft ist, wie mühsam es war, ihn aufzugeilen und
zum Orgasmus zu bringen, bei dem er die Augen geschlossen hielt. Bevor er ging, holte er eine Konfektschachtel mit
einem Samtband aus der Tasche, auf einem Schildchen stand
Victoria, rosa Stift, die i-Punkte zwei Herzen. Er entschul-
digte sich und schob Hildie einen Zwanziger in die Hand, sie

versprach ihm, Victoria von ihm zu umarmen und dafür zu sorgen, dass das Konfekt mit Grüßen von Laszlo bei ihr ankommt.

«Bei manchen fragst du dich, woran sie beim Sex denken. Bei ihm war es wenigstens klar», schimpfte Hildie. Sie war ziemlich sauer, kein Wunder, wenn man einer Siebenundzwanzigjährigen die zweiundvierzigjährige Victoria vorzieht. Aber im Grunde zerbrach sich Hildie genauso den Kopf wie wir alle, während sie das Konfekt knabberte, das Victoria abgelehnt hatte: Warum *sie*? Herrgott, was hat diese Victoria / Silke / Yasmine, dass alle so scharf auf sie sind? Ich würde zehnmal lieber Hildie nehmen, würde diese große, ja riesige, grob geschnitzte Walküre mit dem breiten, fast viereckigen Hintern und dem übertriebenen Blond keines Blickes würdigen; sie stellt sich mit schlecht gelaunter Mattigkeit vor, wie man es von einer Hure erwartet, gibt dem Freier schlaff die Hand, murmelt ihren gerade aktuellen Namen. Sie gibt sich nicht die geringste Mühe, so zu tun, als freute sie sich, ihn kennenzulernen – manchmal vergisst sie, ihre Hausschuhe auszuziehen, schlurft vorbei und lässt einen Geruch nach dem Essen hinter sich, das sie gerade verschlungen hat, ohne an den Nächsten zu denken, der an ihren Lippen hängen wird. Ihre Kleidung, ihr Parfüm, alles riecht kilometerweit nach Nutte – nicht mehr und bestimmt nicht besser als bei vielen anderen Mädchen hier.

Wenn ich die Blumensträuße und Konfektschachteln sehe, wenn ich die hübschen Jungs jammern höre, die mit eingezogenem Schwanz abziehen oder über der schönen Hildie die Augen schließen, um sich Victorias Stutenkruppe vorzustellen, nagt die Neugier an mir. Vielleicht heizen ihre Statur und ihre Ungeniertheit Instinkte an, die bei der Koketterie der hübschen Mädchen kalt bleiben. Vielleicht wird die Lust der Männer gerade von dem Anschein geweckt, sie wolle nicht ausgewählt werden, von ihrem schrägen Blick einer Schülerin, die betet, dass der Lehrer sie nicht aufruft, weil die Freier genug von der geschäftstüchtigen Bereitwilligkeit der anderen Huren haben, weil sie ihnen Lust macht, sie freiwillig oder unfreiwillig zu erobern. Vielleicht hat sie diese riskante, kühne Technik des Alles oder Nichts in zehn Jahren Bordell gelernt.

Wenn sie an uns vorbeigeht und ihr Lächeln für uns ebenso strahlend ist wie der Blick für ihre Kunden finster, heben wir in Gedanken ihre superkurzen Röcke; und wenn sie nackt ist, was oft vorkommt, suchen wir in ihren Speckfalten ratlos nach der Antwort auf dieses Rätsel. Da muss etwas sein, was die Männer riechen und was unsere von Eifersucht verstopften Sinne gleichgültig lässt. Esmée hat sogar einen ihrer Stammkunden zur Erkundung geschickt, der sie abgöttisch liebt, er hat einen enttäuschenden Bericht abgeliefert und versichert, Victoria sei *zu weit* für ihn. Zu *weit*? Ist das das Geheimnis?

Ich habe Victoria einmal hinter einer verschlossenen Tür schreien hören. Mein Gast war unter der Dusche, ich wollte frische Handtücher holen und blieb stehen, ja presste das Ohr an die Tür, wie gefesselt von den Koloraturen, die sich über die Dudelmusik legten. Hektor ertappte mich dort und lächelte nur: «Das ist doch die Große.» Als ich ihn fragte, was sie so besonders, so bezaubernd mache, wischte er das Thema mit einer Handbewegung beiseite und erklärte, er wolle die Spezialitäten der anderen nicht verraten. Herrgott, als wäre Victoria seine Kollegin und nicht meine! Das beweist letztendlich, dass die Männer schamhafter und respektvoller sind als ich. Seither sehe ich in Victoria mit ihren langen, fast weißen Haaren und dem sternenübersäten Seidennegligé eine

Hexe, die bei Einbruch der Nacht, wenn der Teufel die Welt der Sterblichen besucht, auf einem weißen Schwan reitet, eine Erscheinung, die du verpasst, wenn du nur einmal blinzelst, wie in einer Schnulze von Marc Bolan.

IF THERE IS SOMETHING,
ROXY MUSIC

*T*homas zieht sich gemächlich aus.

«Tut mir leid, dass nur das Violette frei ist, der Laden brummt.»

«Kein Problem. Ich mag das Zimmer.»

«Mich macht es trübsinnig.»

Thomas kennt das Bordell länger als ich. Er ist daran gewöhnt, die Stimmen anderer Gäste oder das Absatzklappern der Mädchen im Nebenzimmer zu hören. Dieses vulgäre Zimmer, das von violetten Neonröhren erhellt wird und in dem wir beide, wie vom Schicksal gestraft, jedes Mal landen, schüchtert ihn ebenso wenig ein wie der Geruch nach Deo und Sperma und die prosaische Küchenrolle auf dem Nachttisch. Thomas mag es, inmitten der Mädchen zu sein, ihr Lachen zu hören, er mag ihr Schulterklopfen, wenn sie ihn im Flur treffen, und die Dreistigkeit, mit der ihm die Alteingesessenen seine Untreue vorwerfen. Er mag sogar die Vorbereitungen, von denen er kein Detail verpassen will, die Handtücher, die im Kreuz auf der Tagesdecke ausgebreitet werden, die Präservative, die wir aus unseren Täschchen holen, die Schamlosigkeit der Mädchen, die sich vor ihm ausziehen, während sie mit ihm schwatzen, und sich kräftig die Körperteile abtrocknen, die sie gerade im Bidet gewaschen haben.

«Und wie geht's dir so?»

«Ganz gut.»

«Ich dachte schon, du kommst gar nicht mehr.»

«Ich hatte Gesundheitsprobleme.»

«Wilma hat davon erzählt. Du warst im Krankenhaus?»

«Hat Wilma das erzählt?»

«Nur aus Anteilnahme. Wir haben darüber gesprochen, dass du lange nicht da warst. Sie hat sich Sorgen gemacht.»

«Das ist nett. Ich hatte eine Herzoperation. Musste zwei Wochen liegen.»

«Und geht's jetzt besser? Alles wieder gut?»

«Ja, aber der Arzt hat gesagt, ich soll auf Partys, Drogen und Mädchen verzichten. Wenigstens eine Zeitlang.»

Er sitzt mir nackt im Schneidersitz gegenüber. Mir war schon aufgefallen, wie traurig er guckt.

«Ehrlich gesagt, ich bin ziemlich down. Ich war so dran gewöhnt, auszugehen, Speed zu nehmen, kaum zu schlafen ... Es gab immer was, worauf ich mich gefreut habe, herkommen zum Beispiel. Aber seit ich arbeitslos bin, habe ich weniger Geld, deshalb komme ich auch seltener. Also hänge ich rum.»

«Mach was anderes. Lies was.»

«Ich habe gerade einen dicken Schinken von Franzen ausgelesen. War nicht schlecht. Aber das andere fehlt mir.»

«Wird schon wieder. Lies mal Philip Roth, der wird dir gefallen.»

«Ich glaube, ich hab's ganz schön übertrieben. Vor zehn Jahren hätte ich nicht im Traum dran gedacht, dass ausgerechnet mir so was passiert. Ich habe nur gefickt und gesoffen ... Heute krieg ich die Rechnung präsentiert. Ganz abgesehen vom Geld, ich kann dir sagen, ich kam vier-, fünfmal pro Woche her und hab ihn immer hochgekriegt. Jetzt wird es schon mühsam, wenn ich nicht mindestens drei Tage zwischen zwei Besuchen warte. Das ist zum Kotzen. Aber ich bin halt auch keine dreißig mehr», sagt er lächelnd. Er ist gerade einundvierzig geworden. «Plötzlich kommt mir mein Leben ganz leer vor. Vor sechs Monaten habe ich meinen Vater begraben, hat dir Wilma das auch erzählt?»

«Nein. Mein Beileid.»

«Schon komisch, den Vater zu begraben. Besonders für einen Mann. Ich stand da, starrte auf den Sarg, der im Loch verschwand, und dachte – echt schräg! – ich dachte, ich bin der Nächste auf der Liste. Irgendwie war ich immer noch fünfzehn, halt der Sohn. Jetzt ist mein Vater tot, und ich habe weder Frau noch Kinder ... Wenn ich Party machen könnte, hätte ich wenigstens Ablenkung.»

«Warum suchst du dir nicht ein nettes Mädchen?»

«Und wann würde ich dann zu euch allen kommen?»

«Du würdest es so machen wie die anderen und trotzdem kommen. Das hätte zusätzlich den Reiz der Heimlichkeit.»

«Irgendwann muss ich wohl mal erwachsen werden.»

«Den Satz habe ich noch nie gehört.»

Thomas lacht und drückt mich an sich. Sein Herzschlag scheint ganz in Ordnung. Vielleicht langsamer als sonst?

«Nein, ich glaube nicht, dass Heiraten was für mich ist. Ich bin mit euch verheiratet, das reicht mir. Ich habe ein paar Ehefrauen pro Woche, und wir streiten uns nie.»

«Mach dir keine Gedanken. Das kommt wieder. Wir haben alle unsere Tiefs.»

«Und bei dir so? Kommst du voran mit deinem Buch?»

«Ganz langsam. Ich habe im Moment andere Sachen im Kopf.»

«Erzählst du darin von mir?»

«Das sollte ich eigentlich!»

«Du weißt ja, wenn du Geschichten hören willst, gehen wir mal was trinken, und ich berichte dir von meiner langen Erfahrung als Freier.»

«Ich habe deine Karte. Wenn ich wieder anfange zu schreiben, rufe ich dich an.»

Seine Karte steckt wirklich in der Innentasche meines Rucksacks. Manchmal denke ich daran, ihn anzurufen, bestimmt würde mir seine ungezwungene Art helfen, den Schreibprozess in Gang zu setzen, aber ich weiß auch, dass wir irgendwie beide das gleiche Problem haben, das gleiche entstehende Buch am Hals, die gleiche Angst, es schlecht zu schreiben und all die Geschichten in uns zu beschmutzen, die im ursprünglichen Zustand Parabeln gleichen.

Mit jedem anderen würde ich erst *danach* so ein Gespräch anfangen. Aber Thomas muss ich nicht in Stimmung bringen, damit er daran denkt, weshalb er hier ist, der Anblick eines nackten Körpers reicht völlig aus. Schon steht er ihm, er schnappt nach meiner Lippe, sein Blick ist ernst, als wüsste er nicht mehr, worüber wir gerade noch geredet haben, dass wir überhaupt geredet haben (wenn er eine Frau wäre, wäre Thomas die ideale Hure).

«Und sonst so? Fickst du viel?» In dieser Frage, die er Wilma, Esmée und allen anderen Frauen stellt, die seit Jahren hier arbeiten und nur guter Laune sind, wenn sie einen vollen Kalender haben, liegt seine einzige Phantasie, die Illusion der Männer, außer ihnen würde niemand bezahlen. Das ist der einzige Moment, wo ich versucht bin, ihm zu antworten: «Was bildest du dir denn ein, Kumpel?» Ich denke kurz darüber nach, bevor mir seine traurigen Augen einfallen und ich ihm zwischen die Lippen kichere: «Viermal heute.»

Das stimmt nicht, weil ich gerade angefangen habe – aber das wäre sicher nicht das, was Thomas hören möchte.

BEWARE MY LOVE,
THE WINGS

*L*otte ruft noch mal tschüs und geht endlich die Treppe runter, macht die Tür auf und wird von der geschäftigen Straße verschluckt. Sie holt sich einen großen Café Latte und freut sich darauf, ein paar hundert Meter weiter entspannt im Park zu lesen. Das türkische Restaurant nebenan, das nach Arbeit riecht, wenn sie morgens kommt, duftet jetzt nach Freiheit; im Handumdrehen vergisst sie die Freier des Tages und ist nur noch ein Mädchen mit vollem Portemonnaie, so erschöpft, wie es auch eine Fitnesstrainerin oder Masseurin sein könnte. Eine angenehme Müdigkeit, die nichts mit den Schmerzen zu tun hat, die sich Ahnungslose vorstellen. Eine Erschöpfung, die dir sagt, dass du gut schlafen wirst, aber es ist noch früh, und das Wetter lädt zu einem Fußbad im See ein. Lotte hat ordentlich gearbeitet, die Stadt streckt ihr die Arme entgegen, morgen wird sie zum Wannsee fahren, um sich zu sonnen – das hat sie sich weiß Gott verdient nach zwei Tagen in schummrigen Zimmern, wo die Haut bei allen die blasse Farbe von Grenadine-Milch annimmt.

Lotte setzt sich gleich an der Straße ins Gras; es macht Spaß, die Kolleginnen vorbeigehen zu sehen, die auch Feierabend haben oder zur Abendschicht kommen. Esmée quält sich mit verkniffenem Gesicht auf dem Fahrrad die steile Straße hinauf; Thaïs schwenkt ihre große Sporttasche, darin sind zwei Paar Absatzschuhe, die sie täglich trägt, und so viele Outfits, wie sie gerade Lust hat. Sehen, wie die anderen weiter arbeiten, Geld verdienen und sich ein bisschen Luxus zusammensparen, den Mädchen ein diskretes Lächeln zuwerfen, das sie erwidern oder auch nicht – das gehört zum Vergnügen des Feierabends. Nichts kann dieses Vergnügen trüben. Mit einer Einschränkung, und du musst Hure sein, um das zu verstehen: Eine Stunde lang, zumindest während der ersten Zigarette, willst du keine Männerstimme hören, jedenfalls keine, die sich an dich richtet. Aber es gibt immer einen, der es mit naiver Selbstsicherheit wagt; und während Lotte noch das Buch aus ihrer Tasche holt und sich freut, da weiterzulesen, wo ihre Kunden sie immer wieder unterbrochen haben, sieht sie, wie sich ein Schatten über ihren legt und für einen Moment die Sonne verdeckt, dann übertönt eine zögernde Silbe das Tschilpen der Vögel und das Lachen der Kinder in der Schule nebenan: «Hi!»

Lotte zögert eine Sekunde, sie erschauert vor Wut, denn sie hat die Stimme, den Schatten und sogar die Beschaffenheit des Schweigens erkannt, noch bevor sie aufsieht. Da steht Heiko, Hände in den Taschen, ein trauriges Lächeln um die Lippen, wie aus dem Nichts aufgetaucht, und Lotte rafft alles zusammen, was sie an Herzlichkeit aufbringt, den Rest der Höflichkeit, die sie in ihrem Spind zurückgelassen hat, und lächelt: «Oh! Was machst du denn hier?»

Sie weiß genau, was er hier macht. Heiko hat gewartet, bis sie rausgekommen ist, und hat sich an ihre Fersen geheftet. Er hat gewartet, bis sie Feierabend hat, und ist hinter ihr hergelaufen, hat ihr Parfüm eingesogen und auf ihren Hintern gestarrt, den er nur halbnackt und in Strapse geschnürt kennt; er hat gewartet, bis sie sich ins Gras gesetzt hat, und gegrübelt, wie er sie ansprechen soll, ohne sie zu verscheuchen, dann hat er alles auf die Möglichkeit gesetzt, dass sie an einen Zufall glaubt – als könnte sie vergessen, dass er ganz woanders wohnt und dass niemand einfach so in diesem

Viertel rumhängt, wenn er das Bordell verlassen hat. Deswegen bringt er wenigstens die Ehrlichkeit auf, sich neben sie zu hocken und weiter lächelnd zu gestehen: «Du hast doch gesagt, wir gehen mal einen Kaffee trinken, und ich hab gedacht, warum nicht heute?»

Ich stelle mir den Hass vor, der sie überschwemmt; Hass auf sich selbst, weil sie sich durchaus erinnert, dass sie diesen Satz gesagt hat, als Heiko gar nicht mehr gehen wollte. Hass auf ihn – denn wer, wenn nicht ein Freier, könnte darauf hoffen, einen Kaffee mit ihr zu trinken? Warum nicht heute, Heiko? *Ehrlich, warum nicht heute?*

Sie hat vergessen, dass in jedem Freier ein Mann schlummert, der danach strebt, mehr zu werden als ein zahlender Kunde. Sie hat schon oft gedacht, dass sie aufhören muss, Heiko zu sehen; eigentlich bei jedem seiner Besuche, seit er zum ersten Mal angedeutet hat, dass er in sie verliebt ist. Kann man in einem so klaren Rahmen wie dem Bordell überhaupt etwas andeuten? Wenn sie in den Salon kam, sein Gesicht vor Glück erstrahlte und er ihr den Beutel mit Geschenken entgegenstreckte, fehlte ihr der Mut: Irgendetwas Kindliches und Zärtliches regte sich in ihr, und sie wurde angesichts seiner Freude, sie zu sehen, immer wieder schwach. Dabei wäre das der Moment gewesen, nein zu sagen, denn dasselbe Irgendetwas ließ sie eine Sekunde später vor Wut ersticken; das kleine, launische, nach Komplimenten süchtige Mädchen regte sich über seine verliebten Blicke ebenso auf wie über seinen Eifer, sich zurückzuhalten und sie zum Orgasmus zu bringen (eine ebenso vergebliche Hoffnung wie die, sie außerhalb des Hauses zu treffen). Aus der Gereiztheit wurde Widerwillen; die spontane, verzweifelte Erektion dieses hübschen Jungen von kaum dreißig Jahren erzeugte ein Unbehagen und ein stärkeres Gefühl, sich zu prostituieren, als der monatelange Umgang mit Alten, Hässlichen oder Dicken je in ihr geweckt hatte. Sie sah seinen harten Penis, noch bevor er sich auszog, und sogleich packte sie der Drang, auf ihn einzuschlagen. Wütend zählte sie die Minuten, die er unter der Dusche verbrachte, fand die Zeit zu lang und zu kurz, hoffte insgeheim, er werde ausrutschen und auf die Schnauze fallen. Das passierte natürlich nie, Heiko hätte so etwas nie zugelassen, er wäre auch mit gebrochenem Bein gekommen. Tatsächlich war er im letzten Winter vom Fahrrad gefallen und hatte sich das Handgelenk verrenkt; klitschnass von geschmolzenem Schnee kam er an, sie musste sich auf ihn setzen und die Arbeit für ihn erledigen; sie drehte die Pixies voll auf, um sein Stöhnen zwischen Schmerz und Ekstase (jedes Geräusch, das er machte, war ihr schon lange zuwider) nicht zu hören; wie jedes Mal nahm sie ihre ganze Geduld zusammen, um ihre Pflicht zu erfüllen, ohne die schlechten Schwingungen herauszulassen, ohne ihn anzusehen, und darauf bedacht, nicht an seinen Unterarm zu kommen, den er wie eine Standarte in die Luft streckte. Es war immer mühsam, Heiko liebte die Zungenküsse, die sie ihm erlaubt hatte, als sie ihn noch nicht verabscheute, und die sie ihm nicht mehr verbieten konnte, ohne ihm das Schwinden ihrer Zuneigung zu offenbaren. Er leckte ausgiebig ihre Möse und störte sich überhaupt nicht daran, das Gleitmittel zu schmecken, mit dem sie sich eingecremt hatte, um nicht völlig trocken zu sein. Um der Mühsal ein Ende zu bereiten, fabrizierte sie einen mit ihrer Ungeduld angereicherten Orgasmus, einen Orgasmus wie ein Schnauben, der den Vorteil hatte, dass auch Heiko kam – aber den Nachteil, ihn unermüdlich zu ihr zurückzubringen. Der kurze Hauch von Sperma, wenn Heiko das volle Kondom abzog, dieser Geruch, der ihr sonst die ordentlich gemachte Arbeit signalisierte, löste einen heftigen Widerwillen aus. Manchmal packte sie ein Brechreiz, den sie überspielte, indem sie sich über das Radio beugte, um die Musik zu wechseln (sie achtete darauf, nie ihre Playlist zu spielen, damit kein Lied sie an Heiko erinnerte). Wenn sie sich dann endlich umdrehte, ihn mit geschlossenen Augen daliegen sah und sein Schwanz wieder zur harmlosen Größe geschrumpft war, packte sie ein eigenartiges Schuldgefühl. Dann wusste sie nicht mehr, warum sie ihn so verabscheut hatte und warum er so sehr an das Gegenteil glauben konnte, und sie wurde von schmerzhaftem Mitleid für die unergründliche Dummheit der Männer gepackt. Dumm, sobald sie eine Erektion hatten – das wussten alle, auch sie selbst –, aber nicht weniger bekloppt, nachdem sie sich entleert hatten, sogar noch bekloppter. Sanft wie Lämmer. Strahlend, gezähmt von der Illusion, befriedigt zu haben, und bereit, immer wieder der gleichen Lüge aufzusitzen. Wenn er so verletzlich war, hätte sie die Gelegenheit beim Schopf packen und ihm klarmachen können, dass sie ihn nicht mehr sehen wolle. Die holprige Erklärung lag ihr auf den Lippen, bis Heiko seine Geschenke auspackte – meistens Schokolade. Dann war es zu spät. Diese Schokolade, für die er in einem französischen Geschäft in Mitte ein Vermögen ausgab und die ihr zu bitter war, schuf einen neuen Vorwand, um die unaussprechliche Erklärung auf das nächste Mal zu verschieben. Sie wollte nicht wissen, was passieren würde, ob Heiko die Schokolade dalassen oder wieder mitnehmen würde (das ließ sie völlig kalt, aber sie wollte sich gern das Schauspiel seiner Großmut oder Taktlosigkeit ersparen), ob er weinen oder wütend werden würde – und vor allem wäre es unvermeidbar, dass er ihr ungestraft fünfzehn Minuten ihrer Zeit rauben würde, um zu diskutieren, sich zu verteidigen, fünfzehn Minuten, die sie ihm nicht übel nehmen dürfte, weil in Heikos Kopf die mit ihr verbrachte Zeit nicht aus Minuten bestand, von denen jede einen bestimmten Eurobetrag wert war, sondern aus Momenten der Ewigkeit; dass ein anderer auf sie wartete, konnte sie ihm nicht unter die Nase reiben, obwohl es eigentlich selbstverständlich war. Nein, wenn sie jetzt Klartext redete, würde sie ihn irgendwann mit einem Fußtritt aus dem Zimmer jagen müssen und dann nicht mal die Zeit haben, eine Zigarette zu rauchen, um bis zum nächsten Freier das Bild des verzweifelten Heiko abzuschütteln. Die Gereiztheit, in die er sie versetzt hätte, würde Lotte von Zimmer zu Zimmer mitschleppen und wohl oder übel an den anderen auslassen, denn so eine Szene verfolgt dich den ganzen Tag. Also nahm sie ein Stück Schokolade, dankte Heiko und versprach ihm beim Abschied einen Kaffee, irgendwann, nur um zu verhindern, dass er noch ewig auf der Schwelle stand und drei-, viermal den Kopf ins Zimmer steckte, um einen letzten Kuss, dann noch einen letzten, einen allerletzten zu verlangen, während er die Tage zählten, die ihn vom Wiedersehen trennten, um für jeden Tag ohne sie eine Spur ihrer Lippen mitzunehmen. Manchmal hatte das Versprechen die erhoffte Wirkung, und Heiko nickte begeistert, überzeugt, dass kein Freier vor ihm je so einen Vorschlag aus dem Mund einer genervten Hure gehört hatte. Und obwohl sie ihn nie anrief und nicht im Traum daran dachte, zog er zufrieden und wie ein Blitz von dannen, er floh geradezu mit diesem Versprechen eines Rendezvous, als bräuchte es frische Luft, um zu überleben.

Lotte hoffte irgendwie, er werde selig auf ihren Anruf warten und nicht mehr ins Bordell kommen, aber er kam immer wieder und schien ihr auch nie böse zu sein. Sein allwöchentlicher Besuch am Dienstagnachmittag war so unvermeidbar wie der Tod. Er war meistens der Erste, der am Sonntagabend

anrief, sobald der Wochenplan für die Mädchen auf der Website freigeschaltet wurde.

Heiko wurde immer finsterer, die Hausdamen nannten
ihn nur noch *den Traurigen*. Kaum betrat Lotte den Salon,
schoss er wie eine Feder aus dem Sessel, immer noch lächelnd, aber mit einer Wehmut im Blick, die, wenn das möglich ist, noch quälender war als seine frühere Begeisterung.
Er verkümmerte. In seiner Verzweiflung beschloss er, nicht
mehr zu kommen – natürlich nicht, ohne Lotte ausführlich
von seiner Verzweiflung zu erzählen: Er sei unglücklich, er
sehe nicht mehr, wohin das alles sie beide führen werde, er
verdiene weniger Geld, er wolle sie in guter Erinnerung bewahren ... Aber zwei Wochen später war er so in Panik, dass
er wieder vor der Tür stand. Er hatte wohl begriffen, dass niemandem etwas fehlte außer ihm selbst, und war geradezu
hysterisch guter Laune, als hätte er sich mit seiner mageren
Ration abgefunden. Er wollte nicht mehr zu viel von ihr erwarten und versprach, sich wie ein vernünftiger Mensch zu
benehmen und mit dem wenigen zufrieden zu sein, was er
von ihr bekam, ohne zu ahnen, dass dieses wenige anderen,
weniger verliebten Männern gewaltig viel vorgekommen
wäre.

Die Weisheit hatte nicht lange angehalten. Der beste Beweis war, dass ein vernünftiger Freier ihr niemals aufgelau-
ert hätte. Genau genommen hätte das auch ein unvernünf-
tiger Freier nicht getan. Der letzte Idiot hätte begriffen, dass
man von einer Frau nichts bekommt, wenn man ihr das Messer an die Kehle hält. Heiko hatte sich von der verliebten Ner-
vensäge zum Stalker entwickelt. Es war schon anstrengend
genug, jeden Dienstag seinen Besuch zu fürchten; wenn sie
nun auch draußen nicht mehr in Sicherheit war, was blieb
ihr dann noch?

Also sagt sie sich, das ist vielleicht der richtige Moment. Jetzt, da er für sie beide Kaffee geholt hat und im Gras vor ihr sitzt, da sie sich näher sind, als sie es je wieder sein werden, weil sie miteinander Kaffee trinken, ist vielleicht die beste Gelegenheit, mit ihm Schluss zu machen. Schwer zu sagen, ob Heiko es spürt oder nicht, aber er redet, als könnte die kleinste Pause in seinem Monolog Lotte in die Flucht treiben. Er redet über seine Arbeit und seine nächste Reise. Im *Maison* ist sie ihm dankbar für seine Geschwätzigkeit, weil die Zeit schneller vergeht und weil sie von dem Redeschwall so hypnotisiert ist, dass sie zeitweise vergisst, wie sehr sie ihn verabscheut. Außerdem hat er sie dafür *bezahlt*. Draußen, an diesem wunderbaren Sommertag, während ihr Buch wartet und immer noch dieselbe spannende Seite eingeknickt ist, hat sie ebenso wenig Grund, sein Gerede zu ertragen wie das jedes anderen Störenfrieds. Und die Empörung tobt in Lotte, die nicht mehr Lotte heißt, sobald sich die Tür des Bordells hinter ihr geschlossen hat. Heiko erzählt von einem Artikel, den er in irgendeinem Psychologenblatt gelesen hat; er versucht offenbar, eine Botschaft rüberzubringen. Der Artikel sei von einer Psychologin geschrieben, deren Patientinnen mehrheitlich Huren seien. Sie erkläre den Männern, dass die vermeintliche Beziehung, die sie im Bordell knüpften, von den Sexarbeiterinnen künstlich gefördert werde, um die Stammkunden zu halten. Während er von dem Artikel erzählt, wirft er ihr verstohlene Blicke zu und macht kurze, ängstliche Pausen, weil er hofft, sie werde ihm widersprechen und schwören, dass ihre Beziehung echt sei. Wenn das kein Zaunpfahl ist!

Lotte würde dieser wohlmeinenden Psychologin gern erklären, dass sie keine Ahnung hat, dass sie nicht begriffen hat, was in einem Haus wie *La Maison* von den Frauen erwartet wird, und ebenso wenig, wie die Etablissements funktionieren, in denen die Frauen im Viertelstundenrhythmus arbeiten und mehr als fünfzehn Kunden am Tag haben. Selbst mit aller Empathie der Welt würde diese Psychologin nie begreifen, wie Zuneigung oder Gereiztheit bei den Mädchen entstehen und wie die Überlebensmechanismen funktionieren, die sie davon abhalten, sich die eine oder die andere anmerken zu lassen. Die Mädchen, die in einem dieser Gelddruckläden arbeiten, wo die Männer Schlange stehen, müssen überhaupt keine gute Laune zeigen; wenn ein Kunde nicht zufrieden ist, warten zehn andere, und so ist es jeden Tag, zweihundert Mädchen und zweitausend Männer, ein todsicheres System – da ist es egal, ob einer wiederkommt oder nicht.

Jetzt könnte sie zu Heiko sagen: Ich bin freundlich, weil du es bist! Ich vertraue dir, weil ich irgendwie das Gefühl habe, dich zu kennen, weil wir halt regelmäßig miteinander schlafen. Ich bin so freundlich, weil ich offenbar eine schlechte Hure bin. Ich bin eine schlechte Hure, weil du mein Zimmer verlässt und ich dir nicht den Pragmatismus beigebracht habe, den alle Freier meiner Kolleginnen haben, weil du überhaupt auf die Idee gekommen bist, du könntest mein Freund werden. Ich bin eine schlechte Hure, weil du meine Hingabe für genauso echt hältst wie die von jedem anderen Mädchen, das du nicht bezahlst, weil meine Folgsamkeit in dir diese Hoffnung weckt. Ich mache meinen Job schlecht. Ich bin eine Hure, die dir weh tut, und das dürfen Huren nicht.

Langsam bricht der Abend herein, man könnte die beiden für ein Paar halten. Ein Paar, das sich nicht mehr viel zu sagen hat, oder ein so vertrautes Paar, dass selbst das Schweigen wie Reden ist. Bald wird sie ihre Sachen zusammensammeln und sich einen Ort zum Lesen suchen, wo sie garantiert niemand kennt; sie wird ihm erzählen, dass sie Besuch zum Abendessen erwartet, Heiko wird ihr andächtig zusehen, wenn sie ihre Hose abklopft, und wird sagen *Ich bleibe noch ein bisschen.* Er wird die Hände auf den Abdruck legen, den Lottes Hintern im Gras hinterlassen hat. Ohne es zu merken. In der U-Bahn nach Hause wird sie ganz schnell eine SMS an Inge schicken, bevor sie es sich anders überlegt: «Keine Termine mit Heiko mehr, danke.» Sie wird sich ärgern, dass es so weit kommen musste, aber zugleich von einer riesigen Last befreit sein – und am folgenden Dienstag, zu der Zeit, wo sie Heiko hätte erwarten müssen, wird Lotte als Erste die Italiener begrüßen, die jedes Jahr während der Grünen Woche kommen.

WHO LOVES THE SUN,
THE VELVET UNDERGROUND

*K*inder, was für ein Tag!»

Gita lässt sich in dem rostroten Kimono, den sie sich wie ein Boxer zwischen zwei Runden überwirft, auf das Sofa fallen. Sie hat gerade eine Stunde im Studio verbracht – vorhin beim Duschen habe ich die trockenen Schläge ihrer Peitsche gezählt. Jetzt, wunderschön, mit Schweißperlen und glänzenden Augen, bindet sie ihre blonde Mähne zu einem Pferdeschwanz zusammen wie eine Studentin, zieht ihre Pumps aus und bewegt die geröteten Zehen:

«Ich habe ihn so verdroschen, dass ich nicht weiß, ob er wiederkommt», verkündet sie mit dem Stolz einer frechen Göre, der alles egal ist, weil sich die Männer für einen Termin bei ihr umbringen würden. Sie schießen wie Pilze aus dem Boden. Sobald du die Tür aufmachst, steht der Nächste mit Blumen in der Hand und einem ängstlichen Lächeln auf den Lippen bereit; sie lassen ihr kaum Zeit zum Atemholen. Wenn ich sehe, wie sie sich zu ihrem großen Kaffee eine Zigarette dreht, könnte ich sie warnen, sie möge es sich nicht zu bequem machen. Auf meinem Wachposten hinter dem Vorhang sehe ich den Doktor hereinspazieren. Als Inge ihm sagt, dass Gita noch einen Moment braucht, gibt er ihr mit einer Handbewegung zu verstehen, dass er es nicht eilig hat. Inge kommt schüchtern rein, und während Gita lachend erzählt, wie sie ihren letzten Kunden fertiggemacht hat, legt sie ihr die Hand auf die Schulter:

«Der gute Doktor ist da.»

Gita verstummt, und Inge versucht, sie zu trösten:

«So was von elegant! Immer wie aus dem Ei gepellt. Wenn sie alle so aussehen würden, was?»

Also rollt die schöne Gita mit ihren großen, genervten Augen, streift ihre professionelle gute Laune über und eilt in den Salon, wo er sie erwartet. Nichts zu hören, keine Freudenbekundung. Der Salon ist von der schmachtenden, verliebten Stille erfüllt, die den Doktor umhüllt wie sein etwas zu raffiniertes Parfüm. Er sieht sie an. Nimmt Gita mit den Augen und den Nasenlöchern, durch jede Hautpore auf. Er ahnt nichts von dem Countdown, der in ihrem Kopf schon begonnen hat. Er ahnt nichts von den Gedanken, die sie beschäftigen, während er duscht und sich wieder anzieht, um ihr nicht die Schamlosigkeit der anderen Freier zuzumuten, die nackt aus dem Badezimmer gerannt kommen, nackt und mit Ständer – wie könnte er ahnen, dass diese Rücksicht Gita ebenso auf die Nerven geht wie alles andere, wie alles, was mit ihm zu tun hat? Gita hat nicht die geringste Lust, ihn auszuziehen und zu tun, als entdeckte sie seine Erektion, oft kriegt er ihn gar nicht hoch, so gewaltig, so beängstigend ist sein Hunger nach ihr; würde dieser Hunger seinen Magen packen, könnte er nicht mehr essen.

Es gab durchaus eine Zeit, in der Gita ihn rührend fand, weil er so zärtlich war und so lange brauchte, um in sie einzudringen – auch das ist bezeichnend für diesen Hunger, der ihn zwingt, sie sich vorsichtig, Zentimeter für Zentimeter, anzueignen. Damals mochte sie sein ernstes Schweigen, war erregt von seiner Art, sich mit aller Macht zurückzuhalten. Sie hatte sogar zwei- oder dreimal einen Orgasmus. Das nimmt sie sich heute übel, denn sie ist überzeugt, dass er es gemerkt hat und dass er diese Muskelzuckungen, wie viele Männer, mit dem Anfang einer Romanze verwechselt hat –

auch ein Doktor kann sich den Orgasmus einer Frau nicht ohne eine Spur von Zärtlichkeit vorstellen, wenn er verliebt ist.

Jetzt steht er nackt und starr vor ihr. Sie liegt auf dem Bett. Er wagt kaum zu atmen. Lauert darauf, dass sie die Initiative ergreift, auf den Ablauf, der von einem Treffen zum anderen nie variiert. Der Anschein von etwas Neuem in ihrem Beisammensein kommt nur von der Anbetung. Ihm fällt auf, dass sie eine nicht sehr kleidsame Farbe trägt, ein zu blasses Grün für ihre Blondinenhaut – aber diese Geschmacksverirrung macht sie keineswegs hässlich, sondern menschlicher, er stellt sie sich zu Hause, im Pyjama vor, wie sie ihre Sachen für den nächsten Tag aussucht und den grünen Satin durch ihre Finger gleiten lässt, sie hat es eilig, ins Bett zu kommen, und denkt, dass sie dieses Dessous noch nie getragen hat, was schade ist, so teuer, wie es war. In dem Haufen Geld, den sie dafür bezahlt hat, steckt auch seins. Das lässt sein Herz noch schneller schlagen, das schon beim bloßen Gedanken an Gita zu rasen beginnt. Er sieht es ihr an, wenn sie schlecht geschlafen hat. Wenn sie lange ausgegangen ist. Wenn sie am Vortag zu viel geraucht hat. Wenn sie Sorgen hat. Wenn sie ihre Tage hat, spürt er tief in ihr das Schwämmchen, das das Blut aufnimmt. Er merkt auch, wenn sie einen Orgasmus hat – wie sollte er es nicht merken? Das hat überhaupt nichts mit seinem Arztberuf zu tun, nur damit, dass er verliebt ist. Und wenn sie simuliert, sieht er darin keinen Trick, sondern das Feingefühl einer Geliebten, die aus hervorragenden geheimen Gründen keine Lust hat, zum Höhepunkt zu kommen. Er empfindet sogar Zärtlichkeit für die Professionalität, die sie trotz schlechter Laune an den Tag legt. Als würde sie die Hure spielen, als wäre das alles nur eine Komödie, an der er bereitwillig mitwirkt. Es bringt sein Blut in Wallung, ihre

ruhigen, abwesenden Augen zu sehen, die der fließenden
Bewegung ihres Beckens widersprechen. Dann würde er
sie gern an den Haaren ziehen, wenn er sich das traute. Der
Doktor ist ein bestens erzogener Deutscher. Er stammt aus
einer strengen protestantischen Familie – egal, wie sehr er
sich von seiner Erziehung freigemacht hat oder nicht, der Besuch im Bordell ist der sichere Weg in die Hölle, auf Erden
oder anderswo. Die Versuchung, eine Hure so zu behandeln,
wie er seine Frau nie behandeln würde, weist er immer weit
von sich. Er hat genug von Zolas Grafen Muffat an sich, um
die Nana in Gita zu kitzeln. Gott sei Dank ist er nicht blöd
und hofft nicht jedes Mal, er könne sie zum Orgasmus bringen, aber er beobachtet ständig ihr Gesicht, wenn er auf ihr
herumturnt – während so viele andere nur auf ihre Brüste,
ihren Hintern, ihre Möse schauen, die für die Liebe geschaf-
fene Dreifaltigkeit, so schlicht und so hübsch wie eine Land-
schaft. Er lauert auf jeden Spiegel, jede Glasscheibe, in der
sich Gitas Gesicht abzeichnen könnte, wenn sie genug davon
hat, auf dem Rücken zu liegen und die Beine um seine Schultern zu schlingen. Und das kommt oft vor; dann nämlich
fragt sich Gita wütend, was er davon hat, seine Frau zu betrügen, wenn er es doch nur in Missionarsstellung macht. Bei
jedem anderen wäre die Frage berechtigt, aber die Liebe, die
Liebe … In ihrer Gereiztheit hat Gita den Durst des Verliebten
vergessen, der sich an den winzigsten Details labt. Auf einmal ermüden sie seine bescheidenen Wünsche, und wenn
er *Sieh mich an* flüstert, klingt das in ihren Ohren wie eine
unmöglich zu befriedigende Perversion. Für einen geliebten
oder zumindest begehrten Mann wären die sich öffnenden
Augen ein Zeichen der Hingabe. Beim Doktor hat sie Angst,
dass er ihre Gleichgültigkeit oder Verachtung darin liest. Es
nervt sie, eine schüchterne Miene aufzusetzen, sich hinter

ihren Lidern zu verstecken, als würde es ihre Schamhaftigkeit verletzen, und nachdem sie sich auf den Bauch gedreht hat, ist sie entschlossen, ihn nie mehr zu empfangen. Einen Zettel an die Tafel zu pinnen und zu verbieten, Termine mit ihm zu machen.

Seit zwei Jahren geht das schon so.

Nach dem, was er als Liebe begreift und sie als die schlimmste Fron, ist die Entscheidung, Schluss zu machen, so befreiend, dass ihre Entschlossenheit schwindet. Sie muss daran denken, wie er ihr bei dem Ärger mit den Ämtern geholfen hat, und an den Tag, an dem sie sich hundeelend fühlte. Da hatte sie ihn früh um sieben angerufen, und er war mit seinem Köfferchen voll Antibiotika gekommen, ohne die geringste Gegenleistung zu verlangen, nicht mal einen Kuss als Bezahlung für die Ausrede, die er sich ausdenken musste, um seine Frau und seine Kinder so früh am Morgen zu verlassen.

Während Gita das Bett macht, erinnert sie sich, wie sie sich zu Hause mit brennender Kehle zur Tür geschleppt hat, um ihm aufzumachen. Und er, in Schlips und Kragen, die Augen müde, aber von einem Licht erfüllt, das sie mit einem einzigen Anruf entzündet hat, geht durch den Flur, in einer Hand sein Köfferchen, in der anderen eine heiße Schokolade. Er schimpft, weil sie barfuß ist, und schickt sie zurück ins Bett, während er sich die Hände wäscht. Als Gita unter die Decke schlüpft, denkt sie, dass sie ihm auch mit vierzig Fieber wenigstens ein bisschen Dankbarkeit zeigen muss, wenn sie schon nicht bezahlt. Aber er setzt sich auf den Bettrand, öffnet sein Köfferchen, stellt ihr die Fragen, die ein Arzt einer Patientin stellt, und untersucht ihren Hals im Licht der Nachttischlampe mit tadelloser Neutralität, unempfindlich für den schlechten Atem, die belegte Zunge, den Eiter in der Tiefe ihrer Kehle (Gita spürt die Scham eines Arbeiters, der sein Werkzeug nicht gepflegt hat). Er diagnostiziert, wenig überraschend, eine eitrige Angina, gibt Gita zwei Tabletten und stellt ein halbes Dutzend Fläschchen auf den Nachttisch. Kaum hat Gita die beiden Pillen geschluckt, fühlt sie sich schon besser, und als sie zusieht, wie der Doktor seine Sachen einpackt, ist sie plötzlich voller Zärtlichkeit. In diesem Moment erfasst sie das Ausmaß der Tragödie, die sie beide erleben, wenn auch auf unterschiedlichem Level. Vielleicht liegt es daran, dass sie krank ist und deshalb zur Sentimentalität neigt, dass die Aussicht, in ein paar Stunden aufzuwachen und weniger zu leiden, so verlockend ist ... plötzlich nimmt Gita diesen Mann richtig wahr, der nicht anders ist als die anderen, aber besser aussieht als die meisten, und der sich in dem Zimmer umsieht, in dem sie gemeinsam schweigen – Gitas Refugium, dessen Wände mit Postern und Fotos bedeckt sind, Gitas Durcheinander, ihre Anziehsachen überall, ihr Bücherregal, ihre Schuhsammlung. Sie spürt, wie sie in seinem Geist eine Substanz erhält, die sie trotz der Stunden, die er allwöchentlich mit der Nase überall an ihrem Körper verbringt, bisher nie besessen hat, und sie ahnt, dass er sie so, im Pyjama und fast stimmlos, noch lieber hat als geschminkt, frisiert und in Strapsen, weil er in sie verliebt ist und weil er da, inmitten getragener Unterhosen und leerer Colaflaschen, einer Wahrheit nahekommt, die er unbedingt durchdringen möchte. In diesem Moment ist Gita weder Hure noch Patientin, sondern eine junge Frau, in die er sich verlieben, mit der er zusammen sein könnte – in dieser Reihenfolge –, ein Mädchen, für das er über eine kostspielige Scheidung nachdenken würde, um dann doch zurückzugehen, wie man fast immer zurückgeht. Weil sie bei ihr sind und nicht im Bordell, könnte auch sie sich verlieben, sie würden sich bei heimlichen Rendezvous, in Restaurants und anrüchigen Hotels aufreiben, würden sich ein Scheinleben erfinden, immer an der äußersten Grenze der Frustration, bis sie wirklich frustriert wären und Gita sich mit ihren sechsundzwanzig Jahren und der Freiheit eines Vögelchens in einen anderen vergucken würde, bis sie sich auf tausend mögliche Arten trennen würden. Das alles liest sie in seinem Gesicht, und ganz kurz streift sie die Möglichkeit, er wäre etwas anderes als ein Freier, er hätte einen anderen Geruch als den der Bordellseife, und dieser Geruch würde ihr gefallen. Sie bedauert die Verachtung, die er ihr unter normalen Umständen einflößt, ohne dass er oder sie etwas dagegen tun könnten, die nicht zu unterdrückende Verachtung, die ein Mann einflößt, der sich in ein Mädchen verliebt, das er dafür bezahlt, ihn nicht zu lieben.

Sie lehnt sich auf den Kissen nach hinten und verwendet ihre letzte Energie darauf, ihre Brüste zu entblößen – sie sind klein und vom Fieber hart; ihr Mund ist außer Gefecht, aber er könnte sie auf der Seite nehmen, ganz schnell, in ihr ist es so heiß, dass es nicht lange dauern wird. Einmal mehr ist sie bereit, sich hinzugeben und durch ihn alle Männer zu hassen, die auch eine Tote ficken würden, wenn nur ihr Hintern straff und noch warm ist. Aber der Doktor scheint ihre Brüste nicht zu sehen, und wenn er sie sieht, dann mit der klinischen Kälte seines Berufs. Er deckt sie lächelnd zu, und bei diesem Lächeln fühlt sie sich obszön und lächerlich – hat sie wirklich gedacht, er sei so verdorben?

Er sieht zu, wie sie die Schokolade trinkt. Sie soll sich nicht zu warm einpacken, das würde das Ganze noch verschlimmern. Sie soll schlafen. Sich ausruhen. Und zehn Tage nicht arbeiten gehen.

«Danke», seufzt Gita und sieht ihn mit der ganzen Dankbarkeit an, die sie ihm auf der Seite liegend zeigen wollte.

Bevor er das Zimmer verlässt, zögert er kurz, dann sagt er mit einem Ernst, der einen Schatten über sein schönes kantiges Gesicht streichen lässt:

«Keine Sorge. Deine Adresse habe ich schon vergessen.»

Gita lächelt und antwortet, sie habe sich überhaupt keine Sorgen gemacht, aber plötzlich fühlt sie sich zugleich erleichtert und besorgt – weil sie gar nicht darüber nachgedacht hatte, dass er jetzt ihre Adresse kennt. Der Teil ihres Gehirns, der plötzlich zu arbeiten beginnt, spult alle unschönen Notwendigkeiten ab, wenn er anfangen sollte, sie zu belästigen, womöglich umziehen oder die Bullen rufen. Sie ist geneigt, ihm zu glauben – aber kannst du einem verliebten Mann vertrauen?

Ja, du kannst. Dich auf das Versprechen verlassen, er werde nie an deiner Tür klingeln. Aber auf Knopfdruck die Adresse einer geliebten Frau vergessen, das kann er leider nicht. Vor allem, wenn diese Frau, die er regelmäßig zweimal in der Woche gesehen hat, von einem Tag auf den anderen verschwindet. Genau das hat Gita gemacht. Sie ist an einem Dienstag gekommen, hat gearbeitet, hat «bis morgen» gesagt, und niemand hat sie mehr gesehen. Die Hausdamen haben sie angerufen, damit sie ihre Sachen abholt, aber nur eine Standardmailbox erreicht, nach einer Weile sagte eine andere Roboterstimme, die Nummer sei nicht vergeben. Und so ist ihr verschlossenes Fach mit dem Schild zurückgeblieben, auf dem mit violetten Lettern der Name steht, den sie in einem Buch gelesen hatte und der ihrem überhaupt nicht ähnlich war, aber von dem ihr schwindlig wurde, wenn sie in Träumerei versunken auf dem Balkon rauchte und wegen eines Gastes gerufen wurde. Irgendwann verschwanden ihre

Fotos von der Website, aber ich bin überzeugt, dass ein Mann diese Bilder als Screenshots aufbewahrt, die auf den ersten Blick ziemlich kitschig sind, Gita liegend, stehend, von hinten, von vorn, auf allen vieren in dem Zimmer mit den meisten Blümchen. Die Bilder sind faszinierend, weil ihre nicht retuschierten Augen dieser Pracht von Rosen, Margeriten und pastellfarbenen Organdyschleiern eine fast schmerzhafte Ernsthaftigkeit verleihen. Auch wenn der Platz knapp wurde, hat sich niemand getraut, das Fach aufzubrechen, um die Sachen einer Neuen reinzulegen, und so ist in einem Schrank ganz oben etwas von Gita dageblieben, von der schönen Gita, die sich in Luft aufgelöst hat.

Als der Doktor zwei Tage nach Gitas Verschwinden, das ihm Marlene am Telefon bereits angekündigt hatte, ins *Maison* kam, beobachteten Lotte, Birgit und ich hinter dem Vorhang, wie er den kleinen Salon betrat.

«Der arme Kerl», seufzte Birgit und vertiefte sich wieder in ihr Buch.

Lotte unterhielt sich mit ihm. Er glich einem Schiffbrüchigen, der sich an einen Balken klammert, um noch ein paar Atemzüge länger zu leben. Er wollte hören, wie es Gita gehe, und als Lotte ihm versicherte, dass niemand etwas wisse, verstrich eine Ewigkeit in Totenstille. Der Doktor legte den Kopf in die Hände, und Lotte, die allmählich ungeduldig wurde und hin und her wippte, um irgendwas zu tun, sich aber nicht traute, die Träumerei des potenziellen Kunden zu unterbrechen, stellte fest, dass seine üblicherweise mit fast femininer Sorgfalt gepflegten Fingernägel bis aufs Fleisch abgeknabbert waren, dass in diesem über vierzigjährigen Mann ein nervöser Jugendlicher steckte, bei dem Gitas Verschwinden die schlimmsten Ticks ausgelöst hatte. Lotte hatte schon

Angst, er könnte ausrasten und damit drohen, alles kurz und klein zu schlagen, wenn wir ihm nicht die Wahrheit sagten – dass Gita ihn nicht mehr sehen wolle. Aber so einer war der Doktor nicht, und von Mitleid gepackt, sah Lotte zu, wie sich ihre Hand ganz von selbst auf seine Schulter legte. Er sah sie mit verzweifeltem, fast irrem Blick an:

«Wer ist ihr ähnlich?»

BLUEBIRD IS DEAD,
ELECTRIC LIGHT ORCHESTRA

*I*ch habe vor ihrem Haus gewartet. Ich hatte versprochen, dass ich das niemals tun würde, aber nach einer Woche dachte ich, ich werde verrückt. Die Krankenschwestern haben mich ganz komisch angeguckt, so was merkst du sofort, wenn du den ganzen Tag mit Leuten verbringst, von denen du nur die Augen siehst. Mir hätten Patienten unter dem Messer wegsterben können, so sehr dachte ich an sie. Einmal war es ganz knapp, ich hätte fast eine Kompresse im Magen eines Mannes vergessen. Das klingt total unmöglich, ungefähr so, wie wenn ihr die Kondome vergesst, aber es passiert schneller, als man denkt. Die Gaze nimmt die Farbe des Gewebes an, und schon hast du eine Sepsis und dann eine Leiche. Beim Zunähen der Wunde dachte ich an Gita, an Gitas Wohnung, plötzlich hat mir die Schwester die Hand auf den Arm gelegt – und das passiert sonst nie, nicht mitten in einer OP.

Also bin ich nach Feierabend nicht nach Hause gefahren, sondern nach Mitte und habe vor ihrem Haus geparkt. Ich habe gewartet, und dann habe ich sie gesehen. Mit einem Mann. Einem in ihrem Alter. Einem, der sie nicht bezahlt, das merkte man daran, wie er sie ansah. Einem, der sie noch nie nackt gesehen hatte, das spürte man auch. Ich habe den Kerl sofort gehasst, aber ich war vor allem froh, dass es ihr gut geht, ich hatte mir solche Sorgen gemacht. Das ist total bescheuert, eigentlich wusste ich ja, dass sie einfach die Nase voll hatte. So blöd können nur Männer sein, sich vorzustellen, dass ein Mädchen, das einfach so verschwindet, ganz bestimmt in Not ist – es war das Gegenteil. Sie strahlte. Ich dachte, ich hätte sie hier auch glücklich gesehen, aber das war so, wie wenn man sich den Sonnenuntergang mit einer Sonnenbrille anschaut, kein Vergleich! Sie hatte ein Bier in der Hand, der Typ nahm einen Schluck davon, und so, wie sie lachte, wie sie ihn mit den Augen verschlang, war klar, dass sie miteinander schlafen würden. Dass sie Lust darauf hatte. Es ist verrückt, plötzlich erkannte ich alles, sogar die Erregung in ihren Zügen. Es war ziemlich dunkel, aber ich sah es. Jeder andere hätte nur ein hübsches, ein bisschen beschwipstes Mädchen gesehen, das an einem Freitagabend einen Jungen mit zu sich nimmt. Sie setzte sich auf ein Fensterbrett im Erdgeschoss und schlang die Arme um seinen Hals. Ich habe mich gefragt, ob sie wegen ihm den Job hingeschmissen hat, aber ich glaube nicht. Er war eine Zufallsbekanntschaft, er hatte wahrscheinlich keine Ahnung von ihrer Vergangenheit. Da habe ich endlich begriffen, dass ich für sie auch nur ein Freier war, denn sie hat sich ganz anders bewegt, ganz anders gestrahlt. Bei mir hat sie nur auf meine Zärtlichkeit reagiert, sie hat sich nie so an mich geschmiegt, die Hände in meinen Haaren vergraben, die Beine um meine Hüften geschlungen. Die Verliebtheit hat ihr Gesicht zum Leuchten gebracht. Es ist verrückt, wie apathisch einen die Verzweiflung machen kann. Ich saß da in meinem Auto und war zu erschüttert, um auch nur daran zu denken, mich zu verstecken, mein Kopf war voll von all den Minuten, in denen ich mich ihr so nah gefühlt und mir eingebildet hatte, ich würde mehr von ihr bekommen als die anderen. Das eine Mal, wo ich bei ihr zu Hause war, dieser Moment des Friedens in ihrem Zimmer, das Schweigen, sie unter ihrer Decke und ich auf dem Bettrand, während ich mir ihren eitrigen

Hals ansah. Damals habe ich mir nichts anderes gewünscht, ich war so glücklich über diese Nähe. An dem Tag hatte ich davon geträumt, dass sie sich in mich verliebt.

Als ich sie da am Hals dieses Jungen hängen sah, habe ich mich plötzlich gefragt, ob die Autos ringsum wirklich leer sind oder ob darin andere vor Entsetzen erstarrte Freier sitzen, frühere Kunden, für die die gleichen Illusionen platzten.

Dass sie verschwunden war, ohne mir auch nur Bescheid zu sagen, war ein klares Zeichen. Wenn ich weniger bescheuert gewesen wäre, hätte ich die anderen an ihr gespürt. Ich hielt es für ihren Geruch, den ich liebte, wie alles an ihr.

Ich war nur ein Freier für sie gewesen, und als sie, an diesen Jungen geklammert, plötzlich in meine Richtung sah und mich erkannte, verstand ich, dass ich ein Feind geworden war. Diese Augen! Ich sah nur ihre Augen, alles andere war an seiner Schulter versteckt, sie waren im Begriff, sich zu küssen. Sie hat nicht mit der Wimper gezuckt, keine Regung gezeigt, nicht mal Überraschung – nur diese riesigen Augen, starr auf mich gerichtet, entsetzt, reglos. Entsetzt. Entsetzt.

Weißt du, das Schlimmste, wenn man Frau und Kinder hat, ist nicht, dass man in jemanden verliebt ist, mit dem man nie mehr als zwei Stunden hintereinander verbringen kann. Auch nicht, dass die Liebe einseitig und von vornherein zum Scheitern verurteilt ist. Das Schlimmste ist, dass man nach Hause geht, dass eine Welt zusammengebrochen ist, man sich aber nichts anmerken lassen darf. Wenn man Gott weiß woher die Kraft finden muss, zu lächeln und normal zu sein, obwohl sich die zusammengebrochene Welt in jeder Sekunde dieser Komödie weiter auflöst. Das Schlimmste ist, dass es möglich ist. Und machbar. Und dass man es macht. Tagelang, wochenlang, monatelang, für immer, mit diesem riesigen Loch im Herzen.»

MAMBO SUN, T. REX

*H*ildie nimmt einen anderen Bus nach Kreuzberg. Wir könnten noch einen Kaffee trinken, aber ich will nur schlafen, und meine Augen sind vom Weinen geschwollen. Sie geht davon, gebeugt vom Blues und der Tasche, in die sie den Inhalt ihres Schrankfachs geleert hat. Im Bus mustern die alten Damen sie mit einer Mischung aus Mitleid und Rührung, sie denken an einen unüberwindbaren Liebeskummer, der in zwei Tagen vom nächsten Herzensbrecher geheilt sein wird. Rotznäsige Bengel starren sie an. Das klingt nach tiefer Trauer, einer persönlichen Katastrophe – so laut, so hemmungslos schluchzt das Mädchen. Aber niemand spricht sie an, niemand geht auf sie zu, ein Glück, denn Hildie wäre nicht imstande, sich eine Ausrede auszudenken. Sie würde auspacken, und wer sollte das verstehen? La Maison, *in dem mich seit drei Jahren Hunderte Kerle bestiegen haben, hat heute dichtgemacht.* Das können doch nur Freudentränen sein!

Zu Hause fällt Hildie ins Bett, ohne sich auszuziehen, versinkt in einen traumlosen Mittagsschlaf, aus dem sie erst vier Stunden später wieder erwacht. Ausgehungert – dabei dachte sie, sie würde nie mehr Hunger haben. Der tiefe Schlaf hat ihren Tag gespalten und rückt den Vormittag in die Ferne, als gehörte er schon zu einem anderen Zeitalter. Und tatsächlich ist auch die Traurigkeit nur noch etwas Fernes, Unscharfes, ein Kummer ohne Schmerz, als hätte nicht sie, sondern ein guter Freund seine Liebste verloren.

Während sie einen Rest Nudeln vom Vortag verschlingt, erhält sie eine Nachricht: «In einer Stunde?»

Sie kommt von einem Mann, den sie noch nie gesehen hat. Vor einer Woche, als ihr bewusst wurde, dass sie eine Ablenkung von ihrem Kummer brauchen würde, hatten sie angefangen zu chatten. Die Fotos des Unbekannten hatten sie neugierig gemacht. Nach dem Duschen schlüpft Hildie in ein schwarzes, fließendes Kleid, ohne einen Slip anzuziehen. Mit klopfendem Herzen unter ihren kleinen, durch das Streicheln des Stoffes hart gewordenen Brüsten geht sie in den Park, wo sie sich treffen wollen. Es ist ein schöner Juniabend, die Hitze des Tages quillt förmlich aus dem Boden. Hildie hatte am Morgen noch drei Kunden, man könnte annehmen, dass die Aussicht, einen Mann zu treffen, nur Langeweile weckt, aber sie stellt begeistert fest, dass sie ganz heiß ist. Trotz der drei Jahre, in denen sie von einem Zimmer zum anderen gerannt ist, um mit fremden Männern zu schlafen, erregt sie dieser Fremde so sehr wie lange keiner, weil er sie nicht bezahlt und weil sie ihn ausgewählt hat. Ebenso groß wie die Erregung ist die Angst, und ihr Magen verkrampft sich. Wird sie den Mann in der Dunkelheit finden? Wird sie ihm gefallen? Weiß sie noch, wie das geht? Hat sie sich im Bordell angewöhnt, zu schnell zur Sache zu kommen? Das Kleid bis über die Brüste schieben und sich im Stehen an einem Baum nehmen lassen – bei der Vorstellung läuft ihr das Wasser im Mund zusammen. Aber wie soll sie das einem Unbekannten erklären? Sie wissen beide, weshalb sie sich treffen, aber Hildie ist sicher, dass er sich nicht auf sie stürzen und gleich versuchen wird, sie zu küssen. Bei der Vorstellung dieser Verzögerung, dieser Erwartung verkrampfen sich ihre Eingeweide erneut – aber Hildie denkt nicht daran kehrtzumachen. Sie, die splitternackt und ohne jede Verlegenheit durch die hundert Quadratmeter des *Maison* spaziert ist, fragt sich plötzlich panisch, wie sie angezogen aussieht, wie

123

ihr Hintern in diesem Kleid wirkt, ob man in der Dunkelheit sieht, dass ihre Brüste aufgerichtet sind, und ob in ihrem Gang die schmachtende Langsamkeit einer Frau vor der Lust liegt – was sie insgeheim hofft.

Als sie noch ihre gewohnte Selbstsicherheit besaß und nicht wusste, ob sie die Verabredung einhalten würde, weil sie so verzweifelt über das Haus ohne Freude war und sich die Tränen der Mädchen mit ihren mischten, hatte sie ihn als Herausforderung in eine einsame Ecke des Parks bestellt, als wollte sie ihn zur Vergewaltigung ermutigen. Sie geht weiter, allmählich entfernen sich die Stimmen der Gruppen, die sich um tragbare Grills scharen, verklingt die ruhige Fröhlichkeit eines Sommerabends in Berlin wie in einem Traum, drängt die sich ausbreitende Stille obszön in den Lauf ihrer Gedanken. Obwohl sie eigentlich an gar nichts denkt. Seit gut fünfhundert Metern denkt sie an nichts, schaut sich ständig um und erschrickt, sobald sie die Schritte eines Mannes hinter sich hört. Erschrickt bei dem Gedanken, gesehen zu werden, ohne zu sehen, in einem Moment ertappt zu werden, in dem ihre Gesichtszüge die Angst verraten.

Als sie sich gerade ganz vorsichtig ein paar moosbedeckte Steinstufen hinuntertastet, löst sich ein riesiger Schatten aus der Finsternis, ein großer Hund sieht sie an und schnüffelt an ihren Beinen. Hildie rührt sich nicht, sie atmet kaum, sicher riecht der Hund trotz der langen Dusche die drei Kunden, von denen etwas in ihren Haaren hängen geblieben ist. Kurzes Entsetzen bei der Vorstellung, dass sich die Schnauze zwischen ihre Schenkel verirrt, die sie mit gespielter Unbekümmertheit schützt. Wenn es etwas gibt, das ein Hund ganz sicher riecht, dann ist es das paarungsbereite Weibchen. Aber dieser hier ist so gut erzogen wie all seine Berliner

Genossen und rennt fröhlich bellend zu seinem Herrchen zurück.

Wieder Stille. Nur das entfernte Plätschern eines künstlichen Wasserfalls. Hildie hat eine undefinierbare Ahnung.

«Ich bin um den See gelaufen, während ich auf dich gewartet habe», sagt eine sanfte Stimme auf Englisch hinter ihr.

Im Dunkeln glänzt eine Reihe hübscher Zähne, im orangegelben Laternenlicht, das zwischen den Ästen der Kastanien durchscheint, strahlen Augen mit sehr dunklen Wimpern. Aus dem bis oben zugeknöpften Hemd ringeln sich Haare, die auch den Halsansatz bedecken.

Ein anderer hätte sie zur Begrüßung geküsst. Ein Amerikaner hätte sie an sich gedrückt und damit jede erotische Spannung hinweggefegt. Er aber tut nichts, er sieht sie nur lächelnd an, und Hildies Nackenhaare stellen sich auf. Während sie nebeneinander hergehen, denkt sie, dass sie einen Schlag bekommen würden, wenn sie sich versehentlich berührten; es würde einen blauen Funken geben, und sie könnten nicht mehr behaupten, dass sie nicht über seine Finger in ihrer Möse gechattet haben, dass er kein Foto seiner Erektion in einer Schlafanzughose geschickt hat, dass sie nicht vereinbart haben, sich im Dunkeln zu treffen, um sich zu berühren, ohne gesehen zu werden. Er benutzt kein Parfüm, wenn sie ihm näher käme, würde sie seine Haut riechen, und es wäre ein unverwechselbarer Geruch.

Hinter dem See schlängelt sich ein von hohen Gräsern überwucherter Weg in die totale Finsternis. Hier beginnt ein Wäldchen, die Zähmung der Pflanzen ist gescheitert, und die Bäume formen einen dunklen Tunnel. Hier ist Hildie noch nie gewesen, unter normalen Umständen würde sie sich nie so weit vorwagen, aber sie geht weiter. Trotz des

Plaudertons weiß Hildie, dass er weiß, dass sie weiß, worauf sich ein Mädchen einlässt, das sich an einem Sommerabend unter einem mondlosen Himmel hierherführen lässt. Und tatsächlich brennt sie darauf, hier, in diesem Gebüsch, von dem Mann, der scherzend neben ihr herläuft, überwältigt zu werden. Von diesem Mann, der vielleicht denkt, dass es nicht so einfach geht, der Zögern und Ziererei erwartet, sobald er sie berührt. Der es irgendwann wagen wird, wie einen Sprung ins Leere. Als sie sich ins Gras setzen, zittern Hildies Beine. Die Angst in ihren Adern ist ein phantastisches Gefühl, das sie ewig hier festhalten könnte. Jetzt sitzen sie wenige Zentimeter voneinander entfernt, ohne sich zu rühren, und plaudern wie auf einer Caféterrasse. Sie spürt, dass er sie anschaut, während sie ein paar Grashalme abreißt. Gewiegt vom Klang seiner Stimme, fragt sie sich, ob er einen Ständer hat, wenn er sie so dicht bei sich spürt, ob er sich auch schon ihre Umarmung in dieser Mischung aus Disteln und wildem Weizen ausmalt. Es ist wie ein Rausch, sich in seinen dunklen Augen neu, frisch zu sehen. Sie hatte vergessen, wie es ist, einen Mann anzuschauen, der sie anschaut und nicht weiß, ob er sie bekommen wird. Der darauf hofft. Der seinen ganzen Mut zusammennimmt. Der nicht ahnt, dass es bis vor kurzem einen viel direkteren Weg gab, zur Sache zu kommen.

Irgendetwas krabbelt durchs Moos. Winzige, von der menschlichen Anwesenheit gestörte Organismen zirpen oder surren leise. Der Wald ist erfüllt von einer nach Erde und Humus riechenden Feuchtigkeit, von undefinierbaren Düften unter Dornen und Brennnesseln versteckter Blumen, von so sinnlichen Dämpfen, dass Hildie ganz betäubt ist. Sie verliert den Mut, lässt sich fallen und flüstert, dass es eine wunderschöne Nacht ist. Da beugt er sich über sie:

«Also gut, jetzt werde ich dich küssen», warnt er sie, bevor sie seinen Mund ganz dicht über ihrem spürt. *Wenn man Mozart hört*, sagte Sacha Guitry, *ist die Stille, die darauf folgt, auch von Mozart.*

Er küsst sie nicht wild, er tut es mit der ganzen Sorgfalt, der unerträglichen Langsamkeit der ersten, in der Luft schwebenden Küsse. Zuerst berührt er flüchtig ihre Lippen und zieht sich zurück. Reglos bohrt Hildie ihre Fingernägel in den lockeren Boden, eine Mischung aus Sand und Tannennadeln. Als wollte er sie geduldig füttern, atmet er stoßweise in ihren Mund. Hildie erstickt, zerkratzt den Oberschenkel, den sie dicht an ihrem spürt. Er beißt in ihre Unterlippe, Hildie kämpft vergeblich gegen das heisere Stöhnen, das aus ihrer Kehle entweicht, als er seine Zunge in ihren Mund taucht – sofort bereut sie es und schämt sich ihrer heftigen Erregung. Bestimmt hält er sie für ein Mädchen, das seit Jahren keinen Sex hatte – und da ist auch etwas dran, ihr wird bewusst, dass die Freier buchstäblich über sie hinweggestiegen sind, ohne irgendetwas an ihrem Appetit oder ihrer Fähigkeit, Lust zu empfinden, zu ändern, auch wenn sie von den Umarmungen kreuzlahm und mit brennendem Unterleib nach Hause kam und sich nur noch nach einer Serie und einem Döner sehnte. Nachdem sie ihre Möse jahrelang als Werkzeug benutzt hat, brennt in ihr die Lust, verführt zu werden und selbst zu verführen, Teil dieser Orgie unter normalen Menschen zu sein. Es ist wie ein Erwachen, Hildie wird wieder Martha, die siebenundzwanzigjährige Martha mit der diabolischen Libido und den verliebten Augen, sobald ein Junge an ihr vorbeikommt, dessen Aussehen ihr gefällt. In den letzten Tagen haben sie die Phantasien von diesem Unbekannten bis in die Arme ihrer Freier verfolgt, die sie mit den Fersen anspornte, während sie an den anderen dachte, den sie nur einmal und nie wieder sehen würde.

Hildie schnurrt, ihr Mund ist voll von seiner Zunge, sie sucht Vergleiche: Es ist, als wäre sie durch einen Regenschauer gelaufen, aber der Schirm war so breit, dass sie bis zu den Fußspitzen trocken geblieben ist. Als wäre sie Anstreicherin gewesen und würde sich plötzlich ihrer eigentlichen Berufung, der Ölmalerei auf monumentalen Leinwänden, hingeben.

Ich spüre das alles, denkt Hildie entzückt, während er ihr Kleid bis zur Taille hochschiebt. Es ist, als hätte ich in einem Käfig gesteckt, denkt sie noch und merkt, dass die Metaphern an Esprit verlieren, je weiter er sie entkleidet. Ich *spüre* die Kälte, ich *spüre* seine Hände.

Als sie sich auf ihn setzt, spürt sie auch die extreme Härte seiner Erektion. Kein Vergleich mit der friedlichen Festigkeit der Schwänze, die wissen, dass sie im Warmen in einem Mädchen landen werden, weil sie deshalb da sind. Diese Erektion hat sich entwickelt, seit sie die bewohnte Welt verlassen und dieses Wäldchen betreten haben, das auf keinem Stadtplan verzeichnet ist, schmerzhaft vom Gürtel eingezwängt, drückt sie sich in seinen Bauch. Hildie reibt sich daran, die Augen blind, das Gesicht zum sternenübersäten Himmel gewandt. Sie hat das Gefühl, auf einen Baum zu klettern, einen lebendigen Baum, der unter ihr atmet und ihre Bewegungen mit seinen warmen Ästen begleitet, die ihr Halt geben. Nun, da sie die Kruste der Gleichgültigkeit durchbrochen hat, stürzen die Informationen von allen Seiten auf sie ein, ohne dass ihr sonst ständig waches Gehirn auch nur eine davon verarbeiten könnte, sie ist ganz da und doch stumpf, vor Erregung verdummt, sie reitet auf dem Schenkel, den er für sie angewinkelt hat, spürt nur den feuchten Stoff zwischen ihren Beinen und den quälenden Pulsschlag in ihrer Klitoris. Was noch an Nüchternheit in ihrem Kopf übrig ist, flüstert ihr zu, dass es unter ihr einen harten Schwanz gibt, einen Schwanz, den sie eigentlich blasen müsste – aber als Martha kann Hildie das nicht mehr im gleichgültigen Klang der Professionellen denken. Erinnerungen an früher, vor dem Bordell überfallen sie, sie weiß, dass er lauter atmen wird, wenn sie ihn von seiner Hose befreit, dass er die Augen selig schließen wird, wenn sie ihre Wange an ihm reibt, und sie aufreißen wird, wenn er spürt, dass ihre Zähne ganz zart seinen Penis berühren – die Angst vor dem Biss, der fast unwirkliche Drang, verschlungen zu werden. Wenn sie dann mit der Zungenspitze langsam, ganz langsam der pulsierenden Ader bis zur Eichel folgt, wird er vor Angst, zu schnell zum Orgasmus zu kommen, ein leises Pfeifen ausstoßen; wenn sie nach oben schaut, wird Hildie sehen, wie er auf das lauert, was ihre Lippen mit ihm vorhaben. Wenn sie den Mund weit öffnet, um ihn ganz aufzunehmen, wird er aufschluchzen, sein Rücken wird sich wölben, seine Finger werden in ihre offenen Haare eintauchen und sie um seine Faust rollen, da er nicht wagt, daran zu ziehen, noch nicht. Sie wird ihn *O fuck* seufzen hören, während sie ihre Lippen gleiten lässt, ihn plötzlich bis zu den Eiern verschlingt und es kaum fassen kann, dass sie ihn so tief hereinlässt, ohne von Erstickungsgefühlen oder Schluckreflexen gequält zu werden, es ist eher wie die Zuckung der Möse vor dem Orgasmus – das Aufsteigen von Speichel und Tränen, die diffuse Hitze im ganzen Gesicht. Und unten, zwischen ihren Schenkeln, das unerträgliche Gefühl eines Entzugs, das ihren Körper zucken lässt.

«Ich habe kein Kondom mitgenommen», stöhnt Hildie an seiner Brust, während sie an den Stapel denkt, den sie beim Losgehen aus nachvollziehbaren Gründen verschmäht hat – sie hatte sich nicht vorgestellt, dass es im Görli so weit kommt, sie hatte sich nicht vorgestellt, dass es im Görli überhaupt eine so abgelegene Ecke gibt, um mehr als diskrete Liebkosungen auszutauschen. Er ist weniger diskret oder vorausschauender und holt ein Kondom aus der Tasche, das sie hastig und ungeschickt aufreißt, als würde das Geheimnis der Welt daraus entschlüpfen. Lächerlich atemlos. Sie streift es ihm mit dem Mund über, wie es ihr ein Freund gezeigt hat, der sich ab und zu in einer düsteren Ecke der Potsdamer Straße in seinem Auto von einem Transvestiten einen blasen lässt, wenn Brunst und Verzweiflung zusammentreffen.

Hildie hat seinen Schwanz losgelassen, der auch in der Frische des Unterholzes nichts von seiner Härte verliert. Jetzt beschnüffelt sie ihn überall, wie eine seltene Speise. Die langen Schenkel, den flachen Bauch, den breiten Oberkörper mit den hervortretenden Rippen, die Achseln, in die sie gebieterisch die Nase bohrt, das feuchte Fell, das ihn überall bedeckt. Dann setzt sie sich auf ihn, stützt sich auf die Fersen und pfählt sich selbst ganz langsam, alle Muskeln um ihn gekrampft. Der Himmel legt einen Schatten auf seine blinden Augen. Gewitter brechen in ihrer Kehle los, sie möchte die Anspannung herausschreien, die Hoffnung, dass es wahr ist, dass es etwas bedeutet. Zum ersten Mal seit drei Jahren, zwei Monaten, sieben Tagen und ein paar Stunden sieht Hildie einen Mann unter sich aufmerksam an. Er ist in eine Lichtpfütze getaucht, sie wähnt sich von der Dunkelheit verschlungen, in absoluter Straflosigkeit, aber der Mond schiebt sich zwischen die Äste der großen Linde, die ihnen als Dach dient, und während sie sein verzerrtes Gesicht, die verkrampften Kiefer eines Mannes betrachtet, der leidet, aber nicht schreien wird, sieht er den bohrenden Blick einer berauschten Hexe, deren schwere Lider die geweiteten Pupillen fast vollständig bedecken. Es ist eine Schwarz-Weiß-Welt, aber er ahnt, dass ihre Zähne im Tageslicht zwischen den halbgeöffneten Lippen einem Perlenband gleichen und dieser cremeweiße Körper, der über ihm wogt, so rosig ist wie der eines jungen Mädchens.

Beim ersten Stoß gegen ihre Bauchwand weiß Hildie, dass sie kommt. Das ist unglaublich, undenkbar, aber sie erkennt die untrügliche Schwere am unteren Ende ihrer Wirbelsäule. Bevor sie ihn warnen kann, bevor sie sich auf diesen spektakulären Höhenflug vorbereiten kann, wird Hildie von einem so heftigen Orgasmus erschüttert, dass sie erstarrt, den Mund in einem stummen Schrei aufgerissen. Und ob des unwahrscheinlichen, des so plötzlichen Ereignisses schießen ihr die Tränen in die Augen. Die Nägel in die Unterarme des Mannes gebohrt, der sie von unten reglos ansieht, hebt sie das Gesicht zum Himmel und leert langsam und in einem heiseren Bellen ihre Lungen – dicht neben ihnen fliegen Vögel pfeilschnell davon, instinktiv von der Angst vor dem Jagdhund gepackt.

Als Hildie völlig erledigt auf ihn zurücksinkt, werden ihre Schenkel und ihr Bauch klitschnass; der Schwanz, der sich in ihr bewegt, den der Mann, an ihre Hüften geklammert, weiter in ihr bewegt, plätschert leise – und plötzlich begreift sie. Sie begreift, dass sie einen richtigen Orgasmus hatte, dass es ihr hier passiert ist, auf diesem Mann, im dunklen, wahrscheinlich von Kippen übersäten Gebüsch, und der Gedanke, dass es so einfach war, macht sie eigenartig verlegen, diese Einfachheit des Orgasmus beim Ersten, der sie nicht bezahlt, hat etwas so ursprünglich Pawlow'sches. Und während er den Hintern hochdrückt, um sich tiefer in sie zu schieben, spürt Hildie, dass es erneut beginnt, ein Wasserfall ergießt sich aus ihr, und sie kann kaum ein paar unverständliche Worte stammeln, als die Welt plötzlich erlischt. Er dreht sich mit ihr um, sie haben einander umschlungen, schaukeln im selben Rhythmus eines Uhrwerks, unter demselben warmen Regenschauer, Hildie hört nicht mehr auf zu kommen, drei Mal, vier Mal, sie merkt nicht mal mehr, dass er sie auf ein Farnbett gelegt hat und sie mit langen, wilden Stößen bumst.

«Wir müssen uns wiedersehen», brummt er an ihrem Ohr, er packt ihre Schenkel mit beiden Händen, als er selbst kommt, und sein Stöhnen dringt durch die Watte, die ihre Ohren verstopft, es ist das einzige Geräusch einer vorübergehend verschwundenen Welt, die sich nur noch um ihr Geschlecht, um ihre unlösbar verschmolzenen Geschlechtsteile dreht.

Als sie aufwacht, absolute Stille. Das Mondlicht hüllt Hildie und Ian in einen bläulichen Schimmer. Der Boden ist nicht von Kippen übersät, nicht mal ein Bierdeckel erinnert an die Nähe des Görli, aber der Boden unter ihnen ist nass. Ian lächelt; er ist schön, seine Zähne sind schön, er ist nicht ganz so jung, wie er in der Dunkelheit aussah, aber das ist sogar besser. Hildie merkt, dass sie sich in ihn verlieben könnte, dass es vielleicht schon passiert; es fällt ihr schwer, zwischen Liebe und der totalen Sinnlichkeit zu unterscheiden, die ihr nach dieser Lawine von Orgasmen immer noch die Kehle zuschnürt – ihre Möse schickt dem Gehirn Signale, die sich wie Zärtlichkeit, wie heiße Wellen von Dankbarkeit anfühlen. Der gleiche Rausch wie früher mit geliebten Männern lässt sie langsam, tief atmen, sie sucht seine Lippen, und er reckt ihr das Gesicht entgegen wie ein schlaftrunkenes Kind. Seine Finger, an denen sie andächtig saugt, riechen nach Zigaretten und dem waldigen Moschus ihrer Möse. Wenn er es eilig hätte, sich anzuziehen und sich unter dem Vorwand eines Termins am nächsten Morgen davonzumachen, hätte sie nicht diese unbestimmte Angst, dieses Gefühl eines drohenden Crashs. Es wäre viel einfacher, wenn Ian ein gemeines Arschloch wäre, befriedigt, weil er sie gehabt hat, und wenn sie mit der Fast-Gewissheit nach Hause gehen könnte, sich allein zum Höhepunkt gebracht zu haben. Aber auf dem Rückweg zum Park, als beiden der Mut fehlt, nach der Hand des anderen zu greifen, während sich in regelmäßigen Abständen ihre Blicke treffen, fragt er:

«Was war das?»

«Was gerade passiert ist?»

«Ja.»

«Keine Ahnung. Ehrlich gesagt ist es mir noch nie passiert.»

«Hör auf!»

«Du musst mir nicht glauben, aber ich schwöre es.»

Wie sollte er auch glauben, dass ein Mädchen, das solche Nachrichten schickt und solche Initiativen ergreift, zum ersten Mal einen richtigen Orgasmus hatte? Andererseits, überlegt sie, gleichermaßen Richter und Partei, welches Interesse hätte eine Frau, sich das auszudenken? Die nackte Wahrheit ist wunderbar: Sie hatte einen Orgasmus, weil er ihr gefiel, weil sie ihn ausgewählt hat, weil sich ein Teil ihres Lebens gerade in Luft aufgelöst hat und weil sie seit tausend Jahren keinen Sex mehr hatte.

Sie kommen in die Mitte des Parks, es ist fast taghell im orangen Laternenlicht.

«Warte», sagt Ian und dreht sie zu sich um. «Warte, lass dich ansehen.»

Er lächelt sie wieder an, und Hildie, die drei Jahre lang die

Macht ihrer blauen Augen als unschätzbares Gut ausgenutzt hat, schaut unwillkürlich zu Boden. Ian nimmt ihr Kinn, hebt ihren Kopf mit der entschiedenen Sanftheit der Menschen in der normalen Welt – komische Sitten herrschen da! Sie hätte lieber nicht in diesem Licht in seinem Blick gesehen, dass er sie schön findet und dass er schön ist.

«Ich muss gehen», flüstert sie im Fortgehen, und gleich darauf überraschen sie einander dabei, dass sie kehrtmachen, aufeinander zurennen, als würden sie einander schon fehlen.

Ihr schwankender, endloser Kuss nimmt ihnen den Atem, Hildie spürt, dass Ian schon wieder hart ist. Sie reißt sich schmerzhaft aus seiner Umarmung los, rennt fast den Weg entlang, der zu ihrer Straße, ihrer Wohnung führt. Aus der Dunkelheit taucht ein Hasch-Verkäufer auf und grüßt sie leise; seine Freunde und er haben gesehen, mit welcher sinnlichen Glut Ian ihren Nacken gehalten hat, sie amüsieren sich: «Schönen Abend, schöne Frau?»

Hildie weiß, dass sie nach Sex riecht. Dass Ians Geruch überall an ihr ist, in ihrem dichten Haar, in ihren feuchten Falten, unmöglich zu orten, aber allgegenwärtig.

Was soll das?, fragt sie sich, während sie atemlos durch ihre Straße rennt, als flüchte sie vor der eigenen Niederlage. Was in aller Welt machst du da?

Und in der Angst, die sie überfällt, in der köstlichen Erschöpfung einer verliebten Frau empfindet sie eine morbide Freude bei dem Gedanken, dass ihr Leben in die Luft gehen könnte, nur wegen des ungreifbaren Geruchs eines Mannes, dessen Nachnamen sie nicht kennt.

JUNI 2014

Weit im Westen, hinter dem Schwarzen Café, in dem meine Schwestern fröhlich kellnern, liegt die Schlüterstraße mit ihren wunderbaren noblen Häusern, und man muss Haussmann wirklich so lieben wie die Pariser, um seine Avenuen schöner zu finden. Das *Coco's* nimmt die ganze Beletage der Nummer 47 dieser vornehmen Straße ein. Zweihundertfünfzig Quadratmeter, denen man von außen nichts anmerkt. Nur einem erfahrenen Auge würde von der Straße aus auffallen, dass die Vorhänge immer geschlossen sind und hinter dem einzigen offenen Fenster ein violettes, ziemlich vulgäres Licht, das typische Bordelllicht, brennt.

Eines muss ich dem *Coco's* zugestehen: Der Innenausstatter hatte Talent. Wer als Kind viel Maupassant und viele Beschreibungen von Freudenhäusern gelesen hat, in denen sich im Schatten eines Sonntagabends das ganze Dorf versammelt, ist sicher beeindruckt von der Pracht, die sich hier entfaltet. Mich hat vor allem der Geruch sofort gefangen genommen; eine Mischung aus weißen Blumen und Moschus, von der einem ganz schwindlig wird. Das *Coco's* ist eine riesige Wohnung, raffiniert in eine Milliarde Zimmer aufgeteilt, die wie durch ein Wunder alle zu der einen oder anderen Bar führen. Selbst in den Fluren hängt dieser betäubende Duft, die bürgerliche Schwüle, sogar in den dunklen Ecken, wo sich die Kunden und die Mädchen im Stehen flüsternd über Preise und Optionen verständigen. Ich bin ihnen wie die dümmste Gans sofort auf den Leim gegangen. Die Mädchen waren schön, nein, nicht schön, *prachtvoll*, alle auf schwindelerregenden Absätzen. Ich saß wie eine Landpomeranze auf einem Sofa in dem kleinen Salon, wo die Mädchen auf Kunden warteten, und hatte das dümmliche Lächeln aufgesetzt, von dem ich mein Leben lang dachte, ich könnte damit Freunde gewinnen, und das offensichtlich die entgegengesetzte Wirkung hat. Die Mädchen und die Räume haben mich nicht eingeschüchtert, zumindest habe ich es mir nicht anmerken lassen, während ich versuchte, mit der Hausdame zu schwatzen, und eine Zigarette nach der anderen rauchte. An jenem Abend und in den zwei Wochen, die ich im *Coco's* blieb, habe ich mich heimtückisch von einer Menge Kleinigkeiten täuschen lassen, die die klassischen Mängel eines Bordells verdecken. Der Alltag einer Hure wird durch eine hübsche Tapete und klug arrangierte Lichtquellen nicht fröhlicher, aber manchmal ist der Käfig so niedlich, dass sie die Stäbe fast vergisst. Sie wird schläfrig wie eine alte Katze, die träge in ihrer dunklen Ecke liegt, wenn das Herrchen schlechter Laune ist.

Dieses Herrchen sollte ich am ersten Abend treffen. Michael kam aus der Ukraine, und auf meine naive Frage, ob er nett sei, erhielt ich die zögernde Antwort, er *könne* auch nett sein. Es dauerte, bis ich ihn zu Gesicht bekam, und ich hatte Zeit, die Frage an fünf Mädchen zu richten. Ich erinnere mich noch an Micha, die Jüngste, die Zarteste, die sich umguckte, bevor sie mir weder sehr überzeugend noch besonders begeistert antwortete:

«Ja, es geht.»

«Ist das ein gutes Bordell hier?»

«Ja, ja. Es geht.»

Ich habe im *Coco's* meine unschuldigen Fragen gestellt und Antworten bekommen, die ich heute einfach nur skandalös fände. Wie das verächtliche Stirnrunzeln der Hausdame, als ich sie fragte, ob manche Kunden spezielle Phantasien hätten: «Ich sorge dafür, dass alles läuft, dass die Zeiten eingehalten werden und der Kunde zahlt. Was sich in den Zimmern abspielt, möchte ich nicht wissen.»

Sie wedelte mit den Händen, um zu zeigen, dass mögliche Offenbarungen ihr ebenso lästig wären wie ein übler Geruch. Neben dem Haushalt und der Kontrolle musste die Hausdame die Kunden empfangen, sie durch das Haus führen, den verstreuten Harem zusammentrommeln und die Präsentation organisieren, die Wünsche des Kunden aufnehmen oder aus seinen ungeschickten Äußerungen erraten, welches der sechs oder zwanzig Mädchen ihm ins Auge gefallen war, die glückliche Auserwählte benachrichtigen und in ein Register sorgfältig den Namen des Mädchens, die Zeit und das Zimmer eintragen, kassieren, bar oder mit Karte. Am Ende den zweifach erleichterten Kunden hinausbegleiten, sich vergewissern, dass er zufrieden war. Ihre wichtigste Aufgabe bestand darin, mit dem Eifer und der Pünktlichkeit einer Anstandsdame fünf Minuten vor Ablauf der festgelegten Zeit an die Zimmertür zu klopfen.

Ein Bordell funktioniert nicht ohne klare Regeln. Zwanzig Mädchen im Hormonrausch, die von der Schönheit ihrer Körper leben, lassen sich natürlich schwerer lenken als fünfzig Kellnerinnen. Die Grundsätze sind überall gleich, aber jedes Bordell gewährt oder beschränkt spezielle Freiheiten und hat seine internen Vorschriften. Mädchen wie Kunden riechen schnell, ob Männer oder Frauen den Laden leiten. Sie spüren, ob sie es mit ängstlichen Stuten zu tun haben, die streng an die Kandare genommen werden, oder mit unabhängigen Sexarbeiterinnen, deren Eigenheiten man berücksichtigen muss.

Die Mädchen kommen nie in ihren echten Zivilklamotten ins *Coco's*; tausend Kleinigkeiten verraten sie. Sie sehen immer aus wie die kleinen, mit Plastiktüten beladenen Ukrainerinnen in der Avenue Montaigne, die widerliche Malteserhündchen an Strassleinen herumführen.

«Du kannst hier viel Geld machen, wenn du vernünftig bist», erklärt mir die Hausdame am ersten Abend. «Aber die meisten Mädchen verschleudern alles. Manchmal erzählen sie mir, dass sie ihre Miete nicht bezahlen können! Ich begreife das nicht.»

Das Einzige, was bei der Arbeit im *Coco's* Pflicht ist, sind High Heels. An ihrer Größe und ihrer Biegsamkeit erkennt man eine Hure. Ansonsten können sich die Mädchen alle Verrücktheiten leisten, solange sie fair spielen und nicht mehr Haut zeigen als ihre Kolleginnen. Keine edlen Dessous, aber superkurze Kleider oder Shorts, ein Festival nackter Beine, gesäumt von der Spitze halterloser Strümpfe. Kann man deswegen sagen, die Mädchen im *Coco's* wären die heißesten von ganz Berlin, wie es auf der Website und den Visitenkarten steht? Als ich ankam, fand ich sie alle schön, Mädchen, deren wiegender Gang eine Einladung zu bösen Gedanken und ungeplanten Ausgaben ist. Sie trugen alle den billigen Flitter, den man sich in Paris nicht mal im verruchtesten Club erlauben würde, tonnenweise Schminke, die die schlechte, launische Haut trotzdem kaum verbarg, synthetische Stoffe, die den Hintern so eng umschlossen, dass man die Speckfältchen vergaß, übertriebene Extensions, um zu dünne oder zu glatte Haare zu kompensieren ... Sie hatten etwas Brennendes, Lebendiges, erfüllt von der Illusion der Schönheit, die an einem kunstseidenen Faden hängt, die zerfällt, wenn man zu genau hinguckt, und nur den Geruch des nackten Fleisches übrig lässt.

138

Dass du in diesem Beruf die Unschuld schneller verlierst als in jedem anderen, ist erstmal nicht verwunderlich. Aber du verlierst auch die Unschuld, dir einzubilden, du könntest elf Stunden dasitzen, auf einen Kunden warten und ein Monatseinkommen von fünftausend Euro kassieren. Wenn du wie ich ein Buch hast, das nur darauf wartet, geschrieben zu werden, und wenn du mehr als die Hälfte dieser elf Stunden unbeschäftigt bist, klingt das wie ein durchaus faires Geschäft. Aber ich war in den zwei Wochen Fron im *Coco's* keine Minute mit Schreiben beschäftigt. Eine gewisse Schamhaftigkeit – vielleicht auch Snobismus – hielt mich davon ab, mein Heft rauszuholen und zu schreiben. Oder auch Angst ... Eine vage Furcht bei der Vorstellung, dass jemand mich Notizen machen sieht und ich auf frischer Tat ertappt werde. Aber vor allem eine unbestreitbare Tatsache: Wenn du von Mädchen umgeben bist, die an ihren Smartphones spielen oder telefonieren, während du gemütlich auf deinem Sofa sitzt, ist es schwierig, nicht von dieser Spirale des Nichtstuns aufgesogen zu werden. Wie viele Schachteln gequalmt? Wie viel Apfelschorle getrunken, um mir die Zeit zu vertreiben? Zum Beruf der Hure gehört vor allem Geduld.

Am Morgen nach dem ersten Tag rief mich Stéphane an, und als ich das *Coco's* erwähnte, musste er erstmal leichte Schuldgefühle überwinden. Als wir fünf Monate zuvor die Kastanienallee überquert und über Prostitution diskutiert hatten, hatte ich ihm von einem Artikel erzählt, in dem es um die Huren in Paris ging; in manchen Vierteln hätten die Mädchen unter entsprechender *Führung* acht bis zehn Freier am Tag.

«Das geht doch!», hatte ich verkündet. «Das schaffe ich locker.»

«Du weißt nicht, was du sagst», hatte Stéphane gestöhnt. «Zehn Kerle, das ist eine Menge.»

«Das werde ich ja sehen, wenn ich im Bordell arbeite.»

«Hör auf mit dem Schwachsinn», hatte er in dem harten Ton gesagt, der ihn manchmal entsetzlich paternalistisch klingen lässt. «Jetzt kommt es dir lustig vor, aber du würdest es keine zwei Tage in einem Bordell aushalten.»

Ich weiß ebenso wenig wie er, welchen Anteil diese Herausforderung an meinem Unternehmen hat. Ich bin nicht mehr so naiv und tollkühn wie mit zwanzig. Viel ist seither passiert. Aber für Stéphane werde ich immer das halbwüchsige, unberechenbare Biest bleiben, das durch den Einschuss der Hormone und die nagelneuen Brüste ganz aus dem Häuschen war. Und ich kann mir gut vorstellen, was er sich nach unserem Gespräch für Vorwürfe gemacht hat, als er sich seine jüngste Geliebte in einem Bordell vorstellte, ohne Bodyguard und tausend Kilometer von ihm entfernt.

In Deutschland ist die Prostitution legal, unterliegt aber den strengen Vorschriften, denen sich Selbständige unterwerfen müssen – Prostituierte *sind* Selbständige. Als solche können sie sich wahrlich nicht alles erlauben, egal ob sie oben oder unten in der Rangordnung stehen. Mädchen wie Bordelle müssen ihre Einnahmen genau melden – und zwar absolut ehrlich (was in diesem Milieu ebenso selten ist wie in jedem anderen). Oft gibt es Razzien des Finanzamts auf der Suche nach verstecktem Bargeld oder nicht deklarierten Zimmern. Immer wieder werden Bordelle durchsucht und stillgelegt. Für ein Mädchen ist es fast unmöglich, ohne Anmeldung und ohne Steuernummer zu arbeiten. Schlichte Gemüter wie ich, die sich einbilden, sie bräuchten sich nie mit einem Beamten herumzuschlagen oder im Finanzamt Schlange zu stehen, weil sie einen Beruf ausüben, den niemand anerkennt, müssen ihre Illusionen bald aufgeben. Wenn sie nicht auf der Straße und für irgendeine Mafia arbeitet, kann sich keine Hure rühmen, Geld zu kassieren, von dem der Staat nicht seinen Anteil bekommt.

Die Hausdame bei meiner ersten Schicht ist griesgrämig, um die fünfundsechzig und spricht ein schwer verständliches Ostdeutsch. Sie heißt Jana.

Ich wundere mich nicht weiter, vor einem ergrauten Weib zu stehen, das den Serail mit eiserner Hand führt, am liebsten wortlos in der Dunkelheit des kleinen, leeren Salons raucht und so launisch ist wie ein abgetakelter Cockerspaniel. Es ist siebzehn Uhr, im Moment sind nur sie und ich da. Zwei Mädchen wohnen direkt im Bordell, in dem Schlafsaal, der den Mädchen bei Bedarf zur Verfügung steht, aber sie bleiben bis zwanzig Uhr in ihrem Zimmer und kommen nur heraus, um sich etwas zu trinken zu holen oder wenn mögliche Kunden klingeln.

Ich habe mich Justine genannt, ohne lange nachzudenken; diese Wahl hätte Valentine gefreut, wenn wir noch miteinander sprechen würden, das war ihr Pseudonym, als wir mit achtzehn Escort-Girls spielten. Justine – weil es einfach ist und wegen de Sade. Ich erkläre Jana den Bezug, sie starrt mich nur an: «Den kennt doch hier keener.» Aber das J am Anfang, das die Deutschen nie richtig aussprechen können, verheißt eine Exotik, die ihr gefällt, einen rätselhaften Charme, der nach Pigalle – wo sie nie war – oder nach den Schätzen von Ali Baba klingt, auf jeden Fall nach Geld. Ich bin zwar nicht die Einzige, die auf die Trikolore anspielt, aber in diesem Haufen von Sophie, Michelle, Sylvie oder Gabrielle wage ich mich als Einzige an einen so heimtückischen Konsonanten wie dieses verflixte J. Im *Coco's*, wie auch sonst, ist mir meine Nationalität eine große Hilfe; der Chef hatte mich noch nie gesehen, aber sofort engagiert, eine Französin muss die Bettgeheimnisse einfach im Blut haben, die die Frauen in aller Welt mühsam nachzuahmen suchen.

Eilig werden die im *Coco's* geltenden Tarife dargelegt. Als selbsternanntes «Liebesnest der Extraklasse» hat das *Coco's* die höchsten Preise aller Etablissements in Charlottenburg – und davon gibt es unzählige. Der Grundtarif gilt für eine Penetration und einen Orgasmus (in einer Stunde darf der Kunden höchstens zwei Mal kommen – wenn er es schafft); gegen einen Aufschlag kann sich der Kunde im *Coco's* noch den berühmten Zungenkuss, von dem die Legende geht, er sei bei den Huren tabu (zwanzig Euro), eine Fellatio ohne Präservativ (weitere zwanzig Euro) und alle möglichen Phantasien leisten, die von der Direktion nicht aufgelistet werden und die jedes Mädchen akzeptiert oder nicht. Vom Aufschlag für die Extras bekommt das Bordell keinen Cent, trotzdem müssen die Mädchen sie aus unerfindlichen Gründen bei der Hausdame ansagen.

Einen zusätzlichen Bonus bringt die Bar, wenn der Kunde Champagner bestellt und ihn mit dem Mädchen trinkt. Außerdem haben nicht alle Zimmer den gleichen Preis. Der Grundtarif gilt nur für die drei einfachsten Zimmer (die auf ihre Art auch schon *luxuriös* sind – das Wort trifft es nicht, aber das richtige fällt mir nicht ein); für die vier anderen Zimmer wird wegen ihrer Größe, des dünkelhaften Mobiliars oder der Hightech-Ausstattung (zum Beispiel das kaputte Jacuzzi in Zimmer 5 oder die offene Dusche im Salon-Zimmer, in die drei Pferde oder eine ganze Horde von Freiern und Mädchen passen) ein Aufschlag von einhundertfünfzig Euro fällig, von dem die Mädchen auch einen Anteil bekommen. Wenn dir die Fügung also einen Kunden beschert, der Lust hat, in einem Zimmer mit Jacuzzi eine Flasche zu trinken und sich eine Hure zu leisten, die ihn abknutscht, ihm ohne Präser einen bläst und sich in den Arsch ficken lässt, hast du deinen Tagesumsatz schon erreicht. Umsatz oder nicht – es ist verboten, vor dem Ende der regulären elf Stunden Dienst zu verschwinden. Am Ende entscheiden die Kunden über den Feierabend. Kunden, die trinken oder trinken und koksen, sind imstande, ein Bordell bis zum nächsten Mittag in Bewegung zu halten.

Deswegen wollte ich zuerst so früh wie möglich anfangen – bevor ich wusste, dass das Bordell tagsüber genauso tot ist wie die 24-h-Casinos, die es in Berlin zuhauf gibt. Die Freier wissen, dass tagsüber nur zwei, drei Mädchen da sind und oft nicht die, die sie haben wollen. Die abendliche Fülle ist weit verlockender.

Am ersten Tag bekomme ich gegen zwanzig Uhr von Gabrielle Gesellschaft, einer großen Bulgarin, die ständig an ihrem Telefon hängt. Sie fragt mich kurz, ob ich zum Arbeiten da bin oder mich um die Bar kümmere, und wirft mir ein knappes Hallo zu – Ende der Kommunikation. Kurz danach kommen Michelle und Nicola, italienische Zwillingsschwestern, die man höchstens für achtzehn halten würde, obwohl sie siebenundzwanzig sind. Heute Abend kommt Michelle beladen mit Schokolade und Konfekt aus dem Hotelzimmer eines Kunden. Sie und ihre Zwillingsschwester haben gemeinsam ein paar Stammkunden – nicht viele –, die sie ständig zum Essen nötigen. Anders als meist angenommen wird Magerkeit im Bordell nur mäßig geschätzt; unter einem Kleid versteckt und auf hohen Absätzen lassen die Dünnen zwar Träume wach werden, aber wenn sie erstmal nackt daliegen, wecken sie eher Mitleid und die Furcht, sie zu zerbrechen. Ihre dünnen Körper sind so zart, als wären sie noch nicht mal heiratsfähig, und der durchschnittliche Kunde würde sie wohl lieber füttern wie junge Fohlen, als sie wilden Liebesritten zu unterwerfen, auf die eher wohlgenährte Huren mit kräftiger Kruppe Lust machen.

Gabrielle, die Zwillinge und ich unterscheiden uns genügend voneinander, um uns keine Konkurrenz zu machen. Anders als ich erwartet hatte, sind die beiden Kleinen bereit, alle meine Fragen über die Funktionsweise dieses Bordells zu beantworten. Ich formuliere gerade eine besonders deftige, als das erste Klingeln des Abends ertönt, das Startsignal meiner neuen Karriere.

Der Mann sieht so banal aus, dass du dich fragst, ob das erlaubt ist, er ist um die vierzig und schon etwas kahl – nachdem ich mir vorgenommen hatte, mir alles zu merken, fällt mir jetzt nicht mal der Name meines ersten Freiers ein. Rick? David? Wie hieß nur dieser beschwipste Kanadier, der noch nie den Fuß in ein Bordell gesetzt hatte? Wir haben uns im großen Zimmer 3 mit dem riesigen Himmelbett und dem Marmorkamin beide gleichermaßen tollpatschig angestellt.

Die ersten fünf Minuten kannst du mit Höflichkeiten füllen, und dann? Wenn der Mann noch nie bei einer Hure war, bezahlt er auch dafür, nicht den ersten Schritt zu machen. Irgendwie verdanke ich es diesem von der Vorsehung gesandten Kanadier, dass ich meine Angriffstechnik entwickelt habe: über irgendwelchen Blödsinn schwatzen und dabei ganz nebenbei aufs Bett klettern, dann das Kleid quer durchs Zimmer werfen, ohne mein Geplapper zu unterbrechen. Aber auch wenn ich splitternackt bin, ist das Spiel noch nicht gewonnen; der Novize ist weit davon entfernt, sich dieser Nacktheit zu bemächtigen, die ihn vor Angst förmlich erstarren lässt. Ich kann mir sein qualvolles Dilemma unschwer vorstellen: Hat er wirklich Lust auf Sex? Reicht nicht die Vorstellung, es tun zu können? Wie soll er ihn hier hochkriegen und warum? Man fühlt sich vermutlich ziemlich bescheuert, wenn man so viel ausgibt, um eine Nutte, deren Job es ist, zehnmal am Tag die Hose runterzulassen, schlecht und hastig zu ficken.

Nachdem er sich ausgezogen hat (blitzschnell und mit verlegenem Kichern), sitze ich vor einer zaghaften Erektion, über die er nur mit Mühe das vorgeschriebene Kondom streift. Wenn dich schon die Vorstellung wenig begeistert, mit einem Mann zu schlafen, für den du dich ungefähr so interessierst wie für eine kaputte Neonröhre, ist die Befürchtung, dass dieser Mann wegen irgendeiner Funktionsstörung den Abschluss verzögert, der Gipfel der Unerfreulichkeit. Ein Mann, der dir völlig gleichgültig ist, kann die Situation zu seinem Vorteil wenden, wenn er von Anfang an eine solide, begeisterte Erektion präsentiert. Wenn du erstmal neben ihm liegst, vergisst du mühelos sein Gesicht und siehst nur noch den gemeinsamen Nenner – so einfach ist das. Auch wenn kein Penis dem anderen gleicht, ist das Ding ziemlich einheitlich sympathisch und verträglich. Und es löst weniger Entsetzen aus als so manches Gesicht. Auch ein Ehering am Finger ist beruhigend – er relativiert. So banal, so wenig sinnlich ein Mann sein kann, der Gedanke, dass sich irgendwo auf der Welt eine Frau mit ihm zufriedengibt, ja sich sogar ganz gratis über ihn freut, lässt dich hoffen, dass noch nicht alles verloren ist.

Jetzt liegen wir also in verlegenes Schweigen gehüllt auf dem zu großen Bett und sehen uns an. Im Hintergrund rauscht das Geplapper der Mädchen im Salon. In meinem Kopf rotiert das noch unbekannte Räderwerk der Regeln für Freudenmädchen: nicht zu schnell sein, die Sache nicht beschleunigen, auch wenn die Versuchung groß ist, denn wer will schon den Rest der Zeit damit verbringen, das Gegenüber stumpf anzustarren? Und vor allem will es niemand darauf anlegen, das im Tarif enthaltene zweite Mal in Anspruch zu nehmen, nicht aus Faulheit, sondern weil das zweite Mal immer riskant ist, gebremst von der Angst, zu spät oder gar nicht zu kommen, ständig vom Versagen bedroht, das dieser Fick gegen die Uhr auslöst.

Aber auch schon beim ersten Mal kann es mühsam werden. Bei unserer Doppelpremiere versucht sich der Kanadier so lange zurückzuhalten, dass er am Ende gar nicht kommt. Zwischen dem ersten verklemmten Küsschen und Janas mahnendem Klopfen an der Tür gibt es einen Moment, in dem er sich so sehr Herr seiner Erektion fühlt, dass er innehält und fragt, ob er mich in den Arsch ficken darf. Unsicher nenne ich den Preis, überzeugt, dass er sich dann lieber mit seiner Phantasie begnügen wird. Aber entweder ist diese Stellung bei Paaren selten, oder Geld spielt keine Rolle mehr, wenn der harte Schwanz bis zum Nabel wächst, jedenfalls zuckt er bei der Aussicht, hundert Euro mehr hinpacken zu müssen, nicht mit der Wimper. Aber dass ich der Sache einen Preis gebe und sie mit einer Genehmigung versehe, macht sie etwas zu real. Bis ich mich in Position gebracht habe, hat sich die jugendliche Erektion schon wieder zurückgezogen. Ohne große Hoffnung und etwas ungeduldig tue ich, was ich kann. Wir plagen uns noch ab, als Jana klopft.

Es ist hart, einem Mann zu sagen, dass er gegen jede Erwartung nicht abspritzen wird. Ich habe das schlechte Gewissen der Berufsanfängerin. Aber der Kanadier nimmt es mir nicht übel. Ich stelle mir vor, dass er trübsinnig in sein Hotelzimmer zwischen Friedrichstraße und Gendarmenmarkt, das goldene Dreieck der Geschäftsleute, zurückkehrt und mit der Hand beendet, was ich mit der größten Bereitschaft der Welt begonnen habe. Und dass er im Nachhinein gar nicht mehr weiß, wozu diese Investition und überhaupt dieses ganze enttäuschende Intermezzo gut waren. Wenn er wieder in Toronto oder wer weiß wo im anglophonen Kanada ist, kann er seinen Freunden erzählen, dass er in einem Bordell war und sich das Recht der ersten Nacht mit einer jungen, liebenswerten Französin geleistet hat, die ihm keine ihrer drei Körperöffnungen vorenthielt.

Ich nehme an, das Ende wird er etwas aufhübschen.

Ich habe meine Karriere und dieses Buch also im *Coco's* begonnen, im warmen Nest des extravaganten Luxus einer riesigen Wohnung, ohne je das Gefühl loszuwerden, dass langsam eine Falle über mir zugeht. Ich bekam sehr schnell Angst, und meine Nächte wurden von der Ahnung verkürzt, dass ich mich ziemlich übernommen hatte. Dass die Chefs und die Mädchen fast ausschließlich aus dem früheren Ostblock stammten, gab der Sache auch keinen legaleren Anstrich; hartnäckig verfolgten mich verstörende Visionen eines Bordells in der Ukraine, wo ich landen würde, nachdem man meinen Pass gestohlen hätte. Die Gefahr drohte von allen Seiten, von den Chefs, den Mädchen, den Freiern, dem Handlanger Maximilian, der nie eine Regung erkennen ließ. Ich lebte mit der Panik, die Schriftstellerin oder Journalistin in mir könne enttarnt werden – wie in manchen Albträumen sagte ich mir ständig, dass mir nichts passieren werde, solange ich die Panik nicht zeigte.

Es dauerte allerdings nicht lange, bis ich mich zu einer Reaktion hinreißen ließ, die dem Entsetzen nahekam. Nach dem Kanadier drohte der Abend in Leere zu enden. Kein Freier in Sicht, nicht mal die zwei, drei zuverlässigen Stammgäste. Alle Mädchen – ein Dutzend – saßen im großen Empfangssalon herum. Kleine Grüppchen von Ukrainerinnen, Bulgarinnen oder Rumäninnen bekämpften die Langeweile mit ihren Telefonen und ihrem unverständlichen Geplapper – unverständlich jedenfalls für mich, die ich allein auf einem Sofa saß und eine Kippe nach der anderen rauchte.

Früh um zwei stieß ich einen letzten Seufzer aus und teilte Michelle und Nicola mit, dass ich gehe. Es war erstaunlich, wie die Zeit über sie hinwegzugleiten schien, ohne dass sie sich weiter bewegten als einmal durch den Salon.

Im Flur traf ich die Hausdame, die die Regale mit Handtüchern füllte.

«Ich glaube, ich gehe jetzt», sagte ich unbekümmert.

Sie lachte kurz.

«O nein, so läuft das hier nicht», antwortete sie, und sofort tauchten meine Schreckensvisionen bedrohlicher denn je wieder auf, das Soldatenbordell in der Ukraine, der gestohlene Pass, die Erklärungen, die ich meiner untröstlichen, vor Angst kranken Familie nicht mehr würde geben können. Nur Arthur und Stéphane wussten Bescheid – wenigstens halbwegs; Stéphane würde von der Botschaft in London aus alle Hebel in Bewegung setzen, um mich rauszuholen – aber in welchem Zustand? Mein Herz begann zu rasen, ich stammelte «Ach nein?», als sie schon fortfuhr:

«Eine Schicht dauert elf Stunden. Du musst bis vier bleiben.»

«Aber es ist kein Kunde da, und wir sind zu viele Mädchen.»

«Egal. So läuft das hier.»

«Na gut. Macht nichts.»

Aber ich sah offenbar so verzweifelt aus, dass sie mir anbot:

«Wenn du willst, frage ich den Chef.»

Ich habe sie nicht daran gehindert, obwohl die Verfinsterung ihrer Miene und ihrer Stimme deutlich zeigte, wie unangenehm es ihr war, ihn um diesen Gefallen zu bitten.

Ich weiß nicht, warum ich früher gehen durfte. Ich habe nie erlebt, dass Michael irgendwem irgendein Entgegenkommen zeigte, im Gegenteil. Ich weiß nicht mehr, wie oft eine der vier Hausdamen aus dem kleinen Salon kam, in dem Michael, sein Kompagnon und andere Schergen mit dicken Zigarren im Mund bis zum frühen Morgen soffen und quatschten. Sie winkte einem der Mädchen, oft demselben, Michael wolle es sprechen. Ich weiß nicht, was im Kopf der Unglücklichen ablief, aber sie sah aus wie eine Gefangene, die unschuldig zur Exekution geführt wird. Manchmal kam Michael persönlich, um in einer Ecke mit einem Mädchen zu reden. Er sprach mit allen in derselben Sprache. Deswegen habe ich nie auch nur ein Wort verstanden, aber du musst nicht polyglott sein, um zu ahnen, worum es in der Predigt ging. Michaels Kritik traf meist Gabrielle oder Micha. Micha, ein kleines, oft einsames süßes Ding aus Rumänien, sah wie sechzehn aus und war mit neunzehn tatsächlich die Jüngste im *Coco's*. Sie sah aus wie ein geprügelter Hund, argwöhnisch, aber lieb, mit tiefen Grübchen beim Lächeln. Die anderen Mädchen, auch die Rumäninnen, setzten sich nie zu ihr. Ich nehme an, bei den Chefs war sie auch nicht sehr gut angesehen, weil sie die Kunden mit dem gereizten Ausdruck eines Teenagers begrüßte, den man beim Facebook-Chat stört (was wahrscheinlich auch zutraf); abends, wenn die Männer kamen, um sich bei einem Glas Champagner verführen zu lassen, hatte sie eine erstaunliche Begabung, in der dunkelsten Ecke zu verschwinden und erst wieder aufzutauchen, wenn der Kunde an einer anderen Angel hing. Kurz gesagt, sie zeigte nur sehr mäßiges Interesse am Geschäft.

Michael ermahnte sie fast jeden Abend, ohne dass sie ihre bockige Miene je aufgab, auch nicht, wenn William, sein lustiger Kompagnon, es auf freundlichere Art versuchte.

Vielleicht durfte ich gehen, weil ich den einzigen Kunden des Abends gehabt hatte. Oder weil ich Französin war und das *Coco's* dieses Geschenk des Himmels erst einmal schonen wollte. Vielleicht auch, um meine Gutwilligkeit als Debütantin – oder das, was davon übrig war – nicht zu sehr zu strapazieren.

Als ich nach Hause kam, tobte schon ein ganzer Katalog mehr oder weniger berechtigter, mehr oder weniger begründeter Ängste in meinem Kopf. Ich hatte allen Grund, nie mehr hinzugehen. Trotzdem war ich am nächsten Tag wieder da, auch am übernächsten und zwei Wochen lang fast jeden Tag. Denn ich hatte an einem Abend begriffen, was all die traurigen Romane über die Prostitution inspiriert hatte. Aus Stolz und weil es nicht in Frage kam, dass ich ein naives oder schwarzmalerisches Buch fabrizierte oder, schlimmer noch, ein Buch, das nur eine Facette dieser Arbeit gestreift hätte, redete ich mir ein, dass es bestimmt etwas Schönes oder Lustiges zu schreiben gebe, auch wenn ich ganz tief schürfen müsste. Ich hoffte, meine Stimme werde die Realität der Prostitution menschlich machen – Bücher haben diese Kraft –, auch wenn ich allein für diese Lüge kämpfte.

Wenn ich das *Coco's* nie kennengelernt hätte, hätte ich nie die Freundlichkeit des *Maison* schätzen können, die diesem Buch ein neues Licht gegeben hat. Und wenn ich stur gewesen, wenn ich im *Coco's* bei Michael und seinem Harem mit den wunden Augen geblieben wäre, hätte ich ein schreckliches Buch geschrieben, das es schon tausendfach gibt. Womöglich gar in der Ukraine.

*E*s jibt 'ne janze Menge in Charlottenburg», erzählt mir Jana, die das Wort *Bordell* nicht in den Mund nimmt. «Aber dit hier is dit beste. Woanders geht's den Mädchen echt dreckig.»

Es gibt offenbar noch Schlimmeres als das *Coco's*, und für Michael zu arbeiten ist ein Segen. Bei T... hat die Direktion zum Beispiel eine *Flat Rate* eingeführt, das bedeutet grob gesagt, dass der Freier so oft abspritzen darf, wie es menschenmöglich ist – zumindest kann er es versuchen. Gemessen daran sind Janas kleine, harte Fingerknöchel an der Tür ein Segen. Ebenfalls bei T... sind Mädchen rausgeflogen, weil sie sich geweigert haben, Männern ohne Kondom einen zu blasen. Jedes Haus hat seine spezielle Höllenqual. Im *Coco's* ist es für mich das endlose, abstumpfende Warten. Langeweile hat viel mehr Facetten, als man vermutet. Zehn Mädchen, in einem Raum versammelt, einander in herzloser Gleichgültigkeit zugetan, ohne festes Einkommen und mit einem einzigen gemeinsamen Nenner: dem Gefühl, auf skandalöse Weise ihre schöne Jugend zu vergeuden. Wenn der erste Kunde die Nase hereinsteckt, ohne zu ahnen, welches Manna und welche Hoffnung er verkörpert, werden sie zu einer Meute hysterischer Weiber. So gedeihen im *Coco's* Groll und Eifersucht: durch die Seltenheit der Kunden. Das reizt den Chef, der gereizte Chef wiederum reizt die Hausdamen, die unter den ebenfalls missgelaunten Mädchen eine unmerkliche, verborgene Spannung verbreiten. An manchen Tagen, nein, eigentlich immer, ist es besser, Jana aus dem Weg zu gehen. Wenn sie wütend und schimpfend Tabletts mit vollen und leeren Flaschen vorbeischleppt, senken sich die Köpfe wie vor einem Fluch. Wenn Jana nichts zu tun hat, sitzt sie mit ihrem Kofferradio neben der Bar oder packt sich auf das Bett in Zimmer 6, direkt neben dem Salon, um uns im Auge zu behalten; dann macht sie ihr Tablet an und bekämpft ihre schlechte Laune mit Talkshows, neben sich drei Handys und das Festnetztelefon – es könnte ja doch mal klingeln!

Wenn die Frustration sie wieder aus ihrer Höhle treibt, lässt sie sich bei uns auf ein Sofa fallen, raucht ihre neunund-fünfzigste Pall Mall und unterhält uns mit den unzähligen Problemen ihrer Heimfahrt nach Steglitz: Der M49er kommt oft zu früh, wenn sie ihn verpasst, muss sie zwanzig Minuten warten, und hoffentlich gießt es nicht so wie gestern, letzte Nacht hat sie kein Auge zugemacht, trotzdem war sie heute früh da, um die Betten zu beziehen, worauf sie auch gut hätte verzichten können, weil kein einziger Kunde kommt, *kein einziger*, Himmelherrgott! Jana sieht so aus, als würde sie trotz ihres Festgehalts mehr unter der Untätigkeit leiden als die Mädchen.

Wie bei jedem frustrierenden Job ist die Motivation bald im Keller. Du kommst mit der Absicht, alle Rekorde zu bre-chen, doch bald verspürst du nur noch grenzenlose Trägheit, und am Ende wird der erste von der Vorsehung geschickte Trottel zum Eindringling, der die unbehagliche Ruhe stört. Der Anblick, der sich dem Kunden bietet, wenn er den gro-ßen Salon betritt, ändert sich nie: ein Haufen Mädchen, die ihm wie eine Gruppe von Erdmännchen synchron ihre ge-langweilten Augen zuwenden. Die Smartphones tauchen ihre Gesichter in Neonblau. Die House-Musik wäre erträg-lich, wenn jemand tanzen würde – aber niemand tanzt, und die Atmosphäre erinnert an einen aufgepeppten Provinzclub, der sein Publikum nicht vom Hocker reißt. Ein paar Mädchen werfen einen kurzen Blick auf den Kunden und wenden sich ab – später wird ihnen Michael die Leviten lesen; er sitzt im kleinen Salon und zieht an seiner Zigarre, scheint aber die Augen überall zu haben. Der Weg zur Eroberung eines Kunden in einem Bordell wie dem *Coco's* ist lang und kurvenreich: Du musst die fünfzehn anderen Kandidatinnen irgendwie ausstechen und dich so liebenswürdig vorstellen, dass er dich zu einem Glas einlädt. Aber nichts garantiert dir, dass du den Kunden am Ende mit aufs Zimmer nimmst. Gar nicht so einfach, die Männer, die Sex wollen, von denen zu unterscheiden, denen der Sinn nur nach einem Glas in netter Gesellschaft steht – wofür du höchstens zwanzig Euro bekommst. Dieses Risiko wollen die Mädchen im *Coco's* oft nicht eingehen. Einen Schwätzer an der Backe zu haben, heißt, dass sich deine Chance auf einen weniger phlegmatischen Kunden verringert. Und wenn du Glück hast und am Ende doch irgendwie zum Zuge kommst, geht das Warten wieder los, sobald der Kunde weg ist, nur schlimmer, weil du den postkoitalen Durchhänger, den Wunsch nach dem tröstenden Schläfchen verdrängen musst.

Man könnte annehmen, die leere Zeit ermutige zu intellektuellen Beschäftigungen oder Gesprächen unter den Mädchen. Aber man kann an einem Ort wie dem *Coco's* nicht WLAN anbieten und dann auf munteren Austausch hoffen. Ich bin auch nie auf die Idee gekommen, ein Buch aufzuschlagen, während wir in dem einen oder anderen Salon herumgammelten. Das einzige Mal, wo ich es gewagt habe, hatte ich einen dicken Band von Paul Nizon dabei, den mir meine deutsche Großmutter zu Weihnachten geschenkt hatte; allerdings stellte ich dabei fest, dass Literatur manchmal noch langweiliger sein kann als Untätigkeit. Ich hatte Lust, mit den Mädchen zu sprechen, wusste aber nicht, wie ich es anstellen sollte, und mir war schon klar, dass es bestimmt nicht helfen würde, wenn ich mich mit etwas so Überheblichem wie einem Buch von dieser Mikrogesellschaft abschottete. Im *Coco's* habe ich es nie geschafft, den richtigen Ton zu treffen, um ihnen Vertraulichkeiten zu entlocken. Einmal habe ich die Zwillinge gefragt, ob manche Kunden etwas mit ihnen beiden machen wollten, aber sie haben mich wahrscheinlich nicht richtig verstanden – Michelle hat geantwortet, alles sei eine Frage des Preises; in ihren Augen war keine Spur von dem Widerwillen, den der Gedanke, die Möse der Zwillingsschwester zu lecken oder mit ihr zu knutschen, bei gewöhnlichen Sterblichen wecken würde. Entweder war ich zu pervers für die simple und kommerzialisierte Erotik dieses Ortes, oder das Laster war so tief in den Mädchen verankert, dass selbst der Inzest kein Tabu mehr war, wenn man entsprechend zahlte – aber daran zweifle ich. Bis zu einem bestimmten Punkt konnte ich die Mädchen im *Coco's* fragen, was ich wollte, ohne mehr als ein kurzes Stirnrunzeln auszulösen. In einem Haus, wo du für eine Nase Kokain nur mit dem Finger schnipsen musst, sind die Mädchen eine Menge gewöhnt. Nichts bringt sie wirklich aus der Fassung, und sie haben schon vor ewigen Zeiten gelernt, dass sie von den Chefs oder den Hausdamen keine Hilfe erwarten können, weder körperliche noch psychologische. In ihren Köpfen gibt es vermutlich eine fest verschlossene Tür, hinter der sie in einem Winkel die Erinnerungen an Kunden, die zu betrunken oder zugedröhnt waren, um sie freundlich anzusprechen oder zu berühren, an brutale Umarmungen und erniedrigende Phantasien horten – hinter dieser Tür ist es dunkler als in allen Alkoven des *Coco's*, dorthin verschwinden die Ausdünstungen von ranzigem Schweiß, dreckigen

Schwänzen und vom schlechten Champagner gelähmten Zungen, um in quälenden Albträumen oder Momenten der Einsamkeit aufzutauchen. Hinter diese Tür schleicht kein glückliches Gefühl.

Ich wäre so gern wenigstens oberflächlich in diese einsamen, mürrischen Gedanken, in diese Bettgeheimnisse eingedrungen, die dich quälen, wenn niemand sie hört. Es dauerte allerdings nicht lange, bis ich mir das ohnehin nur in homöopathischen Dosen vorhandene Interesse der Mädchen ganz verscherzt, mir jedoch einen gewissen Respekt bei Michael und William verschafft hatte.

Am vierten Tag meines Dienstes gibt es im *Coco's* einen unerwarteten Zustrom von Kunden. Der erste hat die Wahl zwischen Gabrielle und mir und kann dem schmachtenden Ruf Frankreichs nicht widerstehen. Später hänge ich mit einem Glas Mineralwasser an der Bar rum und rauche die erste Kippe meiner zweiten Schachtel, als zwei Männer sichtlich beeindruckt den Salon betreten. Der eine ist ein großer Kahlkopf mit Brille – der Typ, den die Mädchen auf der ästhetischen Bordellskala als annehmbar einstufen, er wirkt harmlos und nicht völlig geistlos, erinnert ein bisschen an Henry Miller (oder Bruce Willis). Nicht dazu angetan, mir den nötigen Adrenalinstoß zu verpassen, damit ich meinen Hintern hochkriege und mich vorstelle.

Als ich hingegen den Blick seines Begleiters treffe, passiert etwas, ein ganz leises Rauschen, und plötzlich bin ich keine Hure mehr. Wir sehen uns an, als würde die Zeit stehenbleiben, er ist dem Mann, den ich vor Jahren so sehr geliebt habe, derart ähnlich, dass ich vergesse zu lächeln; ich bin erstarrt, und er kommt auf mich zu, wie ein Junge auf ein Mädchen zugeht, die großen Augen voll begeisterter Schüchternheit. Ich senke den Blick auf mein Mineralwasser, um zu verbergen, dass ich rot werde, das raubt ihm offenbar den Mut, denn als ich wieder aufsehe, steht er mit seinem Kumpel am anderen Ende der Bar und bestellt Gin Tonic. Ich mache mir die nächste Kippe an, bleibe sitzen und misshandle meinen Rocksaum; wann immer ich es wage, ihn verstohlen anzusehen, sind seine von langen Wimpern gesäumten Augen auf mich gerichtet. Ehrenwort, wir suchen uns wie in einer ganz normalen Bar, als ginge es nicht um Geld, als wäre ich ganz zufällig da – bis Selma, eine junge brünette Bulgarin, lang und dünn wie eine Liane, eine Pobacke auf meinen Hocker schiebt. Sie murmelt mir als scharfsinnige Freundin ins Ohr:

«Geh hin! Rede mit ihm, er starrt dich an!»

«Ach ja? Haben sich denn die anderen schon vorgestellt?»

«Er scheißt auf die anderen. Er sieht dich an, seit er reingekommen ist.»

Es kommt sowieso nicht in Frage, mich zu drücken, wenn ich nicht eine saftige Abreibung von Michael riskieren will, den manche Mädchen mit größtem Vergnügen informieren würden. Auch Ronja, dem Barmädchen mit der stumpfen Bulldoggenmiene und Michaels Spionin, ist meine Reglosigkeit natürlich aufgefallen.

Meine Beine schlottern, als ich aufstehe – ich werde beobachtet; auch nach all den Jahren, die inzwischen vergangen sind, fühle ich mich immer noch unweigerlich nackt vor jedem Mann, der auch nur entfernt an Monsieur erinnert, trotz all der Enttäuschungen, die mir der geliebte Rüpel bereitet hat.

Der Mann sieht mich näher kommen und unterbricht den Satz, den er gerade zu seinem Freund sagen wollte. «Hallo, ich bin Justine und komme aus Paris.» Seine Hand ist weich und sehr warm. Ich frage, ob sie zum ersten Mal da sind, und denke dabei an meine Haare, den Ausschnitt meines Eisballerinakleids, den Saum meiner Strümpfe; den Glatzkopf scheint nichts davon auch nur annähernd so zu überwältigen wie seinen Kumpel, der auf seinem Hocker erstarrt ist – kein Wunder: Man sieht sofort, dass der Glatzkopf meinen Bewunderer in das Bordell geschleppt hat. Die beiden sind Studienfreunde aus Boston und wohnen seit sieben Jahren in Berlin. Der eine ist ledig, das rieche ich – aber der andere, Monsieur, hat ganz sicher eine Frau, die auch der Grund für seine Schüchternheit ist. Er ist zu ungeschickt, mir ein Glas anzubieten, sicher hat er keine Ahnung, dass ich davon profitieren würde, er wartet auf den richtigen Moment – aber gibt es überhaupt einen richtigen Moment für einen Mann, der zum ersten Mal im Bordell ist, eine Frau an ihren Status als Nutte zu erinnern? Wahrscheinlich nicht, auch wenn beide Parteien deshalb da sind. Als er einen Augenblick der Stille ausnutzt, um mich zu fragen, wie viel ich koste, sehe ich an seinen zusammengepressten Lippen, dass er das Gefühl hat, mich auszunutzen, und sich dafür schämt. Mir ist es plötzlich auch peinlich, dass ich hier arbeite. Vor den Männern, die mir gefallen, wäre ich gern nur eine Fürstin.

Aber das Bordell verdirbt nichts. Im Gegenteil. Das Bordell macht alle Huren zu Fürstinnen. Ich bitte ihn, mir zu folgen, und er stapft in respektvoller Entfernung hinter mir her. Meine Pumps sind zu groß, und ich schäme mich ein bisschen, dass er meine Füße bei jedem Schritt herausrutschen sieht. Wir warten in einer dunklen Ecke darauf, dass uns die Hausdame ein Zimmer zuweist.

«Wie heißen Sie?»

Wir sprechen Englisch und reden viel, weil ich den Moment hinausschieben will, da ich ihm Geld abnehmen muss; das Geld der Männer hat schon immer mein Schamgefühl geweckt.

Er heißt Mark. Er ist achtunddreißig, hat eine Frau und ist gerade Vater eines Jungen geworden. Er arbeitet im Musikbusiness, dabei wirkt er gar nicht wie ein Musiker – eher Organisation oder Werbung, irgendwas in diese Richtung.

Als wir das Zimmer betreten, fragt er mich, warum ich dort arbeite. Ich sei so *wunderbar*. Ich gliche so sehr einem *Traum*. Er kann nicht glauben – und das geht allen Deutschen und vielen Amerikanern so –, dass Prostitution und Bordelle in Frankreich verboten sind; für mich ist das auch schwer zu schlucken, zumal es in unserer Sprache von Wörtern wie *putain, pute, bordel* nur so wimmelt. Ich sage, dass ich Schriftstellerin bin und über das Bordell schreibe, dass ich nebenbei auch am Monatsende Miete zahlen muss; dass ein Monat ungefähr der Zeitraum ist, den die Leute in meinem Verlag brauchen, um auf meine Bitte um einen Vorschuss zu reagieren, lasse ich weg. Ich ergänze, dass niemand hier davon wissen dürfe – unnötige Vorsicht, denn die Männer, die ins Bordell kommen, quellen über von Geheimnissen, die du errätst, ohne dass sie den Mund aufmachen müssen. Mark gehört zu denen, die ihn unbedingt aufmachen wollen, vielleicht hat er auch das Gefühl, sein Geheimnis gegen meins einzutauschen. Seit das Kind da ist, steckt die Beziehung in einer Krise, die der Rausch der Elternschaft nicht kaschieren kann. Natürlich liebt er seine Frau, aber seine Frau ist ein nettes kleines Mädchen, das sehr gut auf Sex verzichten kann, jedenfalls sieht sie auch sechs Monate nach der Entbindung überhaupt keine Dringlichkeit, wieder damit anzufangen. Sie streiten sich pausenlos – das ist die Leere, die viele Liebespaare erleben, wenn sie alle Hoffnungen auf ein Kind gesetzt haben. Und ich sehe ganz deutlich, dass sich Mark im Bordell keineswegs wohlfühlt oder es als sein gutes Recht ansieht, er schämt sich und hat Schuldgefühle.

Was soll man machen, wenn man seine Frau liebt, aber auch Sinnlichkeit und Orgasmen braucht? Das Schlaueste ist nicht, sich eine Geliebte zu nehmen, in die man sich wegen der Hormone und des frischen Winds, den sie ins Leben bringt, zwangsläufig bis über beide Ohren verlieben wird. Da reitet man sich immer weiter rein. Und weil es eigentlich nur um Schwanz und Möse geht, ist die praktischste Lösung natürlich, eine Frau für ein kurzes Zusammensein zu bezahlen. Für sanfte und romantische Menschen wie Mark ist es schwierig, sich selbst auf etwas so Armseliges wie zwei schmerzende Hoden zu reduzieren. Und selbst dabei kann man sich verlieben.

Marks Ähnlichkeit mit dem ersten Mann meines Lebens beschränkt sich auf den ersten Eindruck. Kaum habe ich mich auf ihn gesetzt, kommt er schon, ohne ein Wort, ohne einen Ton, die Zähne in meine Schulter gebohrt, ich merke es daran, dass die Erektion weg ist. Mark sagt nichts, er ist gelähmt von der Schande dieses Fiaskos, das eigentlich keins ist, eher ein automatischer Orgasmus, ein entsetzlicher Überdruck nach sechs Monaten Enthaltsamkeit. Wir könnten einen unangenehmen Moment mit überflüssigen Entschuldigungen verbringen, aber Gott sei Dank rutscht das Kondom ab. Der Rand ragt ganz ordentlich aus mir heraus, voller Sperma, kein Tropfen ist übergelaufen, es hat also seine Aufgabe perfekt erfüllt. Aber viele Männer glauben wie Mark, dieses kleine Stück Latex sei nicht nur die eherne Rüstung gegen Krankheiten (Schwangerschaft ist ihre geringste Sorge), sondern auch gegen echten Ehebruch. Der Kontakt mit den Säften einer Frau, die nicht ihre ist, vor allem, wenn sie allen gehört, gleicht einem Albtraum, aus dem ihn kein jähes Erwachen retten wird – es ist die gerechte Strafe Gottes.

Es dauert eine Sekunde, bis Mark erbleicht; er hat die kühle Luft an seinem Schwanz gespürt. Ich fange gerade an, das Kondom aus mir herauszuziehen, als er vom fiebrigen Zittern eines Ehemanns geschüttelt wird, dessen Welt wie eine Blase zerplatzt und der schon die Bitterkeit der Kombitherapie im Mund schmeckt.

«Entschuldige», stammelt Mark ein Dutzend Mal, «entschuldige, ich bin wirklich …»

Er hat seinen Satz nie vollendet, ich habe ihn in Gedanken wütend ergänzt und mich gequält, mir nichts anmerken zu lassen: wirklich was? wirklich enttäuscht? wirklich von der Rolle? wirklich ein Schisser?

Wir haben uns als gute Freunde verabschiedet. Mark wollte mich draußen sehen, etwas mit mir trinken, und ich habe ihm meine Nummer gegeben. Ich glaube, ich habe ihm sogar meinen richtigen Namen gesagt und den Titel meines letzten Buches, weil ich eitel war und unbedingt mehr als eine Hure sein wollte – weil ich mich vermutlich trotz all meiner guten Absichten für etwas Besseres hielt als das. Ich habe nie erwartet, dass er mich anruft, er hat es auch lange nicht getan. Obwohl er nur ein Kunde unter vielen war (du gewöhnst dir schnell an, sie alle in einen Topf zu werfen), habe ich nicht vergessen, wie die Welt um uns herum versank, als ich ihn umarmte.

«Pass auf dich auf», hat er gesagt, während er sich schon entfernte und nur noch meine Fingerspitze berührte.

«Mach dir keine Sorgen. Das ist ein guter Platz hier», habe ich gelogen und noch ein bisschen daran geglaubt. Und mit leiser Stimme hinzugefügt: «Kommst du wieder?»

«Natürlich komme ich wieder. Das ist so *unglaublich.*»

Aber in den zehn Tagen, die ich noch im *Coco's* geblieben bin, ist Mark nicht mehr aufgetaucht – und ich kann es ihm nicht übelnehmen. Trotz meiner erbärmlichen Lüge, die mich ebenso beruhigen sollte wie ihn, hat wohl selbst ein Neuling wie Mark gerochen, dass kein Lächeln außer meinem ehrlich genug war, um den brutalen, traurigen Schatten, die Realität dieses Ortes zu überspielen.

Nach dem Abschied war die Zeit der Gnade rasch vorbei. Ich hatte mit meinen beiden Kunden quasi direkt hintereinander die Medaille der besten Angestellten des Abends, wenn nicht gar der Woche erworben; und als ich in den kleinen Salon ging, um meine Handtücher in die Wäsche zu werfen, hörte ich William lebhaft auf Michael einreden, dem er auf Englisch erklärte, die Französin arbeite wirklich gut. Die Männer verstehen nicht viel von unserer Arbeit, aber doch genug, um ein Huhn zu erkennen, das goldene Eier legt. Ich musste zwar noch öfter den Missmut der Mädchen und der Hausdamen ertragen, aber keiner der Männer hat mir gegenüber je die Stimme erhoben, im Gegenteil, ich wurde von Blicken liebkost, in denen die Überraschung geschrieben stand, ein Mädchen zu haben, das weder störrisch noch unverschämt noch ein Drückeberger war.

Michael vermied sorgfältig jede Sympathiebekundung. Maximilian, genannt das Phantom, steckte alle Energie in seine Handlangertätigkeit, er löste jedes Problem und konnte zu jeder Tages- und Nachtzeit alles auftreiben, worum man ihn bat. Die Mädchen, die am längsten da waren, hatten mit der Zeit das Privileg erworben, ihm Kosenamen zu geben und ein paar Sätze zu entlocken, manchmal sogar ein Lächeln, das immer irgendwie gequält aussah.

William war von ganz anderem Schlag. Seine laute Heiterkeit konnte plötzlich in Riesenwut umkippen, die viel beängstigender war als Michaels ständige Griesgrämigkeit; die verführerische Freundlichkeit und die Neigung zu Komplimenten und geistreichen Bemerkungen machten William bei Vorwürfen wie bei Aufmunterungen zu einem nützlichen Vermittler zwischen dem Chef und seinem Harem. Gerade wegen dieser Freundlichkeit misstraute ich ihm zutiefst. Leider hatte William ein Auge auf mich geworfen. Er redete mit mir nie über die Arbeit, und wenn ich auf Kunden wartete, leistete er mir mit seiner Zigarre Gesellschaft, nachdem er einen Handkuss angedeutet hatte, und plauderte über Édith Piaf und Jacques Brel.

Nachdem das Zimmer aufgeräumt war, döste ich in einem Sessel vor mich hin. In der Zwischenzeit war niemand gekommen, und die Mädchen hatten sich nicht gerührt. Michelle und Nicola spielten Candy Crush, Selma schwatzte an der Bar mit Ronja, die Ukrainerinnen und die Bulgarinnen saßen in zwei Gruppen im Nebenraum des großen Salons.

Gegen Ende meiner Arbeitszeit tauchten drei Typen im Flur auf. Es war schon fast hell, ich hatte Madeleine gerade gesagt, dass ich gehen würde. Aber ein Stündchen ist schnell rum, oder? Sportlicher Ehrgeiz. Die Befriedigung, sie alle um drei Nasenlängen zu schlagen.

Es hängt von so wenig ab! Ich hätte schon dabei sein können, mich anzuziehen, aber ich musste die Clevere spielen und dem Größten der drei in die Augen sehen, mit diesem tiefen Blick, von dem ich mir einbilde, er mache mich unwiderstehlich. Und das ist wohl auch so, denn diesem Blick verdanke ich den schlimmsten Kunden meiner Karriere. Ich erinnere mich an alles ganz genau, vor allem an seinen Blick, als er mit dem Finger auf mich zeigt und sagt:

«Dich will ich. Wie viel?»

Etwas zögerlich nenne ich meine Preise und denke, er ist zwar schlecht erzogen, aber wenigstens vertraut mit dem

Bordell und wird ihn vielleicht besser hochkriegen als der Kanadier und länger als Mark. Er will nichts trinken, er will keine Zeit verlieren – er will ficken, jetzt, auf der Stelle.

Ich hätte meinen Fehler erkannt, wenn ich zu Ronja geschaut hätte, bevor ich ihn ansah; Ronja war zwar ständig und ohne besonderen Grund fuchsteufelswild, aber sie warf den Mädchen auch eindringliche Blicke zu, um ihnen zu raten, nicht die Aufmerksamkeit von diesem oder jenem Kunden auf sich zu ziehen. Sie kannte die drei, Michael auch. Aber schließlich waren es Kunden, und ein Mädchen musste dran glauben. Für die Leitung des *Coco's* gibt es keine guten oder schlechten Kunden, solange sie zahlen: Niemand will wissen, was in den Zimmern passiert.

Aber es ist kein Zufall, dass uns Renate in Zimmer 3 schickt, neben dem kleinen Salon der Männer.

Der Schweizer hat sicher einen Vornamen, aber ich kann mich nicht daran erinnern. Ich habe vor, meine Arbeit effizient zu erledigen, und dann ab nach Hause; aber dieser Teufelsbraten, der kein Wort Englisch spricht, hat einen ganz anderen Plan. Nachdem er sich ausgezogen hat, legt er sich aufs Bett und verschränkt die Hände hinter dem Kopf, als wäre er hier zu Hause. Als ich mit einem Kondom in der Hand entschlossen näher komme, sagen mir eine Handbewegung und ein germanisches Grunzen, dass er das Ding überhaupt nicht gebrauchen kann. Ich sitze ratlos mit einer Pobacke auf dem Bettrand.

«Kokain?», bietet er mir an.

Was will dieser Idiot von mir? Wir Mädchen dürfen höchstens mal ein Glas trinken, wenn wir eingeladen werden, das hier ist ausdrücklich ein Nichtraucherzimmer, also ganz sicher nicht dafür da, sich Koks reinzuziehen, was bildet er sich ein?

«Ich will Koks», verkündete er so locker wie ein beschwipster Mafioso – und so, wie er es verlangt, würde ich ihm am liebsten eine runterhauen.

Ich habe Mühe, nicht so verächtlich dreinzuschauen wie die Kids, wenn sie *Du Opfer!* sagen, und antworte trocken, dass es keins gibt.

«Frag den Chef.»

Schulterzuckend gehe ich in Unterhosen aus dem Zimmer und freue mich darauf, dass der Schweizer gleich mit ukrainischen Fußtritten für seine Unverschämtheit bezahlen wird.

«Was ist los?»

Michael legt die Zigarre hin und sieht plötzlich besorgt aus.

«Na ja ...»

Ich gehe zu ihrer kleinen Runde, Renate stellt ihren Gin Tonic ab.

«... er hat gesagt, er will *Kokain.*»

Ich reiße die Augen auf, um meine professionelle Empörung kundzutun. Michael kratzt sich nachdenklich am Kinn. Dann geht ein Lächeln über sein Gesicht, und er ruft sein Faktotum, das wie üblich in einer dunklen Ecke des Salons hockt. Er wirft ihm einen undeutlichen deutschen Satz hin, und Maximilian verlässt mit der Kippe in der Hand das *Coco's.*

Der Schweizer liegt immer noch da und gibt mir zwei zerknitterte Hunderter.

«Eins für dich, eins für mich.»

Ich werde an dieses Gramm denken wie an ein Trinkgeld, wenn er mich endlich aus den Fängen gelassen hat. Aber damit ist erstmal nicht zu rechnen. Aus der Hosentasche holt er

164

ein halbvolles Tütchen, das er woanders gekauft hat und das nach meinen Standards für die Zeit, die uns zugeteilt ist, bei weitem ausreichen sollte.

«Mach zwei Lines.»

Ich verstehe ihn dank seiner alkoholgetränkten Metasprache. Und als ich augenscheinlich zögere, faucht er:

«Mach alles.»

Er begleitet diesen Befehl mit einem Schlag auf meinen Hintern, der abstoßender ist als jede Ejakulation ins Gesicht – dieser Klaps raubt mir den Rest der zur Schau gestellten guten Laune. Ich deute ein verzerrtes Grinsen an, hinter dem das übermächtige Verlangen brodelt, ihn mit bloßen Händen irgendwie aufzuspießen. Aus einem der Scheine drehe ich einen groben Strohhalm und schiebe sein Koks mit einer Visitenkarte des *Coco's* zusammen.

Bei einem Kunden, der Koks nehmen will, lautet die goldene Regel, selbst nichts zu nehmen. Wenn du einen zugedröhnten Kerl bändigen musst, ist es sicher nicht hilfreich, dir selbst die Nase vollzustopfen. Aber als Anfängerin in der Branche sage ich mir, dass mir bei so einem Arschloch eine Line die nötige Kraft und Geduld geben wird, zivilisiert zu bleiben. Und schon kommt das nächste Problem: Wenn du deine Komödie gut spielst und er sich nicht in deinen Augen an einem spitzen Stock im Feuer braten sieht, kann der Kunde die Sitzung verlängern.

Gleich bin ich total dicht. Ich habe so fette Lines gebastelt, dass der Kaminsims dem Ausrollbrett einer Bäckerei gleicht. Ich könnte aus diesem Chaos noch mindestens vier Lines machen, aber der Schweizer wischt alles mit der Hand beiseite und leckt sich die Handfläche ab. Dann lässt er sich schwer in die Mitte des Betts zurückfallen und streckt einen Arm nach mir aus. Und so beginnt in diesem Zimmer in Charlottenburg eine einstündige Höllentour, von der ich nur die paar Sekunden abziehen kann, in denen mir Renate durch einen Spalt der Doppeltür zwei Gramm noch nicht zerstampftes Kokain reicht.

Schnell wird deutlich, dass ich nicht mit einem Erwachen seiner Männlichkeit rechnen kann; er verlangt nichts anderes von mir, als dass ich neben ihm sitze und versuche, sein deutsches Lallen mit Schweizer Akzent zu entschlüsseln. Am Anfang hoffe ich auf ein Wunder und bin nur darauf aus, ihm den Mund zu stopfen, indem ich ihn heißmache, ich taste nach seinem weichen Schwanz, aber der hat sich nach dem Koks wie Knautschleder zurückgezogen. Anders, als man vermuten könnte, ist es viel heikler, die Zeit mit einem Kunden rumzubringen, der nicht ficken kann oder nicht will. Bei einem Franzosen geht es noch, da gibt es eine Menge Gesprächsthemen, und ich kann mich immer irgendwie aus der Affäre ziehen. Aber versuch das mal mit einem Kerl, der so zugedröhnt ist, dass er nicht mehr weiß, welche Sprache er spricht. Für Sex oder Sinnlichkeit ist Koks das reinste Gift. Es gibt Leute, die hartnäckig das Gegenteil behaupten – dass Koks die Erektion oder die Libido verstärke. Die Wahrheit ist, dass man nach der ersten Line vielleicht noch eine gewisse Erektion zustande bringt und von einer lästigen Neigung zu Vertraulichkeiten – unter anderem sexuellen – gepackt wird, aber sobald es darum geht, zur Tat zu schreiten, verfliegt jede Neigung zur Extravaganz, und es ist ein Ding der Unmöglichkeit, zum Orgasmus zu kommen. Sex oder Lust sind plötzlich scheißegal. Auch wenn die Wirkung verfliegt, kommt die Lust nicht zurück, weit gefehlt – dann willst du nicht mal mehr reden, willst nur noch mehr nehmen oder verschwinden. In diesem konkreten Fall liegt der einzige «Vorteil» des Kokains darin, dass man endlos dieselben Sätze wiederholt, die sich kaum verändern. Dadurch wird auch das dunkelste Kauderwelsch irgendwann halbwegs verständlich.

Deshalb bekomme ich schließlich mit, dass sich seine Reden um eine einzige Achse drehen: seine Frau. In einem halben Dutzend Variationen zu diesem Thema und ohne dass ich begreife, ob es sich um wahre Anekdoten oder Phantasmen handelt: Die beste Freundin seiner Frau betatscht unter dem Restauranttisch seinen Schwanz, dann landen sie alle drei in einem Hotelzimmer; seine Frau verliebt sich in den Ferien in einen jungen Kellner, und sie landen zu dritt in einem Hotelzimmer; in Griechenland auf einer Yacht streichelt seine Frau sich selbst vor den Augen irgendeines Matrosen, und, Überraschung, sie landen zu dritt in der Kajüte. Diesen Abenteuern lässt sich wahrscheinlich eine moralische Botschaft entnehmen: Seine Frau (oder sein Traum von ihr) ist eine Schlampe. Und er nimmt ihr das keineswegs übel, sondern ermuntert sie, all ihre Gelüste zu befriedigen. Das ist ein Thema, dem ich bis zu Renates rettendem Klopfen zuhören könnte! Aber das ist schwierig, wenn du in einer Situation feststeckst, in der die Gesetze der Vernunft nicht mehr gelten. Verständigung wird zu einem mühsamen Luxus. Bald habe ich meine Reisegeschwindigkeit erreicht, beschränkt sich mein Vokabular nur noch auf *oh* und *ah*. Irgendwann richtet er sich auf und schwankt zu dem Stuhl, auf dem seine Sachen liegen. Ich erschauere in der wilden Hoffnung, er habe plötzlich genug davon, einem Mädchen Schwachsinn zu erzählen, das von seinem Schweizerdeutsch so gut wie kein Wort versteht und das ihn mit seiner Unfähigkeit konfrontiert, weil es hartnäckig an ihm rummacht, aber nichts da, er fühlt sich wohl. Er sucht nur einen Geldschein in der Tasche, damit ich einen Strohhalm daraus drehe.

«Mach uns noch eine!»

Während ich meinen Drang hinunterschlucke, ihm an die Kehle zu springen, vergewissert er sich mit einem Blick über meine Schulter, dass ich wirklich *zwei* Lines vorbereite.

(Später wird mir eine junge Spanierin, die sich bestens damit auskennt, erklären, dass es tausend Möglichkeiten gibt, das Koks nicht zu nehmen, ohne die Starrköpfigkeit eines zugedröhnten Kunden zu verletzen; die einfachste ist natürlich, die offenen Haare auf der richtigen Seite runterhängen zu lassen und das Zeug wegzufegen. Auf jeden Fall ist es für eine Hure nie gut, die Kontrolle zu verlieren, erst recht nicht in einem Bordell, das so wenig Kontrolle hat wie das *Coco's*. Es ist schon wichtig, dass ein Mädchen bereit ist, sich mal die Nase zu pudern, aber es muss auch seine Grenzen kennen und sich daran halten, denn kein Chef wird da sein und sie trösten, wenn sie sich in der ungesunden Euphorie des Moments ohne Kondom hat ficken lassen oder eine Ohrfeige kassiert, weil sie nein gesagt hat.)

Ich hätte diese Ratschläge gern gehört, *bevor* ich den Weg dieses ausdauernden Schweizers gekreuzt habe, denn als Renate klopft, bin ich fast genauso dicht wie er. Erleichtert lege ich mir weit herzlichere Abschiedsworte zurecht, als es der Wahrheit entspricht. Doch schneller als ein Luchs springt der Schweizer auf und hat schon die Geldscheine in der Hand, um die Sitzung zu verlängern. Der entschiedene Ton verrät, dass ich eigentlich keine Wahl habe, als ihr das Geld zu bringen.

Als Renate mich zurückschickt, um ihm zu erklären, dass der Preis für eine zusätzliche halbe Stunde höher ist als der für die erste Stunde geteilt durch zwei, worauf der gemeine Geizhals besteht, droht ein Scharmützel. Er ist offenkundig nicht bereit, mich aus seinen Fängen zu lassen; ich muss

splitternackt in den Salon gehen und Michael sagen, der
Kunde wolle ihn sprechen – und das ist selten ein gutes Zeichen. Während ihres Gesprächs hinter verschlossenen Türen
stelle ich fest, dass die Luft hier zwar von Zigarren verpestet,
aber tausendmal besser zu atmen ist als die von krankem
Schweiß gesättigte im Zimmer. Man hört keinen Ton, und
ich rechne jeden Moment mit dem Lärm einer Schlägerei,
mit Gebrüll und ersticktem Gurgeln. William versucht, mit
mir Konversation zu machen, um die Stille zu füllen:

«Ach ja, Frankreich ...»

Endlich kommt Michael raus, gefolgt von einer Schwade
von warmem, ranzigem Schweiß. Er schickt Renate mit dem
Kartenleser ins Zimmer. Sehr schnell kommt sie mit höchst
angewiderter Miene zurück und holt erst wieder Luft, als die
Doppeltür geschlossen ist. Ich ahne immerhin einen Hauch
von Mitleid in der Handbewegung, mit der sie mich wieder
an die Arbeit schickt. Michael und William starren aus dem
Fenster.

Als ich endlich aufgebe, erkenne ich nichts und niemanden mehr. Ich habe fast ein ganzes Gramm genommen und
spüre bis in die Fingerspitzen jede Einzelheit der Pornomär-
chen des Schweizers, auf den das Koks wirkt wie eine Liebkosung. Obwohl ich eine gute und recht typische Konsumen-
tin dieser Substanz bin, obwohl sich meine sozialen Anlagen
unter ihrem Einfluss normalerweise vervielfachen, hat mich
bei den tausend Lines an jenem Tag keine Sekunde die Lust
zum Reden gepackt; ich bin direkt im Feld *Gefängnis* gelandet, und mir steht ein langer, qualvoller Drogenkater bevor.
Am meisten nähere ich mich der Klarheit in ganz kurzen
Momenten, in denen ich auf mich selbst einrede, *Hör auf,
beruhige dich, du Idiotin, komm klar mit diesem Arschloch, bald
bist du draußen auf dem Savignyplatz und trinkst im Schwarzen*

Café ein Glas Rosé mit Madeleine, niemand will dir etwas tun,
alles ist gut, du bist zugedröhnt, das ist alles. Sehr zugedröhnt.
Extrem zugedröhnt.

Abgesehen von diesen inneren Kurzmonologen, die mir
kein bisschen helfen, ist es schon schwierig, überhaupt zu
existieren. Alle Gefühle haben sich in Hass verwandelt, und
bei dem Klaps auf den Hintern, den mir das Arschloch verpasst, damit ich die Lines vorbereite, grinse ich so verkrampft,
dass ich mir fast die Zähne abbreche. Ich plappere weiter,
aber ich wäre am liebsten stumm; ich widere mich an.

Renate klopft und steckt, absolute Ausnahme, den Kopf
durch den Türspalt, um sich zu vergewissern, dass alles in
Ordnung ist. Sogleich springt der Schweizer auf und hat
schon die Kreditkarte in den zitternden Fingern: *Herrgott,*
denke ich, *dieses Monster will noch mehr.* Ist das vielleicht
eine besonders raffinierte Form der Folter, die Zeit so zu zerstückeln, nicht gleich zwei Stunden zu buchen (denn konkret, ganz konkret, was hat dieser Mensch bis morgen Abend
anderes zu tun?), ergötzt er sich in seiner Perversion daran,
die Hoffnung in mir sprießen, erblühen und mit einem
Schlag verdorren zu sehen? Vielleicht genießt er mein Entsetzen, das er hinter der höchst zerbrechlichen professionellen Maske von Höflichkeit und guter Laune spürt. Er ist ein
Monster.

Als mich Renate mit einer Spur Anteilnahme fragt, ob ich
noch bleiben will, ziehe ich die Reißleine:

«Nein, ich muss jetzt wirklich los, meine Schwestern warten auf mich.»

Der Schweizer merkt kaum, dass ich meine Sachen unter
den Arm klemme und rausrenne, er verlangt schon nach
einem anderen Mädchen.

Es sind nur noch drei im Haus, zwei davon sind beschäftigt. Während ich mich im kleinen Salon anziehe, sehe ich, wie sich Diana, Türkin, fünfundvierzig (laut Website einunddreißig), mit riesigen Brüsten, zurechtmacht, um meinen Platz einzunehmen. Diana, die immer abweisend aussieht, aber eigentlich sanft und lustig ist, stürzt sich in diese stinkende Hölle und hat keine Vorstellung, was sie da erwartet, was für ein Ungeheuer mit seinem weichen Schwanz, seinen fünf Geschichten und seinen obszönen Klapsen auf den Hintern. Diana hat einen vierzehnjährigen Sohn, der in ihrer Wohnung schläft und seine Mutter sehen will, wenn er aufwacht – es ist offensichtlich, dass sie nicht mehr mit einem letzten Kunden gerechnet hat. Und erst recht nicht mit so einem ...

Als sie mich leise fragt, wie er ist, sitzen Michael und William neben uns, und ich höre mich die im *Coco's* übliche Lüge aussprechen: «Er ist okay.» Ich würde ihr gern mit meiner Mimik das Gegenteil verraten, aber dann sage ich mir, *wozu?* Es ist zu spät. Sie ist die Einzige, die frei ist.

Diana lässt sich nichts anmerken, als sie das Zimmer betritt, aber ich ahne ihre Übelkeit, als sie begreift, dass nicht *ich* den Gestank im kleinen Salon verbreite – er kommt von diesem Mann, der mich fröhlich verschlungen und zerstört wieder ausgekotzt hat, besessen von dem Wunsch, so schnell wie möglich abzuhauen, ohne auch nur zu duschen, obwohl es sicher guttun würde. Und jetzt hat er sie in seinen Fängen.

Heute, da ich im Süden sitze und in Ruhe schreibe, sorge ich mich viel mehr um sie. An jenem Morgen hat mich Dianas Schicksal wahrscheinlich kaum berührt: Jedem seine Scheiße, ich bin alle, ich hau ab, Freunde, mich gibt es nicht mehr, ihr braucht gar nicht meinen Namen auszusprechen.

Ich schramme haarscharf am Herzinfarkt vorbei, als mir

Renate in einem Ton, als rechnete sie ernsthaft mit meiner Zustimmung, vorschlägt, in einem anderen Zimmer ein anderes Mädchen abzulösen; und wie in einem Albtraum sitzt da dieses Mädchen, in ein Handtuch gehüllt, eine der fünf Türkinnen, die kein Wort mit mir reden – auch sie mit flehendem Blick. Ich würde am liebsten brüllen und stammle:

«Nein, ehrlich, tut mir leid ... aber meine Schwestern ... sie warten auf mich ...»

Die ganze Szene spielt sich vor Michaels und Williams Augen ab, aber erstaunlicherweise regt sich keiner auf. William hüpft sogar wie ein Springteufel von seinem Sofa und bietet mir an, mich nach Hause in den Wedding zu bringen – Herrgott, ich war so bescheuert zu sagen, dass ich im Wedding wohne, tolle Undercover-Journalistin! Das fehlte noch, dass ich genau in dem Moment, wo ich sie alle zum Teufel jagen möchte, in seine Falle trample!

Ich stammle in stockendem, unterirdischem Deutsch eine kaum hörbare Entschuldigung und mache mich davon, bloß raus aus dem Laden, raus aus der Schlüterstraße, so weit weg wie möglich von dem violetten Fenster, hinter dem Diana gerade anfängt zu begreifen, worauf sie sich eingelassen hat.

Das Schlimmste nach Kokain ist für mich, dass Musik plötzlich gar nichts mehr bewirkt. Bei jedem schlechten Trip, egal ob Gras, LSD oder Ecstasy, hilft die richtige Musik, den Absturz erträglicher zu machen. Aber Koks lässt sich mit solchen Tricks nicht überlisten. Koks ist pragmatisch, du brauchst Tranquilizer oder ein paar Joints – sonst geht es immer, immer weiter. Schon erstaunlich, dass auf eine so kurze Euphorie eine so tiefe, so quälende Verzweiflung folgen kann. Da helfen weder die Beatles noch Nina Simone oder die White Stripes (die am allerwenigsten), nicht mal etwas

Sanftes, Neutrales wie Mozart oder manche Wiegenlieder von Velvet Underground.

Die bloße Vorstellung, in meinen ultraschnellen Gedanken gestört zu werden, kommt mir absurd vor. Das Gehirn rast: Als ich mit einundzwanzig im gleichen Zustand *Atom Heart Mother* hörte, hatte ich das ganze Lied im Kopf schon fertig, bevor es angefangen hatte. Also versuche ich es in dieser Nacht gar nicht erst.

Es ist ein ganzes Stück von der Schlüterstraße bis zum Bahnhof Zoo, aber es gibt genug Stoff zum Nachdenken. Das Wichtigste ist die Frage, ob ich vielleicht auch erwähnt habe, dass ich in der Amrumer Straße wohne. So eine Scheiße! Hast du nur Stroh in der Birne? Was mache ich, wenn ich morgen nach Hause komme und im Treppenhaus von Nummer 34 William mit dem beängstigenden Lächeln eines gut erzogenen Zuhälters neben zwei, drei an den Briefkästen lehnenden Handlangern seine Zigarre raucht? Gut, ich war so schlau, niemandem meinen echten Namen zu sagen. Aber wenn ich nicht wiederkomme? Wie lange brauchen sie, um das Papier zu finden, auf dem sie ganz sicher meine Daten und meine Passnummer notiert haben, o Gott, mein Pass, den ich immer wie die letzte Idiotin in der «Garderobe» liegen lasse, einem winzigen Raum, in dem es zugeht wie im Bienenstock, wo sich die Sachen auf dem Sofa türmen und die einzigen abschließbaren Fächer den Hausdamen gehören? Im Wedding wimmelt es von finsteren Türken, die sich auf mich stürzen werden, wenn ich mitten in der Nacht in der Müllerstraße ein Paket Schreibpapier kaufe. Und wenn ich nicht zu Hause bin, weil ich irgendwo schreibe oder mir ein bisschen die Füße vertrete, wenn Anaïs und Madeleine da sind und die Tür aufmachen, ohne an die Gegensprechanlage zu gehen, weil sie kein Deutsch können? Eigentlich ist das alles nicht möglich, aber das dachten natürlich alle, bis sie nach Hause kamen und ihre Familie gefesselt im Schlafzimmer fanden. Der dicke William wird da sein mit seiner verdammten Zigarre und dem geheuchelten Bedauern über sein Eindringen, und bevor er mir einen Finger abschneidet, wird er mich genau dasselbe fragen wie später meine weinende Mutter – *Hast du wirklich gedacht, das ist ein Spiel? Du könntest im* Coco's *anfangen und wieder aufhören, und niemand würde daran Anstoß nehmen? Willst du brav mit uns in ein hübsches kleines Haus in der Ukraine kommen, wo die Soldaten und die Bauern aus der Umgebung entzückt sein werden, dich kennenzulernen, oder lieber deinen Schwestern helfen, heute Abend ihre Zähne und morgen ihre Brüste aufzusammeln? Das ist doch eine einfache Entscheidung oder? Gute Landluft, herzliche menschliche Kontakte, ein Dutzend neuer Sprachen und Dialekte ...*

Auf halbem Weg zum Zoo ist die Welt tiefschwarz, und das Einzige, woran ich mich klammere, um den Schweizer, Michael, William und die mürrischen Hausdamen zu verdrängen, ist das Buch. Ich werde alles aufschreiben, dafür mache ich es, das ist der einzige Grund, aus dem ich mich so verletzen lasse, denn *das ist nicht mein Leben*. Mein Leben ist das Schreiben, also kann ich ruhig noch ein paar Monate so tun, als wäre ich eine Hure – und wenn solche Kerle wie der Schweizer es wirklich glauben, bin ich eine gute Schauspielerin.

Dann stelle ich mir Diana vor, die anderen Mädchen. Woran sie wohl denken, wenn sie, wie ich gerade, die Schlüterstraße entlanglaufen, zugedröhnt und nach dem Schweiß eines rücksichtslosen Widerlings stinkend, der ihnen das Gefühl gegeben hat, mit dem verrückten Hutmacher und dem Märzhasen Tee zu trinken? Welche düsteren Visionen drücken sie nieder, sie, die kein Buch schreiben und deren

Leben das *Coco's* ist? Wie kommt ein Mädchen so weit, sich zu sagen, dass ihr Leben das *Coco's* ist? Verschwinden alle anderen Hoffnungen, alle anderen Träume? Vielleicht ist es besser so. Vielleicht lassen sich der Drogenkater und die widerlichen Typen besser ertragen, wenn es einfach nur ein weiterer *Arbeitstag* ist. Vielleicht sagt sich das Mädchen einfach *Was für ein verdammter Scheißtag*, und macht trotzdem ihren iPod an, und vielleicht schafft die Musik für sie ein Paralleluniversum, in dem sie an schöne Sachen denkt und aus dem sie die Kraft schöpft weiterzumachen. Ich hoffe es.

Ich hoffe es wirklich.

Zu Hause lasse ich mir ein Bad mit viel Schaum einlaufen. Ich verbringe eine Ewigkeit mit der Frage, ob mir die Polizei irgendwie helfen kann. So paranoid, wie ich gerade bin, fürchte ich, dass schon der bloße Gedanke an die Polizei einen Alarm in Michaels Kopf auslöst. Mit einem Gramm im Blut bin ich überzeugt, dass er nicht die geringste Lust hat, die langhaarige Französin gehen zu lassen, die in einem leeren Bordell an einem Abend drei Kunden aufgabelt. Sie werden mich nicht gehen lassen.

Sie werden mich nicht gehen lassen!

Als ich endlich im Bett bin, sollte mich der Atem meiner schlafenden Schwestern eigentlich beruhigen, aber nein. Die Vorstellung, wie sie weinend unsere Eltern anrufen und ihnen sagen, dass ich seit drei Tagen nicht nach Hause gekommen bin und nicht ans Handy gehe, wie meine Mutter sofort in Tränen ausbricht und fragt, wo ich sei, und wie Madeleine schniefend stammelt, im Bordell, im *Bordell*, während ich im Kofferraum einer deutschen Limousine nach Atem ringe, lässt mich in meinem Bett zittern wie Espenlaub. Ich hätte nie einen Fuß ins *Coco's* setzen dürfen – was hat mich nur geritten? Ganz allein in Berlin mit meinen Schwestern – was war das nur für eine Kateridee?

Bei Tagesanbruch sitze ich in zwei Mäntel gemummelt auf dem Balkon und kann nicht behaupten, dass es mir besser geht. Ich kann mir noch so oft sagen, wie abwegig diese Katastrophenszenarien sind, weil Prostitution in Deutschland legal ist – der bloße Gedanke daran, ein Buch über das Innenleben der Bordelle zu schreiben, ist plötzlich absurd. Aber ich habe keine Ahnung, wie ich jetzt da rauskommen soll, nach den großkotzigen Reden, die ich meinen Schwestern, mir selbst und Stéphane gehalten habe. Ich weiß nicht, wie ich auf das neue Buch verzichten kann, das in meinem Kopf rasend schnell Gestalt annimmt, dessen Notizen in meinem Leben schon unendlich viel Raum beanspruchen. Und das alles wegen eines erbärmlichen Typen, der mich nicht mal angerührt hat? Da fallen mir ganz andere Abende in Paris ein, für die es keinen Cent gab.

Um neun schlafe ich immer noch nicht, aber die gute Nachricht ist, dass der Rest der Welt aufwacht.

«Bist du schon auf?», schreibe ich Stéphane und lese gleich darauf: *Stéphane schreibt eine Nachricht.* Ich sehe ihn auf seinem Sofa in London sitzen, gerade aus der Dusche gekommen, noch feucht, wie er die Nachricht schreibt und dabei eine Zigarette raucht. Hinter seinen Fenstern tränkt ein sanfter Nieselregen die Stadt.

«*Yes.* Kommst du von der Arbeit?»

«Wollen wir telefonieren?»

«Eher ungünstig. Ich ruf dich an, wenn ich im Büro bin.»

Wahrscheinlich ist seine Frau da. Ich seufze:

«Gut.»

Und gleich darauf:

«Schade, ich hätte gern eine liebe Stimme gehört. Macht nichts, bis später.»

Während ich mich noch über diese passiv-aggressive Nachricht ärgere, ruft der unberechenbare Stéphane an. Ich höre seine atemlose Stimme und das ruhige Rauschen der Londoner Straßen. Fast fange ich an zu schluchzen:

«Ich wollte nicht, dass es so jammrig klingt! Wenn Nathalie in der Nähe ist, kann ich …»

«Nein, kein Problem, ich sitze auf dem Fahrrad!»

Stéphane hat fünfundsechzig Jahre und bis zu seinem Umzug nach England gewartet, um mit dem Fahrradfahren anzufangen.

«Alles gut. Wie läuft es bei der Arbeit?»

Ich müsste mich durchringen, ihm zu sagen, dass ich nicht länger behaupten kann, vor nichts Angst zu haben, und dass ich an meine Grenzen gestoßen bin, nicht, weil ich mich wild hätte ficken lassen, sondern als ich einem Schweizer Kokser zuhören musste. Wenn Stéphane das in tausend Kilometer Entfernung hört, wird er vor Sorge durchdrehen und mir befehlen, nie wieder ins *Coco's* zu gehen, nie mehr den Fuß oder sonst was in ein Bordell zu setzen. Und wenn ich Stéphane verliere, wenn er auch nur heimlich anfängt, an meine morbiden Phantasien zu glauben, bekomme ich es wirklich mit der Angst. Er arbeitet in einer Botschaft und weiß mehr als ich über die hübschen Europäerinnen, die von einem Tag auf den anderen verschwinden und bei denen die Ermittlungen ergeben, dass sie für ihre Dienste an der lokalen Bevölkerung Geld verlangt hatten. Das kleinste Zittern in seiner Stimme würde hinwegfegen, was mir an Widerstand bleibt. Bloß nicht den einzigen Menschen verängstigen, der imstande ist, das Bordell als ganz normalen Job anzusehen, und der sich über meine Anekdoten halb totlachen kann!

177

«Alles okay, eine lange Schicht ...»

Ich zünde mir eine Zigarette an; Stéphanes kurzer Atem, während er irgendwo durch London radelt, macht die Welt plötzlich leichter. Und ich erzähle ihm meine Geschichtchen, gespickt mit charmanten und lustigen Einzelheiten, um in seiner blühenden Phantasie die kleine gebildete Hure zu bleiben, die mit ihren Talenten ein ganzes Bordell nach ihrer Pfeife tanzen lässt. Wie durch Zauber erwachen dabei mein Mut und meine Motivation. Ich muss schreiben, damit Stéphane alles erfährt, was ich ihm nicht gesagt habe, um ihn nicht zu beunruhigen. Und dieser Schweizer, dieser verfluchte Schweizer, wird zum Winzling werden, wenn ich ihn in eine Seite gepresst habe.

Als ich mich endlich hinlege, tröstet mich die Vorstellung, dass Stéphane in London jetzt seinen Tag als Botschaftsrat beginnt. Ich bin zufrieden, dass ich ihm zwischen den Zeilen zu verstehen gegeben habe, dass der Kokainhandel im *Coco's* floriert. Sicher ist sicher; wenn ich auf die eine oder andere Art verschwinde, wird *er* sofort wissen, wo er suchen muss.

*I*n den ersten Tagen hatte ich mich aufgepeppt und grellen Lippenstift aufgelegt; sonst mache ich das nie, weil mir mein Mund dann ganz plump, beinah krank vorkommt, aber nun konnte ich mal in die Vollen gehen. Doch wenn es einen Ort gibt, wo du dich auf keinen Fall anmalen solltest, dann im Bordell.

Eigentlich ist es logisch. Keine Tusche der Welt vermag die Katastrophe zu übertünchen; es hat mich ganz traurig gemacht, als ich eines Abends Irina in ein Handtuch gewickelt aus einem Zimmer kommen sah, um die Hausdame mit dem Kartenleser reinzuschicken. Die untere Hälfte ihres Gesichts war ganz mit Rot beschmiert. Ich mochte Irina nicht, sie wiederum nahm mich gar nicht wahr, und ich fand ihr Auftreten normalerweise ebenso langweilig wie überheblich. Aber mit diesem wie ein Schandmal über ihr Kinn verteilten Rot, das sogar auf ihren Zähnen war, die sie entblößte, als sie Jana rief, sah sie aus wie eine Puppe, die man im Rinnstein vergessen und Regen und Wind ausgesetzt hat – es war das Scheitern aller Kunstgriffe, ohne die nur das kleine blasse, nicht einmal hübsche Frätzchen übrig blieb.

Dieser Anblick hat mir endgültig die Lust geraubt, meinen Mund oder sonst etwas zu schminken. Zu sehen, was eine harmlose Fellatio bei zwei Schichten wasserfestem Mascara für Schaden anrichtet ... Noch verblüffender ist der Blick in den Spiegel, nachdem du auf einem Mann gesessen hast, ohne ihn auch nur zu küssen. Als müsste das Make-up nur *spüren*, dass du Sex hast, um sich aufzulösen.

Wenn die Mädchen in den Salons verteilt auf Kundschaft warten, kann das *Coco's* stolz sein auf sein wunderbares, strahlendes Team. Trotzdem bleibt der Laden leer, und niemand weiß, warum. (Der Freier in mir gibt mir einen kleinen Tipp: *Wundert dich das? An dem Tag, wo ich den Fuß oder – Gott behüte – den Schwanz in so eine Spelunke setze ...*) Zugegeben, ich hätte Mühe, mich zu entscheiden, welches Mädchen am wenigsten ungeeignet wäre, wenn ich meine Hoden leeren und hundertzwanzig Euro auf den Kopf hauen wollte. Ich bin zwar kein Kerl, aber der hoffnungslos leere große Salon bestätigt, dass die Männer so denken wie ich.

Während jedes andere Unternehmen ohne Kunden seine Mitarbeiterzahl reduzieren würde, beschließt ein Bordell, das nur den Hausdamen ein festes Gehalt zahlen muss, noch mehr Mädchen zu engagieren. Und während ein normales Bordell heiße Miezen engagieren würde, engagiert Michael Paulette; eine Reaktion, die uns alle vom Hocker haut. Paulette taucht am Ende meiner ersten Horrorwoche auf. Während sich die meisten Mädchen noch aufdonnern und darauf warten, dass der Laden aufmacht, kommt eine Deutsche herein, groß, massiv, nein, gewaltig wie eine Statue, und stellt sich schüchtern vor: «Ich bin die Paulette.» Das würde ihr niemand abnehmen. Paulette ist vielleicht fünfunddreißig, sie kommt aus Potsdam, sieht aber aus, als käme sie von viel weiter her, von einer winzigen Nordseeinsel, aus irgendeiner Pampa, in der man weder Internet noch Telefon kennt. Ist das eine besonders gewagte Aktion von Michael? Hat er genug davon, mehr als ein Dutzend hübscher Mädchen wie Zombies durch sein leeres Bordell irren zu sehen, denkt er, jemand wie Paulette werde neue Kunden anlocken oder sie erst recht abstoßen und dadurch den Glanz des vertrauten Harems vervielfachen?

Paulette ist ein Turm. Ich höre förmlich, wie die Absätze ihrer Pumps bei jedem Schritt stöhnen, ihr Fleisch wogt bei der kleinsten Bewegung. Sie hat ihre gebleichten Haare hochgesteckt, im Nacken prangt unter dem mickrigen Knoten ein Schmetterlingstattoo, dessen Schwarz grünlich schimmert. Die Netzstrümpfe reichen nur mit großer Mühe bis zur Mitte ihrer Schenkel und schnüren sie zu dicken, narbigen Würsten zusammen. Trotz ihres Spleens, superenge Klamotten zu tragen, könnte nur ein erfahrenes Auge bei Paulette eine Taille ausmachen; es gibt kein Dessous, das sich auf diesem gewaltigen Hinterteil nicht abdrücken würde. Um der Sache die Krönung aufzusetzen, ist Paulettes Gesicht so charmant wie das einer Gefängnisaufseherin und ihr Lächeln ebenso selten wie schmallippig – in ihren Augen glänzt nicht die geringste erotische Neigung, dafür aber eine Entschlossenheit, an der sich viele Mädchen ein Vorbild nehmen könnten.

Aber Paulette hat eine Gabe, die vielen fehlt: Sie ist nett. Wenn sie dich fragt, wie es dir geht, scheint sie tatsächlich eine Antwort zu erwarten. Paulette ist nicht hier, um sich Vuittontaschen oder ein Jäckchen für ihren Chihuahua zu leisten; was auch immer sie ins *Coco's* getrieben hat, jeder riecht, dass es ums Überleben geht. Dieser Antrieb bewirkt mehr als plötzliche Lust auf Luxus. Trotzdem frage ich mich, was wohl in Michaels dickem Schädel vorgegangen ist. Michael ist kein Henry Miller. Es würde mich wundern, wenn ihn die obszöne Poesie eines unförmigen Körpers aufgeilte! Wenn er die Euphorie kennen würde, in der Dunkelheit die Brust nicht von einer Pobacke oder einem Speckring unterscheiden zu können. Mit etwas Abstand ist Paulette die Einzige, die an Bordelle erinnern könnte, wie Maupassant sie beschrieb, in denen es um Leiber und Erotik ging, nicht um Flitterkram. Zugegeben, ich stelle mir vor, dass es irgendwie abartig sein muss, mit ihr zu schlafen. Ein besonders Perverser würde bei ihr sicher einen neuen Kitzel finden – vielleicht hat Michael so was gedacht. Aber das würde mich wundern. Michael ist einzig und allein empfänglich für das, was ins Auge springt, weil es nach Sex stinkt: hohe Absätze, tonnenweise Make-up, falscher Busen, künstlich bis zu den Schenkeln verlängerte Haare, goldene Kreolen und ein blumiges, süßes Parfüm, das noch lange in den gepolsterten Fluren hängt; für alles, was meilenweit nach Weibchen riecht. Ja, vielleicht hat sich Michael gedacht, dass ein Berg wie Paulette mit High Heels und engen Klamotten den Kunden entgegenschreit, dass es hier Weiber gibt, so viele Weiber, dass man sich sogar die Laune leistet, eine Paulette zu haben.

Aber von der Straße aus ahnt niemand was von diesem Überfluss; ohnehin vermute ich, dass Mund-zu-Mund-Propaganda hilfreicher ist als Michaels Marketingstrategien. Statt fünfzehn sind wir jetzt halt sechzehn Mädchen, die im großen Salon Löcher in die Luft starren. Die Touristenbusse können kommen, wir sind bereit.

*E*s gibt mehrere Mädchen wie Paulette, deren Anwesenheit eine Menge Fragen aufwirft.

Die meisten wohnen im Bordell oder mieten in der Nähe ein Zimmer, auch das läuft über Michael. Wie willst du bitte allein eine Wohnung mieten, wenn du keine zehn Worte Deutsch sprichst und keine Lohnabrechnung vorweisen kannst? Was willst du machen, wenn du dich nicht mit dem Finanzbeamten verständigen kannst? Du könntest dir für die Formulare natürlich einen Beruf ausdenken, falls jemand wissen will, was du unter selbständig verstehst (und wer hat schon Lust, an eine Hure zu vermieten, sich bei einer so unsteten Karriere mit ebenso exotischen wie unvorhersehbaren Adressänderungen menschlich zu zeigen), aber du musst etwas Glaubhaftes finden. Deshalb gibt es in Berlin so viele *Make-up-Artists*, die mit ihren deutschen Kundinnen kein Wort wechseln könnten.

Die meisten Mädchen wurden von Michael oder seinen Kumpanen hergebracht. Sie darbten bei elenden Jobs in osteuropäischen Nachtclubs, für die sie einen Hungerlohn erhielten, dann kam ein großer, lächelnder Herr wie William und erzählte ihnen vom Westen. Von Berlin, der großen, schönen Stadt, randvoll mit tollen Chancen und Männern, die nur darauf warten, eine Menge Kohle hinzublättern, um sich für ein paar Minuten der slawischen Schönheit zu nähern, die in der ganzen Welt verehrt wird. *Überleg es dir, meine Hübsche: ungefähr der gleiche Job wie hier, aber an einem unvergleichlichen Ort, wo du wie eine Prinzessin behandelt wirst* und wo wir dich vor Kerlen beschützen, die ewig schachern und dir am Ende die Hälfte oder ein Drittel von dem zahlen, was du wert bist. Dort werden nämlich Leute dafür eingestellt, dich zu verteidigen und dir zu dienen, niemand darf dich zwischen Tür und Angel betatschen oder deine Schutzlosigkeit ausnutzen, um gratis Extras zu erzwingen. Dort legst du die Bedingungen fest – und glaub mir, kein Deutscher wird zögern, ein paar Scheine mehr rauszurücken, um mal etwas anderes in den Armen zu halten als sein Gretchen. Dort hast du die ganze Stadt zwischen den Schenkeln, du machst den gleichen Job wie hier, das ist wahr, aber das Geld wird nur so sprudeln, bis du nicht mehr weißt, was du dir davon kaufen sollst. Und wenn du nach Hause zurückkommst, bist du reich, und alles ist möglich. Du musst nur hart arbeiten und mir vertrauen. Was macht es schon, dass du deine Familie für eine Weile verlässt, wenn du ihr Geld schicken kannst und bald mit genug Kohle heimkehrst, damit sie nie mehr Sorgen hat? Das Einzige, was du brauchst, ist ein bisschen Mut. Sei nicht so dumm wie die Gänse um dich herum, die sich lieber in erbärmlichen Restaurants zu Tode schuften, als den Männern das Einzige anzubieten, was sie wirklich interessiert, das Einzige, wofür sie ihr Geld verschleudern. Weißt du, was die sogenannte Tugend einer Frau wert ist? Klar, du kannst dich auch an deine Anständigkeit klammern, aber die ist eh schon angekratzt von der Halbprostitution, den Kerlen, denen du auf der Toilette einen bläst, oder den zweifelhaften Geschäften auf dem Parkplatz, klar, du kannst hierbleiben und dich für deinen Liebsten aufbewahren, aber dein Liebster ist ein armer Hinterwäldler ohne jeden Ehrgeiz, der dir nie das Leben bieten wird, das du verdienst, der dich schlecht und gratis fickt und dessen einzige Heldentat darin bestehen wird, dich vielleicht eines Tages zu heiraten. Das ist dann das Ende, du wirst eine dicke Mutti mit Schwangerschaftsstreifen und einem Dutzend Rotznasen *an der Schürze, die dir das Mark aus den Knochen gesaugt haben, bevor du dreißig bist. Dann passen deine Füße nicht mehr in die hübschen Pumps, meine Süße, dann ist es zu spät, und du wirst nie mehr aus diesem Loch rauskommen. Das kannst du machen.*

Ja, so ein Geschwafel hat wahrscheinlich die meisten Mädchen ins *Coco's* gelockt, auch wenn sie inzwischen ziemlich ernüchtert wirken. Ganz abgesehen davon, dass sie keine Wahl haben und praktisch in der Klemme sitzen ... Die Hausdame hat mir erzählt, dass die Mädchen keinen Cent Vorschuss bekommen, und ich habe keinen Grund, daran zu zweifeln. Was kannst du groß machen, wie willst du dich beschäftigen, wenn du keine Familie in der Nähe hast, keine Freunde oder Bekannten außer den Arbeitskolleginnen? Du kaufst ein. Das Geld wird erst dann real, wenn du es großkotzig in den Luxusboutiquen am Ku'damm auf den Tisch knallst. An die Flucht denken wir später. Und im *Coco's* gibt es was zu essen, was zu trinken und Koks; die schlechte Laune der Mädchen kommt auch daher, dass sie die Nasen ständig voll haben; wenn sie was brauchen, müssen sie nur Maximilian losschicken. Wenn sie gearbeitet haben. Wenn sie arbeiten. Und da sie die meiste Zeit nicht arbeiten, sind die langen Abende im *Coco's* nur ein langer Entzug, eher öde als qualvoll, aus dem sie nur ein von der Vorsehung geschickter Kunde befreien könnte. Mit dem, was die Mädchen verdienen, finanzieren sie also einen Lebenswandel mit tödlichem Luxus, in dem Miete und Essen nur eine Nebenrolle spielen.

Bei Paulette, Loretta und Sylvie ist es eine andere Geschichte ... das sind die Alten, die Deutschen, die den lebendigen, menschlichen Kern dieses stillen, von Sehnsüchten gepeinigten Serails bilden. Sie hören wir im kleinen Salon lachen und schwatzen, denn ab zweiundzwanzig Uhr sind der kleine Salon und die Gesellschaft der Chefs und der Hausdamen den Veteraninnen vorbehalten. Wenn ein Kunde kommt, müssen sie sich nicht vorstellen, nicht mal aus ihrem Sessel aufstehen. Sie dürfen Getränke mit Alkohol bestellen, und wenn sie in den großen Salon kommen, dann immer mit ihrem Wodka auf Eis und Kosenamen für Maximilian oder Ronja auf den Lippen, mit denen sie ein Herz und eine Seele sind.

Loretta, angeblich fünfunddreißig, tatsächlich sechsundvierzig, sieht aus wie achtundvierzig und ziemlich abgewrackt, aber sie kommt offensichtlich auf ihre Kosten, denn sie ist jeden Abend da. Tagsüber ist sie Krankenschwester, ihre Tochter ist einundzwanzig.

Diana und ihr vierzehnjähriger Sohn. Sylvie, Paulette. Sie sind da, weil sie sich ein besseres Leben erhoffen, was auch immer das heißen mag, um am Monatsende noch ein bisschen Luft zu haben, wenn alle Rechnungen bezahlt sind. Aber wo sind ihre Kunden?

Die Anwesenheit dieser Familienmütter, die etwas Besseres zu tun hätten, als auf die Launen eines Deppen zu warten, der von fünfzehn an ihren Telefonen hängenden bulgarischen Teenagern verschmäht wird, lässt sich nur mit dem Escort-Service erklären, den Michael anbietet. Die Preise sind höher, aber die Leistungen sicher besser als im Haus.

Selma erzählt mir vom Escort, und ich erkundige mich, ob es nicht einfacher und ökonomischer ist, selbst für sich Werbung zu machen. In Paris ist das der einzige Weg, und für Mädchen, die ihr Geschäft gern selbst führen, läuft es wie geschmiert. In Deutschland ist es wegen der Legalität des Berufes weniger verlockend, den Schritt zum Escort zu wagen. Das Mädchen muss zu den Männern fahren oder bereit

sein, völlig Unbekannte in ihrer Wohnung zu empfangen,
bei denen sie nicht weiß, ob sie ein Messer oder sonst was in
der Tasche haben – ganz zu schweigen von den Nachbarn,
die in Deutschland gern wissen wollen, was in ihrem Haus
passiert. Es gibt strenge Prinzipien, an die sich ein Escort-Girl
halten muss: nie zweimal in einer Woche dasselbe Hotel auf-
suchen, um nicht von den Portiers erkannt zu werden (das
Finanzamt taucht sehr gern an Orten auf, die nicht auf der
jährlichen Steuererklärung stehen). Immer *vorher* kassieren,
egal, wie viel Sympathie oder Vertrauen ein Kunde einflößt.
Die Uhr im Auge behalten und den Kunden die Stirn bieten,
die sich über die Kürze des Zusammenseins beschweren.
Keine Diskussion über Kondome, sofern der Mann nicht bereit ist, dafür zu zahlen – und egal, welche Extras angeboten
werden, *vorher* kassieren, immer. Pech, wenn er sich in der
Hündchenstellung plötzlich für Analverkehr entscheidet
und seine Erektion weg ist, bis er die Brieftasche rausgeholt
hat. Die Erwartungen des Kunden sind nie die der Hure, niemals. Das einzige unumstößliche Gesetz ist die Zeit.

Zu diesen Erwägungen kommt eine ebenso unvermeid-
liche Vorarbeit. Ein zweites Mobiltelefon, um nicht ständig
auf der Privatnummer belästigt zu werden. Stundenlang
am Telefon sitzen und immer dieselben schmeichelhaften
Selbstbeschreibungen, dieselben horrenden Tarife nennen,
dieselben dummen Fragen beantworten, ohne die Geduld zu
verlieren, und die Typen erkennen, die mit dem Pimmel in
der Hand anrufen, um sich gratis an den Modalitäten eines
möglichen Treffens aufzugeilen. Alle Mails beantworten
und dabei sorgfältig zwischen denen unterscheiden, die sich
mit copy and paste erledigen lassen, und denen, für die eine
persönliche Antwort angebracht ist (bei dieser Entscheidung
täuschst du dich oft). Und davor im barbarischen Chaos

deutscher Websites die richtige für die Anzeige finden, die für einen vernünftigen Preis die optimale Präsentation bietet. Einen Fotografen auftreiben, dessen Fotos aufreizend sind, aber auch Stil haben; niemand macht Karriere mit ein paar Selfies, die mal eben schnell im Schlafzimmer geknipst wurden. Unabhängigkeit, totale Unabhängigkeit umfasst das ganze Leben. Das Mädchen muss Talente als Sekretärin, Buchhalterin, Organisatorin und PR-Frau mitbringen. Als wäre es nicht schon genug, sich darum zu kümmern, schön und strahlend, epiliert, manikürt, frisiert und geschminkt zu sein.

Ist es da nicht besser, einen Typen die Dreckarbeit machen zu lassen? Auch zwei Abende Langeweile pro Woche, so endlos sie einem erscheinen mögen, sind nicht mal ein Zehntel der Zeit, die eine richtig Selbständige in ihr Geschäft stecken muss. Dass es nicht mehr davon gibt, liegt auch daran, dass der Beruf der Prostituierten aus einer ganzen Reihe hervorragender Gründe zur Faulheit verführt. Kein Mädchen verliert je aus dem Auge, dass sie etwas verkauft, was die meisten ihrer Artgenossinnen sorgsam hüten und nicht im Traum zu Geld machen würden. Für diese Freigiebigkeit verdient eine Hure neben einem anständigen Lohn auch ein paar Vorteile wie freie Zeit und keinen Aufwand, um die Freier zu ködern. Alle Formen von Prostitution, die es in Berlin gibt, zielen darauf ab, den für die Mädchen mühsamen Kundenfang so weit wie möglich zu vereinfachen. Sogar wenn sie das ganze Jahr hindurch, egal, ob es schneit, stürmt oder hagelt, auf der Oranienburger Straße in ihren immer gleichen glänzenden Kniestiefeln auf und ab gehen, unternehmen sie nicht viel, um Freier anzulocken. Wenn überhaupt. Sie stellen sich gut sichtbar an den Straßenrand – und du kannst an einem Abend tausendmal vorbeikommen, bis auf wenige Ausnahmen werden sie immer an derselben Stelle stehen und an ihrem Telefon rumspielen oder miteinander schwatzen. Wenn ein Mann ganz dicht vorbeigeht, folgen sie ihm langsam mit den Augen, als wollten sie sagen, *Du weißt doch, warum ich hier stehe, Idiot, und ich weiß, was du willst.*

Man hört höchstens ein Murmeln, eine lächerlich geringe Summe, in einem rollenden Deutsch mit dem Akzent des Ostens. Dann geht sie mit ihm in die kleinen Hinterhöfe der Auguststraße, in einen Durchgang, der immer offen ist, oder in sein Auto, wenn er so anständig ist, es mitzubringen. Von diesem Mädchen darf man nichts erwarten außer einer flüchtigen Umarmung ohne Penetration; was wäre es für ein Zeitverlust, wenn sie jedes Mal Hose und Stiefel ausziehen und ihre Gürteltasche nach hinten schieben müsste (kannst du die Tasche überhaupt umgeschnallt lassen, wenn du fickst?), außerdem Pullover, Daunenjacke, Unterwäsche ... Nein, vielen Dank. Aus meiner kleinen, nicht repräsentativen Umfrage habe ich gelernt, dass sich die Palette der Dienstleistungen, die in dieser ehrwürdigen Straße angeboten werden, auf Handjobs oder Blasen beschränkt. Abgerechnet wird nicht nach Zeit, Gott bewahre, sondern nach Ejakulation, schnell und grob, ein paar hastige Bewegungen der Hand oder des Nackens – keine Konversation, keine Penetration; für einen ordentlichen Aufschlag erwirbt der Mann das Recht, ihre Brüste zu berühren, während es ihm das stumme Fräulein im schützenden Schatten des Handschuhfachs besorgt.

Irgendwer hat mir erzählt, in der Potsdamer Straße, einem anderen Zentrum des Straßenstrichs, *dürften* die Mädchen ficken. Man muss nur den entsprechenden Preis zahlen, um das Geschäft zu besiegeln, dazu kommt der Preis für das Zimmer – eine von zwei Kammern in einem versifften Loch mit Neonlicht, in dem der Freier entdeckt, dass seine Auserwählte weniger frisch, verführerisch und liebenswürdig ist als im Schatten einer Laterne. Der Zimmerpreis wird meistens erst an der Tür genannt, wenn der Freier geil ist und reif, seine Brieftasche zu leeren. Aber selbst da werden wohl ganz andere Talente entfaltet, um den Freier zum Orgasmus zu bringen, als ich in meinen zwei Wochen im *Coco's* gelernt habe – und der Nachgeschmack heftigen Widerwillens gegen sich selbst ist sicher noch schlimmer.

Trotz der mörderischen Spannungen und der Überlebenskämpfe, die sie gegeneinander führen, teilen sich diese Huren nach Feierabend zu fünfzehnt oder zwanzigst einen Schlafraum.

Obwohl das *Coco's* verglichen mit dem Straßenstrich einem Familienunternehmen gleicht, das fortschrittlichen Theorien anhängt, um das Wohlbefinden des Personals zu fördern, spürt man auch als Kunde schon beim ersten Besuch, dass die Chefs gefürchtet werden und die meisten Mädchen lieber in einem Restaurant arbeiten würden – wenn sie nicht den Lebensstil hätten, den sie haben.

Wenn ich besser Deutsch könnte, würde ich Paulette sagen, dass sie hier bestimmt nicht auf ihre Kosten kommen wird. Die Kundschaft des *Coco's* besteht vor allem aus Geschäftsleuten mit viel Kohle und Jungen, die mit Freunden kommen: Solche Männer wollen träumen und ihre Kumpel zum Träumen bringen, am Ende nehmen sie immer ein sehr schlankes Mädchen mit sehr langem Haar und sehr großen Brüsten, die fast ans Kinn stoßen. Männer, die in ihren Phantasien einen Platz für Paulette haben, kommen allein und tagsüber, in der Mittagspause.

Das begreife ich, als Gabrielle, Michelle, Nicola und ich einmal von Paulette aus dem Rennen geworfen werden. Der Kunde drückt uns kräftig die Hand, scheint uns aber gar nicht zu sehen. Für ihn gibt es nur Paulette, die sich auf ihre zurückhaltende Art vorstellt, aber in einem Deutsch, mit dem keine von uns mithalten kann. Paulette spricht den groben Berliner Dialekt dieses fünfundfünfzigjährigen Taxifahrers, und vor allem weiß sie, wie sie mit ihm sprechen muss. Sie errät besser als wir seine Erschöpfung, als er nach zehn Stunden Fahrerei durch Berlin endlich vor einem frischen Bier sitzt. Taxifahrer sind selbständig, wie Huren, aber ihr Job bedeutet viel mehr Kundenfang und viel weniger Geld. Die Müdigkeit ist ungefähr die gleiche, auch er muss mehr oder weniger liebenswürdige und höfliche Menschen hofieren, muss lächeln, wenn sie ihn anpflaumen oder ihren Kaugummi auf die Kopfstütze kleben, und er muss geduldig bleiben, wenn sie so viel getrunken haben, dass sie sich nicht mal mehr an ihre eigene Adresse erinnern. Ich könnte mal einen Taxifahrer fragen, ob die Fahrt mit einem Mann, der die ganze Zeit am Telefon quatscht, nicht mit einem unangenehmen Fick für Geld vergleichbar ist. Auf jeden Fall gibt es eine unausgesprochene, aber starke Verbindung zwischen den beiden Berufen, die sich den Straßenrand teilen, und während wir, die jungen, die kleinen, an die Wärme des Bordells gewöhnten Prinzessinnen keinen Zugang dazu haben, findet ein alter Kämpe wie Paulette in diesem erschöpften Mann seine Beute.

Fasziniert sehe ich zu, wie Phasen des Schweigens mit langsamen Gesprächen abwechseln; beide sitzen schwer und zusammengesunken da, wie Fabrikarbeiter, die aus dem letzten Loch pfeifen, und schlürfen im Duett ihr Bier. Sie schafft es mühelos, ihn aufzuheitern, sie plappert nicht wie aufgezogen, das ist nicht ihr Stil, auch nicht der ihres Kunden, das hat sie sofort gerochen. (Vielleicht ist Paulette auch Taxifahrerin?) Nachdem er ihr Bier und Champagner spendiert hat, nimmt Paulette den Kunden an der Hand wie ein Kind, das versprochen hat, brav zu sein. Sie informiert Renate über ihr Glück, und Renate, etwas misstrauisch (er ist der einzige Kunde bis jetzt, und dann schleppt ihn Paulette ab?!), öffnet ihr Zimmer 2. Gleich darauf kommt Paulette mit dem Geld für anderthalb Stunden in der Hand raus, plus sechzig für sie, was sie Renate ganz leise verrät, aber ich habe es gehört. Sechzig! Großer Gott, was hat Paulette in ihrer Kiepe, um einem Taxifahrer sechzig mehr zu entlocken? Zwanzig, um sie zu küssen, okay, zwanzig, damit sie ihm ohne Kondom einen bläst, kann sein, und der Rest? Was für ein raffiniertes Extra mag sich Paulette da ausgedacht haben? Lässt sie sich etwa dafür bezahlen, dass er ihr die Möse leckt? Oder stellt sie ihm zwanzig Euro dafür in Rechnung, dass er ihr den Finger in den Hintern stecken darf? Das wäre sehr kleinlich, aber auch brillant.

Als ich sehe, wie sie sich zwei Handtücher aus dem Bad holt und ihre riesigen Titten zurechtrückt, suche ich in ihrem Gesicht oder ihrer Haltung vergeblich nach der hektischen Angst der Neulinge; Paulette ist mit wilder Entschlossenheit gewappnet und beantwortet mein ermutigendes Kopfnicken mit einem Lächeln, das ihr Gesicht weniger streng macht – beinahe schön.

An diesem Abend gehe ich nach Hause, ohne einen Cent verdient zu haben, während sich Paulette drei der vier Kunden geangelt hat, die heute aufgetaucht sind, und die Mädchen, die sich zuerst amüsiert haben, nehmen es allmählich persönlich. Natürlich frage ich mich, was Paulette macht. Das frage ich mich auch bei den anderen. Ich würde so gern

192

wissen, was in den Zimmern passiert. Ich bin die Einzige im *Coco's*, die sich dafür interessiert. Aber auf meine Frage voller Untertöne *Wie war er?* ernte ich immer die gleiche Reaktion: einen langen Blick, der mir zu verstehen gibt, dass mich das nichts angeht, der mich fragt, warum ich das wissen will. Bin ich pervers? Erzähle ich alles Michael? Wenn die Mädchen nicht allzu schlechter Laune sind, bekomme ich bestenfalls eine lapidare, misstrauische Antwort: *Kein Problem, er war okay.* Und seit dem Schweizer weiß ich, dass du in diese Worte alles hineindeuten kannst.

Mir ist allerdings nicht klar, von wem diese Wortkargheit ausgeht; von ihnen oder von den Chefs? Oder von den Hausdamen, die Schroffheit mit Gier und vagen Schuldzuweisungen verbinden? Ich habe schnell gemerkt, dass sie sich als etwas Besseres fühlen als die Mädchen, die sie überwachen; sie wollen nichts wissen, weil sie sich wahrscheinlich vorstellen, dass ihre hartnäckige Taubheit sie vor den Spritzern der Sünde bewahrt, in der sie ebenso waten wie die anderen. Ich habe mich ein paar Tage von Jana schlecht behandeln lassen, bis mir die junge Spanierin, die mich über den richtigen Umgang mit Koks im Dienst aufgeklärt hat, die Wahrheit vor Augen führt: *Sie* arbeiten für uns, nicht andersrum. Die Mädchen schaffen das Geld ran, nicht sie. Sie müssen sich nur um das Haus kümmern und bei den Kunden kassieren, sie haben kein Recht, uns wie Wachhunde hinterherzulaufen.

Diese Tatsache, laut und deutlich ausgesprochen, ist unbestreitbar; aber das hindert Jana nicht daran, ihre Autorität auf eine Art und Weise über unsere kleine Welt zu stülpen, die zum schlimmsten Kerker passen würde. Wie jede Gefängniswärterin hat sie ihre Lieblinge und ihre Sündenböcke, was je nach ihrer Stimmung schwankt. Manchmal willst du ihr gefallen und reizt sie nur noch mehr. Die einzige Konstante ist, dass du ihr nicht widersprechen darfst und vor allem nie versuchen solltest, sie Englisch sprechen zu lassen. Besser, du lässt sie einen Satz zwei-, drei-, viermal auf Deutsch wiederholen – irgendwann rastet sie aus, aber das dauert eine Weile, bis dahin bist du weg.

Am nächsten Tag bin ich sechs Stunden mit Jana allein. Sechs Stunden. Ich habe nichts anderes zu tun, als erbärmliche Beträge zusammenzuzählen, ich berechne meine Wocheneinnahmen, kaum hundertfünfzig Euro für dreißig Stunden undurchdringliches Nichts. Als mir Jana gestern meinen Anteil ausgezahlt hat, von dem schon die täglichen 35 Euro abgezogen waren, die sich das *Coco's* für meine Versteuerung zugesteht, war sie noch niedergeschlagener als ich:

«Dit is ooch Geld, Justine. Also kümmer dir jefälligst!»

Ich habe meine eigenen Vorstellungen zu dem Thema, aber im Moment schwirren sie nur mit tausend anderen verrückten Plänen durch meinen Kopf. In den letzten beiden Wochen hätte ich zehnmal Zeit gehabt, zum Finanzamt zu gehen und mir eine eigene Steuernummer zu holen. Dass ich es nicht gemacht habe, war keine Faulheit, wie ich mir selbst einrede. Ich habe es überhaupt nicht eilig, offiziell im *Coco's* registriert zu werden. Die Summe, die sie mir jeden Tag abziehen, ist sozusagen der Preis für eine Freiheit, die für mein Gefühl ohnehin schon viel zu sehr bedroht ist. Mit dieser Steuernummer hätte ich mehr, klar; aber hätte ich nicht in jeder Hinsicht mehr, wenn ich an einem Ort wäre, wo es Kunden gibt?

Ich hänge auf dem Sofa rum und wäge das Für und Wider ab; es hat hier noch keinen Tag gegeben, an dem ich mich nicht gefragt habe, ob ich einfach gehen, kündigen kann. Nach dem Gesetz ist diese Frage lächerlich, aber Michaels

Augenbrauen pfeifen auf das Gesetz. Ich überlege, ob ich das Thema googeln sollte, aber ich will nicht, dass mir ein befangener Schreiberling noch mehr Angst macht.

Habe ich ihnen meine Adresse gegeben?

Angenommen, niemand verfolgt mich – was allein schon märchenhaft wäre. Kann ich mich ganz normal in einem anderen Bordell vorstellen? Das ist sicher eine kleine Welt, in der jeder jeden kennt. Wie lange dauert es, bis sich rumspricht, dass eine Französin in einem konkurrierenden Haus aufgetaucht ist – sofern es Michael interessiert? Und wie sollte es ihn nicht interessieren? Ich hatte in den zwei Wochen doppelt so viele Kunden wie die anderen Mädchen. Wird er es einfach hinnehmen, wenn ein anderes Bordell an mir verdient und ich überall verbreite, dass das *Coco's* überhaupt nicht läuft? Gute Frage.

Diese Erwägungen bringen mich dazu, die grundsätzliche Machbarkeit meines Unternehmens, mein Buch und die Wette, die ich mit mir selbst geschlossen habe, zu überdenken; die Feigheit und Unentschlossenheit, die gar nicht zu mir passen, lassen mich das *Coco's* noch mehr fürchten und hassen. Ich werde doch nicht ein Projekt aufgeben, für das ich brenne, weil das erste Bordell, das ich ausprobiert habe, von einer Bande Armleuchter gemanagt wird, die von Sinnlichkeit und Erotik ungefähr so viel verstehen wie ich von Thermodynamik!

Die Kunden sind wirklich nicht das Problem, abgesehen von dem Schweizer oder den jungen Tradern, am liebsten mit irgendeiner lächerlichen Kopfbedeckung, die zugedröhnt an der Schulter eines Mädchens dösen. Mit irgendwelchen Dumpfbacken komme ich immer noch zurande. Viel mehr stößt mich hier ab, dass diejenigen, die das Geld ranschaffen, von denen, die eigentlich nur Kassiererin, Gefängniswärterin oder Pförtnerin sind, so mies behandelt werden. So dürfen sie nicht mit Frauen umgehen, die für das Allgemeinwohl einen Körperteil einsetzen, den sie selber nur zum Pipimachen benutzen. Warum soll ich mich im Gegenzug für dieses Opfer von den Hausdamen anmotzen lassen, die wie rasend Febreze versprühen, sobald ich das Zimmer verlasse? Diese dummen Zicken müssten uns eigentlich zu Füßen liegen. Wer bezahlt sie denn?

Was mich hier festhält, sind die Mädchen, ihre Geschichten. Ich klammere mich an die Lust, sie zu entschlüsseln, vor allem die der Zwillinge Michelle und Nicola. Wo sonst werde ich wohl Zwillingsschwestern in einem Bordell treffen – eine einmalige Gelegenheit. Hat man schon mal etwas so Abartiges gehört? Aber sie machen nicht mal ein Verkaufsargument daraus. Ich bin die Einzige, die das zu einem blasphemischen Mehrwert erklärt, vielleicht bin ich überhaupt die Einzige, die darüber nachdenkt.

Und dann interessieren mich die Alten. Eigentlich interessieren mich alle. Und wenn es nur die geringste Chance gibt, dass sie mir eines Tages ihr Herz öffnen, lohnt es sich dafür nicht zu bleiben, wo ich bin, ohne Theater zu machen, ohne mich zu beklagen und ohne mich einzuschmeicheln? Ja, aber in den vierzehn Tagen hartnäckiger Anwesenheit hat mein frommer Wunsch nach Anpassung den Graben zwischen ihnen und mir so unvermeidlich vertieft wie zwischen Händlern mit konkurrierendem Angebot in derselben Straße. Ich dachte, wenn ich so viel wie sie arbeite, würde ich nicht nur das Wohlwollen der Chefs gewinnen, sondern bei den Mädchen Sympathie, zumindest ein Gefühl von Solidarität wecken, das sie dazu verleiten würde, ihr Täschchen mit Anekdoten zu öffnen. Total naiv! Alles scheint über sie hinweg- oder durch sie hindurchzugleiten; Lust, Unlust, alle

Gefühle, die der gewöhnliche Sterbliche mit Sex verbindet, lösen sich bei ihnen in Geld auf. Am Anfang habe ich vielleicht etwas Interesse geweckt, weil ich das nackte Lamm war und auf ihre wohlwollend erteilten oder abweisend verschwiegenen Ratschläge angewiesen war. Es hat einen Abend gedauert, bis ich durchgestartet bin, und jetzt bin ich Staatsfeind Nummer eins, die Ausgestoßene ohne Gesellschaft, der Fluch der Trikolore, die ihnen die Kunden wegschnappt und wie die heimgekehrte Tochter an Michaels Rockzipfel hängt. Der einzige Weg, sie für mich zu gewinnen, hieße, mich von Michael zusammenstauchen zu lassen – aber diese Aussicht schreckt mich, und außerdem bin ich gar nicht sicher, ob sie dann nicht noch mehr auf Abstand gehen würden, diesmal aus legitimen Ängsten.

Was soll das alles? Wie kann ich in diesem Laden, wo der Sex aller Gefühle beraubt und auf eine rein mechanische Reibung reduziert wird, menschliche, lustige oder rührende Geschichten über diesen Beruf schreiben? Klar, dieser Ort ist ein Teil der Wahrheit, aber bei weitem nicht der interessanteste. Wenn ich mit einem neutralen oder sogar positiven Gefühl in die Branche einsteigen kann, muss es doch noch andere wie mich geben.

Vielleicht bin ich zu lebendig für diesen Ort. Vielleicht sehe ich nicht ein, dass der Sex, die große, dunkle und klare Freude des menschlichen Lebens, anrüchig wird, sobald jemand dafür bezahlt. Was wird aus meiner Begeisterung, wenn ich hierbleibe? Was wird überhaupt aus mir? Ich kann nicht mit einem Kloß im Bauch zur Arbeit gehen und jede Nacht mit der verzweifelten Hoffnung heimkehren, dass Stéphane in London schon wach ist. Ich kann nicht an einem Ort arbeiten, wo ich keine der Geschichten, die ich sammle, meinen Schwestern erzählen könnte. Das ist auch ein Problem des *Coco's*; ich will auf keinen Fall, dass Anaïs, Madeleine und Marguerite erfahren, wie ich behandelt werde, aber irgendwann ersticke ich an den Geheimnissen, die ich für mich behalten muss. Im Moment habe ich Angst, ungewollt den sprachlichen Tick des *Coco's* zu übernehmen, jede Frage mit *Alles gut* zu beantworten (während ich das schreibe, wird mir der Defätismus dieser Formulierung bewusst). Anaïs, Madeleine und Marguerite haben ein untrügliches Gespür dafür, wenn ich nicht glücklich bin; ein paar Tage kann ich ihnen etwas vorspielen, aber dann kommt unweigerlich der Moment, wo sie es merken. Und schon die Tatsache, dass die älteste Schwester in einem Bordell arbeitet, ist so komplex, dass ich nicht auch noch die Traurigkeit hinzufügen darf.

Ich bin allein im *Coco's* mit Jana und Gabrielle, die sich noch nicht hat blicken lassen. Früher Abend. Ich habe ungefähr dreißig Euro verdient – verglichen damit ist das Schwarze Café, in dem Anaïs und Madeleine arbeiten, eine Genfer Bank. Was hält mich zurück? Ist das *Coco's* überhaupt ein Ort, an dem ich ordnungsgemäß kündigen muss? Ich schulde ihnen nichts! Dafür schulden sie mir noch hundertfünfzig Euro von dem Schweizer, die sie mir nicht überweisen könnten, selbst wenn sie wollten, weil ich ihnen keine Bankverbindung gegeben habe. Eine astronomische Summe, auf die ich verzichten müsste, aber vielleicht ist das der Preis für mein plötzliches Verschwinden. Sie werden mir keine Schwierigkeiten machen, wenn sie die Kohle einsacken können, die eigentlich mir gehört. Wenn ich gehe, gibt es kein Zurück.

Scheiß drauf!

«Jana?»

Sie hebt träge den Kopf und runzelt die Stirn.

«Ich geh mir was zu essen holen, okay?»

«Mach mal.»

Ich komme in die leere Garderobe. Ein letztes Zögern. Mit einer vagen Enttäuschung über mich selbst stehe ich noch einen Moment vor dem großen Spiegel herum. *Du fühlst dich hier nicht wohl, oder?* – *Nicht besonders, nein,* antworte ich mir selbst. Und ich ziehe mich um. Meine Schuhe und das Kleid stopfe ich in die Handtasche, damit sich Jana nicht wundert, wenn ich zwei Taschen dabeihabe. Unnötige Vorsicht. Als ich durch den kleinen Salon gehe und zum letzten Mal die Hand auf die Türklinke lege, sieht Jana nicht von ihrem Bildschirm auf. Diese Unachtsamkeit wird sie bedauern, wenn sie Michael mitteilen muss, dass ich mich aus dem Staub gemacht habe.

«Bis gleich!», rufe ich schon im Treppenhaus, und als ich die schwere Tür zuziehe, höre ich das Echo – die alte Ziege denkt, sie sieht mich gleich mit einem Sandwich in der Hand wieder auftauchen.

Draußen ist es noch hell, noch schön, nie zuvor habe ich so herrlich frische Luft geatmet, und als wollte die Welt meinen Ausbruch unterstützen, kommt der Bus Richtung Zoo auch sofort angefahren. Hinter der Rückscheibe verschwinden die Nummer 47 und die violetten Vorhänge.

Die Leute im Bus sehen ganz normal aus. Das ist kein Viertel, das für irgendwen wichtig ist, die Schlüterstraße ist einfach eine Verbindung zwischen Olivaer Platz und Zoo. Niemand sieht mich schräg an, niemand ahnt, dass ich frei bin.

Frei. Das ist noch ein Grund, mich über das *Coco's* zu beklagen. Ich habe noch nie einen Job geschmissen und mich dadurch frei gefühlt. Erleichtert vielleicht, aber nicht *frei.*

THE HELL OF IT, PAUL WILLIAMS

Franzosen machen mich an. Ich liebe es, wenn sie dabei reden. Ich verstehe kein Wort, aber es macht mich an. Der Junge könnte seine Einkaufsliste runterbeten, das macht keinen Unterschied. Wie Jamie Lee Curtis in dem Film.»

Ich könnte Bobbie einiges erzählen. Sie war gerade mit einem meiner Landsleute eine Stunde im Studio. Franzosen im Bordell sind für mich wie ein Darminfekt. Vielleicht hat ihre schlecht verborgene Fassungslosigkeit, dass kein versteckter Bulle hinter einer Überwachungskamera hervorspringt und sich vor dem Badezimmer auf sie stürzt, etwas Rührendes. Ist es für sie ein Wunder oder nur eine Abartigkeit des Gesetzes, die sie ebenso ausnutzen wie das arme Mädchen? Darüber könnten sie mit den Mädchen reden, aber Franzosen, im Bordell wie anderswo, sind selten sprachbegabt.

Das erspart meinen Kolleginnen eine Menge Vulgarität, die ich als Einzige verstehe – wenn der Franzose ein Weibchen aus seiner Heimat trifft, wird er unerträglich geschwätzig. Bei ihnen kann ich die Ungeschicklichkeit nicht der Sprachbarriere zuschreiben, während ich bei den hiesigen Schwachköpfen wenigstens zweifle, bevor ich sie zu solchen erkläre. Oft ist es ein Vorteil, dass ich nur sechzig Prozent des Gesprächs verstehe, das stabilisiert meine Laune – solange wir reden, bin ich sehr tolerant. Es ist wie eine unkoordinierte Hintergrundmusik, die wir beide fabrizieren, um der choreographierten Romanze eine Grundlage zu geben. Ein notwendiges Übel, das sich als sehr wohltuend erweisen kann, ähnlich wie beim Apotheker, der den alten Leuten sel-

ten eine Packung Aspirin verkauft, ohne von ihnen vollge-
quatscht zu werden.

Aber die *Franzosen!* Ich verurteile sie nicht – man kann
nicht von Geburt an in einer Kultur leben, die die Huren zur
Hölle verdammt (und zu Lebzeiten aus der Gesellschaft verbannt), und wissen, dass es im Bordell, wie überall, Anstands-
regeln gibt. Ich könnte ihre Rüpelhaftigkeit mit einer ganzen
Reihe von Beispielen illustrieren. Der Immobilienmakler um
die vierzig zum Beispiel, der mir auf die Frage nach seinem
Beruf antwortet: «Wie Sie profitiere ich vom Geld der anderen!» (Immobilienmakler ist weiß Gott ein schlimmerer Para-
sitenberuf als alle anderen.) Oder der Tattergreis, seit dreißig
Jahren in Berlin, der auf die gleiche, aus purer Höflichkeit ge-
stellte Frage mit einem verächtlichen Grinsen entgegnet: «Ist
das ein Verhör?» (Er ist Buchhalter, wie sich herausstellt; vielen Dank, dass du uns diese Gesprächssackgasse erspart hast.)

Anstatt all die Unglücklichen aufzulisten, die die Neugier
oder die Unfähigkeit, eine andere Sprache zu sprechen, in
mein Netz getrieben hat, beschränke ich mich darauf, von
dir zu erzählen, dem fröhlichen Fettwanst, den das schelmi-
sche Schicksal zu mir geführt hat, weil du allein die absolute
Notwendigkeit belegst, die Bordelle in Frankreich wieder zu
öffnen.

Wo bist du heute, verstörter Fettwanst, dessen Unfähigkeit lauter in mir nachhallt als das Talent eines beliebigen
hübschen Jungen? Du kamst mit dem Frühling – was für
ein Hohn! Ich wartete auf meinen nächsten Kunden, als
Inge mich holte, weil dringend eine Übersetzerin gebraucht
wurde: Da sei ein Franzose im Herrensalon – und dreimal
darfst du raten: Er sprach weder Englisch noch Deutsch!

Eigentlich bin ich gern die Sprecherin dieses schönen
Hauses, erkläre die Preise, den Ablauf, bringe den Freier mit

dem Mädchen zusammen, das ihm ins Auge gesprungen ist –
ich bin eine umso freundlichere Sprecherin, als ich immer
einen guten Grund finde, nicht mit ihnen mitzugehen. Ich
drücke mich gern vor den Franzosen. An jenem Tag habe ich
Zeit, aber ich beschließe, das Gegenteil zu behaupten, sobald
ich dich geradezu schmerzhaft in den Sessel eingezwängt
sehe. Du reichst mir deine kleine feuchte Hand, und ich
stelle mich vor.

«Endlich jemand, der Französisch spricht», rufst du mit
der Unverschämtheit eines Touristen, der sich einbildet,
überall zu Hause zu sein.

Ich habe kaum Zeit, die Preise zu nennen, da schüttelst du
schon ungeduldig den Kopf:

«Ich habe gesehen, dass Sie Unterricht anbieten.»

«Was für Unterricht?»

«Keine Ahnung. Das stand auf der Website. *Liebesschule*»,
stammelst du mühsam.

«Ach so. Und was wollen Sie wissen?

«Na ja, ich weiß nicht ... wie das läuft halt. Sie zum Beispiel ...»

«Nein, tut mir leid, ich habe gleich Termine.»

Du schreist förmlich auf und wirfst die Arme in die Luft,
als würde ich dich der Vergewaltigung bezichtigen:

«Nein, nein, ich wollte mich nur erkundigen, wirklich!»

Vielleicht befürchtest du, dass ein serbischer Sicherheits-
mann, der uns durch eine Wanze in meiner Unterhose über-
wacht, hereingeschossen kommt und dir alle Finger bricht,
sobald ich die Stimme hebe. Von deiner Panik angesteckt,
antworte ich im selben Ton:

«Das ist überhaupt kein Problem, ich erkläre Ihnen nur ...»

«Keine Sorge, keine Sorge!»

«Na, dann ist ja alles gut.»

«Es ist nur so, Englisch ist nicht gerade meine Stärke.»

«Das glaube ich Ihnen gern. Tut mir leid.»

Deine Arme zittern vor Sorge, anstößig gewesen zu sein, und ich versuche, dich zu beruhigen:

«Sicher war unter den Damen eine, die Ihnen gefiel?»

«Eine Blonde, ich glaube Dorothée.»

«Ich gehe sie holen.»

«Und Sie, das geht wirklich nicht?»

«Wirklich nicht, tut mir leid.»

Ich bin so erleichtert, als ich die Tür zumache! Normalerweise nehme ich es mit dem Aussehen meiner Freier nicht so genau, das ist unvermeidlich bei diesem Job – aber bei dir bin ich kurz davor, all meine Prinzipien zu verleugnen und neue zu erfinden. Während ich durch den Flur renne, um Dorothée zu holen und die Geschichte abzuschließen, spüre ich, wie sich meine Brust von einer riesigen Last befreit – deiner. Ich ignoriere Dorothées Schmollmiene – ihr typisches, tiefes *Ach!* klingt für mich voller Vorwurf. Ich verstehe ihren Kummer nur zu gut. Hässliche und dumme Freier, das geht noch, die absolute Hölle sind die, die *obendrein* auch noch herkommen, damit man ihnen etwas beibringt; da musst du ganz dabei sein, kannst nicht die Augen zumachen und dir einen anderen vorstellen. Schwamm drüber, denke ich und freue mich auf meinen nächsten Termin, das Schicksal ist mir wohlgesinnt, egal, was für ein unförmiges Monster mich im Salon erwarten wird.

Am nächsten Morgen gehe ich gut gelaunt zu meinem ersten Gast – er gibt dem Tag die Richtung. Ich bin weit, ungefähr so weit wie Paris–Sydney und zurück, von der Ahnung entfernt, wer sich hinter Stefan oder Hans oder Michael oder irgendeinem anderen deutschen Namen verbirgt, unter dem der Termin gebucht wurde. Du. Das bist du, der dicke Franzose mit den feuchten Händen, schon in die Tiefen meiner Erinnerung verbannt, den ich schon wieder in der Heimat wähnte; was für ein übler Streich des Schicksals!

«Da bin ich wieder!», jauchzt du fröhlich, was dich kein bisschen sympathischer macht.

Ich dachte, ich wäre gestern unfreundlich genug gewesen. Aber du setzt das Gespräch fort, als wäre dein Zusammensein mit Dorothée nur eine Unterbrechung gewesen, die du schon wieder vergessen hast.

«Also, wie gesagt, mich interessiert der Unterricht.»

Ich denke noch, ich hätte eine Chance.

«Es tut mir leid, Monsieur, aber ich bin eine sehr schlechte Lehrerin.»

Deine kurzen ängstlichen Ärmchen nehmen wieder ihre übliche Stellung ein:

«Aber ich frage doch bloß.»

«Und ich erkläre es Ihnen.»

«Man hat mir nämlich gesagt, ich soll zu Ihnen kommen, man hat mir gesagt *Geh zu Justine* ...»

«Das ist sehr nett, aber ...»

Das ist wohl ein durchaus verständlicher Streich von Dorothée. Ich gebe mich geschlagen und unterdrücke einen Seufzer.

«Was wollen Sie denn lernen?»

«Eigentlich bin ich gekommen, um den Cunnilingus zu lernen», flüsterst du.

«Den *Cunnilingus*.»

«Ja. Ich glaube, mit den Fingern kann ich es ganz gut, aber ich würde gern noch mehr darüber erfahren.»

Herrgott, ruft die Emma in Justine entgeistert, *wie alt bist du denn?* Ich frage nie nach dem Alter, was zeigt, wie egal es mir ist, aber du bist weit über fünfunddreißig! Gibt es auf dieser Welt wirklich Männer, die sich so hilflos gegenüber dem weiblichen Geschlecht fühlen, dass sie in ein Bordell kommen, um mit diesen Worten Hilfe zu erbitten?

Warum ich? Aber da du einmal da bist, da ich schon zu tief drinstecke, um aus dem Schlamassel rauszukommen, und da du mich mit dem bockigen Blick eines Rindviehs anstarrst, das nichts von Körpersprache kapiert, muss ich die Sache wohl durchziehen:

«Wie lange wollen Sie bleiben?»

«Na ja, eine Stunde bestimmt.»

«Eine Stunde ist in Ordnung, ja?»

«Oder anderthalb!»

«Eine Stunde ist gut. Machen wir eine Stunde.»

Eine Stunde reiner Freude, denke ich, als ich den Flur entlanggehe, um ein Zimmer auszusuchen, das Rote, das dunkelste. Auf den ersten Blick kann man kaum unsympathischer sein. Ich habe noch nie ein so belangloses Gesicht gesehen, und dann noch so stur – schon klar, dass es in deiner Natur liegt, alles, was du tust, so kompliziert wie möglich zu machen. Fett, Glatze, der Rest deiner schwarzen Haare über den Schädel drapiert, ein erbärmlicher Versuch, nicht kahl auszusehen, in einen zu engen Anzug gezwängt, eingeschnürt von einem Gürtel, der kaum etwas nützt – wir sind weiß Gott ein tolles Gespann!

Natürlich willst du nicht duschen. Du hast dich im Hotel gewaschen, das reicht doch wohl. Also muss ich meine kleinen Verrichtungen unter deinen Augen hinter mich bringen – Bett aufschlagen, Gleitmittel, Präser und Desinfektionsmittel für die Hände bereitlegen und dabei Konversation machen. Gott sei Dank hast du genug Fragen für zwei – richtige Fragen wohlgemerkt, nicht solche, die sich mit einem Kichern beantworten lassen:

«Haben Sie das in Paris auch gemacht?»

«Nein, nicht direkt.»

«In Paris würden Sie viel mehr verdienen.»

«In Paris ist es sehr gefährlich.»

«Ach was ...», schnaubst du abfällig, obwohl du außer ein paar Websites mit Kleinanzeigen sicher nie etwas davon gesehen hast.

«Es ist sehr gefährlich», wiederhole ich stirnrunzelnd, mal sehn, ob du dich traust, noch mal dein *Walross-Ach-was* auszustoßen.

«Aber Sie würden wirklich mehr verdienen.»

«Ja, ich weiß.»

Inzwischen habe ich begriffen, dass achtundachtzig Euro für eine Stunde mit dir wirklich lächerlich sind.

«Ich mache es sowieso nicht wegen des Geldes.»

«Ja, ja!», rufst du und lachst, von wegen, dir könne man nichts vormachen.

«Ich mache es wegen der Erfahrung», schiebe ich gereizt nach – Erfahrung ist zwar mein Hauptmotiv, aber mit einem Kerl deines Kalibers zu schlafen, ist echt nicht verlockend.

Was dich angeht, muss ich zugeben, dass es wirklich keinen anderen Grund als das Geld gibt ... und meine dämliche Höflichkeit. Besser Barmherzigkeit, für weniger als hundert Euro kann ich es nicht anders nennen.

Du runzelst ungläubig die Stirn und ziehst dich aus. Ich zwinge mich zu einer neutralen Miene und einem winzigen Lächeln, letzte Spur von Anstand. Als ich zusehe, wie du, plötzlich sehr ernst, deine Unterhose abstreifst und sorgfältig auf dem Rest deiner Sachen zusammenfaltest, packt mich die blanke Panik: Wie soll ich es anstellen, die Situation zu retten? Du stehst dümmlich grinsend auf deinen dicken Beinen und machst nicht den Eindruck, als würdest du mir helfen, indem du dich wie ein Wilder auf mich stürzt. In Großbuchstaben steht auf deiner Franzosenstirn, dass ich bei dir nicht mit der Ungezwungenheit der Deutschen rechnen kann, die sich einfach nackt neben mich legen und meinen Körper streicheln. Wir haben uns alles gesagt, weder du noch ich werden ein Thema für das kleinste Gespräch finden; nichts von dem, was ich von dir weiß, gibt mir Stoff, an den ich anknüpfen könnte. Du bist Immigrationsanwalt; eine Information, die ich mit gespielter Begeisterung aufgenommen habe, obwohl ich nichts damit anfangen konnte. Ich habe keine Ahnung, was das ist, aber es interessiert mich auch nicht genug, um dich danach zu fragen. Als du Anwalt gesagt hast, habe ich mir überlegt, dass du nicht total bescheuert sein kannst, dann ist mir eingefallen, dass man durchaus bescheuert und Anwalt sein kann; man muss nur in der Lage sein, kilometerweise trockene Rechtssprache zu lernen und anzuwenden – das bewahrt dich nicht davor zu nerven, im Gegenteil.

Auch dein Heimatort in der Beauce lässt mein Gehirn apathisch; nicht mal eine schlechte RER-Verbindung, über die wir gemeinsam herziehen könnten. Du hast auch kein Interesse an der Geschichte oder Kultur Berlins, der Grund deines Hierseins ist offensichtlich: Seit zwei Tagen bist du bei den Huren. Du bist allein gekommen, ein Sextourist, und hast nicht mal einen befreundeten Sextouristen dabei, mit dem du dich bei einem Glas Wein austauschen könntest.

Du siehst auch keinen Grund, dich für mich zu interessieren, für dich bin ich nur eine Hure. Es kommt dir gar nicht in den Sinn, dass ich jemand sein könnte, der etwas zu sagen hat, wie jeder Mensch – vielleicht sogar mehr als jeder. Ich ziehe hastig den Slip aus.

«Sie wollen also den Cunnilingus lernen.»

Auf deinem Gesicht keine Spur von Begeisterung.

«Haben Sie es schon mal probiert?»

«Ja, also, nicht richtig, also so halb eben.»

«Halb? Was heißt das?»

«Na ja, sagen wir, es ist lange her.»

«Aha.»

«Das mit den Fingern habe ich schon drauf. Mit dem anderen bin ich nicht so sicher.»

«Das mit den Fingern ist schon gut», beruhige ich dich, als wärst du eins der seltenen Exemplare, die das Prinzip der Finger in einer Möse erfasst hätten.

Aber eigentlich ist alles, was ich höre, dazu angetan, mich zu erschrecken und abzustoßen. Keine Chance, deine Anwesenheit zu vergessen, du kannst gar nichts, und um Pädagogin zu sein, müsste ich etwas empfinden und es dir vermitteln. Ich müsste dir das Unerklärliche erklären, mir wissenschaftliche Begriffe abringen, um zu benennen, was nicht benannt wird, und vor allem müsste ich Lust spüren, damit du dir Mühe gibst. Ich versuche, mein Herzrasen zu beruhigen:

«Aber Sie haben schon mal einen Pornofilm gesehen oder? Sie haben eine Vorstellung davon, wo die Klitoris ist, also ... ich meine die kleinen und die großen Schamlippen, ich nehme an, das sagt Ihnen was?»

«Ja, ja, das schon.»

«Gut. Also, das ist überhaupt nicht kompliziert.»

Ich spreize langsam die Beine.

«Fangen Sie mit den Fingern an und dann machen Sie, was Sie schon können.»

«Wie, einfach so?»

Deine aufgerissenen Augen! Hast du vielleicht einen Liebestanz erwartet?

«Ja, einfach so. Bei so etwas hilft nur die Praxis.»

Du siehst aus, als würdest du dich über eine Werkbank beugen. Zugegeben, ich bin mit meinen hinter dem Kopf verschränkten Händen auch nicht sehr einladend.

«Ich fange also mit den Fingern an, ja?»

«Lassen Sie sich von Ihrem Gefühl leiten, machen Sie, worauf Sie Lust haben!», antworte ich etwas ungeduldig.

Mein Gott, ist so etwas möglich? Da sitzt ein Mann zehn Zentimeter neben gespreizten Beinen und glaubt immer noch, es gebe ein festgelegtes Verfahren, eine Art Vorglühen, dessen Ablauf sich ungeachtet der Tage und der Stimmung, der Gesellschaft oder der Lust niemals ändert.

Ich wünschte, ich hätte das, was dann kam, geträumt oder es wäre die Geschichte einer anderen. Mich umschließt ein Panzer der Verzweiflung, als ich sehe, wie du den Zeigefinger in den Mund steckst, bevor du ihn in mich schiebst, wie man die Temperatur einer Leiche misst. Mit gerunzelter Stirn machst du dich daran, ihn hin und her zu bewegen – im unerbittlichen, unveränderlichen Rhythmus des Wassertropfens, der auf die Stirn des Gefolterten fällt, bis er verrückt wird.

Ich lasse mich ganz langsam auf das Kissen zurücksinken, voller Panik bei dem Gedanken, du könntest meine Bewegung spüren und mich nach meiner Meinung fragen. Ich stecke in einem Riesendilemma, wie soll ich mich verhalten? Ich könnte simulieren, aber damit würde ich dir wohl keinen Gefallen tun, außerdem habe ich Angst, dass sogar ein Immigrationsanwalt meine schlechte Komödie durchschauen würde. Ich könnte auch ganz bei null anfangen und das Ausgangsniveau steigern, indem ich dir sage, dass es so nicht geht, nicht gehen kann. Ich müsste das Risiko eingehen, dich zu kränken. Aber dieser Abgrund deiner Unwissenheit, deine fehlende Sinnlichkeit, deine Lustlosigkeit machen mir Angst. Kein Mann, selbst wenn er übelste Erfahrungen gemacht hätte, käme auf die Idee zu tun, was du da tust. Aus welchem Krater, von welchem Schneckenplaneten stammst du, dass dich eine Vagina zu diesen Bewegungen inspiriert, die eines Ehehandbuchs aus dem 19. Jahrhundert würdig sind? Mit wachsender Sorge lausche ich deinem Schweigen, und mir wird klar, dass nichts, nicht einmal meine Reglosigkeit, dich von deinem Kurs abbringen wird. Kein Ton, keine Regung, kein wohliger Schauer wird ein Gefühl offenbaren, hier geht es nicht um Anziehung oder Chemie oder Kreativität – nur um Zeit; in deinem dicken Schädel drehst du bei jeder der mühsamen Etappen, die zum Koitus führen sollten, eine Sanduhr um. Und ich habe keine Ahnung, wie weit die Sanduhr durchgelaufen ist und, noch schlimmer, was als Nächstes kommt. Denn du hast mir nicht, wie alle anderen, die klare Aufgabe übertragen, dich zum Höhepunkt zu bringen. Diesmal soll ich kommen, einfach so, durch einen Wurstfinger, da wäre ich noch lieber bei meinem Gynäkologen – der redet wenigstens mit mir. Die Vorstellung, mich am Ende dieses Fingers in lächerlicher Verzückung zu winden, ist eine größere Herausforderung als die mündliche Prüfung an der Science Po. Ich habe sogar Angst, ich könnte husten, und du würdest es in mir spüren, ich habe Angst, dass du Angst bekommst, wenn du feststellst, dass *das* lebt. Und weil ich keine andere Lösung in meiner Not sehe, stütze ich mich auf die Ellbogen:

«Gut, mit den Fingern haben Sie das Prinzip erfasst.»

Was soll ich dir anderes sagen? Das Hin und Her eines auch nur entfernt phallischen Objekts in der Vagina ist tatsächlich der Grundstein für einen Teil des Vorspiels.

«Soll ich aufhören?», fragst du.

«Nicht unbedingt, aber Sie sind doch gekommen, um lecken zu lernen oder?»

«Ja.»

«Gut, ich denke, irgendwann muss man damit anfangen.»

«Soll ich loslegen?»

«Legen Sie los.»

Verdammt! Als ich dich so zwischen meinen Beinen sehe,
kommt es mir vor, als stünde da ein Teller roher Innereien
und ich hätte dich dabei erwischt, wie du mit der Gabelspitze
darin rumrührst. Wir erreichen die Apotheose der Sinnlichkeit, als du eine ängstliche Zungenspitze herausstreckst. Ich
sehe dir zwischen den Wimpern zu; mit den Schamhaaren
hast du nicht gerechnet, das kommt dir wohl irgendwie un-
sauber vor. So, wie du die Stirn vor Konzentration runzelst,
während du versuchst, deine Aufgabe zu erfüllen, ohne die
Haare zu berühren, bist du wahrscheinlich untröstlich, dass
nicht alles sauber vor dir ausgebreitet ist, dass du raten oder
gar herumwühlen musst. Ich spüre auch dein Misstrauen:
Sind die Nutten nicht alle glattrasiert? Sind die Nutten nicht
die vielgestaltigen Projektionen der männlichen Phantasmen? Vielleicht pflege ich mich nicht? Ich wette meinen
Tagesumsatz, dass du nicht mal auf die Idee gekommen bist,
dir meine Beschreibung im Internet anzusehen. Das hätte
dir solche Enttäuschungen erspart. Und das Ergebnis ist,
dass ich nichts spüre. Immerhin hast du die Klitoris gefunden und wirst um nichts in der Welt davon ablassen. Ich ver-
wandle einen Seufzer der Verzweiflung in ein vages Stöhnen
und erschrecke über den Lärm in der lastenden Stille.

Noch eine Dreiviertelstunde! Wenn ich mir überlege,
was man in einer Dreiviertelstunde alles machen kann! Das
3. Klavierkonzert von Rachmaninow hören zum Beispiel: Es
passt vollständig rein, sogar mit ein paar Minuten Reserve.

Eine Dreiviertelstunde bietet Raum für mindestens drei Orgasmen. Sie kann sehr schnell vergehen, ohne dass man es merkt. Andererseits sind es dreimal fünfzehn Minuten, das macht man sich oft gar nicht klar. Während ich daran denke, könnte ich heulen über die Ungerechtigkeit der Welt, und ich fühle mich, als würde ich dir die Nägel für meinen Sarg reichen. Ich hebe den Kopf:

«Der Trick ist, dass es nicht nur die Klitoris gibt.»

Du starrst mich verständnislos an.

«Sie ist wichtig, aber drum herum gibt es noch viel mehr.»

Kein Funken des Verstehens entzündet sich in deinem Blick.

«Die kleinen Lippen.»

Nichts.

«Die großen Lippen ... da gibt es genug zu tun.»

Da ich dir deutlich ansehe, dass du keine Ahnung hast, was du mit diesen zusätzlichen, höchstens der Verzierung dienenden Fleischlappen anfangen sollst, erkläre ich noch:

«Sie müssen sich nicht auf die Klitoris beschränken, meine ich. Sie können überall lecken. Dazwischen zum Beispiel», schlage ich mit einem Zwinkern vor, das mir, so hoffe ich, das Wort *Vagina* erspart.

Du wirfst mir einen entsetzten Blick zu.

«Aber dazwischen ... ist etwas anderes!»

«Und?»

Allmählich werde ich sauer. Ich raffe die Reste meiner Geduld zusammen:

«Das ist kein Ausmalheft. Sie dürfen ruhig über die Ränder hinausgehen.»

Dein Gesicht taucht wieder ab, und du setzt dein Werk tapfer fort, ohne meine mürrischen Ratschläge zu berücksichtigen. Es kommt nicht in Frage, *dazwischen* zu gehen, aus

Angst, auf *etwas anderes* zu stoßen – aber, weil du es offenbar mit einer ganz Verrückten zu tun hast, der die Klitoris nicht reicht, setzt du noch einen Finger ein, den du vorher auch in den Mund gesteckt hast. Jetzt müsste mich die von allen Seiten geweckte Lust ganz und gar erfüllen. Aber das Sauggeräusch reizt mich nur, wie das Quietschen eines Messers auf dem Teller – absolute Unfähigkeit ist eine Folter, von der kein Buch über die Bordelle je gesprochen hat. Das Sauggeräusch und die Musik aus dem Lautsprecher vereinen sich zu einer tiefen Kränkung. Als ich sehe, dass noch zweiundvierzig Minuten bleiben, brechen in mir alle Staudämme. Ich setze mich im Schneidersitz hin und entziehe deinen vorgestülpten Lippen das Wirrwarr unverständlicher Hautfetzen.

«Seien Sie ehrlich, das macht Ihnen doch keinen Spaß.»

Du siehst mich geradezu schockiert an:

«Doch, warum?!»

«Ich weiß nicht. Es wirkt so.»

«Doch.»

«Gut.»

«Warum, Ihnen nicht?»

«Ich würde nicht direkt sagen, dass ich mich langweile, sagen wir, ich habe eher das Gefühl, dass ...»

O Scheiße!

«Wenn Sie Ihren Finger anlecken mussten, dann stimmt irgendwas nicht. Normalerweise ist es schon feucht. Sie gehen falsch rum ran, es ist besser, erst zu lecken und dann den Finger reinzustecken.»

«Aha.»

«Ja.»

Ein kurzes Schweigen schwirrt verlegen durch das Zimmer.

«Warum wollen Sie das eigentlich lernen?»

«Na ja, für wenn ich mal eine Freundin hab halt.»

Was dir ganz sicher blüht!

«Das ist ein guter Grund, aber es reicht nicht aus. Es muss Ihnen auch selbst gefallen. Wenn die Frau das nicht spürt, nützt es nichts.»

Du senkst den Blick.

«Sie machen es ohne große Begeisterung. Das meine ich. Erregt es Sie oder nicht?»

«Aber ich mache es doch vor allem, um der Frau Lust zu machen!»

«Richtig. Genau da liegt das Problem. Sie wollen etwas über die Frauen lernen, und jetzt verrate ich Ihnen das größte Geheimnis: Wenn Sie das nicht erregt, erregt es uns auch nicht. Ziemlich oft kommen wir nicht zum Orgasmus, weil wir uns fragen, ob ihr euch nicht langweilt. Man muss etwas kommunikativer sein. Das regt Sie doch irgendwie an, oder nicht?»

«Na ja, ich weiß nicht.»

«Wenn das so ist … Wenn Sie ein Mädchen wirklich lecken wollen und es ihr Spaß machen soll, auch wenn es Ihnen keinen Spaß macht, dann tun Sie sich Gewalt an! Da können Sie sich auch gleich mit Gleitmittel einschmieren und richtig loslegen. Ich habe das Gefühl, es stößt Sie ab, es ist Ihnen unangenehm. Mir kann es egal sein, aber so haben Sie Ihr Geld nicht gut angelegt.»

«Okay.»

«Ich kann gut verstehen, dass Sie keine große Lust haben, das mit einem Mädchen zu machen, das im Bordell arbeitet.»

«Okay.»

«Aber ohne Übung können Sie nichts lernen.»

«Ja, das ist klar.»

«Herrgott, eine Möse erträgt es nicht, wenn der Mann keinen Appetit hat. Ich muss spüren, dass es Sie mitreißt, Sie können auch so tun, aber dann geben Sie sich etwas Mühe! Denn so, tut mir leid, aber so schlafe ich ein.»

«Ach ja? Aber die Klitoris ...»

«Ja, die *Klitoris*. Es ist gut, dass Sie das Prinzip kennen, alle Achtung. Aber ich spüre nichts, wenn Sie das mit der Zungenspitze versuchen, als hätten Sie Angst, sich schmutzig zu machen. Das ist wie ... genau! Das ist genau so, als würde ich Ihren schlaffen Penis zwischen zwei Finger nehmen und ganz sachte bewegen, etwa so ...», erkläre ich ihm mit den entsprechenden Gesten.

«Ja.»

«Sie können hoffen, dass ich es nach einer Stunde vielleicht schaffe, Sie zur Ejakulation zu bringen. Aber so richtig viel Spaß hatten wir dann beide nicht, oder? So was nennen wir ödes Wichsen.»

Mein Gefühl sagt mir, dass dir dieses Konzept nicht fremd ist.

«Vielleicht ist es für Männer weniger schwierig. Aber ein Mädchen, mein Lieber, ein Mädchen muss Ihr Verlangen spüren. Und das sind oft nur Kleinigkeiten, zum Beispiel Ihre Hand, die nichts macht: Legen Sie sie auf mich. Oder auf sich! Wohin Sie wollen, solange ich das Gefühl habe, Sie haben Spaß dabei.»

«Okay.»

«Mache ich mich verständlich, oder ist das für Sie reinstes Chinesisch?»

«Nein, ich verstehe schon.»

«Und wenn Sie lecken, ehrlich mal! Da muss das Kinn, das ganze Gesicht ran, Sie müssen zum Tier werden, in Ihnen steckt sicher ein schlummerndes Tier!»

«Ganz sicher.»

«Also lecken, beißen, saugen, spüren Sie! Es gibt nichts Verbotenes.»

Du siehst mich so völlig verständnislos an, dass du mir ein bisschen leidtust.

«Ich sage Ihnen das nur, um Ihnen zu helfen, wissen Sie. Sie dürfen keine Sachen machen, auf die Sie keine Lust haben, nur um der Frau Lust zu bereiten.»

Du brummst irgendwas.

«Sie müssen nur an Leidenschaft denken, einverstanden? Das macht jedes Mädchen an.»

Und da, genau in dem Moment, springt mir die Lösung ins Auge.

«Passen Sie auf. Wenn ich jetzt aus dem Stand heraus das Gleiche mit Ihnen mache, haben Sie sicher nicht das Gefühl, ich hätte keine Lust. Soll ich es Ihnen zeigen?»

«Ja, gern.»

Natürlich hast du nichts begriffen, dein Orgasmus kommt in totaler Reglosigkeit, ohne ein Wort, ohne einen tieferen Atemzug, nicht mal das Erschauern, das sogar die Kläffer auf der Straße packt – zu zivilisiert, um dich zu einem Stöhnen hinreißen zu lassen, nicht zivilisiert genug, um aus der Liebe eine Kunst zu machen. Eingeklemmt zwischen Bestie und Beamter.

«Sehen Sie», doziere ich weiter, während ich meinen Slip anziehe. «Das ist Ihr Problem. Da müssen Sie gar nicht weitersuchen.»

«Was?»

«Das.»

«Aber ich habe doch nichts gemacht ...»

«Eben! Sie haben nichts gemacht, lagen da wie tot. Sie hatten einen Orgasmus, aber das habe ich nur daran gemerkt, dass das Kondom warm wurde.»

«Ich bin halt nicht sehr extrovertiert.»

«Mag sein ... Dann geben Sie sich ein bisschen Mühe, mein Freund. Das sage ich Ihnen als Hure.»

Ich sehe zu, wie du dich schweigend anziehst, und mich packt wieder das Mitleid angesichts deiner grauen Unterhose, des altmodischen Unterhemds, deiner Art, zuerst die Socken anzuziehen – ein Bild des Elends, wie es selbst Houellebecq mit seiner Kunst des Abstoßenden nicht zeichnen würde. Ich sehe förmlich, wie du in deinem Häuschen in der Beauce jeden Morgen genau die gleichen Bewegungen ausführst, ohne den Blick einer Frau, für die du das Hemd in die Hose steckst – so allein und resigniert, dass du bei der außergewöhnlichen Anwesenheit eines Mädchens nicht mal auf die Idee kommst, dich ihm zuzuwenden, während du deine Beine in deine Buxe zwängst und deine fetten Pobacken darin verschwinden lässt. Ich weiß jetzt, warum dich Dorothée zu mir geschickt hat, sie hat gedacht, eine Französin versteht dich besser als sie. Aber dazu brauche ich keine Sprache, dein Problem ist universell; das Einzige, was eine Französin schneller als eine Deutsche, Russin oder Rumänin verstehen wird, ist, dass man dir zu Hause das Bordell verboten und dir damit dein Sexualleben geraubt hat. Wenn die Prostitution immer legal und geregelt gewesen wäre, hättest du mit siebzehn wie deine Kumpels deine ersten Küsse und alles andere einer Prostituierten gegeben. Da wärest du noch formbar genug gewesen, um ein paar Grundlagen des Begehrens zu begreifen. Du hättest ein junges Mädchen bezahlt, in das du dich verliebt hättest, wie man es mit siebzehn macht, und diese Liebe hätte die Lust in dir geweckt, sie zu verstehen; vielleicht auch eine Alte, die dir eine Standpauke gehalten hätte, *Hör mal, Süßer, wenn du so weitermachst, kriegst du es sicher nie für umsonst, verlass dich auf meine Erfahrung.*

Ist es unmoralisch, wenn ich bedaure, dass du deine sexuellen Erfahrungen nicht bei Huren machen konntest, die sicher besser gewesen wären als der eine oder andere Koitus, zu dem sich eine betrunkene Studentin am Ende einer Studentenparty hergegeben hat? Was kann man hässlichen, unangenehmen, fetten Männern, die sich mit der Verachtung der Frauen abgefunden haben, Besseres wünschen als die Liebenswürdigkeit und das Lächeln der Mädchen in einem Bordell? Du bist ja nur deshalb so unangenehm, weil du so viele Jahre der Schüchternheit, der Ablehnung, der Schmach hinter dir hast, eine Jugend, in der dich kein Mädchen angesehen hat – und jetzt vergrößerst du das Heer der Männer, die selbst mit übermenschlichen Anstrengungen nie zum Zug gekommen sind, die um das kleinste Lächeln kämpfen und mit fünfunddreißig aufgeben. Der ungeschickte, aber gutwillige Junge ist im Körper eines verstaubten Anwalts erstickt.

Nachdem du dich angezogen hast, entspannst du dich ein bisschen, und wir plaudern mühsam. Als gewissenhafter Schatzmeister fragst du, wie viel ich in Paris für eine Stunde genommen habe.

«Fünfhundert Euro», antworte ich nüchtern, du reißt die Augen auf und gibst ein ungläubiges «Wow, he!» von dir.

«Was denn?»

«Das ist doch Abzocke!»

Ihr französischen Männer seid wirklich hoffnungslos! Da hat mal jemand Mitleid mit eurer Einsamkeit, eurer Unfähigkeit, und prompt findet ihr wieder ein Mittel, das Arschloch zu spielen – als würde euch das mehr Spaß machen. Ich lächle dich an. In meinen Augen ist mehr Verachtung, als du verarbeiten kannst, ganz kurz reizt es mich, dir zu erklären, wie unschätzbar die Launen junger Mädchen aus guter Familie, die sich gern ein bisschen Angst machen lassen, für bestimmte Männer sind. Wie diese Männer außer sich geraten, wenn sie eine Erektion haben und die Möglichkeit wittern, diese Schwellung dem Perlmuttkörper einer Studentin anzuvertrauen, die ihnen auf der Straße nicht mal die Hand reichen würde.

Dir zu erklären, dass du dich auch für hundert Euro hast abzocken lassen. Und selbst schuld bist. Flegel. Du hättest nur lächeln und nett sein müssen, dann wäre ich es auch gewesen. Und dann hättest du statt verdächtiger Schamhaare nur noch Sterne gesehen.

Zum Abschied drückst du mir die Hand.

COME ON, THE ROLLING STONES

September 2014. Ich bin seit zwei Monaten im *Maison*, und meine Arbeitsmoral verhindert jedes soziale oder erotische Leben. Nach dem Rausch der Hitze, die ich in einem Monat im Süden gespeichert habe, bin ich extrem sensibel, und das hat mir noch nie gutgetan. Ich arbeite rund um die Uhr, aber die Freier können mir auch nicht helfen. Im Urlaub hatte ich eine zum schmachtenden Wetter passende Urlaubsliebe gesucht, so ein bisschen Herzflattern, um meine Mittagsruhe zu würzen. Vergeblich. Ich reduziere die Sehnsucht auf die Lust, guten Sex zu haben, auch mit dem Kopf, richtig Lust zu haben und diese Lust auf einen einzigen Mann zu richten. Das ist schwieriger, als ich dachte. Und ich frage mich ganz vorsichtig, ob mich das Bordell vielleicht von etwas heilt; für mich ist die Erregung wichtiger geworden als die Lust.

Ich bin also wieder in Berlin; stolz auf meine Bräune und meine Blondheit, suche ich fieberhaft jemanden, dem ich sie zeigen kann, und freue mich darauf wie auf eine leckere Speise. Das geschmacklose Schicksal schickt mir eine SMS von Mark, dem zweiten Freier meiner Hurenkarriere. Der hat den Sommer wahrscheinlich damit verbracht, über die Leere des Daseins zu jammern, und ist zusammengezuckt, als er in der Liste seiner Kontakte auf meinen Namen gestoßen ist.

Punkt fünfzehn Uhr dreißig klingeln Mark und sein Fahrrad an meiner Tür. Sichtlich gerührt und entsetzlich schüchtern, betritt er die Wohnung, die ich für ihn halbwegs aufgeräumt habe. Während er mir ins Wohnzimmer folgt, wird mir klar, dass ich keine Ahnung habe, was er hier will. Ich habe einen gewaltigen Kater vom Vorabend, und als ich mich ihm gegenüber an den Tisch setze, interessiert mich nur, wann er nach Hause geht und ich meine Ruhe habe.

Die Erklärung für seinen Besuch lässt nicht lange auf sich warten. Nach zehn Minuten mühsamer Scherze sagt Mark mit einem vielsagenden Blick in Richtung Schlafzimmer:

«Was hältst du davon, wenn wir uns etwas näherkommen?»

An diese Möglichkeit habe ich keine Sekunde gedacht: mit Mark schlafen? Wenn ich doch daran gedacht habe, dann nur, um unendliche Gleichgültigkeit in mir aufsteigen zu spüren; nicht die geringste Lust auf Sex, nicht mit ihm. Ich starre hartnäckig auf meine Fingernägel, wie immer, wenn ich außerstande bin, die Verachtung in meinen Augen zu verbergen. Dann nuschle ich zwischen meinen Haaren hervor:

«Was meinst du mit näherkommen? Aufs Sofa oder was?»

«Zum Beispiel, also, na ja, wie du willst», stammelt Mark, dessen Kühnheit schon wieder erloschen ist.

Gott sei Dank habe ich ein Sofa, das jede Erregung im Keim erstickt. Ein richtiges Ikea-Sofa für Studenten ohne Geld, aus hartem Holz, kaum von dünnen Kissen gepolstert. Wann immer sich zwei Menschen draufsetzen, gleichen sie unweigerlich Patienten einer Eheberatung. Wir sind so verklemmt, dass ich Mark frage:

«Was willst du eigentlich hier?»

«Du meinst, in Berlin?»

«Nein, ich meine hier. Bei mir.»

Mark windet sich unbehaglich. Der Grund seiner Anwesenheit war klar, bis ich ihm die Frage gestellt habe. Und wenn er nicht ehrlich ist, wenn er sich nicht wie ein Erwachsener benimmt und mich als Erwachsene behandelt, wird alles, was ab jetzt aus seinem Mund kommt, nur ein Schwall von Feigheit sein. Angewidert erwarte ich seine Antwort und sehe keine Möglichkeit mehr, ihn höflich vor die Tür zu setzen.

«Na, ich wollte quatschen, damit wir uns besser kennenlernen, über Bücher und Musik reden, miteinander schlafen, uns unser Leben erzählen ...»

Schwer einzuschätzen, ob er dachte, dass *miteinander schlafen* zwischen den anderen unglaubwürdigen Vorschlägen untergeht, aber diese Hypothese verdirbt mir endgültig die Laune. Da ich nie gelernt habe, richtig gemein zu sein, lasse ich ihn in seinen bescheuerten Antworten ertrinken und sage in scharfem Ton:

«Reden wir also über Bücher, wenn du deswegen da bist.»

Langes Schweigen, das Mark mit einem verlegenen Stammeln bricht:

«Darf ich dich küssen?»

In seinen weit aufgerissenen Augen flattert die Hoffnung, mich zu überzeugen – was zum Kuckuck ist denn heute mit Justine los? Wie kann dieses Mädchen, das im Bordell so easy, so natürlich war, hier so mühsam sein? Ich antworte nicht. Die kurze Berührung seiner Lippen auf meinen lässt mich so kalt wie der Ellbogenstoß eines U-Bahn-Mitfahrers. Ich hoffe, dass man das spürt. Mehr noch, ich hoffe, dass er meine Gereiztheit spürt.

«Ist dir klar, dass du dich gerade mächtig in die Scheiße setzt?»

«Wieso?»

Solche Fragen erschüttern die meisten verheirateten Männer in ihren Grundfesten, und Mark soll es bei der Anspielung auf das verheerende Schicksal, das fremdgehenden Familienvätern droht, mit der Angst zu tun bekommen. Aber er hat nur einen Gedanken im Kopf und ist taub für die Stimme der Vernunft (dass sie mit meiner Stimme spricht, macht die Vernunft wahrscheinlich wenig glaubhaft).

«Du hast eine Frau, ein Kind und überhaupt keine Lust auf eine Affäre. Als du mich im Bordell getroffen hast, war das in Ordnung, da hast du das alles sozusagen hinter einem Sicherheitszaun gelassen. Aber jetzt verlierst du die Kontrolle.»

«Ja, ich weiß ...»

Ich höre Marks pathetischem Gelaber kaum zu, er sieht Monsieur zwar ähnlich, hat aber nicht dessen verblüffende Chuzpe, mich an den Beginn einer unvergleichlichen Romanze zwischen uns glauben zu lassen. Es bleibt auch nicht viel hängen, nur die nackte Wahrheit, die sich am Zittern seiner Finger ablesen lässt: Mark möchte ficken. Der Arme. Deswegen ist er da. Das ist natürlich schlecht, aber das wird er erst begreifen, wenn er sich der Samenlast entledigt hat, die ihm jeden Verstand raubt.

«Ich will auch keine Geschichten, während ich mein Buch schreibe oder im Bordell arbeite. Ich habe es schon probiert, das funktioniert nicht. Es ist ein Luxus, den ich mir nicht leisten kann, und ehrlich gesagt habe ich auch keine Lust dazu. Ich bin zu beschäftigt. Wir haben beide kein Interesse daran, etwas anzufangen.»

Mark stammelt, dass er das natürlich weiß. Er hat das Problem tausendmal im Kopf hin- und hergewendet, und natürlich ist es eine dumme Idee, aber trotzdem:

«Ich fühle mich so angezogen von dir», seufzt er und legt eine Hand auf meinen Schenkel, der so kalt und starr ist, dass daneben selbst die Sofaarmlehne sinnlich wirkt. Natürlich ist es verlockend, Sex zu haben, ohne einen Cent dafür zu bezahlen. Das sehe ich durchaus ein. Ich springe auf und zünde mir wortlos eine Zigarette an. Mark ringt die Hände und seufzt:

«Ich kann nichts dafür, ich kriege dich einfach nicht aus meinem Kopf.»

Er steht auf und sagt gequält:

«Ich habe *gewichst* und dabei an dich gedacht.»

Schon seltsam, wie es mir *gar nichts* ausmacht, das zu hören. Wie es mich so *gar nicht* berührt.

«Ehrlich gesagt habe ich mit meinem Job zehnmal mehr Sex, als ich brauche. Meistens ist es Mist, aber trotzdem. Deswegen weiß ich nicht so richtig, was ich bei der Geschichte zu gewinnen habe.»

Mark weiß es auch nicht mehr so richtig, wie könnte er auch? Es war offenbar schwierig genug zuzugeben, warum er wirklich hier ist, denn seine Lust zu reden ist verflogen. Er starrt mich schweigend und so voller Erwartung an, dass meine Nerven reißen.

«Wenn du schon zu mir kommst, könntest du zumindest den Anstand haben ...»

«Anstand?»

«Mir zu sagen, dass du nur Sex willst. Nichts anderes.»

So bescheuert bin ich nämlich nicht, du Depp, auch wenn ich mich für meine Naivität ohrfeigen könnte – für die ich es eigentlich verdiene würde, mich ficken zu lassen. War ich wirklich so dumm, mir vorzustellen, wir würden miteinander plaudern?

Mark verheddert sich in einem feigen Monolog, dessen einziger Hauch von Ehrlichkeit darin besteht, dass er irgendwann zugibt, es sei schon «das Körperliche», was ihm fehle, anders gesagt, diese kleine warme Tasche zwischen den Schenkeln eines Mädchens, um darin seine Ängste loszuwerden und den Groll gegen seine so reine Frau, die Mutter seines Kindes – ein warmer, feuchter Hafen, um sich darin zu vergessen und daraus die Kraft zu schöpfen, weiter nett und sanft und liebevoll zu sein – und erstarrt von Schuldgefühlen, wenn er abends nach Hause kommt.

«Genau das habe ich mir gedacht. Sex.»

Obwohl ich so heiß bin wie eine tote Ziege, bleibt Mark sitzen, nimmt meine Hände und stammelt Schwachsinn, in dem sich Bruchstücke flehender Bitten finden. Das wäre der richtige Moment, ihn hochkantig rauszuwerfen. Aber das Einzige, was ich herausbringe, ist unverständlich:

«Das willst du also. Sex. Ohne Nachdenken, ohne alles. *Brainless sex.*»

Und als Mark das armselige Kichern eines Feiglings hervorstößt, der unfähig ist, ja zu sagen, gehe ich, ohne mich umzudrehen, zu meinem Schlafzimmer, direkt auf das Bett zu, in dem ich wahrscheinlich noch keine einzige anständige Umarmung erlebt habe.

«Dann komm.»

Nichts hält Mark auf seinem Sofa, nicht mal meine eisige Stimme, professioneller denn je. Ich höre, wie er angehechelt kommt, das Klappern seiner Absätze wird durch die hohe Decke verstärkt. Und während er an meinem Rücken klebt, fällt mir plötzlich mit boshafter Freude ein, dass ich keine Kondome habe. Und ich könnte meinen Kopf verwetten …

«Hast du was dabei?»

Wie erwartet erstarrt Mark an meinem Körper.

«Äh … nein.»

Ich drehe mich um:

«Vielleicht kannst du mir erklären, wie du deine Frau ohne Kondom betrügen willst.»

Erneutes Kichern: Ja, das ist wirklich blöd von ihm. Bei mir sprechen die nicht vorhandenen Kondome für sich: Ich habe niemanden, und offensichtlich habe ich mich damit abgefunden.

«Und? Was machen wir?»

«Na ja, ich ... aber ich ...»

Ja ja ja ... Idiot!

«Also lassen wir es.»

«Vielleicht könnten wir wenigstens ...»

«Wenigstens was?»

«Uns wenigstens anfassen?»

«Du meinst, ich soll dir einen runterholen?»

«Zum Beispiel. Ich weiß nicht.»

Ich ziehe eine Braue hoch. Mark öffnet den Mund, schließt ihn wieder, öffnet ihn zehnmal. Armer Kerl. Vor ein paar Minuten haben wir über sein Baby gesprochen, und er hat mir eine erbärmliche, durchsichtige Rede gehalten, von wegen, die Vaterschaft sei das Beste, was ihm je passiert sei. Ich könne das nicht verstehen, aber das ändere alles. Nichts und niemand habe ihm je so viel geben können wie das Baby, das einfach nur in seinem Bettchen liege. Man werde Vater, und plötzlich sei alles unwichtig, dieses kleine hilflose Bündel mache alles andere obsolet, alle Verpflichtungen und Vergnügungen, von denen man dachte, man könne nie darauf verzichten. *Das kann man auch nicht, Mark*; vielleicht ist das die Kehrseite dieses Wunders der Vaterschaft, dass man in der Wohnung einer anderen Frau landet und um ihre fünf Finger an seinem Schwanz bettelt. Man kennt es doch, das Wunder der Vaterschaft, ohne das jeder Mann über die Aussicht, sich einen runterholen zu lassen, nur müde lachen würde. Vor gar nicht langer Zeit war Mark ein junger Mann aus Boston, der sich den Schädel mit verbotenen Substanzen vollstopfte und jedes Mädchen bestieg, das nicht bei drei auf dem Baum war und in das er sich verlieben *konnte*. Und dann kam das Baby, und plötzlich steht wieder das Wichsen auf der Speisekarte. Nichts verbindet einen Vierzigjährigen so radikal mit dem dankbaren Teenager, der in ihm schlummert, wie ein Kind. Ich träume von einem jungen Vater, der mich durchfickt wie ein Knacki auf Bewährung und mir danach erzählt, dass seine Beziehung seit der Geburt des Kindes ein Ruinenfeld sei, dass ich dem Schwachsinn nicht glauben dürfe, den man den anderen erzähle, um das Gesicht zu wahren: Es sei wunderbar, Papa zu werden, aber es sei auch das größte Elend; zwar liebe er sein Kind mehr als alles auf der Welt, aber er schlafe nicht mehr mit seiner Frau, und diese Liebe könne auch nichts ersetzen. Wäre es danach nicht besser? Würden sich nicht beide erleichtert fühlen? Welches halbwegs sensible Mädchen würde Marks Geschwafel über die Vaterschaft schlucken, während diese schmerzende Stange seine Hose wölbt?

Total überdrüssig und entschlossen, den Albtraum bis zum Ende durchzustehen, werfe ich Mark auf mein Bett, ohne auf Widerstand zu stoßen. Er schiebt seine Jeans auf die Knöchel, und in einer Grabesstille blase ich ihm einen, mechanisch, ohne jede Emotion, aber erschreckend effizient – nach zwei Minuten ruft Mark, dass er kommt. Ich kann es zuerst kaum glauben, so lustlos, wie ich es mache; aber es stimmt. Wie lange hat der arme Junge keinen Sex mehr gehabt? Diese Frage taucht die Szene in ein besonders erbärmliches Licht: Es war nicht weniger als ein Notfall, beim ersten Niesen wäre alles in die Hose gegangen.

Ich wische ihm mit dem Rand seiner Jeans, die kaum verdreht ist, sanft den Schenkel ab. Mark steht auf, und während er das Hemd in die Hose steckt, verschlingt er mich mit seinen großen Rehaugen.

«Das war wunderbar. Wirklich.»

Ich verschlucke mich vor Lachen. Noch nie habe ich jemandem so traurig einen geblasen – nein, *traurig* ist nicht das richtige Wort, es war auch vorher manchmal traurig, ohne dass es das Geringste mit diesem hastigen und wütenden Saugen zu tun hatte. Es war auch schon mal deprimierend – aber das meine ich auch nicht. Nein, das Wort, das ich suche, ist schwerwiegender, in ihm liegt eine große, bittere Enttäuschung. Aber so, wie Mark aussieht, habe ich ihm das Licht gebracht. Wie allen Männern, die ins *Maison* kommen – aber da ist es mein Job. Genau: Ich habe ihm einen geblasen wie eine Hure. Wie ich es in einem Auto auf einem dunklen Weg im Bois de Boulogne hätte machen können, schnell, effizient, die Knie voller Schlamm und Kiesel – nur dass wir bei mir zu Hause sind!

Ich zeige Mark das Bad, damit er sich waschen kann, mit Wasser, aber ohne Seife. Idiot. Seine Frau lässt ihn nicht mehr ran, wie soll sie merken, dass sein Schwanz nach Sperma riecht? Das würde ich alle verheirateten Männer, die mir im Bordell über den Weg laufen, liebend gern fragen.

Ich lehne mich mit einer Zigarette ans Bücherregal und stelle mir vor, dass Mark, ob er will oder nicht, die Gegenstände in meinem Bad registriert, meine Seife, das Make-up, die Farbe der Handtücher, die lächerlichen Poster, die Madeleine auf der Straße abgerissen hat, all die kleinen Dinge, die ihm ungeschickt Geschichten über die echte Justine, die falsche Emma erzählen, die ein echtes Mädchen mit einem echten Leben ist, und ich glaube nicht, dass er das alles braucht, um sich unbehaglich zu fühlen.

Ich lasse den Blick über die Titel meiner Bücher schweifen, als er herauskommt und hinter mir herumtänzelt, wir führen ein tollpatschiges Gespräch ohne Ziel. Er weiß nicht, wie er sich verabschieden soll, und ich sage mit gleichgültiger Stimme, dass ich einkaufen muss. Damit rette ich ihm heute schon zum zweiten Mal den Arsch. Ich vermeide es hartnäckig, ihn anzusehen, und er fragt:

«Alles in Ordnung? Geht es dir gut?»

Womöglich fange ich an zu weinen, wer weiß? Womöglich fange ich an zu brüllen und mich auf der Erde zu wälzen, Mark als Geisel zu nehmen und ihm zu erzählen, was ich für ein armes Ding bin, das sich von verheirateten Männern überreden lässt, ihnen zum ersten Mal seit einer Ewigkeit einen zu blasen? Wenn ich ihm Ärger machen wollte, stünde das Rezept da, vor meinen Augen.

«Alles in Ordnung.»

Ich wäre unfähig, das Gespräch wieder in Gang zu bringen, denn gleich darauf gibt Mark hastig eine Ungeheuerlichkeit von sich, die alle anderen in den Schatten stellt:

«Hör mal, ich weiß nicht, ob ich dich das fragen soll ...»

Ich weiß sofort, dass hier etwas stinkt.

«Soll ich dir was geben?»

Obwohl ich angewidert bin, genieße ich es auch zu sehen, wie er sich festfährt.

«Was geben? Geld?»

«Na ja, ich weiß nicht ...»

Ich wende den Blick ab, Mark verstrickt sich sogleich in hilflosen Entschuldigungen. Und ich kann ihm eigentlich nicht böse sein. Ich war so eisig, so mechanisch, dass er keinen anderen Ausweg sieht, als mich zu bezahlen. Das war eine Huren-Nummer, also bin ich eine.

Er begreift nicht, dass eine Hure das *nie* gemacht hätte.

Eine Hure verschwendet keine Zeit mit solchem Schwachsinn. Das machen nur Schlampen. Marks Frage dröhnt noch zwei, drei Tage in meinem Kopf, sein ungeschickter Versuch, sich mit Geld reinzuwaschen. Das ist wirklich gut; nach Monaten im Bordell, nachdem ich mühelos Situationen gemeistert habe, in denen so manches Mädchen geheult hätte, fühle ich mich ausgerechnet jetzt wie eine Nutte. Und ausgerechnet jetzt stört mich diese Tatsache. Anscheinend habe ich doch Grenzen. Faszinierend. Und an diese Grenzen bin ich ganz allein gestoßen! Mark hat nichts damit zu tun, ich habe mich selbst da reingeritten, die fehlende Würde bei uns beiden hat zu dieser beispielhaften, unendlich lächerlichen modernen Verwechslungsszene geführt.

Als ich Mark zur Tür begleite, wagt er die Frage:

«Könnten wir das als eine Art ... Aufwärmübung ansehen? Für ein nächstes Mal?»

Dass er auch nur im Entferntesten auf diese Idee kommen kann, reizt mich bis zur Fassungslosigkeit, zum Glück habe ich genug Zeit, mich ihr den Rest des Nachmittags hinzugeben, während ich halb bewusstlos auf meinem Sofa liege und eine Kippe nach der anderen rauche – allein.

«Komm gut nach Hause», sage ich lächelnd und schließe die schwere Haustür. Mark winkt mir, bis ich mich umdrehe. Er krümmt sich sogar unter die Jalousie meines Schlafzimmers, um noch einmal zu fragen, ob alles in Ordnung ist, erst, als er spürt, dass ich darüber nachdenke, ihm den Fensterladen auf die Finger zu knallen, fährt er auf seinem Fahrrad davon und ruft noch einmal Auf Wiedersehen.

Während er entspannt nach Mitte rollt, wo seine nette kleine Familie lebt, wird die körperliche Erleichterung vermutlich eine gähnende Leere hinterlassen, ein Gefühl von Selbstekel und Schuldbewusstsein, von dem ihn keine Dusche, nicht mal viel Seife, befreien kann. Im Bett seiner Frau wird er sich einreden, dass es eigentlich nichts zu gestehen gibt. Eigentlich war er in Friedrichshain und hat sich einen runtergeholt, etwas anderes war es nicht – das ist doch nicht verboten, oder? Die Vorstellung, dass sich sein Sexualleben jetzt auf solche trostlosen Umarmungen mit einer verwirrten Göre beschränkt, bei der er nie weiß, ob er ihr Geld geben soll, wird ihn wach und unruhig halten – das wäre nur gerecht. Auf jeden Fall ist es der Beweis, dass die Vaterschaft ihren Preis hat.

IS SHE WEIRD, THE PIXIES

*I*ch weiß nicht so recht, was ich mit all den kleinen Erfahrungen des Bordellalltags anfangen soll. Ich weiß nicht, in welche Geschichte sie gehören, wenn nicht in meine eigene. Wahrscheinlich gibt es im Leben jedes Schriftstellers den Moment, wo er sich wünscht, er könnte zeichnen. Bilder, auf einem weißen Blatt mit kleinen präzisen, luftigen Filzstift- oder Pinselstrichen festgehalten, hätten ein ganz anderes Gewicht. Es gibt so leichte Minuten in einem Menschenleben, so kurze Momente der Gnade, dass Worte sie nur beschweren würden. Manchmal wäre ich gern Reiser oder Manara.

Mein Kopf ist randvoll von diesen Juwelen, und ich kann sie nur so erzählen, beliebig aneinandergereiht, in der vergeblichen Hoffnung, dass die Leser sehen, wie hübsch sie sind. Zum Beispiel dieses.

Ein Oktobernachmittag, ich bin zu früh, und weil ich vor der Arbeit gern im Café sitze, gehe ich zum Italiener an der Ecke. As ich Birgit draußen auf meinem Lieblingsplatz sitzen sehe, ändere ich meinen Plan.

Sie telefoniert, und ich setze mich hastig vor die Bäckerei nebenan, wo man mir einen bräunlichen Muckefuck auf den wackligen Tisch stellt. Dort kritzle ich ein paar Dummheiten in mein Heft. Irgendwie irritiert mich die Nähe einer Kollegin in Zivil, die ihren Feierabendkaffee trinkt. Zwischen zwei Böen des Herbstwinds höre ich ihren vertrauten Berliner Dialekt. Als sie in meine Richtung schaut, greife ich feige nach meinem Telefon und tue so, als würde ich auf Französisch telefonieren, bis ich meine Zigarette aufgeraucht habe. Birgit hat mich sicher gesehen, und sie soll auf keinen Fall denken, dass ich sie absichtlich übersehe. Ich rechtfertige mich vor mir selbst mit dem hervorragenden Argument, dass die Mädchen draußen nicht erkannt werden wollen; zwei hübsche Mädchen, ein paar Meter vom *Maison* entfernt, das fällt schon auf. Aber ehrlich gesagt habe ich einfach keine Lust zu reden – und ich weiß, dass Birgit, die seit zehn Jahren hier arbeitet, das versteht. Trotzdem ist es mir unangenehm, und als ich an ihr vorbeigehe, grüße ich sie diskret hinter meinem Schal. *Hallo, Justine*, sagt Birgit lächelnd – sie hat mich gleich gesehen, jetzt bin ich sicher, ist mir aber nicht böse.

Wir wechseln ein paar Sätze, Wie war dein Dienst, wann hast du Schluss gemacht? Ihre Tochter ist zu Hause; Birgit wartet auf die Pizza, die sie ihr mitbringen will.

La Maison wäre trauriger ohne Birgit, ihr Lachen und ihre Insidertipps; sie hat das Bordell schon gekannt, als es nur vier Zimmer hatte. Birgit kann nichts aus der Fassung bringen, das beruhigt die Neuen. Wenn wir uns zur Präsentation anstellen, überragt uns Birgit mit ihren eins achtzig, dann beugt sie sich vor, um durch das Schlüsselloch zu sehen, wer im Salon sitzt; oft macht sie auf dem Absatz kehrt, verkündet «ich nicht» und lässt sich majestätisch auf dem großen Sofa in unserem Aufenthaltsraum nieder. *Warum nicht?*, fragt die zitternde Herde, die sich auf Birgits Fähigkeit verlässt, die Perversen von den Anständigen, die Einfachen von den Komplizierten zu unterscheiden.

«Nicht mein Typ», antwortet sie nur und vertieft sich wieder in die *Marie Claire*. *Nicht mein Typ*, überraschend, dass eine Hure so etwas sagt, erst recht, wenn sie eine vierzehnjährige Tochter ernähren muss – aber Birgit hat ihre Prinzipien. Geld hat nichts damit zu tun. Sie drängt sich bei der Präsentation nie vor; sowieso hat sie ihre Stammkunden, Männer wie Berthold, die den ganzen Vormittag mit ihr im Goldenen, ihrem Lieblingszimmer, bleiben. Das reicht ihr absolut, denn Birgit ist nicht käuflich, sie sucht hier auch ihren Komfort, fünf Tage die Woche, von zehn bis sechzehn Uhr, egal, ob es regnet, schneit oder die apokalyptischen Reiter vor der Tür stehen. Wenn sie keine Freier hat, schimpft Birgit nicht wie die anderen Mädchen, sie hat genug anderes zu erledigen, ihre Abrechnung, ihre Fußnägel, ihre Haare, oder sie schwatzt mit Kolleginnen – zu denen ich meistens nicht gehöre, weil mein Deutsch zwar immer besser wird, aber nicht ausreicht, um die Feinheiten der Gespräche zu erfassen. Ich rede nicht mit, aber ich höre zu. Und die Wörter, die ich verstehe, ergänzt um die, die ich errate, sagen mir, dass Birgit für das ganze Völkchen hier wie eine Mutter ist. Man kann ihr alles erzählen, sie wird nichts weitersagen. Bei der Arbeit ist sie ganz hier bei uns, und wenn sie geht, macht dieses Leben dem zweiten Platz, das sie unter einem anderen Namen führt. Alles in ihrem Kopf ist streng geteilt, bis auf diesen Moment nach Feierabend, wenn wir draußen unsere Gedanken sortieren; da sind die Grenzen noch etwas verschwommen, ist alles noch ganz frisch, ganz lebendig.

Genau in diesem Moment habe ich sie erwischt, und sie sieht traurig aus. Das erkenne ich trotz ihres Lächelns, wie den Kummer der Mütter, die sich hastig die Augen getrocknet haben, bevor die Kinder von der Schule kommen. Und ich tue so, als würde ich nichts merken, um nicht die Büchse der Pandora zu öffnen, weil das alles ins Wanken bringen würde. Denn was könnte ich schon zu dem sagen, was sie quält? In ihr ist so viel Schweigen, Schweigen der Frau und Schweigen der Mutter, von dem ich nichts weiß und mit dem ich nicht umgehen kann. Dazu bin ich zu feige. In ihr sind zehn Jahre Lehre in Kaltblütigkeit und schwarzem Humor, damit nichts mehr sie verletzt, zehn Jahre Resignation, die sie auf keinen Fall so nennen will. Zehn Jahre, in denen sie sich sagt, dass es Schlimmeres gibt als die Prostitution – vor Hunger krepieren oder mit seinem Kind vor Hunger krepieren, an jedem Monatsersten davor zittern, aus der Wohnung zu fliegen, und deshalb nicht mehr schlafen können, bei Freunden und Verwandten betteln oder ein Leben führen, das nur das absolute Minimum erlaubt, oder vor Langeweile sterben, spüren, wie die wilden Jugendträume einer nach dem anderen verkümmern und von ebenso erbärmlichen wie erbarmungslosen Geldsorgen verdrängt werden. Man kann über das alles schweigen, aber bei jeder Hure gibt es einen Moment, in dem die Welle der Verzweiflung über ihr zusammenschlägt, selbst über mir, obwohl ich mich hinter meinem Buch und den Erfahrungen verstecke, obwohl ich erst fünfundzwanzig bin und noch schöne Tage vor mir habe, im Bordell und anderswo.

Manchmal ist es schwer. So schwer, dass ich mir aus Selbstschutz nicht vorstellen möchte, was eine sechsundvierzigjährige Hure quält, wie sehr diese Frage sie bedrückt: Und in zwei Jahren oder in fünf? Was mache ich dann? Wer entscheidet, wann es Zeit ist? Es gibt immer ein Alter, in dem Willen und Entgegenkommen nichts mehr helfen: Niemand will mehr mit dir schlafen. Es gibt einen Moment, in dem selbst die Prostitution zum unerreichbaren Luxus wird.

C'est la vie, würde Birgit sagen.

«Ich geh dann mal», stammle ich und wende mich ab.

«Los, los, meine Schöne, mach hinne!», antwortet Birgit und verjagt mit einer Handbewegung mich und auch ihr unendlich trauriges Lächeln, mein Gott, sie ist so müde, ihre Stimme singt, als würde sie mich in die Schule schicken – dabei lasse ich mich gleich von Männern besteigen, die ich nie gesehen habe, das wissen wir beide; Birgits Miene sagt, *Was muss, das muss, das ist unser Job; wer behauptet, es wäre ein unanständiger Beruf? C'est la vie.*

Birgit mit ihrem schwarzen Mantel und dem blonden Pferdeschwanz, der bleierne Himmel und der Wind, der mir meine Zigaretten weggeraucht hat, eine trübe Nachmittagsstimmung. Alles vorher und nachher habe ich vergessen, ich weiß nicht, was ich zu dieser Szene sagen soll. Dabei enthält sie eine wichtige Botschaft. Wenn ich nicht von diesen Frauen spreche, macht es niemand. Wird niemand nachsehen, was für Menschen in den Huren stecken. Ich muss ihnen zuhören. Hinter dem Panzer, hinter ein paar Zentimetern Haut, dem nach Belieben gemieteten Körper, von dem niemand erwartet, dass er einen Sinn hat, verbirgt sich eine augenfälligere Wahrheit als in jeder beliebigen nicht käuflichen Frau. Sie steckt nur in der Hure, in ihrem Hure-Sein, im vergeblichen Versuch, einen Menschen in eine Annehmlichkeit zu verwandeln, die die grundlegenden Parameter der Menschheit enthält.

Calaferte möge mir verzeihen, dass ich ihn mit fünfzehn so schlecht verstanden habe; es ist weder Laune noch Spaß, über die Huren zu schreiben, es ist eine Notwendigkeit. Es ist der Anfang von allem. Wir müssen über die Huren schreiben, bevor wir über die Frauen oder von Liebe, vom Leben oder Überleben reden können.

AU CŒUR DE LA NUIT,
TÉLÉPHONE

Weißt du, dass eine neue Französin hier angefangen hat?»

Egon schließt seinen Gürtel und wirft mir unter seinen schönen Brauen einen strahlenden Blick zu. Wir haben die vereinbarte Zeit schon überschritten, irgendwie habe ich es ihn wohl spüren lassen; wenn er meine Neugier anstacheln wollte, um mir weitere kostbaren Minuten zu rauben, ist es ihm gelungen.

«Wie kommst du darauf?»

«Ich habe es im Internet gesehen. Sie ist seit ein paar Tagen da, glaube ich. Kennst du sie?»

«Ich kann doch nicht *alle* Französinnen kennen!»

Trotzdem interessiert es mich, und ich setze mich auf den Bettrand.

«Hast du sie schon gesehen?»

«Nein. Du weißt doch, dass ich dir treu bin.»

«Das ist nett, mein Schatz. Aber wie lange kannst du der Versuchung Frankreichs widerstehen?»

Egon hat die Ironie und auch die Eifersucht, die absurde Eifersucht in meiner hochgezogenen Braue gelesen, er lacht:

«Fürchten wir um unser Imperium?»

Das Wort *Imperium* versetzt mich in beste Laune, ich bette mich wie eine Odaliske auf den Kissen und versenke die Arme in meinem Haar:

«Glaubst du, ich habe Grund, mir Sorgen zu machen?»

«Nicht den geringsten.»

«Ein Sieg ohne Gefahr ist ein Triumph ohne Ruhm.»

Mühsam übersetze ich Egon dieses großartige Zitat von Corneille ins Deutsche, dann ins Englische. Es sagt mehr über meine Besorgnis, als ich zugeben möchte: Zum ersten Mal spreche ich im Bordell vom Krieg.

Später reden auch die Mädchen von nichts anderem als von der neuen Französin. Sie fragen sich ebenso wie ich, ob die Ankunft dieser Konkurrenz das Ende meiner ungeteilten Herrschaft einläuten wird. Ich zwinge mich zwar, ruhig zu bleiben, die schöne Gleichgültigkeit einer Fürstin zu zeigen, aber als ich in den Aufenthaltsraum komme, führt mich mein erster Weg zu dem kleinen Zettel, der an die Liste der Mädchen geklammert ist; er beschreibt die Neue als *groß, sinnlich, lange braune Haare, schwarze Augen, großer Busen (95 D)*. Natürlich ist Pauline überbucht.

Als ich zwei Tage später zur Arbeit komme, steigt mir ein unbekannter Duft in die Nase. Ich folge ihm hastig bis zum Badezimmer, und da ist sie, Pauline, die mich kaum bemerkt, groß, statuenhaft, ein Hauch Paris, der sich nicht in Worte fassen lässt. Ich fühle mich wie ein Hund, der einen Artgenossen schnuppert:

«Pauline?»

«Justine?»

Wie funktioniert das? Zwei französische Stimmen erklingen, und ein neues Territorium tut sich auf; inmitten der anderen Mädchen öffnet sich unser eigenes Boudoir. Eine Freundschaft, nur weil wir Französinnen sind – ich glaube, im normalen Leben wäre das kein gewichtiges Argument. Aber in einem Berliner Bordell wirkt es wie Zement. So gut, dass ich mich nie ernsthaft gefragt habe, ob Pauline und ich sonst noch irgendetwas gemeinsam haben. Vielleicht nicht. Es ist die unwiderstehliche Anziehungskraft der Sprache, nachdem ich mich notgedrungen damit abgefunden hatte, die Leute um mich herum immer nur halb zu verstehen. Wohlgemerkt, diese Unschärfe, die sich unbemerkt mit jedem Tag ein wenig aufklärt, hat auch ihren Reiz. Aber eine Französin flüstert einen Satz, und plötzlich *verstehst* du auf der Stelle, erwacht das Gehirn!

Von dem Tag, an dem ich Pauline getroffen habe, behalte ich nur das, diese Begeisterung. Sobald ich aus einem Zimmer kam, suchte ich sie im Aufenthaltsraum oder in der Küche – begegnete ihr so flüchtig wie einem Windzug; meine *Germinal*-Lektüre wurde dadurch noch mehr eingeschränkt. Ich folgte ihr begeistert ins Badezimmer, sprudelte über vor Fragen, hinter denen nichts als das Vergnügen steckte, Französisch zu sprechen. Der Zufall wollte es, dass ich bei *Germinal* gerade an der Stelle war, wo man das arme Pferd Trompette in das Bergwerk hinunterbringt; Bataille, das andere Pferd, wittert seinen Geruch und wird fast wild, seine Nasenflügel beben. Es riecht an seinem Artgenossen, der von oben kommt, die Felder, den Wind und die Sonne; die ungreifbare Erinnerung erfüllt es sogleich mit Zärtlichkeit für den Neuankömmling, der vor Angst zittert. Kaum berührt Trompette den Boden, liebkost ihn Bataille mit dem Maul, als wollte er ihm Mut machen. Die Parallele ist zwar hübsch, aber sie trägt nicht weit, weil es bei Zola keinen zärtlichen Absatz gibt, der nicht früher oder später durch einen tragischen Gegenschlag bezahlt wird: Die beiden Pferde sind demselben finsteren Schicksal geweiht und ertrinken, glaube ich, wie Ratten. Es ist meinem dramatischen Temperament zuzuschreiben, dass ich Pauline und mich mit zwei Märtyrergäulen in einem imaginären Bergwerk vergleiche. Die Metapher beschränkt sich auf das Gefühl, dass die Begegnung mit einem Wesen, das uns gleich ist oder dieselbe Sprache spricht, ein unwiderstehliches Bedürfnis weckt, es zu trösten, auch wenn es unnötig ist, ihm alles zu übersetzen, damit es sich zu Hause fühlt. Pauline roch neu, und ich konnte keine Neue sehen, ohne mich an meinen Anfang im *Coco's* zu erinnern. Auch deswegen zog mich Pauline so unwiderstehlich an. Sie hatte den einfachsten Weg gewählt und die erste Tür geöffnet, die Google ihr gewiesen hatte, hatte nicht danach gestrebt, etwas Vornehmeres, Anspruchsvolleres, Teureres zu finden. Sie wusste nicht, was sie sich erspart hatte. Die Glückliche spazierte hier herein und ahnte nicht, was für ein irdisches Paradies sie ganz zufällig entdeckt hatte. Sie fühlte sich hier wohl, wie die Website versprochen hatte – kein Wunder; wahrscheinlich wollte ich durch sie meine eigenen Albträume loswerden, die letzten Spuren meiner Ängste im *Coco's* vertreiben, als ich nichts verstand und niemand mit mir sprach, was vielleicht auch ganz gut war.

Nicht alle hatten das Glück wie Pauline, ihre ersten Schritte als Hure in so einer Wohlfühlumgebung zu machen. Im Lichte der Neuankömmlinge können die alten Häsinnen, kann auch ich ermessen, wie gut es uns geht. Es ist wie ein plötzliches Erwachen, wenn sie tausendmal fragen, bevor sie sich einen Kaffee nehmen, während wir uns mit Keksen vollstopfen, mit offenem Mund lachen und halbnackt herumlaufen. Ich erinnere mich noch an ein Mädchen, das mit seinem Telefon in der Hand wie eine verlorene Seele durch die engen Flure irrte. Die um die Hüfte geschnallte fuchsiarote Gürteltasche verriet wie kein anderes Attribut die Herkunft aus einem Bordell wie dem *Coco's*, wo niemand seine Sachen unbeaufsichtigt liegen ließ. Als ich sie ansprach, hob sie kurz die Augen vom Display. *Ob es ihr hier gefalle? Geht so. Nicht genug Geld, nicht genug Extras. Nicht genug Kunden.* An ihrer Art, Gesprächen aus dem Weg zu gehen, merkte ich, dass sie es nicht gewöhnt war, sich mit den Kolleginnen die Zeit zu vertreiben. Vielleicht hatte sie ihre Karriere auch in einem dieser Bordelle angefangen, wo die Mädchen an der Bar auf Kunden warten, und ihre Beine waren vom vielen Herumstehen ganz steif geworden.

Ich dachte, wir würden sie schon erziehen. Mitten im Dienst zog sich Nadine, die bis zu ihrem nächsten Termin noch Zeit hatte, etwas über, um an der Ecke Clementinen zu kaufen. Sie fragte die Neue, ob sie ihr etwas mitbringen solle. Das Mädchen riss die Augen auf, vergaß ihr Telefon und flüsterte mit einem Blick zum Büro der Hausdame:

«Dürfen wir denn rausgehen?»

Schmerzhafte Erinnerung an das *Coco's*, wo das sehr ungern gesehen wurde. Nadine unterdrückte ihr Entsetzen:

«Wie? Natürlich dürfen wir rausgehen, Süße. Wir sind hier alle frei und unabhängig.»

Doch offenbar wog diese Freiheit nicht den Einnahmeverlust durch die Extras auf, die man anderswo teuer bezahlen muss und die hier oft eine Frage der gegenseitigen Sympathie sind. Denn nach ein paar Tagen verschwand die Neue, noch ein paar Tage später erinnerte sich niemand mehr an ihren Vornamen.

Es bedarf mehr als einer gemeinsamen Nationalität, um sich anzufreunden. Den gleichen Job zu haben hilft überhaupt nicht. Das Reden knüpft die Freundschaft mit Pauline, dass wir dieselbe Sprache sprechen, unsere Gedanken nicht beschränken oder lange formen müssen, um sie richtig zu übersetzen. Dass wir sofort, instinktiv ins Schwarze treffen.

Auf jeden Fall hält es uns so in Atem, dass wir darüber fast die Arbeit vergessen. Unsere Trikolore-Koalition erobert die Küche und verjagt die Deutschsprecherinnen, die uns nicht

mal zu bitten wagen, wenigstens Englisch zu reden (was für
ein heimlicher Genuss, nach monatelangem Integrationsbe-
mühen nun zu den Einwanderinnen zu gehören, die nichts
dafür tun, sich einzufügen!). Die anderen lauschen unserem
Blödsinn wie Musik, und wir lachen über Obszönitäten, die
wir in ganz normalem Ton aussprechen – warum auch nicht,
wenn niemand was kapiert! Die Mädchen wiederholen mit
genüsslicher Ungeschicklichkeit einzelne Wörter, begeistert, etwas Französisches gestammelt zu haben. Und wir
schwafeln, kichern, plappern unzähmbar in unserem eigenen verrauchten *Café Procope*, trinken literweise Kaffee und
philosophieren über die letzten und die kommenden Freier,
vertiefen unsere Analysen, korrigieren unsere Schlussfolge-
rungen, ergötzen uns an Nuancen, die für uns im Französischen so selbstverständlich sind. Wir müssen ein ganzes
Universum errichten und gestalten, eine Titanenarbeit, die
uns berauscht, und am Ende seufzen wir wie vom Nichtstun
erschöpfte Bettlerinnen über jeden neuen Gast. Wenn Inge
die Tür einen Spalt öffnet, um einen Freier ohne Termin anzukündigen, bete ich insgeheim, dass keine von uns beiden
ausgewählt wird. Ich gehe hin und begrüße ihn mit einem
weichlichen Händedruck, nuschle meinen Namen – wir sind
nämlich beschäftigt, Monsieur, sehen Sie das nicht? Welcher
Rüpel wagt es, ein Kolloquium komparativer Semantik über
das Wort *bite* und seine – armseligen – Entsprechungen im
Deutschen zu stören! Wer, wenn nicht wir, die beiden Roland
Barthes des Puffs, kann die Poesie des Französischen ermessen, die *pine* und *queue, con* und *chatte* differenziert, während
der Nachbar jenseits des Rheins in der unvermeidlichen Re-
dundanz von *Schwanz* und *Möse* watet? Bestimmt nicht der
eine, der seinen dicken Hintern in den Sessel gepresst hat
und Pauline auswählt, schon ganz aus dem Häuschen bei der

Vorstellung, eine Pariserin zu ficken. Verfluchter Germane. Wird dieser Krieg denn nie enden?

«Du kannst suchen, so viel du willst, das einzige passende Wort bleibt für sie *Schwanz*.»

«Es gibt auch *Pimmel*. Aber wer würde im Bett *Pimmel* sagen? Pimmel ist was für kleine Jungs, denen man verbietet, sich in aller Öffentlichkeit zu befummeln.»

«Ich sage ja, außer *Schwanz* gibt es nichts Anständiges. Bei *chatte* haben sie ein bisschen mehr Auswahl, aber die Erfahrung sagt, dass sie oft zu schüchtern oder zu gut erzogen sind, um *Fotze* zu sagen, was genau unserem *con* entspricht.»

«Ich mag *Fotze*. Das klingt schön dreckig.»

«*Schwanz* ist ein höchst facettenreiches Wort. Es verändert seinen Sinn je nach Kontext. Vielleicht gibt es nur ein Wort, weil es ein Symbol ist?»

«Wer braucht denn mehr als ein Wort? Was ist mit der magischen Kraft von ...»

Die Klingel im Badezimmer unterbricht unsere tiefschürfende Konversation, wir müssen sie verschieben – aber bis dahin wird so viel passiert sein, dass wir diesen herausragenden Teil des linguistischen Eisbergs vergessen haben. Vielleicht stößt ein Freier, der ein bisschen Französisch kann und uns mit *minou* anspricht, die Diskussion unter einem anderen Blickwinkel wieder an: Das Französische ist so reich an charmanten Fauxpas wie *minou* und so verräterisch in seiner offensichtlichen Eleganz – nur nicht für die unangefochtenen Meister des erotischen Dialogs: die Franzosen selbst!

Ich versuche zu vergessen, dass ich ihren richtigen Vornamen kenne. Aber sie ist für mich mehr Pauline als Léa; Pauline, die eigene Wahl, beschreibt sie besser, sagt mehr über sie als Léa, die sie für den Rest der Welt ist. Auch auf dem kurzen gemeinsamen Weg von der U-Bahn zum Bordell und vom Bordell bis Yorckstraße, wo ich aussteige, bleibt sie Pauline. Dabei spüre ich, wie sich eine andere Welt öffnet, wenn wir uns vor dem Dienst beim Bäcker treffen und den Geruch unseres anderen Lebens mitbringen oder wenn wir um Mitternacht in unseren Zivilklamotten rausgehen. Vielleicht liegt es daran, dass sie meine Sprache spricht: Ich habe keine Mühe, mir ihre Wohnung oder ihren Alltag vorzustellen, was sie isst und ein bisschen auch das, was sie denkt; ich würde mich nicht wundern, sie im Park auf dem Fahrrad zu treffen oder mit Freunden vor einem Café – während ich auch nach Monaten großer Nähe immer noch erstaunt feststelle, dass die anderen Mädchen und ich in derselben Welt wohnen. Wenn ich eine von ihnen auf der Straße sehe, ist es jedes Mal wie ein Zufall voller Poesie. Thaïs, ungeschminkt, einen Pullover um die Schultern, die in der Krossener Straße fast meinen Tisch streift. Und Lotte, die eines Morgens, zu früh für alle und jeden, nachlässig gekleidet, das lange braune Haar ungekämmt, über die Straße kommt und sich, ohne mich zu sehen, dicht neben mich hockt, um ihre Turnschuhe zuzubinden. Jedes Mal tut sich eine Öffnung in dem Halbtraum auf, in dem sie alle herumhüpfen. Auch wenn Lotte vermutlich von einer MDMA-Party zurückkommt und Thaïs nur aus dem Haus gegangen ist, um ihre Bestellung beim Chinesen abzuholen, denke ich wie eine verlogene Dichterin, dass es keinen Zufall ohne Sinn, keine banale Realität gibt; ich habe das Gefühl, sie wurden bewusst von einer Macht dorthin gestellt, die weiß, dass ihr Auftreten eine weitere Strophe in dem Gedicht bilden wird, das ich schreibe, ohne das Ende zu kennen.

Wenn ich Pauline vor der Bäckerei sehe, habe ich das warme, vertraute Gefühl, einen Freund in der Menge zu entdecken. Dass wir uns draußen nicht treffen, abgesehen vom Kaffee davor oder danach, immer irgendwie im Kontext unserer Arbeit, ist symptomatisch für den Wert, den wir der Außenwelt beimessen, und dafür, wie heftig wir den Zugang zu diesem anderen Universum verteidigen – weder aus Misstrauen noch aus Angst, eher aus einem Reflex heraus, den die Huren durch den Druck entwickelt haben, dem sie ständig ausgesetzt sind. Wenn wir uns als Huren wohlfühlen und uns darin einig sind, heißt das nicht unbedingt, dass wir uns draußen als Huren wahrnehmen wollen, wenn wir zusammen sind. Auf der Straße erkennt uns niemand als Freudenmädchen, wir aber wissen es. Weil wir uns nur als solche kennen und es bei diesem Job fast unmöglich ist, über etwas anderes zu sprechen. Irgendwie gibt es immer etwas darüber zu sagen, das Thema ist unerschöpflich, und je mehr wir darüber sprechen, desto mehr Lust haben wir, darüber zu sprechen. Diese Arbeit ist einfach so aufregend und lustig wie kaum eine andere; Pauline und ich sind jung und durchtrieben genug, darin nur ein Spiel zu sehen, bei dem wir jede Partie gewinnen. Natürlich hat diese Arbeit auch härtere Seiten, wir sind zu schlau, um das zu ignorieren; vielleicht fürchten wir insgeheim, wir könnten nicht gut genug lügen und unsere Durchhänger nicht offenbaren, ohne die andere mit runterzuziehen.

Im April lag ich eine Woche mit einer Angina im Bett. Ich konnte weder essen noch trinken, natürlich auch nicht rauchen, was ich bis dahin als unveräußerliches Recht angesehen hatte – und weil ich leicht in Verzweiflung gerate, brach diese Niederlage meines Körpers auch meine Moral. Zwischen zwei schleimigen Schluckversuchen und zwei Halswickeln mit grobem Salz von Marguerite, deren Mitleid mich erst recht zum Heulen brachte, grübelte ich über mein

Leben – ich hatte den Nullpunkt der Selbstachtung erreicht, an dem ich mich entweder umbringen oder mir zerstörerische Serien reinziehen konnte, die ich kaum wahrnahm, so aufgedunsen war ich von finsteren Gedanken. Meine Situation kam mir katastrophal vor. Meine hehren Ziele, meine Idee, das Bordell zu transzendieren, waren dahingeschmolzen; übrig blieb nur die nackte Wahrheit, der weder ich noch meine Umgebung entkommen würden: Ich hatte in einem Bordell angeschafft. Du Schlaubergerin kannst so viele Bücher schreiben, wie du willst, das ist das Einzige, was man in deinem Lebenslauf lesen wird. Als ich wieder anfing zu arbeiten, brauchte ich Paulines Lächeln und ihre Begeisterung, ihre unerschütterliche Motivation einer Schelmin, die dafür bezahlt wird, sexy zu sein, und unseren gegenseitigen Ansporn, *Natürlich machen wir die Männer glücklich. Natürlich sind wir die Königinnen des Hauses. Natürlich können wir mit diesem Job besser leben als die Normalsterblichen.*

Es war ein schöner Tag; während meiner Krankheit hatten alle Bäume Blätter bekommen, und durch die laue Luft flogen Pollen, faule Hummeln und Frühlingsdüfte. Ich traf Pauline vor dem *Maison*, und in bemüht scherzhaftem Ton leerte ich sogleich meinen Sorgensack: Wir müssen uns eine andere Arbeit suchen, wenigstens halbtags, um den Leuten sagen zu können, wovon wir leben. Jetzt macht es uns zwar Spaß, weil wir jung sind, aber wir können nicht unser ganzes Leben Huren sein, selbst wenn wir wollten – und ganz objektiv, wir wollen nicht. Guck dir die Frauen an, die seit zehn Jahren, seit ihrer Volljährigkeit hier arbeiten, und du begreifst, dass es kein hartes Schicksal ist, das sie im Bordell hält, sondern die Gewöhnung an den Lebensstil, die Bequemlichkeit, alles auf morgen zu verschieben, die Leichtigkeit des verdienten Geldes. Ich weiß, dass *Leichtigkeit* relativ ist, das ist das Wort der anderen, die nicht wissen, ob es leicht oder schwer ist, sechsmal am Tag zu ficken, ebenso viele Schwänze zu blasen und es gut zu machen, mit einem Lächeln, ohne aus Versehen zuzubeißen, ohne einen Seufzer der Ungeduld; aber wir, du und ich, wissen es: Solange wir hübsch und stark sind, solange es uns Spaß macht und uns schmeichelt, verlangt uns dieses Geld nur wenig Mühe ab – das nenne ich leicht, *ich* darf dieses Wort verwenden. Solange sich ein beträchtlicher Teil von uns von der Aufmerksamkeit der Männer und ihrem Verlangen nährt, solange wir dafür bezahlt werden, hübsch und intelligent zu sein, kommt uns dieses Geld leicht vor. Solange wir gern Sex haben, und Gott weiß, wie lange es so bleibt – und selbst wenn es uns nervt, klar, du gewöhnst dich an alles. Guck dir nur die ganzen Bekloppten an, die sich mit Jogging quälen, und irgendwann macht es ihnen Spaß. Aber genau da ist auch das Problem, der Sex wird zur Gewohnheit, da liegt der Hase im Pfeffer. Sex wird zum Sport, zum täglichen Training – und selbst wenn es die komplexeste, die vergnüglichste aller Sportarten ist, weißt du auf Dauer nicht, wann du Spaß hast und wann es ein Wettkampf ist.

Diese Aktivität verlangt von den Frauen die Fähigkeit, ihre Bezugspunkte zu verlieren und sie irgendwann genauso, wie sie waren, an gleicher Stelle wiederzufinden. Also ohne Herz und ohne Seele zu ficken, wenn sie dafür bezahlt werden, dem Sex außerhalb des Bordells jedoch seine magische Kraft und den Worten all ihren Sinn zurückzugeben, als hätte keine Transaktion je die Heiligkeit des Aktes gestört. Eine totale Trennung. Du kannst nicht *im* Bordell und draußen vollkommen da sein. Natürlich wissen wir, du und ich, wie anders sich der Schwanz des Mannes anfühlt, den wir lieben (oder jedes beliebigen anderen, der nicht zahlt) – wie

sehr er zählt. Während alle anderen zu einem einzigen neutralen Phallus verschmelzen, hat dieser einen Geruch, einen
Geschmack und diverse Eigenheiten. Wir wissen, wie echt
die Geräusche klingen, die er uns entlockt, wie tief er uns
berührt. Wir selbst entscheiden, für eine gewisse Zeit mehr
zu spüren als eine mechanische Reibung. Aber das kommt
nicht aus dem Gehirn, das macht ein Teil von uns, der auf die
Dauer müde wird, diese Schleusen von einer Stunde auf die
andere zu öffnen oder zu schließen. Denn es kommt oft vor,
dass wir nach Hause kommen und keine Lust mehr auf Sex
haben. Zwangsläufig. Du kennst das: Schon in der U-Bahn
merkst du, wie gut es tut zu sitzen. Wie gut es tut, nichts zu
machen. Das Programm ist in deinem Kopf vorgezeichnet:
Wenn du nach Hause kommst, ziehst du dicke Socken und
deinen alten Bademantel an, machst es dir auf der Couch
bequem, lässt dir deine Falafel schmecken und ziehst dir
die letzte Staffel von *Game of Thrones* rein. Das wär's! Aber
freu dich nicht zu sehr darauf, denn dein Freund ist auch zu
Hause. An manchen Tagen nervt das, ehrlich gesagt. Allein
schon zu reden, denn das machen wir auch den ganzen Tag,
ich sag dir, fast mehr als alles andere, wir reden wie Wasser-
fälle! Der Mann, der dich lächelnd erwartet und mit gutem
Recht große Lust auf dich hat, ist zwar dein Freund, aber er
ist auch ein Mann, der Lust hat zu reden. Er hat eine Menge
zu erzählen, sicher alles total interessant, aber das, was dich
an der Kombination Falafel-Serie-Bademantel am meisten
gelockt hat, war doch die Stille. Und wenn es Zeit wird, ins
Bett zu gehen, und er dir seine Phantasien ins Ohr flüstert,
die sich alle um dich drehen, fragst du dich ganz leise, wie
groß deine Lust ist, jetzt und hier mit ihm zu schlafen und
dir die x-te Penetration heute anzutun: Die Verlockung hält
sich sehr in Grenzen, mein Junge. Zu wählen zwischen dem

oder zu sehen, ob sich Tyrion Lannister den Kopf abschla-
gen lässt – diese Entscheidung ist das, was man auf Englisch
no-brainer nennt.

Aber wie willst du das deinem Freund beibringen? Jedenfalls nicht mit dieser Erklärung. Bei jedem anderen Mädchen
versteht man, wenn sie keine Lust hat, müde ist, Bauch-
schmerzen hat – da zählt jede beliebige Entschuldigung,
die sie mit heuchlerischer, schwacher Stimme hervorbringt.
Wenn du deine Tage damit verbringst, andere Männer für
Geld zu befriedigen, wird es heikler. Mir gefällt das Beispiel
von dem Klempner: Niemand würde einem Klempner Vorwürfe machen, wenn er abends von allem anderen als von
seiner Arbeit reden möchte, egal, wie gern er sie macht. Aber
zu Hause gibt es auch tropfende Hähne und Dichtungen,
die gewechselt werden müssen, und der Klempner wäre
ein herzloses Monster, wenn er seiner Frau sagte, das könne
warten, Herrgott, er habe den ganzen Tag an Rohren rum-
geschraubt. Hört denn das nie auf, ist die ganze Welt nur
ein tropfender Hahn? Natürlich nicht! Seine Frau bittet ihn
ganz freundlich, sie kann schließlich nichts dafür. Es ist kein
großes Ding, noch eine Drehung des Schraubenschlüssels,
schnell erledigt, und der Haussegen hängt wieder gerade.
Vielleicht rechtfertigt diese Drehung des Schraubenschlüssels überhaupt alle anderen.

Wenn der Klempner nach Hause kommt, hat er womöglich Lust auf Sex. Und ich würde halt manchmal lieber ein
verstopftes Klo reparieren.

Es ist nicht dramatisch, hey, das habe ich nicht gesagt.
Aber hast du, bevor du diesen Job hattest, auch so oft gedacht,
gut, bringen wir es hinter uns, und hast ihn machen lassen oder
dich dabei ertappt, ihn so schnell wie möglich zum Höhepunkt zu bringen, als wäre es das einzige Ziel, Druck abzu-

lassen? Ging es früher nicht auch darum, dass du selbst einen Orgasmus haben könntest? Das ist eigentlich die Grundidee. Hier geht es nicht um Geld, nein, du müsstest einfach nur Lust haben. Und obwohl er dein Freund ist, wird der Sex an manchen Abenden echt anstrengend. Dann musst du für ihn die gleiche Geduld, die gleiche Ausdauer, die gleiche Selbstbeherrschung aufbringen wie für die Kunden. Und seine Lust, seine Zärtlichkeit haben den gleichen Beigeschmack von Wünschen, die du befriedigen musst. Manchmal habe ich so die Schnauze voll von ihrem Geruch in meinen Haaren, von ihrem Lächeln, dem Zwang, an sie zu denken, dann brauche ich Zeit, um zu begreifen, dass mich der Mann umarmt, den ich mir ausgesucht habe – warum eigentlich? Manchmal wäre ich absolut damit zufrieden, nur mich selbst zur Gesellschaft zu haben, wenn die Nacht hereinbricht.

Das Problem bleibt dasselbe, ob du einen Partner hast oder nicht, der Unterschied ist bloß, dass du allein in Ruhe rumjammern kannst. Wenn du den ganzen Tag Sex hattest, woran denkst du dann im Bett, statt Schäfchen zu zählen? Schon oft habe ich mich bei der Frage ertappt, welche Schlagwörter ich auf irgendwelchen Pornosites angeben soll – ehrlich, das beschäftigt das Gehirn. An meinen Augen ziehen alle Varianten des Sex zwischen Menschen vorbei, ohne mir etwas anderes als das Gähnen eines abgefuckten Wüstlings zu entlocken. Minutenlang prickelt etwas Spannung, wenn ich die Grenzen meiner Phantasie auf die Probe stelle – irgendwo in dieser Palette inbrünstiger Kopulationen muss es doch ein Detail geben, das mein Interesse weckt und mich zu mir selbst zurückbringt! Was für ein Haufen Lügen! Wie soll ich die Frau lieben, wie den Mann nicht verachten, die das alles einstecken und mehr davon verlangen? Am Ende weine ich innerlich weniger um die schwindende Hoffnung auf einen Orgasmus als um meine Fähigkeit zur Leichtgläubigkeit – denn gerade jetzt würde es mir gut passen, nicht zu viel über die Mühe zu wissen, die diese miesen Filme erfordern. Es würde mir passen, wie alle anderen meinen persönlichen Druck ablassen zu können und ohne den Schatten eines Gedankens einzuschlafen wie der letzte Eierkopf.

Seit wann halte ich solche Reden? Seit wann kann ich zehn, zwanzig, dreißig Szenen einer Doppelpenetration sehen und mir sagen, dass ich das ungefähr so nötig brauche wie einen Tripper – und wie weiß ich eigentlich, dass ich keinen Tripper habe? Wenn ich an Sex denke wie an einen Langstreckenlauf, nach dem die Kehle und alles andere voller Soor ist, was bleibt mir dann noch Interessantes außer der Kunst (meinem Buch, das ich nicht schreibe), der Steuererklärung oder dem nächsten Familien-Coming-out? Ich meine, was bleibt mir an Gedanken, die mich nicht an den Rand des Herzinfarkts führen?

Aber dann wird mir klar, dass das vielleicht ein echter Fortschritt ist. Vielleicht hat Arthur recht, und diese Erfahrung hätte das Ziel, mich aus der Sklaverei des Sex zu befreien; dann müsste ich nur noch lesen oder stricken, um einschlafen zu können wie normale Menschen (wie die *Alten*). Das könnte doch auch zu einer Gewohnheit werden, nicht perverser als jede andere. Das ist meine Chance, ebenso viel über Philosophie wie über den menschlichen Genitalapparat zu erfahren, flüstern mir die beiden staubigen, über Internet bestellten Bücher von Foucault zu. Die unendliche Zahl von Filmen und Musikern, die beängstigende Masse von Schriftstellern, die darauf warten, dass ein Publikum ihnen Gerechtigkeit widerfahren lässt, verspricht mir, dass ich noch lange glücklich sein werde, ohne auch nur einmal die Unterhose auszuziehen. Für mich, die großkotzig geplant hatte, in einer unbestimmten Zukunft den ganzen Hugo, Proust und Joyce zu lesen, ist jetzt der erträumte Moment gekommen, meine Seele über dieses zwanghafte Gefummel, diese nichtswürdige Beschäftigung zu erheben. Was soll's, dass Hugo nie so umwerfend ist wie ein feuchter Schritt, wenn der Sünder, der voller Verachtung für seinen Körper aus seinem warmen Sumpf auftaucht, von der Überzeugung durchdrungen ist, besser zu sein als dieser Körper. Jetzt, wo ich diesen erbärmlichen Teil meiner selbst befriedigt habe, lege ich los, jetzt füttere ich meine unsterbliche Seele!

Aber meine vom Rest gelöste Seele ist öde und appetitlos, unter diesen Umständen ist die Aussicht auf Unsterblichkeit ziemlich deprimierend. An manchen Abenden sehne ich mich nach meiner Seele, so, wie sie eigentlich ist, schlüpfrig, pervers und dennoch von ihrer eigenen Moral beherrscht, im Wachen wie im Schlafen besorgt um die Wissenschaft der Lust und die vielfältigen Wege, meinen Stein in dieses schöne aufrechte Gebäude einzufügen – an manchen Abenden fehlt mir das Monster, das ich bin. Ich locke mich selbst in die Niederungen und bin mir dort eine wunderbare Gesellschaft. Was ist aus der Stimme geworden, die mir nach ein paar Seiten Aragon ins Ohr säuselt, ein Orgasmus wäre die ergreifendste Hommage an diese Schönheit? Es fällt mir nicht leicht, mich zu verlieren, aber wenn es geschieht, habe ich keine Ahnung, wo ich mich suchen soll.

Das Problem bei diesem Job ist nicht, was die anderen darüber denken, sondern was in uns vorgeht. Gut möglich, dass eins vom anderen abhängt. Die Überzeugung, etwas Gutes zu tun, macht ein Wort wie *Hure* nicht freundlicher, auch nicht *Prostituierte*, obwohl es die totale Passivität bei einer Tätigkeit suggeriert, in der du dich ständig bewegst. Du kannst nicht viel gegen das Gewicht einer tausendjährigen Religion vorbringen, nicht mal in Deutschland, wo wir ebenso respektable Bürger sind wie alle anderen. Es ist einfach kein Beruf wie jeder andere, diesen Teil unseres Körpers und eine so umfassende, unbestimmte Intimität zu vermieten. Um dir das klarzumachen, musst du dir nur die betretene Miene des Bankangestellten vorstellen, dem ich auf die Frage *Was machen Sie beruflich?* «Hure» antworten würde. Wir können so stark und überzeugend auftreten, wie wir wollen, es ist nicht einfach, immer etwas Besonderes zu sein. Wir brauchen die anderen nicht, um es zu spüren, aber die anderen verzichten nie darauf, es uns spüren zu lassen. Und da rede ich nicht von meinem Bankangestellten, meinem Wohnungseigentümer oder meinem Gynäkologen, mich interessiert auch nicht das abschätzige Lächeln der Mädchen im Frisiersalon unten, wenn sie uns vorbeigehen sehen, oder das bedeutungsvolle Schweigen der Mitbewohner, wenn sie uns im Treppenhaus mit einem Freier treffen, der unser Großvater sein könnte. Das wahre Problem sind die Männer. Die Männer draußen und die Momente, in denen wir Lust auf sie kriegen. Ich habe das mal versucht, an einem Abend, als ich echt scharf auf Sex war; ich war auf Tinder, wo du als Mädchen kaum leer ausgehen kannst. Wenn du nicht wirklich *sehr* hässlich oder sehr anspruchsvoll bist – oder halt Hure. Ich weiß nicht, warum, aber ich wollte nicht lügen. Doch, ich weiß, warum – ich war mehr neugierig als wirklich heiß, ich wollte nur die Möglichkeit. Außerdem bleibe ich höflich, auch wenn es nur um Sex geht, und welche Frage wäre besser, um seinen Sack an Banalitäten zu leeren. *Und was machst du so?*, fragt mich der Typ, und ich habe keine Lust, mir einen Beruf auszudenken, erst recht nicht, großkotzig rüberzukommen, wenn ich Schriftstellerin sage. Ich will lieber Hure sein als eingebildete Gans (was für ein moralischer Konflikt!), also antworte ich,

dass ich gerade mein drittes Buch schreibe, über Bordelle –
bis dahin ist der Anstand noch gewahrt –, und dass ich deswegen in einem Puff arbeite. Bitte schön.

Und du?

Man mag sich darüber wundern, auf die Antwort warte
ich bis heute. Und ich mache dem armen Jungen keinen Vorwurf. Sicher gibt es auf Tinder Männer, die zynisch genug
sind und sich auf die einmalige Chance stürzen, mit einer
Nutte zu schlafen, ohne einen Cent zu zahlen. Aber was suche ich eigentlich? Will ich meine Freizeit und meine hor-
monellen Aufwallungen wirklich mit jemandem teilen, der
nur ein weiterer Freier ist, den nur finanzielle, von mir aus
auch moralische Erwägungen vom Bordell fernhalten? Denn
wir wollen nie *nur* Sex. Wir wollen den anderen respektieren
und von ihm respektiert werden, wir wollen jemanden kennenlernen, weil wir auf jeden Fall besseren Sex haben, wenn
wir uns kennen; und in einem Winkel unseres Kopfes schließen wir auch die Möglichkeit nicht aus, dass wir einander
gefallen, wir sehnen uns danach, selbst auf so einem trivia-
len Portal etwas Gehaltvolleres zu finden als anonymen Sex.
Wir hören nie auf zu hoffen, dass wir uns verlieben, denn in
einem sind sich alle einig: Die Suche ist anstrengend. Wenn
sich schon Paare im Späti kennengelernt haben, warum
dann nicht auf Tinder?

Eine Nacht mit einer Hure ist unter Umständen noch
denkbar – aber was ist, wenn man Geschmack daran findet?

Zur Entlastung des Jungen sei gesagt, dass ich natürlich
vorsichtiger hätte rangehen sollen. Enthält dieser Ansatz
eines Dialogs nicht schon all das irrationale Entsetzen der
Männer angesichts der komplexen und gierigen Sexualität
der Frau? Gibt es einen schwärzeren, beängstigenderen Abgrund als die Vorstellung, den eigenen Körper, die eigene Zeit

zu verkaufen? Ist eine Hure, die sich abends noch auf Tinder rumtreibt, nicht einfach eine Nymphomanin? Hure und Nymphomanin, das musst du deiner Familie erstmal beibringen. Mach, was du willst, ein Mädchen, das sich prostituiert, trägt in den Augen der Welt ein Schild um den Hals, auf dem in Großbuchstaben ICH BIN AUFGESCHMISSEN steht. Schon möglich, dass man mit der Hure eigentlich die Männer, ihre Erbärmlichkeit, ihr Elend verurteilt und verdammt, aber die Frauen sind schon so lange die perfekten Sündenböcke, dass es gar nicht mehr auffällt, und daran wird sich wohl so bald nichts ändern. Ich möchte schlafen können, mit wem ich will, ohne lügen oder mich rechtfertigen zu müssen, ich will den Männern, die ich auf der Straße treffe und die mich reizen, keine Angst einjagen. Wir können sie nicht alle zwangsweise umerziehen – also, meine liebe Pauline, wann suchen wir uns einen anderen Job?

All diese schönen Erwägungen hindern uns nicht daran hineinzugehen, doch ich spüre, dass wir jetzt zu zweit *meine* Zweifel nähren. Aber schon hören wir Rosie oben mit ihrem süßlichen Lachen einen Freier verabschieden. Im selben Moment öffnet Sonja auf unser Klingeln die Tür und gurrt die Bühnennamen der Stars, die wir sind. Im Flur ruft Bobbie, die immer ein bisschen beleidigt wirkt: «Justine, es gab schon zehn Anrufe für dich!» Auch Paulines Kalender ist randvoll. Die Mädchen der Morgenschicht ziehen sich ohne Eile an – es gibt kein größeres Vergnügen, als diejenigen zu beobachten, die anfangen, wenn du Feierabend hast. Lotte hat schon die Kopfhörer auf den Ohren und sagt, wir sollen die Erdbeeren essen, die sie aus ihrem Garten mitgebracht hat. Margaret bürstet ihre blonde Perücke, jemand klingelt im Badezimmer, «Was, schon?», ruft Marianne und schlingt hastig ihren Joghurt runter, nicht ohne auf den Freier zu schimpfen, der sich vermutlich kaum die Hände gewaschen hat. In diesem Strom von Worten und Geräuschen ziehen Pauline und ich unsere Schuhe aus. Es klingelt an der Haustür, dann am Telefon, Sonja weiß nicht mehr, wem sie zuerst antworten soll, Delilah sichert sich den besten Platz hinter dem Vorhang, um die Gäste hereinkommen zu sehen, und ruft fröhlich in das Durcheinander:

«Kaum sind die Französinnen da, kommen die Männer angerannt.»

Pauline und ich lächeln über die Bemerkung – dabei ist es nicht scherzhaft gemeint, jedenfalls nicht nur. Ohne falsche Bescheidenheit: Wenn es einen Ort auf dieser Welt gibt, an dem wir angebetet, umworben, gerühmt und wie mächtige Despotinnen umschmeichelt, beschnüffelt und verstanden, beneidet und akzeptiert werden, dann hier, in diesem Bordell.

Und vielleicht ist genau das der Kern des Problems.

TWIST AND SHOUT,
THE MAMAS AND THE PAPAS

La Maison fehlt mir. Die Sonne, die mittags auf das alte Parkett fiel, wenn die Mädchen allmählich munter wurden; vielleicht übertreibe ich die Schönheit ihrer Körper, den Gesang ihres Lachens, die Fröhlichkeit ihres Feierabends, diese ungreifbare Magie, wenn ich in der Tür des Aufenthaltsraums stand und sie ansah. Vielleicht macht mich nur der Abschied so sentimental, aber ich erinnere mich an den Rausch, an meine Begeisterung, von nackten Mädchen oder Mädchen in Strapsen umgeben zu sein, wie an ein Paradies, in dem ich ewig leben wollte. Es raubte mir den Atem. Auch wenn sie mir auf die Nerven gingen, wenn sie zu laut oder Blödsinn redeten, schlecht gelaunt, brutal, stur oder gemein waren, wenn ich die eine hätte umbringen und die andere beschimpfen mögen, fand ich sie schön. Eine Aufführung nur für mich, ich war die einzige Zuschauerin, das einzige Publikum, das imstande war, sie alle gleichermaßen zu lieben. Niemand sonst hat sie mit solcher Wonne, so friedlicher Sinnlichkeit angesehen. Manchmal frage ich mich, ob ich nicht wegen ihnen ins *Maison* gekommen bin. Ja, jetzt, wo ich es aufschreibe, ist es offensichtlich; die *Männer*, die Männer sind überall, du triffst sie auf der Straße, im Restaurant, egal wo. Aber um den Huren zu begegnen, diesen Heldinnen meiner erotischen Phantasiewelt, gab es nur einen Ort – und bei der Vorstellung, dass ich ihn womöglich gar nicht entdeckt hätte ...

Ich habe immer gedacht, ich schreibe über die Männer.

Aber wenn ich in meinen Büchern blättre, stelle ich fest, dass ich immer nur über die Frauen geschrieben habe. Darüber, eine Frau zu sein, über die tausend Formen, die dieses Frau-Sein umfasst. Und es wird gewiss das Werk meines Lebens bleiben, dieses Phänomen zu beschreiben, mich abzumühen und mich damit abzufinden, wenn ich auf ein paar hundert Seiten nur einen halben Zentimeter vorangekommen bin. Aber ich werde versuchen, mit diesem halben Zentimeter so zufrieden zu sein wie mit einer Riesenentdeckung. Über die Hure zu schreiben, die eine Karikatur der Frau ist, über ihre systematische Nacktheit, darüber, Frau zu sein und nur Frau und dafür bezahlt zu werden – es ist, als würde ich mein Geschlecht unter dem Mikroskop betrachten. Dabei empfinde ich die gleiche Faszination wie ein Laborant, der zusieht, wie sich die Zellen, die am Anfang jedes Lebens stehen, zwischen zwei Objektträgern vermehren.

Eigentlich ist die Grenze zwischen Journalismus und Literatur sehr dünn, und im Grunde bin ich überhaupt nicht dazu geschaffen, Journalistin zu sein. So egozentrisch, wie dieser Beruf sein mag, erreicht er doch bei weitem nicht den Narzissmus, der eine Schriftstellerin wie mich erfüllt, die über nichts anderes schreiben kann als über sich selbst. Hin und wieder versuche ich es. Wenn ich im *Maison* war, besser gesagt, wenn ich es verließ, war mein Kopf voll von ihren Sprüchen, ihrem Lachen, den umwerfenden Sätzen, die sie von sich gaben, ohne es zu merken; ich spürte, wie lebendig sie waren, und hatte das Gefühl, ein Eckchen ihrer Seele erfasst zu haben. Das ist keine Kleinigkeit, vielleicht kam es daher, dass ihre Stimmen letztendlich nur meine waren. Oft schien sich ihr Glanz zwischen dem Moment, in dem sie mit mir redeten, und dem, da ich ihre Sätze aufs Papier bannte, in der Übersetzung verloren zu haben, wurden sie zu Wesen, die nichts mit mir zu tun hatten. Ich erzähle mit zu viel Liebe, Ehrfurcht und Reflexion von ihnen, interpretiere ihr fröhliches Lachen, in dem so viel Wahrheit liegt, die kleinsten Details der Tage, die ich in ihrer Wärme verbracht habe. Meine Voreingenommenheit ist stärker als die Schriftstellerin, ich möchte sie als Statuen, als Ikonen beschreiben. Ich hätte sie gern alle einzigartig, alle strahlend schön auf diesen Seiten – am Ende sind wir in einer einzigen *Frau* verschmolzen, sind ihre Sätze wie meine. Meine Billigung raubt mir jede Objektivität, ist eine so tief verwurzelte weibliche Solidarität, dass ich sie nicht einmal wahrnehme.

An der Seite der Männer war mein kritischer Geist stets wunderbar eingeschläfert. In ihrer Gesellschaft empfand ich den hingerissenen Gehorsam der Anbetung. Mein Sparschwein quillt über von funkelnden Erinnerungen, in denen immer eine seltsame Mischung von Freude und Bedauern mitschwingt. Das wurde mir eines Abends bewusst, als ich *I'm Sticking with You* von Velvet Underground hörte. Während ich in meiner Küche Gemüse schnipselte, gingen meine Gedanken ein paar Jahre zurück, sauste ich wieder in jenem herrlichen Sommer auf dem Fahrrad durch Steglitz, die blühenden Kastanien dufteten berauschend, ich raste wie eine Verrückte, Kopfhörer auf den Ohren, ich dachte so wild an diesen Mann, dass ich mich in jeder Kurve fast hätte plattfahren lassen, und kam völlig erledigt im Café an, trunken von Berlin und glühend vor Leidenschaft. Da war ich noch so jung. Inzwischen hatte ich andere geliebt, die mich glücklicher gemacht hatten, aber warum erinnerte mich dann das Lied, das ich damals ständig gehört hatte, an diesen Mann und nur an ihn? Warum tauchte er auf, sobald ich das Wort *Liebe* dachte? Es war wie ein Schlag; so unglücklich und einsam, wie ich mit dieser Liebe auch gewesen sein mochte, war diese Zeit meiner zwanzig Jahre doch eine goldene Zeit, der ich seither unablässig hinterhergelaufen bin, verzweifelt, mich noch so lebendig, so voller Welt zu fühlen. Er hatte mich nie zurückgeliebt, alle Männer, die sich diese Mühe machten, haben in mir eine weniger zerstörerische Liebe geweckt – das Gefühl von Hingabe, von Leidenschaft wuchs bei mir nur aus der Einseitigkeit. Beim letzten Atemzug wird ganz sicher das Gesicht dieses Mannes auftauchen, die größte Liebesgeschichte, die die Welt mir vorbehalten hat.

Wer weiß, was ich geworden wäre, wenn ich ihn nicht getroffen hätte. Diplomatin? Ärztin? Psychologin? Emeritierte Professorin einer Universität? Wohl kaum diese melancholische, mit sich selbst beschäftigte Schriftstellerin, die in einem Bordell arbeitet und Ufer berührt, die nicht für sie gedacht waren. Was hätte ich alles machen können, was habe ich alles nicht kennengelernt! Der Mann ahnt nichts von diesen Einsichten, ich nehme an, er setzt seinen Weg unbeirrbar fort, während mein Leben völlig unorganisiert verläuft, so ungeregelt wie eine Umweltkatastrophe, die sich nicht eingrenzen lässt. Wenn ich an ihn denke, sehe ich einen Fluss, der sein Bett verlässt und ohne jedes Bewusstsein ganze Landstriche eines Kontinents verschlingt, Dörfer, Häuser, andere Flüsse – ich weiß nur nicht, wer wer ist in dieser Metapher; wer ist dieser wilde schwarze Strom, er oder ich?

DEAD LEAVES AND THE
DIRTY GROUND,
THE WHITE STRIPES

*N*atürlich ist es einfach, aus Huren Sexmaschinen ohne jedes Gefühl zu machen, die alle Freier in denselben Korb von Verachtung und Hass werfen und sich wie durch ein Wunder verlieben, sobald sie das Bordell verlassen – Frauen sind eben so, nicht wahr? Sagen wir, die Frauen sollen so sein. Es wäre viel zu komplex, den Huren das Wort zu geben und sie zu sehen, wie sie tatsächlich sind, nämlich nicht anders als andere Frauen. Um sich zu prostituieren, muss eine Frau nicht von der Not gezwungen oder total bescheuert sein, an sexueller Hysterie oder Gefühlskälte leiden. Sie muss einfach die Nase voll davon haben zu schuften, um sich gerade das Lebensnotwendige leisten zu können. Wenn jemand am Fortbestand dieses Berufes schuld ist, dann nicht die Männer oder die Frauen, sondern die ganze Gesellschaft mit ihrer Konsumsucht. Männer und Frauen stöhnen unter demselben Joch. Was ist mit den Männern, die völlig blank sind, aber nicht die Möglichkeit haben, ihren Körper zu verkaufen? Natürlich ist es weniger dramatisch, für Geld zu ficken, als auf der Straße zu sitzen und die Hand auszustrecken. Ich warte ungeduldig auf den Schwachkopf, der das Gegenteil behauptet. Natürlich ist es weniger tragisch, im *Maison* zu arbeiten, als sich bei Lidl für einen lächerlichen Lohn kaputtzumachen; die einzige Überlegenheit der Kassiererin gegenüber der Hure besteht darin, dass sie sagen kann, womit sie ihre Tage verbringt, ohne zu erröten. Wobei ... ohne zu erröten? Vielleicht kommen die Frauen an dem Tag, an dem man ihnen anständig bezahlte Jobs anbietet, gar nicht mehr auf die Idee, ihr Höschen auszuziehen, um bis zum Monatsende hinzukommen. Geht es der Welt dann besser? Oder der Moral?

«Jede hat ihre Vorstellung vom Schlimmsten», sagt Birgit beim ersten Kaffee.

So verstehe ich es jedenfalls, sie sagt es vielleicht ein bisschen anders. Vielleicht sind die Wörter auch unwichtig. Denn das Entscheidende braucht keine Sprache, und das verstehe ich sehr gut.

«Für mich war das Schlimmste, keine Zeit für meine Tochter zu haben. Zwei Jahre lang hatte ich zwei Jobs, einen vormittags, einen abends, sechs Tage die Woche. Eine Babysitterin hat ihre Hausaufgaben kontrolliert und sie ins Bett gebracht. Wenn ich nachts von der Arbeit kam, war die Wohnung so still wie ein Grab. Ich habe noch drei Worte mit der Babysitterin gewechselt, sie hat mir gesagt, dass alles in Ordnung ist. Dann saß ich mit dem Rest vom Abendbrot allein im Wohnzimmer und habe mir gesagt *Scheiße noch mal, das alles dafür?* Verstehst du, was ich meine? Natürlich nicht, du hast keine Kinder, du bist noch jung, aber du kannst mir glauben, ich habe nicht nur ein Mal geheult wie ein Schlosshund. Und dann habe ich mir gesagt *Und morgen geht es wieder so los und übermorgen und so weiter und so weiter* ... Ich war total am Ende.»

Birgit zieht lange an ihrer Vogue, Paula, die auch zwei Kinder hat, nickt, während sie sich die Wangen pudert.

«Ich habe wieder Kontakt zum Vater aufgenommen. Jetzt nimmt er sie drei Tage die Woche. Morgens bin ich hier, dann mache ich woanders ein paar Stunden. Und ich schlafe genug.»

Feierlich stellt Birgit ihre Kaffeetasse ab.

«Jede hat ihre Vorstellung vom Schlimmsten. Aber was das Schlimmste ist, weißt du erst, wenn du Kinder hast. Die beste Rechtfertigung findest du erst, wenn du ein Baby durchfüttern musst.»

Sie tippt Paula auf die Schulter:

«Willst du die Blumen von Berthold mitnehmen? Sie sind schön, aber das sind überhaupt nicht meine Farben, ich habe gerade mein Schlafzimmer neu gestrichen.»

LOVE ME OR LEAVE ME,
NINA SIMONE

*L*orna. Ob sie den Namen nach der Lektüre von *Druuna* von Serpieri gewählt hat? Die Achtjährige in mir, die alle Porno-Comics ihres Onkels verschlang, während die Familie im Garten war, schämt sich immer ein bisschen zuzugeben, dass sie das Buch und die Namen aller Protagonisten kennt. Lorna: Die beiden Silben haben sich mir eingeprägt und erinnern mich immer an die Szene, wo die dicke, plumpe Druuna brutal von einer Familie durchgeknallter Humanoiden gefangen genommen wird; die Mutter, die das Sagen hat, trägt den Namen Lorna, der für mich seither etwas von einer abstoßenden Sexualpraktik hat. Was da an Körpersäften aus drei geschmacklosen Seiten trieft! Sobald ich die Augen schließe, habe ich die kräftigen Striche und die Flächen in düsteren Farben so frisch vor Augen wie Kindheitserinnerungen; heute weiß ich, was für einen Eindruck Lornas riesige Brüste hinterlassen haben und wie sie Druunas Arm packt, um ihr das Mittel einzuspritzen, das sie zur Hündin macht.

Lorna, meine Lorna, ist das Gegenteil dieser Namensschwester. Blond, elegant, zarte Gelenke und immer ein tadelloser Haarknoten, kein bisschen zerzaust, wenn sie aus dem Zimmer kommt. Nach dem Dienst macht sie sich einen Pferdeschwanz. Sie hat aufgehört, ihre prächtige Mähne offen zu tragen, weil sich alle Männer daran festklammerten, und was für ein Bakterienherd sind die Haare, wenn sich eine Frau jeden Tag über den Unterleib von zehn Männern beugt.

Heute ist Lorna schlechter Laune; ich liege auf einer Matratze in der Sonne und habe die Augen unter der Sonnenbrille weit geöffnet, während ich mir ihr Gejammer anhöre.

«Ick hab schon gemerkt, dass ick nicht hätte kommen sollen. Es gibt so Momente, da spürst du diese beschissenen Vibrationen. Aber wat soll's, ick hab zwei Wochen nicht gearbeitet, und zu Hause liegt ein Stapel unbezahlter Rechnungen. Den ganzen Vormittag kein einziger Freier – ick hätt genauso gut zu Hause bleiben können. Dann sagt Sonja, Klaus hat mir reserviert, so als würde ick den kennen. Sie hat so eine Art, wie sie dit sagt, als würd ick mir an jeden Klaus erinnern, den ick hier mal getroffen hab, oder an jeden Hans oder Peter ... jedenfalls seh ick Klaus, so 'n bärtiger Zausel, mit einem Schlag kommt die Erinnerung hoch, und ick denke *O nee, Scheiße, nicht der!*

Aber er war mein einziger Kunde, also musst ick wohl oder übel ran. Ich hatte die dunkle Erinnerung, dass er nervt, aber ick hab gedacht, der wird einsfixdrei abgefertigt. Noch im Herrensalon labert der los, wie toll es ist, mich zu sehn, er hätt sich schon gefragt, wo ick abgeblieben bin, blablabla ... Und da hab ick gesagt, dass ick 'n Kind gekriegt hab. Dit ist mir so rausgerutscht, ohne überlegen. Aber der freut sich halbtot, dass er das aus mir rausgekitzelt hat: ‹Ich wusste es! Gleich, als ich dich gesehen habe!›

Ick dachte, weil ick immer noch so rund bin wie 'n Fass, aber nee: ‹Ich habe gespürt, dass ich eine andere Frau vor mir habe, eine echte Frau. Kein Kind mehr.›

Danke, Arschloch. Und dann immer so weiter. Er ist Psychiater – zumindest sagt er das, ist vielleicht Quatsch, aber so bescheuert, wie der ist, könnte ick ihm fast glauben –, deswegen quatscht er die ganze Zeit, mal wat andret. Wir gehn ins Tropenzimmer, ick guck mir den Körper des Alten neben meinem an, der gar nicht so schlecht aussieht, sogar 'n bisschen besser gepolstert als früher, und plötzlich fällt mir ein, wie der zum ersten Mal bei mir war. Irgendwann ganz spät, kurz vor Feierabend, ick hatte eh schon die Nase voll – aber wenn du mit diesem Job anfängst, entdeckst du in dir ungeahnte Schätze an Geduld. Damals hat's mir fasziniert, dass er Psychiater ist. Das heißt, fasziniert hat's mir, bis er so losgelegt hat, wie sie alle labern, wenn sie unbedingt rauskriegen wollen, wer du bist, warum du den Job machst, wo du herkommst. Ick hab damals brav mitgespielt, habe ihm 'ne Menge Blödsinn erzählt, ick war neugierig, was er für Freud'schen Kuhmist aus seinem Schädel absondert, um meine Kindheit zu deuten – am meisten hat mir fasziniert, dass der echt keine Grenzen kennt. Echt keine Angst, dass er sich lächerlich macht oder dass ick plötzlich dazwischenquatsche *Dit hat rein gar nix damit zu tun, du liegst voll daneben*. Ich hab nix gesagt, weil ick trotz meinem Anfängereifer keine Lust hatte, ihn auch noch zu provozieren, außerdem ist das so wie bei den Horoskopen, eine Menge von dem, was er gesagt hat, passte irgendwie. Wenn einer ins Bordell geht und der Hure wat über ihren Vater oder ihre Beziehung zu Männern erzählt und wie sie ihre eigene Weiblichkeit und die Weiblichkeit überhaupt begreift ... Keene Frage, da ist die Chance achtzig Prozent, dass du ins Schwarze triffst. Dazu musst du weder Seelenklempner sein noch Freud gelesen haben. Ick lag da, es war spät, ick war erledigt und nicht mehr sehr widerstandsfähig, und wie der irgendwas über Hingabe, Ödipus, die Liebe und den Hass des Vaters labert, hab ick plötzlich losgeheult wie ein Schlosshund. Ick weiß nicht mehr genau, wieso, aber irgendwie muss er da einen wunden Punkt so exakt getroffen haben; wie ick dann an der Brust von dem Alten geschluchzt habe, das hat ihm bestimmt Spaß gemacht, ist wie eine Patientin ficken. Mir war's total peinlich, schließlich hat er ja für die Stunde bezahlt gehabt, und nach 'ner Weile habe ick mir irgendwie eingekriegt. Ick war total alle und wollte machen, wat ick am besten kann, außer mir für mir selbst und für meinen *verlassenden* Vater bemitleiden – ick wollte ihm einen blasen. Ick wollte ihm einen blasen, ihn ficken und dann rauswerfen, Zimmer aufräumen und dabei Can hören, irgendwat, das schwebt, um wieder in die Spur zu kommen, ick dachte, er tut mir den Gefallen, kriegt ihn schnell hoch und spritzt ab; aber er ist mindestens siebzig, natürlich regte sich bei ihm nix. Meine Rücksicht damals war total fehl am Platz – heute leg ick in so 'ner Situation Hand an, dann isset schnell erledigt. Aber damals sah ick noch in jedem Freier den Mann und hatte Angst vor seinem Blick, ick wollte die Hure sein, die ihn mit ihrer Zärtlichkeit für die Kälte von alle anderen Frauen entschädigt. Dass bei ihm nix passiert ist, hat mir genervt, weil ick mir in meinem Zustand auch noch irgendwelche Tricks ausdenken musste. Aber der Gedanke an so einen rein profimäßigen Handjob, nur um ihn hart genug für den Gummi zu kriegen, hat mir trotzdem gestört. Da war wat in mir, das nicht Prostituierte war. Aber streif mal einen Gummi über einen weichen Penis ... Also habe ick ihm ohne einen geblasen. Dit Ding lag griffbereit, aber als er endlich steif wurde und ick gemerkt hab, dass er ganz schnell kommt, hatt ick Angst, bis ick die Verpackung auf und das Kondom dran hab, ist dit Soufflé schon wieder zusammengefallen. Also hab ick weitergemacht. Er hat in meinen Mund abgespritzt, und ick habe nicht mal dran gedacht, es ins Waschbecken zu spucken; bei die ganzen Miniwunden im Mund ist es eh weniger gefährlich, wenn du es schluckst, als wenn du mit dem Mund voll Sperma durch die Wohnung rennst. Du schluckst, und weg isset. Für mich war's praktischer so, ick wollte einfach nicht mehr dran denken.

Eine Woche später ist er wieder da, war ganz aufgeregt, und ick war sauer, wie er da steht. Beim ersten Mal hat er mich die ganze Stunde in 'ne Depri ringequatscht gehabt, ick hatte nicht vor, mich wieder runterziehen zu lassen. Ein Glück ooch, denn der war nicht gekommen, weil er ficken wollte oder mir auch nur mit seine bescheuerten Fragen aushorchen, sondern um mir zu sagen, dass er mich nicht mehr treffen kann. Ich weeß noch, wie erleichtert ick war und wat ick mir für Mühe gegeben hab, wie eine verlassene Geliebte auszusehen. Er meinte, es wird zu ernst; er ist verheiratet und hat keene Lust und ooch keene Zeit, sich zu verlieben, ick wär so jung und voller Leben, da würde ein alter Mann wie er früher oder später den Kopf verlieren. Ick dachte nur, *Zisch endlich ab, Schwachkopf.*

Noch zwei Wochen später steh ick hinter dem Vorhang und guck, wer grad geklingelt hat, da tauchte dieser Klaus auf. Ick hab einen Schreck gekriegt, sag ick euch, dachte schon, der hat sich's anders überlegt – aber er wollte zu Gita. Er hatte seine Gita-Phase.

Vorhin im Zimmer jedenfalls lasse ick ihn rumlabern und überleg mir schon, dass ick ganz deutlich *Keine Verabredung mit Klaus* auf ein Post-it schreiben werde, da fängt er plötzlich an von wegen Gita. Dass ihn Gita nach ein paar Treffen nicht mehr hat sehen wollen und es ihm nicht mal erklärt hat, dass ihm die Hausdame die Nachricht überbracht hat. Da ist mir eingefallen, dass Gita Sonja damals erzählt hatte, sie will nichts mehr von ihm hören, das übersteigt ihre Kräfte, sie würde es ihm sehr gern selbst erklären, aber dann würde sie gemein werden. Sonja hatte damals mit Klaus gesprochen, der hatte noch mal unter anderem Namen einen Termin bei Gita gebucht gehabt, weil er sich eingebildet hat, dass es ein Missverständnis ist. Danach hat er sich ganz bestimmt in anderen Bordellen rumgetrieben. Vorhin erzählt er mir diese Geschichte und war immer noch voll beleidigt, und dann kommt er mir wieder mit seine Theorie, dass es mit Gita und ihm sowieso zu *ernst* geworden war und dass sie deswegen beschlossen hat, dass er nicht mehr kommen soll. Wohlgemerkt, er hat keine Sekunde dran gedacht, dass er ihr einfach auf die Eier gegangen ist.

‹Weißt du, letztendlich war es für mich auch besser›, sagt er, ‹es hätte sonst ein böses Ende genommen. Ich hätte Gita – sie heißt in Wirklichkeit Julia, aber das darfst du niemandem sagen (*als wenn ick das nicht wüsste, Idiot*) – womöglich befruchtet.›

Wie er dit raushaut, ist mir glatt die Spucke weggeblieben. Und dann sagt der auch noch *befruchten*, als wenn er dafür zuständig wär, dass die deutsche Rasse weiterbesteht oder wat weeß ick, und dass er in ihr auch den bewussten oder unbewussten, auf jeden Fall sehr starken Wunsch verspürt hat, *befruchtet* zu werden, deshalb also … Ick seh ihn schräg an und beiß mir auf die Zunge, ick weeß nicht, ob ick ihn lieber auslachen oder ihm ein paar runterhauen möchte, da erinnert der mich daran, dass er ja auch aufgehört hat, sich mit mir zu treffen. Dit hätt ick doch nicht vergessen? Aber er hätte dazu keine Hausdame gebraucht – nein, das war eine Initiative, die er ganz allein ergriffen hat. Wahrscheinlich merkt er, dass ick gleich rausplatze, jedenfalls dreht der plötzlich total ab – anders kannste das nicht nennen – und erklärt mir, wie empfänglich ick damals war. Und damit ick auch begreife, wat er unter empfänglich versteht, sagt der doch echt *bereit zur Besamung*. Das war echt krass, aber ick wollte mal sehen, wie weit er mit seinem Schwachsinn geht, wenn ick nicht protestiere, also sag ick, er soll mir doch mal *bereit zur Besamung* erläutern. Ick hab mir gefühlt, als wenn ick uff

Doktor Mengele liege. Und prompt entwirft er ein total abgefahrnes Porträt von mir vor zwei Jahren, jung, voller Leben, mit Hormonen, die aus allen Poren quollen – das erste Zeichen von Bereitschaft war seiner Meinung nach die Heulerei an seiner Schulter wegen meinem Vater. Zweites Zeichen, das ihn zutiefst erschüttert hat – ick hab seinen Samen *geschluckt.* Donnerwetter! Da hab ick begriffen, dass du dir viel schlimmere Sachen als Chlamydien einfangen kannst, wenn du einem Mann ohne Kondom einen bläst, Sachen, von denen du weder Ausfluss noch Juckreiz kriegst, aber Jahre später springen sie dir ins Gesicht, wenn du schon lange nicht mehr dran denkst. Ich hätte also *seinen Samen geschluckt,* legt er mir dar, ohne etwas dafür von ihm zu verlangen, in absoluter Hingabe, an der Grenze zum unverhohlenen Wunsch nach Mutterschaft. Ich bin inzwischen so geschockt, dass ick die Idiotin spiele, damit er selber merkt, wie lächerlich er ist. Also sag ick mit weit aufgerissenen Augen, dass ick doch davon nicht hätte schwanger werden können. Guckt der mir supergelehrt an und erklärt mir, dass dieser Mund und *der andere* psychoanalytisch dasselbe sind, dass es immer darum geht, den Samen des Mannes aufzunehmen. Ick würde am liebsten kreischen, bis er abzischt und die Tür hinter sich zuknallt – mach ick aber nicht, weil mich das immer noch fasziniert, was in seinem Kopf vorgeht. Glaubt der wirklich, was er erzählt? Ich stelle mir Gitas Gesicht vor, als er ihr so einen Schwachsinn erzählt hat. Zugleich merke ick, wie gut mir das tun würde, mal so richtig vom Leder zu ziehen, *hör mal, mein Jutster, der einzige Grund, warum ick dit ohne Gummi jemacht hab, war, dass du'n nich hochjekriegt hast und ick schon echt jenervt war. Deswegen wollte ick nich noch länger an dir rummachen, ick wollte nach Hause und einen Joint rauchen, so groß wie ein Atomsprengkopf. Und wenn du unbedingt von Psy-*

chologie reden willst, ick habe dit auch an der Uni studiert! Findest du's wirklich logisch, dass eine junge Frau lieber von dir befruchtet werden will als von 'nem Jungschen, der wie ein anständiger Erzeuger aussieht? Wenn sie überhaupt im Bordell schwanger werden möchte! Eens kannste globen, ick hab jeden Tag vier Männer, die verlockender sind als deine verstaubte Visage.

Warum ick das nicht gesagt hab? Weil ick nicht zu Wort gekommen bin! Der sitzt schon wieder auf seinem Klaus-Planeten voll wirre Theorien und semantische Spalten und erzählt mir, dass er sich jetzt, wo ick Mutter bin, weniger bedroht fühlt, und ick wollte schon sagen, *hör mal, Klaus, ick merk, wie ick durch die demiurgische Kraft von deine Worte schon wieder schwanger werde, es ist besser, wenn wir uns nicht mehr sehn.*

Und als wäre das alles noch nicht genug, will er mir einreden, dass die Huren 'ne Menge Freier verlieren, wenn sie erstmal Mütter sind. Da hat er mir meine Schicht endgültig versaut. Erstens stimmt dit nicht, und zweitens kannst du mich mal, Alter. Ja, die Macht blutjunger Mädchen über die Männer sei unvergleichlich. Und weil ick weeß, dass er damit mehr oder weniger recht hat, hätte ick ihn am liebsten in die Fresse gehaun – zum Glück habe ick gesehn, dass er mit seinem Schwachsinn fast die ganze Stunde verplempert hat, es blieben gerade noch fünf Minuten zum Duschen. Ick hätt fast gejubelt vor Freude. Während ick schon anfange, mir anzuziehen, halt ick dagegen, dass es den Männern, die auf blutjunge Mädchen stehen, mächtig an Selbstvertrauen fehlt, das ist ja so wat von einfach, junge Mädchen zu beeindrucken, da musste rein gar nix draufhaben. Männer mit einer Fixierung auf junge Frauen haben kleine Schwänze oder kriegen ihn nicht hoch oder beides, so seh ick das! Und richtige Frauen wollen nix von den Schwachköpfen wissen, die unbedingt unberührte Körper oder zum Himmel gereckte Brüste brauchen. Klaus, der sonst auf allet eine Antwort hat, fühlt sich in die Enge getrieben und fängt einen verkorksten Monolog an, dass er natürlich nicht so ist, o nein – aber als er mitkriegt, dass ick mir schon anziehe, guckt er dumm aus der Wäsche, als hätte er vergessen, wo er ist und wie lange schon. Früher hätte ick ihn unterbrochen und meine Arbeit gemacht, man will ja schließlich ein gutes Gewissen haben, aber mit dem – sein Problem, wenn er so viel labert. Er hat gefragt, ob er noch eine Stunde buchen kann, ick dachte, die Erde bebt – ick habe ihn angestarrt, mit seine Unterhose, die so alt war wie er, und dem Bart von Molières Doktor Diafoirus – so ein armseliger Kerl, der sich einbildet, dass die Mädchen scharf auf seinen Samen sind, obwohl sie nur versuchen, ihren Job zu machen und höflich zu sein! Also sag ick *Tut mir leid, ick bin bis nächste Woche ausgebucht.*»

Lorna macht sich eine Zigarette an der Kippe der letzten an und stößt den ersten Zug mit einem Fauchen aus:

«Überleg dir mal, der Kerl ist dreiundsiebzig, seine Frau ist schwer krank und will seit zehn Jahren nix mehr von Sex wissen. Da musste nicht lange nachdenken, warum der ins Bordell kommt. Wahrscheinlich kommt er sich wie 'ne Kerze vor, die schon ganz schön weit runtergebrannt ist. Ganz kurz hat er mir leidgetan. Aber Scheiße, mein Leben ist ooch nicht immer einfach, ick hab ein Baby zu versorgen und eine Menge Probleme, nicht nur mit der Kohle, ick brauch weiß Gott keinen Pseudo-Psychiater, der mir erklärt, dass ick alt geworden bin, dass meine Freier in die Arme von Jüngeren abwandern und ick 'n Ersatzvater oder *symbolischen Erzeuger* suche, ick hab's wirklich nicht nötig, dass mir einer uff die Nerven rumtrampelt, während tausend andere Männer mich gern dafür bezahlen, dass ick anständig meine Arbeit mache.»

In dem Moment eilt Gita vorbei, sie hat etwas Dringendes
zu tun, aber Lorna fragt:

«Gita! Wat fällt dir ein, wenn ick Klaus sage?»

Sie hält kaum inne und rümpft ihre hübsche Nase, wie an-
geekelt von einem widerlichen Geruch:

«Willst du mir die Laune verderben?»

«Siehste», nimmt Lorna den Faden auf, «wenn dich so ein
banaler Name wie Klaus sofort an einen bestimmten Freier
erinnert, ist das 'n schlechtes Zeichen. Ick hätt ihm gern 'ne
Menge gesagt, was ihn im Handumdrehen auf seinen Platz
verwiesen hätte. Und der ist nicht der Einzige. Es gibt 'ne
ganze Armee, die dich im Nachhinein zu schlauen Sprüchen
inspiriert. Dit bringt mir echt um bei dem Job, dass du als
Frau den ganzen Männerstolz mit einem Schlag wegfegen
kannst, wenn die sich total ohne Grund immer weiter aufbla-
sen, und dass du's nicht machst. Manche Mädchen können
dit, ick nicht. Ick hab keine Lust, eine Stunde, dreißig Minuten oder auch nur zehn mit einem Mann zu verbringen, dem
ick grad gesagt hab, dass sein Schwanz nicht so dick ist, wie
er sich einbildet, dass er ganz nett aussieht, aber trotzdem
ein Mädchen bezahlen muss, also mach mal halblang. Diese
Schwachköpfe, die mit der Überzeugung nach Hause gehn,
sie hätten ein Mädchen zum Orgasmus gebracht! Oder die,
die das Kondom danach mit ins Bad nehmen, weil sie gehört
haben – ick frag mir, von wem –, dass sich manche Mädchen
das Sperma des Mannes reinspritzen, um ihn zu erpressen.
Weißt du, wat ick denen alles erzählen könnte? Irgendwann
puckern die ganzen schlauen Sätze, die sich aufgestaut haben, wie eine Zyste, da, in meinem Bauch. Ick könnte nie ein
Buch daraus machen, ick hab keen Talent, außerdem würde
es wie eine billige Rache aussehn, aber eigentlich müssten
wir so ein Buch schreiben. Das täte mir echt Spaß machen.

Das wär was für alle Huren. Und für alle anderen Frauen auch. Eigentlich ist das Bordell nur ein Vergrößerungsglas, wo einem alle Fehler und Laster der Männer ins Auge springen, die der Alltag übertüncht.»

Am Anfang verstand ich Lorna noch schlechter als die anderen, weil sie so berlinert und immer mit anderen Deutschen diskutiert, die sich genauso wenig darum sorgen, dass du sie verstehst. Lorna hatte keine Skrupel, wenn sie mich mit ratlosem Blick einem Wortwechsel zwischen ihr und Birgit folgen sah, sie hat auch nicht versucht, deutlicher zu sprechen – aber ich habe mich daran gewöhnt. Nachdem ich diesen seltsamen Akzent, der die meisten Wörter zerkaut und den Rest neu erfindet, so lange gehört hatte, wurden Lornas Stimme und ihre Intonation zu einer vertrauten Musik – irgendwann habe ich begeistert festgestellt, dass ich sie verstehe. Ich verstehe sie und kenne sie inzwischen gut genug, um sie zu bitten, Satzfetzen, die mir entgehen, zu wiederholen, und eines Morgens habe ich mich dabei ertappt, *Allet jut* zu einem Freier zu sagen, der mich fragte, wie es mir geht, im selben Ton wie Lorna, wenn sie morgens kam, *Allet jut, Schnecke*.

Mein Deutsch, die verrückte Mischung aus Berliner Dialekt und falsch deklinierten Fremdwörtern, ist die einzige Errungenschaft, der ich mich vor meiner hingerissenen Familie rühmen kann – ich finde es lustig, dass ich es im Bordell gelernt habe, von Deutschen aus allen Ecken des Landes, vor allem bei Lorna und Birgit, die sich ganz langsam entschlüsseln ließen wie die Wälzer, die man normalerweise nur an der Uni zu Ende liest, nach einem Semester mit einem öden Prof. Sie sind mein Monolog der Molly Bloom – denn wenn du erstmal drin bist, wenn du alle Hindernisse überwunden hast, ist es eine Belohnung, wie du sie selten erhältst, und du freust dich *wie Bolle.*

SUMMERTIME, JANIS JOPLIN

*H*eute Morgen klebte auf der Terminliste ein kleines post-it: «Swetlana hat aufgehört.» Sie ist nicht im Urlaub, sie macht keine Pause – nein, sie hat aufgehört. Ein normaler Arbeitgeber hätte wahrscheinlich geschrieben «Sie hat gekündigt»; *aufhören* ist kein normales Wort. Sofort, ohne nachzudenken, vervollständige ich: Sie hat aufgehört mit dem Schwachsinn. Oder auch nicht, das bedarf gar keiner Erklärung – nur, *sie hat aufgehört.* Sie gehört nicht mehr zu dieser Art. Sie ist keine Hure mehr. Natürlich interpretiere ich, aber in der Wahl des Verbs spüre ich die stillschweigende Einigung zwischen dem *Maison* und Swetlana, sie nicht mehr anzurufen, auch nicht für eine Escort-Anfrage, sie nicht mehr alle zwei Monate einzuladen, wie es mit Mädchen gemacht wird, die aus unbekannten Gründen nicht mehr auftauchen, denen die Hausdamen aber zu verstehen geben, dass sie immer willkommen sind, wenn sie es nötig haben. Swetlanas Fotos sind von der Website verschwunden. Auf ihrem Schrankfach fehlt das Namensschild, drin herrscht die Leere von Räumen nach dem Auszug, wo immer noch eine Haarnadel rumliegt.

Eine Hure, die verschwindet, bringt die anderen unweigerlich ins Grübeln. Irgendwann hat Birgit mal gesagt – das war der erste deutsche Witz, den ich verstanden habe –, jedes Mal, wenn ein Mann heiratet, wird eine Hure geboren. Ich suche vergeblich einen entsprechenden Witz, der ihr Verschwinden erklären würde.

Niemand weiß, wohin sie gehen – die Welt hat sie wieder.

Was sie darin werden? Ganz normale Menschen, nehme ich an. Eins aber frage ich mich: Geht sie jetzt, wo sie aufgehört hat, jetzt, wo ihre Umarmungen nicht mehr gekauft werden können, seelenruhig durch die Straßen, wie jede andere Frau, die sich nie prostituiert hat? Verlierst du, wenn du das Bordell verlässt, von einem Tag auf den anderen das überdeutliche Bewusstsein, eine Frau zu sein? Verlierst du die Gewohnheit, dich bei jedem Blick eines Mannes zu fragen, ob er ein früherer oder ein künftiger Freier ist? Und wenn du auf einer Caféterrasse allein neben einem Tisch mit zehn Männern sitzt, die sich nicht trauen, dich anzubaggern, und so tun, als wären sie mit ihren Telefonen beschäftigt, wirst du dich dann auch in Zukunft fragen, ob sie dich gerade mit den Fotos auf der Website vergleichen?

Wie isolierst du diesen Teil deines Lebens vom Rest? Hure sein ist eigentlich weniger ein Beruf als eine Vereinbarung, die du eines Tages mit dir selbst getroffen hast: die Entscheidung, den Gedanken an Zuneigung, die gewöhnlich am Sex hängt, zu verlagern und dazu zu stehen. Wenn du einmal im Bordell gearbeitet hast, kannst du nicht mehr zurück, kannst du nicht mehr behaupten, dass Sex nie etwas rein Geschäftliches ist. Die anderen können es weiter ignorieren, es steht dem Mädchen nicht auf die Stirn geschrieben – wir aber wissen es.

Hörst du wirklich ganz und gar auf? Was wird aus dem Kribbeln in der Magengrube, wenn du in einem beliebigen Kontext das Wort Hure hörst? Du kannst nicht mehr objektiv über Prostitution diskutieren – solche Gespräche solltest du sowieso vermeiden, wenn du dich nicht durch übertriebene Vehemenz verraten willst.

Swetlana hat aufgehört. Im Bordell und draußen geht das Leben weiter, für ihre Freundinnen wird ihre Abwesenheit eine Leere sein, die bald andere füllen werden; kein Grund für Trauer, niemand scheint es so zu empfinden – vielleicht gehört es auch zu unserem Beruf, uns nicht zu binden. Immerhin war sie eine Zeitlang das Glanzstück der Abendschicht, wir hörten ihre Stimme schon von weitem, erkannten an ihrem Parfüm, in welchem Zimmer sie gerade gewesen war, lauschten ihrem Lachen, ihrem Stöhnen – unfassbar, dass sie fortgeht und nur eine winzige Kielwelle hinterlässt, aufgelöst in der Notwendigkeit, weiterzuarbeiten, weiterzuleben; ebenso, wie wir manche Freier besonders mögen, aber erst nach sechs Monaten feststellen, dass sie nicht mehr wiederkommen. Und dann? Gibt es andere. Hure ist eine Arbeit, die nur mit Vergessen funktionieren kann: Die Freier löschen die Erinnerung an ihre Vorgänger, die Mädchen löschen die an andere Mädchen.

Ich denke, sie alle – wir alle – haben in uns einen Platz für die Mädchen und die Freier; aber es ist kein Bedauern, das diesen tief vergrabenen Platz ausfüllt. Es wäre unangebracht zu trauern, weil eine von uns ihr Leben verändert, auf die andere Seite des Spiegels geht. Wir wissen alle, warum wir aufhören.

Vielleicht sollte ich Swetlana gar nicht erwähnen. Sie ist weg, und sicher geht es ihr gut, sicher würde sie nicht wollen, dass ich sie aus dem Vergessen hole, weil ich mich an sie erinnere, weil sie hübsch und lustig war und ihre Abenteuer meine interessanter gemacht haben. Aber sie ist zurück in die Anonymität gegangen. Weil wir in verschiedenen Momenten unseres Lebens verschiedene Menschen sind, ist Swetlana, ist dieser Teil von ihr (so künstlich wie Justine für mich) für immer in der Öffentlichkeit. Swetlana existiert für immer in dieser Dimension des Universums, in der sie neunzehn ist, eine dicke blonde Mähne hat und die schönsten

Brüste, die ich je sehen durfte (mögen die anderen Mädchen, denen ich dieses Kompliment zugeflüstert habe, mir verzeihen).

Was für Brüste! Ich vergaß sogar, neidisch zu sein, manchmal tröstete ich mich insgeheim, *Tja, sie ist halt neunzehn.* Swetlana kam aus dem Zimmer, wunderbar, nackt – wie die anderen. Aber inmitten dieses freundlichen Tittenwalds blieben meine Augen sogleich an ihren hängen. Sie waren von dieser gesegneten Art, klein, aber rund, schwer, aber dem Gesetz der Schwerkraft trotzend, unverschämt vorgereckt wie ein Kinn voller Herausforderung, kaum zitternd, wenn sie lief, und, so stelle ich sie mir vor – oh, wie ich sie mir vorstelle! –, wunderbar hüpfend in der violetten Dunkelheit der Zimmer. Bebend wie Götterspeise, die Spitzen kaum rosiger als ihre weiße Haut, und diese entzückende Kurve vom Brustansatz zur Wölbung der Hüften, die undeutlich hervortrat, wenn sie sich vorbeugte, um mit ihrem seltsam trockenen Federstrich die Endzeit ihres Freiers in die Liste einzutragen. Dieser Freier hatte sicher jede Minute ihres Zusammenseins in einem Zustand sprachloser Anbetung verbracht. Sie umsorgten sie; manchmal kam sie aus dem Studio, ihr Hintern und ihre Schenkel waren von Schlägen gerötet, aber welch göttliche Anmut schien ihren Busen von diesen Härten zu trennen! Wie undurchdringlich, milchweiß, die trägen, unempfindlichen Brüste einer Jungfrau, die man nur mit den Augen anbetet.

Ein Freier hat sie zum Weinen gebracht, an dem Tag war ich nicht da, am nächsten hatte sie «aufgehört». Delilah hat es mir flüsternd in der Küche erzählt. Niemand hatte sich gemerkt, wie er aussah, dabei ist das überaus wichtig; die Hausdame war ganz rot vor Ärger und hatte ihn gewarnt, wenn er sich so benehme, werde kein Mädchen mehr mit ihm mitgehen wollen. Sich wie benehme? Niemand wusste, was er mit Swetlana gemacht hatte, dass sie vor dem vereinbarten Ablauf der Zeit in Tränen aufgelöst aus dem Zimmer gestürmt war. Im Aufenthaltsraum wurde heftig diskutiert, jede suchte in ihrer persönlichen Chronologie einen indizierten Freier, der womöglich die Hausdamen überlistet hatte – davon gibt es zu viele! Außerdem hat jede ihre Abneigungen, die die anderen gleichgültig lassen, und wie sollen wir einen Perversen vom anderen unterscheiden. Swetlana war zwar jung und noch neu im Geschäft, aber es ist nicht so einfach, eine Hure zum Weinen zu bringen, erst recht nicht hier: Das heißt, dass er sie erschreckt, indem er sie einen Moment lang vergessen lässt, dass hier nichts passieren kann, was sie nicht will. Das heißt, dass er schneller ist als der ständige Gedankenstrom einer Hure und dass er die Idee, das Zimmer zu verlassen und Hilfe zu holen, im Keim erstickt.

Diese Vorstellung erinnert mich daran, welches Damoklesschwert über unseren Köpfen hängt, und ich rede mit Gita darüber, um die Last zu teilen: Wenn morgen ein Verrückter mit einem Rasiermesser in der Tasche ankommt und beschließt, einem Mädchen ein neues Gesicht zu verpassen, kann ihn niemand daran hindern. Es gibt keine Rausschmeißer, aber das würde auch nichts helfen: Bevor sie oben wären, hätte er dem Mädchen schon die Kehle durchgeschnitten. «Und auch ohne Rasierklinge», mischt sich Rosamund ein, die vor dem Küchentisch steht und uns zuhört, «wenn morgen ein Stammkunde, dem du nicht mehr misstraust, plötzlich austickt – vielleicht hat er ein Burnout –, mit einem Colt im Mantel ankommt und entschlossen ist, sich weder unbemerkt noch allein zu verabschieden ...» Rosamund zählt die Möglichkeiten auf, während sie Ingwer schneidet, ohne uns anzusehen, die wir jedes Wort erschaudernd abwägen. «Nehmen wir an, das Mädchen hat Glück und ist unten, neben dem Gemeinschaftsraum, kann also nach Hilfe rufen; wer sagt euch, dass die hereinstürmende Hausdame, die sich senkende Türklinke oder auch nur ein beliebiges Geräusch draußen den verzweifelten Mann nicht dazu bringen, auf den Abzug zu drücken. Einfach so, ohne Warnung. Peng!», macht Rosamunde ungerührt, den Finger auf den Tisch gerichtet, an dem Gita und ich rauchen.

Auch wenn er nicht gleich schießt, auch wenn er das Mädchen nur bei den Haaren packt und mit irren Augen schreit, sein Leben habe keinen Sinn mehr und wir sollten ruhig die Polizei rufen; wenn er zum halbgeöffneten Fenster zurückweicht, das vor Angst zitternde Mädchen an sich gepresst, die Körper aneinandergeschweißt wie zwei Kartoffelkäfer bei der Paarung ... gibt es irgendein Handbuch, das den Hausdamen erklärt, wie sie mit einem Verrückten umgehen sollen? Nein, wir sind verloren; wenn ein Verrückter beschließt, unsere Herde zu dezimieren, können wir nur noch hoffen, dass Gott die Seinen erkennt.

Dieser Zwischenfall macht uns eine Woche lang vorsichtiger, dann vergeht die Zeit, und wir vergessen (wobei ich seither jedes Mal, wenn ein Freier in der Innentasche seiner Jacke nach der Brieftasche sucht, Rosamund vor mir sehe, die ihren Ingwer schnipselt und plötzlich seelenruhig Daumen und Zeigefinger ausstreckt – Peng!). Wir können uns nicht alle ewig im Erdgeschoss drängeln, dazu hat auch niemand Lust – schließlich passiert das Unglück immer nur den anderen.

Tagelang habe ich mich gefragt, was Swetlana draußen wohl erwartet, ich sah sie schon am Arm eines Jungen von ihrem Schlag, den die Vergangenheit nicht interessiert – mit neunzehn ist die Vergangenheit höchstens eine winzige Blase voller Gefühle, sonst nichts. Ich habe nicht daran gedacht, dass ein brutaler Freier sie verjagen könnte, nicht bei der Fürsorge, die wir füreinander aufbringen – wahrscheinlich, weil ich fünfundzwanzig bin und weil der Tag, an dem mich ein Freier zum Weinen bringt, auch der Tag sein wird, an dem ich mich zu einer Kugel zusammenrollen und sterben kann.

Trotzdem habe ich mich drankriegen lassen wie ein Grünschnabel, nur eine Woche nach unserem Gespräch in der Küche. Er sah ganz harmlos aus – ich war überhaupt nicht misstrauisch. Er sah gut aus; aber ebenso wenig wie das Unglück immer nur den anderen passiert, steht den Verrückten ihre Perversion auf die Stirn geschrieben. Das sollte ich in meinem Alter wissen, und dieser Spürsinn riss mich bald aus meiner Lethargie. Als wir das Weiße betraten, spürte ich schon eine gewisse Spannung in der Luft. Der Mann füllte den Raum auf seltsame, irgendwie ungewöhnliche Weise aus. Ich habe hier schon so viel erlebt; es gibt kein kindlicheres, unschuldigeres Zimmer als das Weiße, aber genau da wachsen den gewöhnlichsten Männern plötzlich Krallen und Fangzähne – als würde ihr Eindringen in eine Welt, die nach kleinen Mädchen riecht, ihre Zerstörungswut wecken.

Ich stand da, rauchte, sah ihn an und fragte mich, was so einen hierherführt. So einen hübschen Kerl. Seine schweren Lider erinnerten mich an eine Welt, die ebenso endgültig untergegangen war wie Atlantis. Er spürte wohl diesen Funken meiner Lust und gehörte zu denen, die bei den Huren eher sanfte Schicksalsergebenheit schätzen – vielleicht sogar zu denen, die sich an ihrem geradezu spürbaren Widerwillen aufgeilen.

«Du siehst so jung aus», seufzte er und drückte seine Nase an meine. «Wie alt bist du?»

Da ich offenkundig im Begriff war, wahrheitsgemäß zu antworten, legte er mir die Hand auf den Mund:

«Sag's mir nicht. Du siehst aus, als wärst du gerade achtzehn. Verdammt, vielleicht noch nicht mal.»

«Vielleicht noch nicht mal», gurrte ich und schob die Träger meines Unterrocks von den Schultern. Das war eine dieser schamlosen Lügen, die man nur im Alkoven glauben kann und die man nur glaubt, weil man Lust dazu hat.

«Nein, warte. Bleib angezogen. Das ist sehr hübsch, was du da trägst.»

Er hatte eine wunderbare Nase, die er ganz langsam über meinen Hals wandern ließ, dann sprach er mit tiefer Stimme die Worte, die Atlantis ganz langsam wieder auftauchen ließen:

«Ich mag kleine Mädchen, weißt du.»

Seine Hand griff nach meiner und legte sie auf seinen Schenkel:

«Spürst du, was du mit mir anstellst?»

Ich saß rittlings auf ihm, sein Atem roch nach den Männern draußen, in mir erwachte ein absurdes Verlangen nach seinen Händen auf meinem normalerweise schlafenden Körper, das entsetzliche und köstliche Jucken im Unterleib, das Bedürfnis, genommen zu werden, bald, aber nicht sofort, nicht so, das Gefühl, lebendig zu sein, Herrgott, so lebendig auf einmal, ohne Uhr im Kopf, ohne die geringste Ahnung, wo und wie das enden würde – und die Szene hätte so weitergehen können, hätte ich nicht, während ich demütig mit der Wange seinen Schwanz streichelte und meine Lustseufzer unterdrückte, dieselbe Stimme mit der Heftigkeit des erregten Mannes sagen hören:

«Blas mir einen ohne Kondom.»

Und sofort wurde ich wieder zur Hure. Es war wie ein Eimer Eiswürfel in meinem Rücken, und ich versuchte, die kalte Höflichkeit einer Geisha zu wahren, als ich ihm erklärte, dass das nicht in Frage komme – plötzlich bestürmte mich ein Wirbel professioneller Einsichten, *Ich kenne ihn nicht, er hat nicht geduscht, er benimmt sich seltsam.*

Sich ohne Kondom einen blasen zu lassen, war noch nicht seltsam. Seltsam war sein Gesicht, das sich plötzlich verändert hatte. Seltsam war seine Art, darauf zu bestehen, wieder und wieder, bis von meiner Lust nur noch der Drang blieb, ihm die Augen auszukratzen, was mich selbst erschreckte. Ein Instinkt, der nichts mit dem zu tun hat, was du im Bordell lernst, einfach ein weiblicher Instinkt sagte mir, dass ich ihm nicht mehr vertrauen konnte.

Ich weiß nicht mehr genau, woran ich erkannt habe, dass er es ist. Sicher an verschiedenen Sachen, an seiner Obsession für das Alter und der mühsam zurückgehaltenen Brutalität, während er mir den Hintern versohlte, als beherrsche er sich, um nicht mit Fäusten zuzuschlagen. Ich war fasziniert von dem, was sich in seinem Gesicht abspielte, fasziniert und entsetzt. Ich sagte mir, dass der Moment, in dem ich ihn nicht mehr würde ertragen können, rasend schnell näher kam, er war wie ein Hund, der zubeißen, zerreißen will – und ich war idiotischerweise begeistert, dass ich mich nicht langweilte. Von außen sah es wohl mehr wie ein Kampf aus als wie Sex: Ich wurde in alle Richtungen geschleudert, an den Haaren gezogen, unter seinem Gewicht erdrückt, noch hatte ich die Kontrolle, aber sicher nicht mehr lange – wie vor einer Welle, die einen Deich überspült, hätte ich immer weiter zurückweichen können, sie hätte mich doch erfasst.

Mein Fehler war zu glauben, ich könnte ihn mit dem

bändigen, was ihn so zu erregen schien – meine unterstellte Jugend. Während er mit einer Mischung aus Begeisterung und Wut wiederholte, *Du bist so jung, du siehst so jung aus, wie ein kleines Mädchen,* lachte ich innerlich, verblüfft von dieser Jugend-Besessenheit bei Männern, die ihre eigene Jugend allmählich schwinden sehen, ich fand diese Laune so scheinheilig – als mich plötzlich eine dröhnende Ohrfeige aus meinen Gedanken riss. Fassungslos stützte ich mich auf den Ellbogen auf, wollte protestieren, aber eine zweite Ohrfeige warf mich auf das Kissen zurück, ich war unter ihm eingeklemmt, während er mich anstarrte und ganz dicht an meinem Gesicht die Dämpfe meiner Wut einatmete:

«Du willst abhauen, ja? Versuch's doch. Versuch's, kleine Hure, versuch's.»

Ich tat ihm nicht den Gefallen, es zu versuchen, ich wusste, dass es unmöglich war. Dieser Kerl, den ich mit einem Stoß hätte umschubsen können, als wir noch angezogen waren, hatte nackt irgendwoher Titanenkräfte geholt. Er leckte mir lange die Wange – ich hasste ihn in diesem Moment, und ich konnte mich nicht von diesem Hass befreien.

«Du kannst nicht fliehen», fuhr er dann fort, «weil du so klein bist. Ich könnte mit dir machen, was ich will.»

Ich lachte ihm ins Gesicht, was ihn nicht besonders beeindruckte. Er war in mir, ohne sich zu bewegen. Seine Augen flatterten unter den Lidern.

«Du siehst aus wie sechzehn. Sag mir, dass du sechzehn bist.»

Da ich nicht antwortete, weil ich fassungslos war, gab er mir eine weitere Ohrfeige, die mich weggeschleudert und mir die Zähne ausgeschlagen hätte, wenn ich mich hätte rühren können. Das spürte er wohl, denn er griff nach mei-

nem Kinn und hatte plötzlich eine unmöglich zu beschrei-
bende Traurigkeit im Gesicht:

«Du kannst dich retten, weißt du. Du kannst mich auch
schlagen. Ich weiß, dass ich krank bin. Sag mir, dass du sechzehn bist», flehte er in erbärmlichem Ton.

Ich sah nur noch einen armen Kerl um die fünfzig, er
hätte auch als fünfunddreißig durchgehen können, ohne
die weißen Fäden in seinem vollen Haar und ohne dieses erbärmliche Bedürfnis, seine Autorität auf ein blutjunges Mädchen zu richten, weil Frauen stärker und intelligenter waren
als er. Ich war nicht dafür zuständig, die Erziehung dieses
Mannes zu korrigieren, ich musste nur sein Spiel mitspielen,
und solange er mich nicht ohrfeigte, war das nicht schwer.
Ich biss mir auf die Lippen, als ich ganz dicht an seinem Ohr
wiederholte:

«Ich bin sechzehn ...»

Ich spürte, wie er zwischen meinen Schenkeln erschau-
erte, nicht mehr rachsüchtig, sondern ganz besänftigt vom
Rausch, so einen Unsinn zu hören, sanft wie ein Mann, der
Liebe macht – und da packten mich wieder Frechheit und
Neugier:

«Ich bin fünfzehn ...»

Er stieß einen kleinen Schrei aus, als hätte ich eine besonders empfindliche Region seines Gehirns berührt; etwas zögerlich setzte ich meinen Countdown fort:

«Ich bin vierzehn ...»

Ich sah mich selbst in diesem Alter, pummlig und dumm,
den Mund voller Spangen – und ich sah diesen Kerl in der
Menge der Eltern, die ihre Teenager von der Schule abholen,
ganz steif und so verlegen, als hätte er gerade in die Hose gemacht:

«Ich bin dreizehn ...»

Ich ging bis *elf* und war von mir selbst schockiert; es war offensichtlich, dass ich bis *sechs* hätte gehen können, ohne dass seine Erektion verschwunden wäre, vielleicht noch weiter, wer weiß. Die einzige Gewissheit war, dass ich seinem Verlangen einen neuen Sadismus eingeflüstert hatte. Plötzlich richtete er sich auf und packte mich an der Kehle, und weil mir seine Augen Angst machten, wollte ich aus dem Bett rollen. Aber er hielt mich an den Haaren fest, als ich schon auf der Erde lag, ohne die Fußtritte zu spüren, die ich blind verteilte. Ich hörte ihn in meine Haare fluchen, dass ich nur eine Hure, eine dreckige Hure sei und er mit mir machen werde, wozu er Lust habe. Und bevor ich auf die Idee kam, mein Bein dahin auszustrecken, wo es ihn zwangsläufig gestoppt hätte, ging ein Regen von Ohrfeigen auf mein Gesicht nieder. Ich senkte die Augen auf meinen zerrissenen Unterrock und sah, als wäre ich dabei gewesen, Swetlana weinend aus dem Zimmer gerannt kommen; ich sah die reuige Miene des Mannes, dem die Hausdame die Leviten las, diese Vision war so deutlich, das konnte nur er sein. Ich zweifelte nicht mehr, war selbst am Rand der Tränen, Tränen der Wut, reiner, mörderischer Wut, weil er mich so behandelte und weil er ein Mädchen aus dem sichersten Bordell von ganz Berlin verjagt hatte und sich so sehr auf die Straflosigkeit verließ, dass er kaum eine Woche später an den Ort des Verbrechens zurückkehrte. Dass mir so etwas passieren konnte! Mir, die offensichtlich nicht mehr neunzehn war und viel zu viel Erfahrung hatte, um von so einer Situation an den Rand der Tränen gebracht zu werden. Wenn ich schon so weit war, wagte ich kaum, mir vorzustellen, welcher Sturm sich in Swetlanas Kopf abgespielt hatte. Ich sah Swetlana, die hinnahm, was sie wie ich für vertretbar hielt, und dann allmählich erkannte, dass es kein Codewort gab, um so ein Verlangen zu bremsen, ebenso wenig, wie es ein Abkommen über Ohrfeigen oder über diese perverse Atmosphäre wie vor einem Mord gegeben hatte. Dass es kein theatralischer Kunde war, den du leicht zurechtweisen konntest, sondern ein wildes Tier, verstört von der Last seiner eigenen Triebe. Ich dachte, dass er Swetlana mit der ständigen Wiederholung des Wortes *Hure* überzeugt, sie gegen ihren Willen in seine Phantasien hineingezogen hatte – und dass sie sich unter dem Hagel seiner Schläge plötzlich so allein gefühlt hatte, so klein angesichts der Einsicht, dass es *auch* das war, das Bordell, die Prostitution, und dass ihr so etwas in der normalen Welt vielleicht nie passiert wäre. Eigentlich ist *Hure* unser Wort, du hörst es nicht aus dem Mund der Freier oder nur selten, auf dem Höhepunkt des Fiebers, für die Männer ist es so blasphemisch, dass sie sich nach dem Orgasmus dafür entschuldigen. Bei ihm war es anders. Die Art, wie er es aussprach, konfrontierte auch mich mit meiner Situation, und sie war nicht beneidenswert, weil sie solche Beziehungen erlaubte. Plötzlich hatte ich das Gefühl, ich hätte seitenlang Lügen geschrieben, und dieser Mann käme wie der Engel des Todes, um der Wahrheit Recht zu verschaffen: Schreib, was du willst, beschönige die Sachen, so gut du kannst, aber eine Hure bleibt eine Hure, und weißt du, was das ist, eine Hure? Eine Hure muss schweigen, wenn ein normales Mädchen sich Respekt verschaffen würde. Ein normales Mädchen würde mich mit Fußtritten davonjagen, du nicht; du wirst schön die Schnauze halten und mich dich ficken, dich schlagen lassen, und wenn ich mit dir fertig bin, wirst du dich bedanken, dass ich gekommen bin, und wirst jammern wie alle anderen, weil du ein paar blaue Flecke hast und einen Aufschlag verdienst – warum nicht, wenn ich Lust habe? Was kannst du anderes tun? Du wirst deinen Huren-Freundinnen sagen, sie sollen nicht mit mir mitgehen? Was kümmert mich das? Es gibt genug Bordelle in Berlin, in denen mich noch niemand kennt, in denen ich Jüngere als dich überzeugen kann, dass sie sich dieses Leben ausgesucht haben, dass es das ist, Hure zu sein.

Ich dachte an das *Coco's*, ich dachte an alles, was meine ausgeprägte Berufsehre mich bisher mit einem Lächeln hatte tun lassen, ohne mir nachts je den Schlaf zu rauben, an alles, was ich hingenommen hatte, weil – so sagte ich mir – mein Buch dadurch nur noch lustiger oder interessanter werden würde; ich dachte an alles, was ich außerhalb des Bordells erlebt hatte und heute nie mehr akzeptieren würde – an alles, was ich akzeptiert hatte, weil ich jung und nett war und unbedingt gefallen wollte. Mir fielen alle Zwänge aller Männer ein, die ich, manchmal nur für einen Augenblick, so sehr geliebt hatte, dass ich ihr Gewicht vergaß. Ich dachte an Jules, meinen neuen Freund, wenn er mich sähe. Ich dachte an die Überstunden im *Maison*, um das Konto vor meiner Neuseelandreise aufzufüllen, und an die erbärmliche Summe, die die Geduld einbrachte, die ich jetzt an den Tag legte. Ich dachte an Stéphane und wie ich ihm das erzählen sollte – erzählen, dass dieser Mann mir das hatte antun dürfen, weil er mich bezahlt hatte, und dass ich mich nicht hatte verteidigen können. Das war eine Anekdote, die die Situation der Huren bestens zusammenfasst, und ich war wohl eine, da ich das mitmachte, und das war überhaupt nicht lustig. Ich fragte mich, wie viel, in Geld ausgedrückt, die Tatsache wert war, nichts davon meinem besten Freund erzählen zu können oder diese schlimme Erfahrung meinem Liebsten verschweigen zu müssen, der mich Tausende Kilometer entfernt erwartete. Ich dachte, wenn ich Stéphane davon erzählte, würde er Angst um mich bekommen, würde er meine Angst riechen, und das roch weder intelligent noch sexy, noch amüsant – würde er riechen, dass ich die Hure nicht ewig spielen konnte, irgendwann musste ich eine sein, mit allem, was das an Selbstverleugnung und Opfer bedeutete ... Herrgott, nein! Auf keinen Fall!

Seine letzte Ohrfeige traf ins Leere, ich war zwischen seinen Armen hindurchgeschlüpft, weil mein Unterrock auf dem Parkett schön rutschig war, und brüllte:

«Nein! Nein! Scheiße noch mal!»

Sofort krümmte er sich zusammen, und ein Ausdruck unerträglicher Reue trat in sein Gesicht. Ich richtete mich schwankend auf, betrachtete das Blumenzimmer und meinen zerfetzten Unterrock, hörte die schmalzige Musik aus den Lautsprechern.

«Wofür hältst du dich eigentlich?»

Schamvolles Schweigen eines Kindes, das ein anderes gebissen hat.

«Den Hintern versohlen, okay, eine Ohrfeige geht noch, aber ein Mädchen so zu schlagen? Du musst wirklich wahnsinnig sein!»

Meine Wut wurde noch größer, als ich merkte, dass mir Tränen in den Augen standen – auch wenn ich wieder auf den Beinen war und ihm meine Empörung zeigen konnte, blieb ich in seinen Augen nur eine Hure, die erkennt, dass man ihr nicht genug zahlt, um ihr die Fresse einzuschlagen. Keine beleidigte Frau, nein – eine Hure, die um ihre Arbeitsmittel fürchtet. Und im Grunde stimmte das, *auch*.

Ganz außer sich kniete er vor mir, sein harter Schwanz drückte gegen seinen Bauch, er verschlang das kleine Mädchen mit den Augen, das sich gegen Papas Allmacht auflehnte. Ergötzte sich an den Tränen, die ich zurückhielt. Und warf sich mir zu Füßen:

«Ich wollte dir nicht weh tun, ich dachte, dass ich dir nicht weh tue ...»

«Und als ich gesagt habe, du sollst aufhören? Und als ich versucht habe, dir zu entkommen?»

«Du hast nicht gesagt, ich soll aufhören.»

«Fass mich bloß nicht an. Wenn du mich noch mal anrührst, hau ich dir in die Fresse, ist das klar?»

Ich zündete mir eine Zigarette an, er stand schwankend auf und setzte sich ans hintere Ende des Sofas. Unglaublich, wie ähnlich er dem ersten Mann sah, den ich geliebt hatte, dem ich niemals nein zu sagen gewagt hätte, nicht in diesem Ton, nicht so.

«Es tut mir so leid», seufzte er kleinlaut. «Kann ich etwas tun, damit du mir verzeihst?»

«Du kannst abhauen.»

«Ich gehe schon.»

«Sehr gut.»

Er machte seine Hose zu, zog die Socken und den langen Mantel an. Und bevor ich die Tür hinter ihm zumachen konnte:

«Darf ich wiederkommen?»

Meine Wut hatte sich schon gelegt, ich war brav an meinen Platz außerhalb meines Körpers zurückgekehrt, und mein Motor lief auf Hochtouren.

«Ich verspreche dir, dass ich ganz brav bin.»

«Dräng mich nicht, sonst werde ich richtig böse.»

«Das darfst du auch. Ich weiß, dass ich es verdiene.»

Dann zog er ab; in seiner Art, vor sich hin zu starren, lag so viel Traurigkeit, so viel Verzweiflung, dass ich wusste, wenn er wiederkäme, würde ich ihn wieder annehmen – denn jetzt wusste ich, dass *er* es war.

Als ich runterkam, sagte ich nichts zu den Mädchen. Thaïs bemerkte meine roten Augen und meine Atemlosigkeit, sie fragte mich kichernd, ob ich Spaß gehabt hätte – bei ihr gab es keinen Zweifel, denn sie kam aus den Armen eines Stammkunden, der sie eine Stunde nur dafür reservierte, sein Gesicht zwischen ihren Schenkeln zu vergraben. Ich hätte nicht erklären können, was ich fühlte, ich fühlte nicht viel, ich war schon dabei zu schreiben. Die Bilder der letzten Stunde zogen mit kaum erträglicher Präzision durch meinen Kopf; ich hatte Lust, die Chefin anzurufen und dem Typen ein gutes altes Hausverbot zu erteilen – besser noch, ihn wiederkommen und über die Abreibung, die er mir verpassen würde, phantasieren zu lassen, um dann nein zu sagen – *nein, was mich angeht, und nein auch für die anderen, mein Guter, setz nie mehr den Fuß in dieses Haus.* Vorher würde ich alle Mädchen informieren, auch wenn ich in unseren Aufenthaltsraum den genauesten Steckbrief hängen müsste, damit er nie mehr die Hand an eine von uns im *Maison* legen könnte, egal, wie viel er anbieten würde. Ich würde auch sagen, dass er der Freier von Swetlana war. Ich würde die Nachricht auch in den Nachbarhäusern verbreiten, in denen er sein Glück versuchen würde, wenn er es nicht schon getan hatte. Wenn er sich seinen Frust-Orgasmus nicht auch schon zwischen den traumatisierten Schenkeln einer kleinen, halblegalen Polin geholt hatte.

Jetzt, wo ich wieder ruhig bin, stellt mich dieser frühere Freier von Swetlana vor mein erstes echtes Bordell-Dilemma. Es ist eine neue, sehr vielschichtige Qual zu entscheiden, ob du mit so einem Freier umgehen kannst oder nicht, ganz anders als die Zweifel, die mich sonst bewegen, ob ich Walter wiedersehen will, obwohl er immer versucht, mir den Finger

in den Arsch zu stecken, nachdem ich nein gesagt habe, oder
Peter, weil mir seine unaufhörlichen Rollenspiele die letzten
Nerven töten, die ich danach kaum wieder zum Leben erwecken kann. Diese beiden und die meisten anderen stellen
mich vor kein moralisches Problem, sie tun nichts, was eine
anständige Frau mit gutem Recht von sich weisen müsste –
wenn Peter mit seiner Frau über seine Phantasien sprechen
würde, bräuchte er seinen Lohn nicht ins Bordell zu tragen.
Das Gleiche gilt für Walter, der aus Langeweile und vielleicht aus Faulheit immer wieder kommt: Für solche Männer
ist das Bordell eigentlich nicht nötig oder gar unverzichtbar.
Jedenfalls stelle ich es mir nicht so vor. Diese Einrichtung
wurde zu einer Zeit erfunden, als es nur Huren oder anständige Frauen gab und als man im Bordell Sachen verlangen
konnte, die eine Ehe zerstört oder einen Mann an den Galgen
gebracht hätten. Die Witwer trösteten sich dort auch für ihre
Einsamkeit, aber es war vor allem dazu bestimmt, Ehegattin-
nen vor den verdrehten Ideen der Männer zu beschützen, denen man unterstellte, dass der Schwanz, wenn er einmal hart
war, alle anderen Organe beherrschte. Dazu muss man nur de
Sade lesen! In den tausend Anekdoten, die er berichtet oder
erfindet, unwichtig, gibt es Phantasien, die meinen Freier
als bigott dastehen lassen; in den *120 Tagen* erzählt eine der
Historikerinnen (was für ein schönes Wort) von ihrem Besuch
im Haus eines Notabeln, als sie noch sehr jung war: Niemand
hatte ihr irgendwas gesagt, man setzte sie in ein dunkles
Zimmer, nach langen Stunden des Wartens stürmten als Gespenster verkleidete Diener mit Ruten herein; inzwischen
wichste der Hausherr inbrünstig, während er sie gegen die
Wand schlagen und vor Angst brüllen hörte – dafür wurde
sie reichlich entlohnt. Als sie die Geschichte erzählt, ist sie
fünfzig, hat ein paar Finger verloren und ein paar Zähne, die

ihr ein Kunde ausgeschlagen hat, der für diese Laune eine ungeheure Summe bezahlt hat. Zweifellos sprechen hier mehr de Sades Gelüste als de Sade selbst; man kann sich kaum vorstellen, wie Jahre im Gefängnis die Phantasie eines Mannes formen. Trotzdem gibt es darin ein Körnchen Wahrheit; das Bordell hatte immer die Bestimmung, Raum der Freiheit zu sein, so schändlich sie auch scheinen mochte. Und weniger als mit Schicksalsergebenheit und Geduld haben die Huren ihre Empörung stets mit einer höheren Rechnung unterdrückt. Das ist heute noch genauso, sogar jetzt, da die Huren fast als normale Bürgerinnen angesehen werden und das unveräußerliche Recht haben, nein zu sagen.

Er verlangt ja nichts Unmögliches: Wenn er ein sehr junges Mädchen haben will oder eins, das sehr jung zu sein vorgibt, runzelt keine Hure die Stirn, sofern sie nicht alt oder schlechter Laune ist. Wenn er es so weit treibt, dass ihm eine Fünfundzwanzigjährige offenbaren soll, sie sei elf, ist das grenzwertig, moralisch inakzeptabel – aber diese Feststellung bedürfte einer Diskussion, für die im praktischen Verstand einer Hure im Dienst kein Platz ist. Die Phantasie mit ein paar Ohrfeigen zu würzen – geht noch. Natürlich sind wir im *Maison* hübsche, zimperliche Vögelchen, da würde sich wohl kaum eine Freiwillige finden, aber ich nehme an, es gibt bestimmt einen Ort, an dem man für einen ordentlichen Batzen Geld ein Mädchen brutal behandeln, als Hure beschimpfen, sie ein kleines Mädchen spielen und sich ohne Kondom einen blasen lassen kann. Es ist sicher auch möglich, sie richtig hart zu ohrfeigen, wenn man sich vorher mit ihr verständigt hat.

Aber ist das Taktgefühl, sich *vorher* zu verständigen, weil auch eine Hure eine Frau und ein Mensch mit unverkäuflichen Rechten ist, nicht eher eine Perversion des Bordells, die sich erst im 20. Jahrhundert entwickelt hat, im Zuge des Respekts für alles, was sich bewegt, atmet und kommuniziert?

Was diesen Mann heißmacht, ist ja gerade, ein Mädchen zu überraschen – und genau da liegt mein Dilemma: Ich verstehe ihn. Sein Vergnügen besteht darin, wie ein normaler Mann aufzutreten, der gekommen ist, um seinen Samenobolus in die Gemeinschaftskasse zu entrichten, der aber eigentlich die Angst in den Augen einer Frau wachsen sehen und beobachten möchte, wie die professionelle Maske verrutscht und das wahre Gesicht der Hure entblößt; denn eine Hure ist immer auch eine Frau, mit den gleichen Ängsten und Abneigungen wie jede andere. Dass er sich seiner Fäuste bedient, um seine Lust zu stillen, ist, so primitiv das sein mag, nur ein Versuch, die Sexmaschine, die die Hure verkörpert, menschlich zu machen.

Da allerdings geht es nicht mehr um Geld; kein Mädchen würde sich darauf einlassen, nicht zu wissen, wie weit der Kunde gehen wird. Es ist entsetzlich für eine Hure, im Augenblick festgehalten zu werden. Sich nicht das Ende vorstellen zu können – was auch immer es ist. Wenn der Kunde seinen Wunsch deutlich formulieren würde, *Ich will dir mit der Faust in die Fresse schlagen*, und sie ihm die Erlaubnis dafür geben würde, wäre es sehr unangenehm, klar, aber sie wüsste, was sie zu erwarten hat. Aber dieser Mann hat überhaupt keine Kontrolle mehr über sich, wenn er erregt ist, deswegen kommt er gar nicht darauf zu warnen, er weiß selbst nicht, was passieren wird. Unmöglich, das Knäuel seiner sexuellen Phantasie aufzudröseln, darin gibt es sowohl junge, sehr junge Mädchen als auch Huren, sie sind zugleich Schlampen und absolut keusch, sie sind total unterwürfig, aber imstande, gegen ihn aufzubegehren, sie sollen sich rächen, ihn aber auch entsetzlich fürchten, und nicht zu Unrecht, weil sie am Ende grün und blau geschlagen werden ... Vielleicht spürt er beim Sex, wie dunkel und unerreichbar sein Ideal ist, wie frustrierend seine formlose Lust, deren einzige erkennbare Verkörperung den Geruch und die Farbe des Blutes hat. Er hat tausend Szenarien im Kopf; was sie alle verbindet, ist zu schlagen, zu zwingen, zu schreien, zu zermalmen – und wer könnte sagen, ob es die Frustration ist, die ihn auf diese Abwege führt, ob das sein Höhepunkt ist oder ob er vielmehr schlägt, um nicht viel Schlimmeres zu tun.

Im Bordell ist nichts unmöglich; theoretisch ist es das Sicherheitsventil, das den Mann vor Scherereien, vor der Notwendigkeit, sich zu rechtfertigen, und vor allem vor dem Gefängnis bewahrt. Seit einigen Jahrzehnten nimmt der Pornofilm diese Rolle ein: Im Internet gibt es mindestens eine Million Filme, die zeigen, was sich dieser Mann wünscht – von Männern massakrierte Mädchen. Und da muss er nicht lange suchen, er muss überhaupt nicht suchen. Allein auf meiner Lieblingswebsite wimmelt es von sehr eindeutigen Titeln, da brauchst du kein Schlüsselwort mehr, als hätte der Computer persönlich das Wortfeld generiert – wenn du hingegen romantische Filme sehen willst, Sexszenen zwischen Menschen, die sich lieben, musst du viel, sehr viel semantische Raffinesse aufbringen! Viel Glück, wenn du auch nur einen Film finden möchtest, in dem nicht zerschlagen, zerlegt, zerquetscht, gesprengt, beschmutzt, wie ein Stück Fleisch behandelt, mit Sperma, Pisse, Scheiße bedeckt, erwürgt, erstickt, missbraucht, vergewaltigt wird. Das Pendant zu den Amateurfilmen, denen das Kunststück gelingt, zugleich die geilsten und die zärtlichsten zu sein, sind die Studiofilme, in denen Pornoschauspielerinnen anscheinend genug davon haben, verdorbene Studentinnen zu spielen, und gegen jede Logik vorgeben, Huren zu sein. Heutzutage wichst man vor der Komödie einer Meta-Hure, die eine Hure spielt, also eine Professionelle, deren Erregung gespielt ist, man wichst vor einem Mädchen, das keine Lust hat und ein Mädchen spielt, das auch keine Lust hat, aber das man bezahlt – also hat es kein Stimmrecht. Es ist echt faszinierend, sich diese Fratzen von falscher Lust und Resignation, diese reflexartigen Bewegungen anzusehen, die darin bestehen, die Beine zu spreizen und *oh oh* zu stöhnen, während die Augen von unten nach oben, von links nach rechts in ihrer Höhle kreisen und private Gedanken sortieren, die alle nur ein Ziel haben, nämlich das Ende dieses Gezappels. Als würde die männliche Phantasie erst die ganze Substanz aus den Geschichten lutschen, in denen sich eine Studentin oder eine anständige Familienmutter verdreschen lässt und mehr davon verlangt, und dann damit zufrieden sein, sich am Gehorsam einer Hure aufzugeilen, mit der man für eine anständige Summe alles machen kann. So einfach, so deprimierend. Ich muss nicht erklären, was das über die Welt sagt, in der wir leben. Vielleicht sind diese Filme ein notwendiges Übel, die Gelegenheit, Phantasien von Gewalt und Dominanz loszuwerden, vielleicht müssen normale Frauen und Huren dank ihnen nicht mehr so viel Brutalität ertragen wie früher, bevor die Bilder laufen lernten.

Ein scheinbar normaler Mann, der sich mit Trieben herumschlägt, die sich nicht befriedigen oder verdrängen lassen – ein Frauenmörder in Freiheit, der versucht, sich so weit wie möglich den Grenzen der Legalität zu nähern, und der auf die Scham setzt, die eine Hure davon abhält, nach der Polizei zu rufen. Wie weit wird er gehen? Bis zu welchem Extrem treibt ihn das Bedürfnis, eine Frau zu schlagen, wenn sie ihn gewähren lässt, was wird die nächste Etappe sein?

Was passiert, wenn das Bordell diese Spannung nicht mehr besänftigen kann, wenn es eine Spannung ist, die sich nicht besänftigen lässt, sondern ein von den Raubtieren geerbter Tötungstrieb, wenn der Mann also in der Klemme steckt, allein bleibt mit seinem Herstellungsfehler? Wenn er zwischen seinem Psychiater und sich selbst, zwischen der Moral und dieser hinterhältigen Stimme in seinem Kopf festsitzt, die ihm ins Ohr flüstert, sobald er ein kleines Mädchen sieht, *Glaubst du, es weint, wenn du ihm eine Ohrfeige gibst? Was würde es für ein Geräusch machen? Würde es schreien, oder würde es versuchen, sein Schluchzen im Kopfkissen zu ersticken und zu beten, dass du dich beeilst?*

Dann denke ich an meine Schwestern. Ich gehe an der Schule neben der U-Bahn vorbei, sehe die vor Lebensfreude sprühenden Mädchen mit ihren hübschen weißen Zähnen und den kleinen Brüsten und ohne eine Spur von Misstrauen gegenüber den Menschen, die alle Hoffnung und alle Zärtlichkeit der Welt in sich bergen. Verführerische Verführerinnen, die nichts von ihrer Schönheit ahnen und ziellos schmeichelnde Blicke um sich werfen, für irgendwen, für alle, aber so ein Mann, der sich dort rumtreibt, fängt sie auf und bezieht sie auf sich – und wie kannst du der Versuchung widerstehen, einem Opa mit hängender Zunge Feuer unterm Arsch zu machen, wenn du siebzehn bist und dich unbedingt hübsch fühlen willst? Ich denke an meine Schwestern, ich denke an diese Mädchen und vor allem denke ich an mich in diesem Alter. Daran, wie leicht es gewesen wäre, mich von meinen Freundinnen wegzulocken, in einem Café zu beschwatzen und später, nach Einbruch der Dunkelheit, in irgendein Hotelzimmer einzuladen. Oh, wie ich mich hätte reinlegen lassen! Aus Trotz hätte ich mein Geheimnis für mich behalten und mich Hals über Kopf hineingestürzt.

Wenn er in seiner Erregung die Hand gehoben hätte, hätte ich mir eingeredet, dass das ein Erwachsenen-Ding ist, und hätte mich brav verprügeln lassen, zu stolz, um zu protestieren und meine Angst zuzugeben. Was für eine willige Beute sind diese werdenden Frauen, die zu laut lachen, zu demonstrativ glücklich sind; kaum zweihundert Meter trennen das Gymnasium vom Bordell, und wer sagt mir, dass er sich nicht die Frage gestellt hat, als er aus der U-Bahn kam? Wer sagt mir, dass er sich nicht an jüngeren, manipulierbareren Mädchen reiben würde, wenn es kein Bordell gäbe, wo man sich ganz legal aufgeilen kann? Ich könnte wetten, das Einzige, was ihn von einer Schule fernhält, ist der Gedanke an die Zelle, die schon für ihn reserviert ist. Und ich kann nur beten, dass dieser Gedanke ganz fest in seinen Kopf eingegraben bleibt oder dass er irgendwann bei einer Hure übertreibt und in den Knast wandert – und dass diese Hure nicht ich bin.

BALLROOMS OF MARS, T. REX

*K*eine Gitter vor den Fenstern. Keine Schlösser an den Türen. Du musst nur eine Klinke drücken, dahinter der Hof, die Straße, die Welt. Wer gehen will, geht, *La Maison* hindert niemanden daran. Oft kommen sie wieder. Unangekündigtes Fernbleiben oder Absagen mitten im Dienst könnten die Chefin veranlassen, strenge Maßnahmen zu ergreifen – in diesem Beruf ist das ganz üblich. Viele Bordelle verlangen von den Mädchen die gleiche Zuverlässigkeit wie ein Frisiersalon oder ein Restaurant – dieses nicht.

Am Anfang bombardierte ich *La Maison* mit Entschuldigungen, wenn ich mich krank fühlte oder wenn die Sonne schien: meine Tage, eine Angina, Familienbesuch, U-Bahn-Streik ... Nachdem ich die Nachricht abgeschickt hatte, plagte mich ein entsetzlich schlechtes Gewissen, ich stellte mir vor, wie Inge oder Sonja einen langen Seufzer ausstieß, nacheinander meine Termine strich und jeden einzelnen Kunden informieren musste, dass ich wieder mal nicht da wäre. Bis irgendwann eine von beiden antwortete: «Liebe Justine, wenn du nicht kommst, musst du uns nicht erklären, warum. Es reicht, wenn du Bescheid sagst, dass du nicht kommst.»

Ich spürte ihre Gereiztheit, so eine ausführliche Nachricht lesen zu müssen, während um sie herum das Chaos herrschte, alle Zimmer gleichzeitig klingelten, der eine kam, der andere ging und sicher schon einer meiner Freier im Salon herumstand. Ich fühlte mich wie im Collège, wenn ich zum x-ten Mal mein Heft vergessen hatte und der Lehrer nur noch die Schultern zuckte, statt sich aufzuregen, und mir zu verstehen gab, er könne nichts mehr für mich tun – was viel schlimmer war als eine Strafpredigt. Später, wahrscheinlich bei Sonnenuntergang, zu der Zeit, zu der ich sonst Feierabend gehabt hätte und erfüllt von der Freude der Männer und dem Lachen der Mädchen fröhlich nach Hause gerannt wäre, begriff ich, dass in dieser Nachricht trotz der leichten Gereiztheit mehr Wohlwollen lag, als ich verdiente. Ich hatte gelesen *Ist gut, Lügnerin, Faulpelz, dann häng halt zu Hause rum*, obwohl dort stand, *Wir wissen doch, dass es Tage gibt, wo es einfach zu viel ist, der Mann, der auf dir rumturnt, die endlosen Gespräche, die bescheuerten Sonderwünsche. Du bist vielleicht in Form, dir tut nichts weh, aber wenn du kommen müsstest, hättest du schlechte Laune, und die Gäste würden es spüren – wobei uns das egal ist, entscheidend ist, dass wir dich als freien Menschen hier haben wollen. Also verschwende deine Zeit nicht mit Rechtfertigungen: Sag uns einfach nur Bescheid.*

Auf der Restaurantterrasse, wo ich es mir mit meinen Schwestern gut gehen ließ und in der milden Sommerwärme Chiantiflaschen leerte, fühlte ich mich dadurch natürlich noch schuldiger. Dieser Ort war einfach zu gut für mich. Kitzelte meine niedrigsten Instinkte, wie den, nicht zu arbeiten, wenn ich zu faul war. Anders als ich hatte dieser Ort den Grundsatz, dass wir nicht irgendeinen Job erledigen, dass die Dame für diesen Job gut aufgelegt sein muss, auch wenn die Geduld mancher Männer strapaziert wird. Wenn sie zu oft absagt, werden sich die Freier irgendwann woanders umsehen. Die Erfahrung hat mich allerdings gelehrt, dass sie sich nie woanders umsehen. Sie warten. Wochenlang, wenn es sein muss – aber sie kommen wieder. Je rarer sich ein Mädchen macht, desto dringender verlangen sie nach ihm. Wenn sie ein weiteres Mal weggeschickt werden, fragen manche ärgerlich, ob es mich überhaupt gibt oder ob diese Justine nur eine Erfindung ist, um Kunden anzulocken.

Unsere Hausdamen halten ihre scharfen Kommentare zurück, diese Großherzigkeit hat ihnen die Chefin beigebracht. Und am letzten Abend im *Maison* ist Désirée da, wie ein Guru von all den Frauen umdrängt, die sie seit zwanzig Jahren geliebt haben, ohne sie je zu Gesicht zu bekommen; als wir einen Moment allein sind, frage ich sie (meine Augen strahlen vor Zuneigung, und ich spüre, dass sie es spürt):

«Wie hast du es geschafft, dieses Haus mit so viel Freundlichkeit zu führen? Wo hast du das Wohlwollen für die Frauen gelernt? Kein anderes Bordell lässt zu, was uns hier erlaubt ist.»

«Nein?», wundert sich Désirée, als würde sie keine anderen Bordelle kennen, als hätte sie ihre Tür nicht all den Mädchen geöffnet, die anderswo als zu unzuverlässig abgestempelt waren.

«Soviel ich weiß, erlaubt kein Bordell, dass die Mädchen kommen und gehen, ihre Tage festlegen und es sich wieder anders überlegen, im letzten Moment oder überhaupt nicht absagen und wissen, dass sie trotzdem wiederkommen können, ohne dass ihnen jemand Vorwürfe macht. Das gibt es nirgends. Rosamund, die jetzt im T... ist, fliegt raus, weil sie eine Woche nicht da war, obwohl sie Bescheid gesagt hatte. Im R... wurde Lotte weggeschickt, weil sie krank war. Und es gibt so viele Etablissements, wo die Mädchen einem Kunden nicht nein sagen dürfen oder schräg angesehen werden, wenn sie finden, dass vier Kerle am Tag genug sind, wenn sie einem Mann auch gegen einen Aufschlag ohne Kondom keinen blasen ... Man zwingt sie, Absätze zu tragen und sich zu schminken, die Hausdamen entscheiden, wann sie

Feierabend machen ... Deswegen will ich es verstehen. Hast du vielleicht in Bordellen gearbeitet, wo die Chefs so nett waren wie du?»

«So nett wie ich ... Geht es wirklich um Nettigkeit? Das ist eher eine Frage der Intelligenz. Nicht, dass ich besonders intelligent wäre. Aber ich weiß, was das für eine Arbeit ist. Ich weiß, dass es nichts bringt, die Mädchen zu drangsalieren, sie zu überwachen, ihnen ihre schlechte Laune oder ihre Unzuverlässigkeit vorzuwerfen. An einem Morgen beschließt ein Mädchen, das zehn Verabredungen hat, zu Hause zu bleiben; zugegeben, das ist eine Menge Geld – aber von ihren zehn Gästen nehmen fünf eins der anderen Mädchen, die da sind, obwohl sie keine Verabredung haben, und an dem Tag, an dem das Mädchen wieder auftaucht, hat es andere Gäste, noch mehr als vorher. Also verlierst du gar kein Geld. Das Geld wird nur anders aufgeteilt. Der Gewinn, den du mit einem Mädchen machst, das keine Lust zu arbeiten hat, und dagegen die Verfassung, in der sie am Ende ist – ich glaube nicht, dass sich das lohnt. Du bekommst nichts von einer Frau, wenn du sie zwingst. Und außerdem ...»

Désirée sieht sich in dem Zimmer um, das wie die anderen verschwinden wird. Ich schaue auf ihre Hände, die plötzlich fast unnütz sind, diese Hände, die alles hier geschaffen, dekoriert, eingerichtet haben, damit Mädchen, die sie gar nicht kannte, die sie vielleicht niemals sehen würde, sich geschätzt, wertvoll fühlten, und mir kommen die Tränen.

«... Ich glaube, du brauchst sehr viel Liebe für diese Arbeit. Meine. Natürlich musst du selbst eine von ihnen gewesen sein. Mehr als Wohlwollen, als Geschäftssinn, als guten Geschmack brauchst du Liebe. Niemand kann ohne Liebe gut arbeiten.»

Ich denke an Romain Gary, der schrieb, dass einem das Leben mit der Mutterliebe ein Versprechen mache, nach dem man gezwungen sei, bis an sein Lebensende kalt zu essen. Ich denke an die Mädchen, die jetzt in Bordellen gelandet sind, die schicker und teurer sind, aber deren hohe Decken eine so eisige Kälte ausstrahlen, dass die Huren gar nicht auf die Idee kommen, sich aneinanderzuschmiegen, um die Zärtlichkeit wiederzufinden, die wir für selbstverständlich hielten. Waisenkinder. Oh, ich weiß, wie das klingt. Na und! Wir sind mehr als fünfzig, die es wissen. Es gab nur diesen Ort, den wir unser Haus nennen konnten, das ein Freudenhaus war, weil wir dort Freude hatten. Überall sonst ist es nur eine Frage von Transaktionen ohne jeden Hauch von Poesie.

Was für eine Verschwendung!

Ich habe mir ein anderes Bordell angeguckt, von dem mir die Mädchen in unseren letzten gemeinsamen Wochen erzählt hatten. Die Atmosphäre hatte sich schon verändert, die Aussicht, ohne Arbeit dazustehen, machte die meisten blind und taub für den Kummer, der mich niederdrückte, panisch diskutierten sie die Liste der Berliner Bordelle. Eins klang nicht schlecht. Ich bin wenig überzeugt reingegangen und völlig verzweifelt wieder rausgekommen; es stank nach *Coco's*, die Mädchen waren mager wie Windhunde, und genau das wollten die Männer. In meiner Naivität wollte ich mich barfuß, in schwarzen Strümpfen vorstellen, die Hausdame lehnte es kategorisch ab – ich sah mich wieder wie zwei Jahre zuvor in der Edelkaschemme unbequeme Stöckelschuhe tragen und einem Kerl die Flosse drücken, der Botoxbrüste betatschen und sich von Acrylnägeln die Augen auskratzen lassen wollte. Die Stimme des Aufruhrs grollte in mir, inzwischen in perfektem Deutsch – *Elende Bande, ihr verlangt, dass ich Absätze trage ... tragt doch selbst Absätze, wenn ihr denkt, dass sich die Weiblichkeit darauf beschränkt, wenn ihr denkt, die*

Männer wollen nur Mädchen, denen man ansieht, dass sie arbeiten.

Am Ende hatte ich einen Freier, einen Stammkunden aus dem *Maison.* Die pompösen Dimensionen des Ortes erdrückten uns förmlich, wir waren an unseren kleinen warmen Stall, meine Musik, unseren Geruch gewöhnt. Wir waren ganz verlegen und unbeholfen, ich wusste nicht mehr, was wo war und was ich zu tun hatte. Als er weg war und ich mit den Armen voller Wäsche (weißen, steifen Hotellaken, auf denen man schlecht schläft) herauskam, nahm mich die Hausdame beiseite:

«Das Zimmer war nicht ordentlich. Da, sieh dir das Kissen an; du musst es hinstellen. Ich weiß, da, wo du vorher warst, sah es ein bisschen anders aus.»

Anders? Du hast ja keine Ahnung, Schwester.

Ich sah *La Maison* und den Zettel an der Pinnwand neben dem Bad vor mir, auf dem die Neuen lasen: *Liebe Damen, ihr könnt hier rumlaufen, wie ihr wollt, solange ihr eure Reize nicht zu sehr zur Schau stellt. Zieht an, was euch am besten steht; ihr könnt in Absatzschuhen, Ballerinas oder Sandalen rumlaufen, auch barfuß wie kleine Elfen!* Bitte sehr! Eine Elfe!

Ich erzähle von einer Welt, in der die Huren sich aussuchen konnten, Prinzessin, Elfe, Fee, Sirene, kleines Mädchen oder Femme fatale zu sein. Ich spreche von einem Haus, das für uns so groß wie ein Palast, so sicher wie ein Hafen war.

Jetzt ist der Rest der Welt für die Mädchen ein Schlachthaus.

MEMORY OF A FREE FESTIVAL,
DAVID BOWIE

*I*ch weiß gar nicht mehr, ob ich mich ein letztes Mal umgesehen habe. Eigentlich hatte jeder Blick den Ernst und die Innigkeit eines Abschieds. Jedes Mal, wenn ich *La Maison* verließ, war ich überzeugt, dass es hinter meinem Rücken verschwindet wie ein Traum. Nach dem Fest am Vorabend des Auszugs bin ich zur U-Bahn gerannt, weil ich nicht glauben wollte, dass es das letzte Mal war, weil ich mich nicht davon abbringen ließ, wie ich mich auch sonst gegen Abschiede auflehne.

Es war unglaublich: Alle Zimmertüren standen offen, von den Balkons, auf denen sich die Raucherinnen drängten, strömte milde Maienluft herein, der Salon war für Désirée reserviert, deren empfindliche Lungen keinen Qualm ertrugen.

Eine kleine Anlage im Garten spielte sehr laut Musik. Mehr als fünfzig Mädchen waren gekommen, alle, die ich kannte, und die anderen, die mythischen, deren Namen noch auf den Schrankfächern und Listen standen, obwohl sie schon lange aufgehört hatten. Wir trugen unsere Alltagssachen, manche kamen in Bleistiftrock und Bluse direkt von ihrer neuen Arbeit, die Treue trieb sie her, weil sie auch mit dem Status einer anständigen Bürgerin noch die grenzenlose Dankbarkeit im Herzen trugen, hier so gut gelebt zu haben, obwohl sie irgendwann die Nase voll gehabt hatten, obwohl die Lust auf ein normales Leben irgendwann übermächtig geworden war, obwohl sie verdrängen wollten, dass man sie dafür bezahlt hatte, Schwänze zu lutschen. Kaum waren diese Frauen im Businesskostüm durch die schwere gepanzerte Tür getreten, fanden sie ihren wiegenden Gang wieder, wirkte ihr braver Aufzug im purpurroten Licht wie eine Verkleidung als Sekretärin, um den Geschäftsmann anzumachen, der sich nicht traut, seine eigene Sekretärin zu ficken. Agnes, inzwischen Assistentin in einer Anwaltskanzlei, starrte mit aufgerissenen Augen in den Garten und sah ihre fünf Jahre hier wie eine Phantasie vorüberziehen, wie einen realen Traum, den sie niemandem je erzählen würde.

Jetzt, wo das Telefon nicht mehr klingelt, unterhalten sich die Mädchen mit lauten Stimmen und haben keine Angst, dass die Nachbarn sie hören. Ich suche nach Pauline, die nicht kommen wird, und finde Hildie, die mit mir auf dem Balkon des Gelben einen Joint raucht.

«Hier hatte ich meinen ersten Freier», sagt sie, ohne einen Blick in das noch komplett eingerichtete Zimmer zu werfen, dessen Vorhänge zugezogen sind.

Sie betrachtet den Balkon, auf dem wir früher nie standen, und die Wohnungen gegenüber, auf der anderen Straßenseite, wo mal ein Mann mit Fernglas gelauert hat, um ein bisschen nacktes Fleisch zu erspähen.

«Komisch, gestern hat mich ein Mann gefragt, wie das war mit dem ersten Freier. Ich hätte gern etwas Faszinierendes geantwortet, so was wie ein riesiger Schock, eine plötzliche Persönlichkeitsspaltung – eben das, was die Männer sich vorstellen. Aber da war nicht viel. Entweder stand ich wirklich unter Schock und habe mir nicht erlaubt, verletzt oder angewidert zu sein, oder ich bin anders als die anderen Frauen – keine Ahnung. Ich fand es easy. Es hat mich selbst überrascht, dass ich mich nicht schmutzig gefühlt habe. Irgendwie dachte ich, das müsste ich. Von meiner ersten Nummer habe ich mir Strümpfe und Schuhe gekauft. Das Geld roch nicht anders als das, was du mit jeder Arbeit verdienst.»

Hildie hält kurz inne, dann lächelt sie:

«Es roch besser.»

Ich habe zwei Jahre lang gedacht, ich müsste mich schmutzig, schuldig, erniedrigt fühlen. Ich habe mich zwei Jahre lang gefragt, woher die Freude kam, sobald ich aus der U-Bahn auftauchte, besonders wenn es so schön war, dass mich die Nachbarhäuser im Sonnenlicht blendeten. Ich habe mich zwei Jahre lang über meine stolze Kopfhaltung gefreut, wenn ich mein Spiegelbild in den Schaufenstern sah, und die Leichtigkeit meines Körpers genossen. Die Welt war so friedlich und voller Verheißung.

Vielleicht, weil ich so viel Geld hatte. Weil ich zwei Jahre lang unbelastet von finanziellen Sorgen lebte. Der einzige Schatten auf meinem Glück war ebendieses Fehlen von Schuldgefühlen, dieser Stolz, die Ahnung, ich sei nicht normal und würde mich nie in die Gesellschaft einfügen. Die einzige Last auf meinen Schultern waren die Verachtung und das peinliche Mitleid, das die Welt den Huren entgegenbringt. Es war nicht meine Angst, sondern die der anderen.

Mein erster Freier ... Wenn der *erste Freier* der erste Mann war, mit dem ich ohne Lust geschlafen habe, um ihm eine Freude zu machen, muss ich viel weiter zurückgehen als bis zum *Maison* oder zum *Coco's*. Ich erinnere mich nicht mehr. Vielleicht war ich deswegen ebenso wenig schockiert oder abgestoßen wie Hildie, als man mir für meine Lustlosigkeit einen Lohn und einen Rahmen bot. An meinen ersten Freier im *Maison* erinnere ich mich sehr gut. Es war direkt neben dem Gelben, wo Hildie gerade vor einem Bauarbeiter kniete, im Halbdunkel des Violetten, mit einem Mann, der seinen

Schnurrbart glättete, während er im *Spiegel* las. Er wollte das abgedroschene Rollenspiel von Schülerin und Lehrer, und wir brauchten eine ganze Weile, ehe wir uns verstanden, weil ich damals kaum Deutsch sprach. Er nahm es mir nicht übel und artikulierte als guter Pädagoge sorgfältig, bis ich den Jargon der Unterwerfung begriff. Na gut, er war hässlich, das will ich der nach Einzelheiten gierenden Leserschaft gern verraten – ein kleiner, spärlicher Schnurrbart, ohne Format, aber sehr sympathisch, mit einem Ehering, den er nicht einmal ablegte. Die Vorstellung, ihn nackt zu sehen oder Sex mit ihm zu haben, stieß mich nicht ab. Nur dieses lächerliche Rollenspiel (das Zimmer verlassen, an die Tür klopfen und so tun, als wäre ich eine Schülerin, die ihre Hausaufgaben zu spät abgegeben hat und eine ordentliche Strafe verdient) fand ich ziemlich peinlich.

Aber ich habe es getan. Und es hat mich nicht davon abgehalten, danach ein Sandwich mit Ei und vierzig Seiten Nicholson Baker zu verschlingen, es hat mich nicht daran gehindert, in der folgenden Nacht zu schlafen wie ein Stein. Vielleicht liegt darin das Problem? Ich hätte nicht mehr essen und trinken dürfen und entsetzliche Albträume haben müssen. Ich hätte in den Spiegel schauen und mir sagen müssen: *Das ist aus dir geworden, eine Nutte.*

Niemals in den zwei Jahren hatte ich diesen Gedanken. Wenn ich im *Coco's* geblieben wäre, hätte das völlig anders ausgesehen, das ist mir schon klar. Dieses Buch ist keine Apologie der Prostitution. Wenn es eine Apologie ist, dann die des *Maison*, der Frauen, die darin arbeiteten, die Apologie der Freundlichkeit. Man kann nicht genug Bücher über das Wohlwollen schreiben, das die Menschen ihresgleichen entgegenbringen.

Ich habe die Männer nicht verachtet oder gehasst – nur ganz selten, vor Feierabend oder wenn ich schlechter Laune war, meine Tage hatte oder einfach gereizt war –, weil ich die männliche Obsession für den Körper der Frauen, für die – auch gespielte – Lust der Frauen so gut verstehen kann. Ebenso, wie die Männer ewig ihrem Schwanz hinterherrennen, bin ich mein Leben lang meiner Möse gefolgt, um sie zu verstehen. Die Männer sind nicht alberner als ich. Ich suchte mich selbst in ihren Augen, während sie nur ein körperliches Verlangen befriedigten.

«Das ist der schwerste Teil. Heute ist alles anders. Kein Trubel mehr. Ich muss immer bloß warten, wie jeder andere. Bekomme nicht mal anständiges Essen. Gleich nach meiner Ankunft hier bestellte ich Spaghetti marinara, und ich bekam Eiernudeln mit Ketchup. Ich bin ein durchschnittlicher Niemand. Ich werde den Rest meines Lebens wie irgendein Trottel verbringen», sagt Henry Hill in *Good Fellas*.

Unser Humor. Auch den mochte ich sehr. Dass meine Sexwitze, die normalerweise alle nerven, bei den Mädchen solchen Erfolg hatten. In der Küche hören mir Barbara, Delilah und Hildie mit einer Mischung aus Lachen und Ekel zu, als ich ihnen den englischen Kunden beschreibe, der mich am Morgen mit seinem Wunsch nach einem Umschnalldildo begrüßt hatte – *Umschnalldildo*, draußen wäre schon eine lange geistige Vorbereitung nötig, bevor ich dieses Wort aussprechen dürfte, hier kommt es mir so selbstverständlich über die Lippen wie eine beliebige Konjunktion, keine runzelt die Stirn oder zuckt zusammen, alle haben schon mal den dicken schwarzen Nylongürtel mit dem durchsichtigen Phallus umgeschnallt, er ist so was wie ein zusätzlicher Kollege. Von ihrer Unbefangenheit ermutigt, schleudere ich ihnen den Rest meiner Geschichte entgegen, wie ich es dem Kerl ungeschickt besorgt habe, ohne einen Blick in den Spiegel zu wagen, ziemlich sauer, dass ihn meine Gesellschaft zu solchen Phantasien inspiriert und nicht dazu, sich auf mich zu stürzen. *Das* beschäftigt ihn, seit er mich zum ersten Mal gesehen hat? Darauf haben ich und meine Strapse ihm Lust gemacht? So weit war ich mit meinen Grübeleien – ich staunte, dass ich mich immer noch über die Verrücktheit der Männer wundern kann –, als ich plötzlich entsetzt feststellte, dass wir buchstäblich mit Scheiße bedeckt waren. Heute, da ich es für keusche Augen niederschreibe, klingt es irgendwie falsch, ich muss für einen Moment vergessen, dass zwei Jahre vergangen sind und der Rest der Welt allmählich vergisst, wer Justine war und wer Emma ist.

«Ich ziehe mich ein bisschen zurück, um neuen Schwung zu holen, da merke ich, dass überall Scheiße ist, auf dem Dildo, an seinen Schenkeln, an meinen Fingern ...»

Barbara, den Mund voll Schinken und Käse, kreischt, Hildie erstickt fast an ihrer Zigarette, und Delilah, deren schöne Schneidezähne zwischen dem Karminrot ihrer Lippen glänzen, wiederholt endlos *O mein Gott o mein Gott o mein Gott* – genau die Wirkung, die ich erhofft hatte.

«Ich kriege Panik, als mir klarwird, dass er nichts gemerkt hat, nichts sieht und noch nichts riecht, er will sich sogar auf den Rücken drehen, um so weiterzumachen! Ich stammle *Ich geh mir die Hände waschen, willst du nicht ins Bad?* Und er: *Nein, alles gut, ich warte auf dich.* Also renne ich ins Bad und hol erstmal tief Luft, so unter Schock, dass ich nicht mal kotzen muss, dabei bin ich in einen warmen Scheißegeruch gehüllt und frage mich, wie es sein kann, dass er das nicht riecht. Aber noch schlimmer ist die Frage, warum *ich* das nicht früher gemerkt habe. Wahrscheinlich war ich so in meine Gedanken versunken, dass ich nichts mitbekommen habe ... Jedenfalls wasche ich mich, wasche den Dildo und gehe ins Zimmer zurück, überzeugt, dass er die Katastrophe inzwischen erkannt hat. Ich rechne sogar damit, dass er abgehauen ist – aber nein, er ist da. Zum Glück haben wir nur noch fünf Minuten, ich frage noch mal, ob er nicht duschen will, er sagt wieder nein, ich sehe zu, wie er in seine Unterhose steigt ... Ist der Typ noch ganz richtig? Zieht er jetzt seine Buxe an und geht mit dem Arsch voller Scheiße zur Arbeit? Aber auf einmal erstarrt er, begreift, versucht, keine Miene zu verziehen, und sagt, *vielleicht geh ich doch mal schnell ins Bad.* Als er zurückgekommen ist, wusste er nicht, was er sagen soll, er wollte nur weg. Der kommt nie wieder. Und haltet euch fest, der Typ hat mir keinen Cent Trinkgeld gegeben!»

«Wenn er dir Trinkgeld gegeben hätte, hätte er zugegeben, was passiert ist», entgegnet Barbara.

«Aber wie hätte er es nicht wissen können?»

«Solange niemand darüber spricht, ist es, als wäre es nie passiert. Bestimmt hat er gedacht, wenn er dir Trinkgeld gibt, glaubst du, er hat es mit Absicht gemacht.»

«Wer sagt mir, dass er es nicht mit Absicht gemacht hat? Allmählich glaube ich, dass er es vorher wusste. Das war keine kleine Schleifspur, von wegen, *ich habe mich vorbereitet, aber es gibt immer ein gewisses Risiko.* Das war richtig *viel.* Von wegen, *als ich ankam, musste ich mächtig kacken.* Von wegen, *ich wusste, was passieren würde, und wollte genau das, aber ich hätte mich nicht getraut, darum zu bitten.* Ich meine, so was macht man hier nicht, oder?»

«Das kommt schon vor», sagt Delilah, «aber nur im Studio, wo es Planen gibt, und der Freier muss mindestens das Doppelte zahlen.»

«Ja, wobei die Hausdame Männer mit solchen Wünschen meistens ins B... schickt», sagt Barbara. «Da haben sie die entsprechende Ausstattung, und vor allem sind die Mädchen daran gewöhnt. Aber warum hast du ihm nicht die Leviten gelesen, Justine?»

«Es war mir peinlich für ihn!»

«Ich verstehe dich», sagt Hildie. «Ich hätte auch nichts gesagt.»

«Wenn er es gewollt hätte, hätte er dir Geld gegeben, damit du weitermachst.»

«Oder der Kick für ihn war, dass er mich überrascht.»

«Vielleicht ist er mit der Lust aufgewacht, sich in den Arsch ficken zu lassen», sagt Hildie, «und hat sich zu Hause einen Einlauf gemacht. Entweder hat er übertrieben, oder er ist zu früh losgegangen und hatte noch Wasser drin. Ich kenn das, ist mir auch schon passiert.»

«Das kann durchaus sein. Und dann hat er dir kein Geld dagelassen, weil es ihm viel zu peinlich war, zu sagen *Hör mal, tut mir total leid, was da passiert ist, hier sind hundert Euro, das kommt nicht wieder vor.*»

«Mein Trinkgeld ist, dass er den ganzen Tag daran denkt und versucht, die Horrorvision zu vertreiben.»

Mein eigentliches Trinkgeld war dieses Gespräch.

Vielleicht gibt es einen speziellen Bordellhumor, und die Mädchen waren von Anfang an mein ideales Publikum. Vor kurzem habe ich mich mit einer Freundin über Steuern unterhalten, ich erwähnte die Grenze von achtzehntausend Euro, die man nicht überschreiten dürfe, um nicht vom Finanzamt aufgefressen zu werden.

«Achtzehntausend Euro *im Monat?*»

«Im Jahr!», erklärte ich, geschmeichelt, dass sie sich vorstellen konnte, ich hätte so gut verdient; kichernd über meinen Geistesblitz, füge ich hinzu: «Achtzehntausend im Monat? Da würde ich jetzt ja immer noch dampfen!»

Totenstille. Ich höre Delilah und Hildie vor Lachen brüllen. Vielleicht brauche ich in Zukunft immer ein halbes Dutzend lachender Huren in einem Winkel meines Kopfes, wenn mir ein unmöglicher Witz einfällt – und das passiert oft.

Dieselbe Freundin hat einen ersten Entwurf dieses Buches gelesen und mir gesagt, dass sie es eigentlich sehr traurig fand. Ich hatte gerade eine Krise und fand dieses Feedback ungefähr so hilfreich wie einen Strick und einen Hocker. Dann las ich meinen Text noch mal und versuchte, ihn mit den Augen von jemandem wahrzunehmen, der von Huren genauso wenig Ahnung hat wie ich, als ich anfing. Nichts zu machen, ich lachte wieder an denselben Stellen, ich hatte das Gefühl, dass mich genau das beflügelte, was sie offenbar traurig gefunden hatte – aber der Gedanke, dass alles vielleicht nur mich selbst zum Lachen bringt, hat mich noch monatelang beim Weiterschreiben gebremst. Wenn es eine Art von Humor darin gab, war er vielleicht so rabenschwarz wie der rettende, reinigende Humor des Gerichtsmediziners, der einer kopflosen Leiche eine Clownsmaske aufsetzt. Trotz meiner ungeschickten Versuche, den Lesern ein Lächeln zu entlocken, würde der Rest der Welt wahrscheinlich nur den reinsten Horror, ein Geschäft zwischen zwei Parias sehen – ich träumte davon, diese Freundin zu fragen, weil es das Einzige war, was wirklich wichtig war: *Hattest du etwa den Eindruck, ich wollte, dass man mich liebt?*

Als wäre das nicht offensichtlich.

Ich hüllte mich in meinen Schriftstellerinnenhochmut und beschloss, dass ich lustig bin und dass sich von mir aus alle über Kev Adams totlachen sollen, aber dann hörte ich wegen meiner Familie auf zu schreiben. Ich sage es gleich, bevor die Frage auftaucht: Ja, ich habe daran gedacht. Ja, ich habe die ganze Zeit daran gedacht. Nein, ich habe meine Eltern nicht umgebracht, klar? Gott ist mein Zeuge, ich habe es versucht, aber sie sind offenbar unsterblich. Wenn ich etwas geraucht habe, habe ich bei dem Gedanken immer noch totale Panik! Tagsüber, nüchtern, lässt mich das Bewusstsein, eine Mission zu haben, alle Skrupel mit einer kämpferischen Geste beiseite fegen – aber abends macht sich der feige Sack, der ich hinter meiner Großmäuligkeit bin, fast in die Hose. Ich habe die Vorahnung, dass mein Arm, meine Schulter und schließlich ich ganz und gar in ein unvorstellbares Räderwerk geraten werden, sobald ich das Manuskript an irgendeinen Profi der Branche schicke. Von Moment A, wo ich auf «senden» klicke, bis Moment B, wo mir mein Vater mit tonloser Stimme erklärt, es sei wirklich eine gute Investition gewesen, mir zehn Jahre in einer katholischen Schule zu finanzieren, sehe ich nur einen endlosen Absturz, unterbrochen von vergeblichen Versuchen, meinen Arsch unter der Bezeichnung Roman zu verstecken, womit ich der Infamie die Kränkung hinzufüge, dass ich nicht den Mut habe, zu mir zu stehen. Ich habe keine Chance, mich zu verstecken! Dieser Gedanke zerreißt mir die Eingeweide, bis ich einschlafe. Wenn ich aufwache, hadere ich mit meiner Feigheit, diesen Gedankenspielen, um den Aufprall zu mildern: Warum sollte ich mich verstecken? Ja, ich war stolz. Ich war glücklich im *Maison*. Ich war so gern mit den Mädchen zusammen, ich mochte die Männer, mochte die Farbe meiner Haut im rosa Licht und die Schattenspiele auf meinem Gesicht, die Möglichkeit, nach Belieben eine neue Emma, eine neue Justine zu erfinden, ich mochte das Gefühl, dass nichts unmöglich war. Und wenn ich dazu imstande war, dort einzutauchen, wo viele die Hölle sehen, muss ich einen Lebensinstinkt in mir tragen, den mir meine Eltern mitgegeben haben. Ich bin sie; diese ständige Freude, das ewige Lachen, das sind mein Vater und meine Mutter, meine Großeltern, meine Schwestern, sie alle stecken in meiner Fähigkeit, ich zu sein und darüber zu lachen, überall Poesie und Zärtlichkeit zu finden. Meine Kraft ist daraus gewachsen, dass ich sah, wie sie lebten und einander Halt gaben, wenn es nicht mehr weiterging. Ich war so gern inmitten dieser Frauen, die lachten, wenn sie hätten heulen können, die auf alles pfiffen, die einander übers Haar strichen, um ihren Kummer zu lindern, oder einen Klaps auf den Hintern gaben, um sich Mut zu machen, weil sich das kleine Mädchen in mir an die Momente erinnert, in denen die Verzweiflung in astronomischer Ferne gehalten wurde, weil immer alle diese Menschen um mich waren, die ich am Geruch erkannte.

WIR MÜSSEN HIER RAUS,
TON STEINE SCHERBEN

*I*rgendwann wird unweigerlich eine Zeit kommen, in der einem die Argumente gegen die glückliche Hure ausgehen. Eigentlich ist sie schon da; hinter den heute schon überholten Argumenten verbirgt sich nur noch eine paradoxe, mit anderen Namen getarnte Eifersucht. Das ist kein Job mehr, in dem du mit dreißig stirbst, zerfressen von Syphilis oder einer anderen Krankheit, die heute mit Antibiotika in einem Monat geheilt wird; die Zeit, da eine Hure ständig russisches Roulette spielte, ist vorbei. Die Hure hat nicht mehr jene nässende Wunde im Unterleib, die jeden Tag geöffnet wird, ihre Schreie werden nicht mehr erstickt. Da, wo ihre Tätigkeit legal ist, muss sich die Hure nicht durch den Regen schleppen und in düsteren Sackgassen zweifelhafte Geschäfte abschließen. In Bordellen, wo man sich um sie sorgt, muss sie nicht alle drei Sekunden nach ihrer Tasche sehen, die von den Tageseinnahmen gebläht ist; sie muss nicht frieren oder sich vor den Männern fürchten, die ihr Broterwerb sind. Sie kann mit ihren Einnahmen eine Wohnung bezahlen, kann eine Kreditkarte benutzen und hat mehr oder weniger genauso viele Vorteile und Ärger mit den Ämtern wie jeder beliebige Steuerzahler. Und sie kann es sich nicht leisten, alles in diverse Narkotika zu stecken, die sie, so wird allgemein vermutet, heute ebenso schnell umbringen wie vor hundert Jahren die Geschlechtskrankheiten. Die Hure hat Zeit ... mein Gott, so viel Zeit! Die Glückliche muss nicht im Morgengrauen aufstehen, sie kann sich, wenn die Sonne scheint, mit Sonnenbrille auf eine Caféterrasse setzen, um sich den einzigen Tätigkeiten hinzugeben, die unser erbärmliches Dasein lebenswert machen: lesen, schreiben, den Jungs zulächeln, die Mädchen mit den Augen verschlingen. Schon in Paris bin ich den größten Teil meiner Tage mit den Manuskripten in der Hand von Café zu Café gehüpft, da lag ich gar nicht so falsch. Ich kann Pauline anrufen, die heute auch nicht arbeitet, und mit ihr in aller Ruhe Mittag essen, während die anderen schon wieder ins Büro rennen. Die hübsche Kellnerin großzügig bezahlen und ganz entspannt durch die duftende Wärme Berlins zum Botanischen Garten mit seinen Blumen schlendern.

Es gibt Momente, da frage ich mich, was man mir Besseres anbieten könnte. Und ich begreife, dass der Hass und das Misstrauen gegen die Freudenmädchen vor allem mit der Eifersucht auf ihre Freiheit zu tun hat. Und mit der Weigerung zuzugeben, dass diese freie Zeit, der Rausch, sich nach Belieben rumzutreiben, es wohl wert sind, von Unbekannten gestreichelt oder geknetet zu werden. Mich muss das niemand fragen, meine Meinung steht fest. Ja, ja, ich höre schon, was man mir entgegenhalten könnte: dass ich faul bin. Dass ich den leichten Weg gewählt habe. Dass dieser schändliche Kompromiss ein abstoßender Verzicht auf anständige Arbeit und Fleiß ist. Um gesellschaftlich akzeptiert zu werden, müsste ich den größten Teil meiner Zeit in einem Büro sitzen; mit dem Gehalt, das man mir widerwillig zahlen würde, könnte ich dann lesen, schreiben und meine Nächte mit mehr oder weniger befriedigenden, mehr oder weniger dürftigen Begegnungen verbringen. Dass ich raffiniert Arbeit und Verführung verbinde, ist offenbar eine unverzeihliche Kränkung für das Funktionieren der Gesellschaft. Wenn ich sehe, was diese Gesellschaft für akzeptabel hält, trinke ich lieber noch ein frisches Bier auf die Gesundheit aller Huren dieser Welt.

Meine Schwierigkeiten, dieses Buch zu beenden, haben eigentlich nur mit meiner Unlust zu tun, *La Maison* zu verlassen. Sobald ich dort bin, schreibt sich das Buch förmlich unter meinen Augen, mit den richtigen Nuancen, voller Zärtlichkeit und Humor, genau so, wie ich es mir mitten in der Nacht vorstelle, wenn ich nicht schlafen kann. Dann sehe ich die Mädchen farbenfroh aus den Buchseiten hervortreten wie einen Schwarm exotischer Vögel, die sich fast auf meine Hände setzen, weshalb es natürlich eine Verbindung zwischen ihnen und mir geben muss. Aber sobald ich einen Tag für mich habe, sobald ich nichts Besseres zu tun habe, als zu schreiben, ist es wie ein Fluch, kriege ich keine einzige Zeile zustande. Denn in dem Moment, in dem ich das Buch beende, werde ich *La Maison* nicht mehr brauchen. Werde ich die Mädchen nicht mehr brauchen. Deshalb nehme ich schnell noch einen tiefen Atemzug von ihrem Sauerstoff; bei der in einem Moment berauschender Inspiration getroffenen Entscheidung, ohne sie klarzukommen, gefriert mir das Blut in den Adern.

Jetzt spaziere ich in meinem Sackkleid herum, den Bauch vorgestreckt, den Gürtel fast unter den Brüsten, damit jeder meine Schwangerschaft im fünften Monat sieht, Romain Gary in der Hand; meine besten Freunde, die Männer meines Lebens – bis auf Jules – sind alle in den Büchern, und ich genieße ihre Gesellschaft wie nie zuvor, besetze die sonnigen Terrassen mit einer Glückseligkeit, in der die Wahrnehmung meines Körpers ertrinkt. Ich habe leise um mein sexuelles Ich getrauert, es kommt mir vor, als lebte es nur noch durch diesen Bauch, in dem sich manchmal etwas bewegt.

Ich male mir eine Zeit aus, in der ich wieder so schlank sein werde wie alle Mädchen um mich herum. Sinnlichkeit, diese Besessenheit jeder Sekunde, ist nur noch ferne Vergangenheit oder eine seltsame, fast unwirkliche Zukunft. Sicher liegt das mehr am Alter als an der Schwangerschaft – ich denke mit schmerzhafter Wehmut an die wilden Touren durch Paris, wo jeder Männerblick wie ein Atemzug war. Wie sie mich anstarrten. Wie ich mich nach ihnen umdrehte. Betäubt von der Möglichkeit. Erregt von dem, was sie sich in meiner Vorstellung vorstellten. Das Bewusstsein meines Körpers, das unendliche Vergnügen, zu sein und mich zu bewegen, diese Liebe zu mir selbst. Die Blicke, die ich bis hinaus in meinen Vorort trug, brennend von dem Gefühl, wie ein köstlicher Duft an ihnen vorbeigeschwebt zu sein. Die Grübeleien über irgendeinen, den ich nie wiedersehen würde, und über die, die ich jeden Tag traf; das inbrünstige Bemühen um ein Lächeln, das offener strahlte als üblich. Die riesigen Eier, die mir wuchsen. Das pathologische Bedürfnis, geil zu sein – die schlimmste und die herrlichste all meiner Knechtschaften.

Schon erstaunlich, wie egal mir das heute alles ist. Sagen wir lieber, ich verzichte auf diese Zerstreuung, während ich schwanger bin.

Eingeschlossen in mir selbst, Arm in Arm mit Romain Gary. Ich lach mich tot. *Hinter dieser Linie ist Ihre Fahrkarte nicht mehr gültig.* Wie erbärmlich diese menschlichen Zwänge sind! Diese Manie des harten Schwanzes, wenn sich doch die Liebe, Herrgott noch mal, mit einer Seelenverbindung begnügt. Orgasmus – ja, gut. Das ist so begrenzt, so eng. Stundenlang Verrenkungen und Seufzer, nur für das Vergnügen, zu zweit zu kommen, durch die Hand eines anderen, wo du das doch selbst so glänzend erledigen könntest. Dieser ganze Rabatz für eine Zuckung; jeder vernünftige Mensch würde darauf verzichten.

Jetzt, wo mir Sex sinnlos vorkommt, habe ich echt die besten Voraussetzungen, um mich von einer Beziehung mit unvergleichlicher Tragweite überraschen zu lassen. Ich bin die ideale Kandidatin, und ich kann mir fast das Gesicht desjenigen vorstellen, für den ich darüber nachdenken könnte, Kind und Mann zu verlassen. Die wahre unmögliche Liebe. Endlich wissen, wovon ich rede. Ich stelle mir vor, wie ich auf einem Fensterbrett sitze und seufzend zu einem Mann, der hinter mir in einem von unseren Säften durchtränkten Bett liegt, sage *Ich weiß wirklich nicht mehr, was ich machen soll*; hinter dem Fenster sehe ich wieder die Dächer von Paris. In meiner friedlichen Brust spüre ich die Atemlosigkeit der Frau, die mit einem fremden Geruch auf der Haut nach Hause kommt. Meine Finger wissen von selbst, wie ich einen Facebook-Chat lösche. Es würde eine Minute dauern, alles zu zerschlagen und wieder dieses Mädchen zu werden. Wenn ich mir vorstelle, dass der Mann schon existiert, irgendwo in der Welt, wahrscheinlich ein paar hundert Meter von mir entfernt. Dass er mir vielleicht schon begegnet ist und nichts anderes gesehen hat als eine Schwangere. Die wunderbare Ironie des Lebens ...

Am Nebentisch sitzen zwei Paare um die vierzig. Die Frauen unterhalten sich mit einem der Männer; der andere, der sich gerade eine Zigarette dreht, ist gar nicht schlecht. Wahrscheinlich habe ich für ein paar Sekunden den Gesichtsausdruck einer Frau, die an ihren nächsten Geliebten denkt. Er sieht mich an; das sollte er nicht tun, aber er tut es trotzdem. Es ist nicht abzusehen, dass seine Frau aufhört zu reden, dieses Geschwätz hat er tausendmal gehört. Sie werden ihn nicht nach seiner Meinung fragen, weil es ihm egal ist. Sie verzichten auf ihn, lassen ihn in Ruhe seine Zigarette drehen. Die vier haben sich in den Ferien getroffen; er und seine Frau wohnen in Berlin, das andere Paar kommt aus München (so sehen sie auch aus), sie haben sich in Spanien kennengelernt, aber nicht dem Spanien aller Deutschen, sondern in einer Ecke einer Insel, wo es keine Touristen gibt, sie hatten Ferienhäuser gemietet und aßen in derselben Tapasbar, da haben sie sich getroffen. Die beiden Frauen waren Schulfreundinnen, so ein Zufall! Fünfzehn Jahre hatten sie keinen Kontakt, aber sie sind in derselben Welt aufgewachsen, sie ähneln einander. Die eine ist blond, die andere brünett, aber es ist dieselbe Art schöner Frau von fünfundvierzig, gebräunt, geschminkt, sauteure Klamotten, die ganz leger wirken, ein bisschen Schmuck, nichts Angeberisches, sehr gepflegt und mit einem Apérol Spritz in der Hand. Die Gattinnen von Ärzten, Anwälten oder Bankern. Vielleicht haben sie zu viert miteinander geschlafen, warum nicht? Auf jeden Fall sehe ich, dass sie noch Sex haben. Das sind Paare, die sich im Großen und Ganzen gut verstehen, sich eher diskret betrügen, dem anderen nicht weh tun wollen. Aber der, der sich seine Zigarette dreht, sieht aus, als hätte er den ganzen Winter gefroren; vielleicht hat er gar nicht daran gedacht, aber jetzt, wo die schönen Tage wiederkommen und die Mädchen halbnackt durch die Straßen spazieren, überfällt ihn die Idee einer unvernünftigen Romanze wie ein langsamer Rausch. Vielleicht ist es auch das Bier (Weißbier, ein richtiges Bürgerbier). Das ist der Typ Mann, der seine Frau gut fickt, aber den die Vorstellung von akademischem Sex mit einer anderen, einer Unbekannten, in Panik versetzt.

Das Verwirrende ist eigentlich gar nicht der Blick des Mannes, sondern die Gleichgültigkeit zwischen ihnen. Das

Abwenden der Pupillen, wenn sich ihre Blicke begegnen. Die Stille inmitten der sich überlagernden Gespräche, wenn er mich ansieht und ich ihn. Dieses Gefühl, für einen Wimpernschlag verloren zu sein. Es ist nicht sein Blick, es ist die Gewissheit, angesehen zu werden, die ruhige Überzeugung, die mir zuflüstert *Lies ruhig dein Buch, ich bin immer da, wenn du aufschaust. Ich werde dich die ganze Zeit nach Belieben ansehen, während du so tust, als würde ich nicht existieren.*

VENUS IN FURS,
THE VELVET UNDERGROUND

*D*ie unsichtbare Gerte in Delilahs Hand zischt durch die Luft. Heute regnet es in Strömen, und in dieser präapokalyptischen Atmosphäre sehe ich begeistert zu, wie sie ihr Schauermärchen abspult:

«Was bildest du dir ein! Glaubst du, du kriegst meine kleine Muschi? O ja, das willst du, du willst, dass ich dich deinen widerlichen Schwanz in meine kleine Muschi stopfen lasse? Guck nach unten, wenn ich mit dir rede!»

Beeindruckt folge ich dem Befehl.

«Wie kommst du auf die Idee, mich anzustarren? Ein Kranker wie du, der hübsche Mädchen dafür bezahlt, dass sie ihn wie den letzten Dreck behandeln. Du widerst mich an!»

Ihre Stimme verändert sich kaum merklich, als sie die Regieanweisungen einschiebt:

«Du kannst ihnen leichte Schläge mit der Klopfpeitsche verpassen, zum Beispiel auf den Schwanz. Nie mit der Hand, höchstens ganz zum Schluss. Was auch gut läuft, ist, dass sie sich auf dem Boden ausstrecken müssen und du über ihnen läufst, einen Fuß auf jeder Seite. Natürlich mit Absätzen, du musst immer die Schuhe anbehalten. Der Vorteil ist, dass sie dann gar nicht anders können, als dich anzusehen, und das gibt dir wieder einen guten Grund, sie zu schlagen.»

Das Schambein vorgeschoben, sodass es sich provozierend unter der kleinen Unterhose aus korallenfarbener Seide abhebt, die fleischigen Lippen – und immer diese Peitsche, realer als eine echte, die ich auf meinen Körper niedergehen spüre:

324

«Habe ich dir erlaubt, meine Muschi anzusehen? Weißt du, wie wütend mich das macht, wenn du mir nicht gehorchst? Entschuldige dich, Abschaum! Wer soll dir verzeihen? *Verzeihung, gnädige Frau* heißt das, hast du keine Manieren? Du zählst jeden Schlag laut mit, damit du lernst, wo dein Platz ist. Dein Platz ist auf dem Boden, die Augen nach unten. Ich schwöre dir, wenn du dich beim Runterzählen irrst, fange ich wieder von vorn an, bis dein Arsch so blau ist, dass du dich nicht nach Hause zu deiner Frau traust, verstanden? *Dann lässt du ihn aufstehen und bindest seine Arme über seinem Kopf fest.* Habe ich dir erlaubt, einen Ständer zu kriegen? Drecksack! Ich warne dich, wenn er dir nach deiner Bestrafung immer noch steht, geht es dir schlecht. Perverses Schwein! Nichts macht mich so wütend wie dieser fette Schwanz, um den niemand gebeten hat. Glaubst du, ich setz mich drauf, hast du dir das vorgestellt? Ich werde dir die Lust schon austreiben!»

Delilah setzt sich wieder und lächelt strahlend:

«Alles ist Vorwand für die Bestrafung. Der Trick ist, dass du bis zum Ende jedes Mal ein bisschen näher kommst. Wenn sie sich eine halbe Stunde haben verprügeln lassen, spritzen sie schon ab, sobald sie deinen Hintern oder deine Möse von weitem schnuppern. Du musst nur daran denken, dass eine Domina nicht fickt und vor allem nicht bläst. Gib ihnen nie mehr als die Hand und auch das nur mit angewiderter Miene.»

«Ich könnte das nie so gut wie du.»

«*Ach Quatsch!* Ich habe dir das Prinzip erklärt, du kannst nichts falsch machen. *Erst recht nicht mit deinem französischen Akzent.*»

Delilah imitiert mein seltsames Deutsch so nett, dass ich nie weiß, ob es spöttisch oder zärtlich ist, aber sie kann die

Länge der Vokale und den Singsang der Konsonanten noch so schön nachahmen, ich verrate ihr nicht, dass ich die Hälfte der Wörter, die sie mir in den Mund legt, gar nicht kenne.

«Natürlich ist es einfacher, wenn sie irgendeinen Fetisch haben», setzt sie ihren Vortrag fort. «Zum Beispiel, wenn sie Füße lieben: Das sind gute Kunden. Du lässt dir die Füße lecken und streicheln, am Ende gewährst du ihnen die Gnade deiner Nägel auf ihrem Schwanz und fertig. Ein kleines Extra, wenn sie auf deine Schuhe abspritzen wollen, das ist easy.»

«Wie die, die sich in den Arsch ficken lassen wollen, oder?»

«Das entspannt mich total, weißt du. Dabei bin ich am meisten ich selbst.»

Ich kann mir wunderbar vorstellen, wie Delilah eifrig ihre Kunden bearbeitet und kaum den Gürtel um ihre Taille bemerkt, mit ihrem Umschnalldildo verschmilzt. Sie findet die richtigen Worte für die Männer, den richtigen Rhythmus und sieht immer so aus, als wären sie ihr völlig wurscht. Lächelnd frage ich:

«Das ist auch ein bisschen Rache, oder? Jetzt kannst du sie mal ficken.»

«Na klar. Das ist ganz natürlich. So lange, wie ich schon Sex habe, weiß ich doch, wie gut das ist.»

Nachdenklich drückt sie ihre Zigarette aus:

«Aber auch wenn ich keine Ahnung hätte. Wenn sie kommen, um in den Arsch gefickt zu werden, wollen sie sich da nicht einfach den Arsch aufreißen lassen?»

«Wahrscheinlich. Eigentlich weiß ich es nicht. Ich habe immer gehört, eine gute Domina braucht viel Liebe und Empathie.»

«So ein Schwachsinn!» Delilah schüttelt sich. «Auch so eine Erfindung der Männer, damit die Frauen vor ihnen kriechen. Wenn du einen Mann dominieren willst, brauchst du keine Liebe, so viel steht fest. Es ist viel einfacher. Glaubst du etwa, ich liebe alle meine Freier? Manche mag ich ganz gern, aber weiter geht es nicht, es bleiben Männer, mit denen ich außerhalb des Bordells kein Wort reden würde. Nein, das Wichtigste für eine Domina ist, kein Mitleid zu haben. Die Kerle wollen daran erinnert werden, wie erbärmlich sie sind mit ihrem Schwanz und dem lächerlichen Drang, ihn in die Mädchen zu stecken. Weil sie es gern vergessen.»

Delila rekelt sich; ein Gähnen verzerrt für einen Moment ihr Gesicht, lässt sie gelangweilt aussehen, während sie ihren Mund voll scharfer Zähne aufreißt:

«Aber die Frauen vergessen nicht. Wie könnten sie? Und wir erst recht nicht.»

Ihr nächster Kunde ist da. Sie steckt ihr Telefon in ein Täschchen, an dem an einem Schlüsselring ein Teddybär hängt.

«Ehrlich gesagt weiß ich nicht, wie es draußen läuft, aber ich glaube, im Bordell ist alles ganz einfach. Egal, ob du nett oder grausam bist. Das ist bei jeder anders, aber für mich ist es weniger anstrengend, grausam als nett zu sein. Sie von oben herab zu behandeln und zu beschimpfen, das kommt fast automatisch. Deswegen bin ich gut im Studio.»

Deswegen macht sie ihren Job so gut. Verachtung.

Verachtung! Ich denke noch daran, während Janus, nachdem er mir die Hände hinter dem Rücken gefesselt hat, auf der Suche nach einer Peitsche im Schirmständer wühlt. Sieh dir diesen fast zwei Meter großen Jungen an, der sich über einen Schirmständer beugt und sucht, wobei er so tut, als wüsste er nicht, was. Bei Janus gibt es keine Überraschung: die dreischwänzige Peitsche oder die flache, die aussieht wie ein Teppichklopfer. Seit sechs Monaten kommt er jede Woche, und ich spüre in diesem Mann kein Bestreben nach Veränderung, keinerlei Versuchung, die Milliarden Instrumente auszuprobieren, mit denen die Schubfächer der Kommode vollgestopft sind, oder wenigstens mal eine andere Peitsche. Wie die Bambusrute, deren Wirkung erschreckend ist – anders als alle anderen, die höchstens den zarten Hintern der von *Fifty Shades of Grey* angeregten Bürgerdämchen rosig färben.

So abgedroschen sein Drehbuch auch sein mag, Janus braucht keine Hilfe und keine Entwicklung. Am Anfang habe ich ihm, während er gewissenhaft duschte, Handschellen in meiner Größe, Stricke, Kondome und seine beiden Lieblingspeitschen auf der Kommode zurechtgelegt. Er kam splitternackt zurück, und ich empfing ihn schon ausgezogen, das Lächeln einer Musterangestellten auf den Lippen: *Sieh nur, ich habe schon alles vorbereitet.* Eifrig hatte ich das große Licht ausgeschaltet und nur die roten Lämpchen angelassen, wie er es sonst tat, Musik aufgelegt, die Folterbank in die Mitte des Zimmers geschoben und das Handtuch auf der Bank ausgebreitet, auf der unsere Sitzung meistens endet. Es störte mich, wenn ich schon gefesselt war und er unterbrach, um seine von anderen im Studio verstreuten Accessoires zu suchen. Ich hatte das Gefühl, unsere Unordnung raube ihm wertvolle Sekunden. Janus schenkte mir ein gezwungenes Lächeln zum Dank für meine Aufmerksamkeit, und irgendwann begriff ich, dass ich ihn des Vergnügens beraubte, selbst zu suchen, dass diese verlorenen Momente für ihn ein wunderbares, unverzichtbares Vorspiel waren. Die Stille des Zögerns, aufgeladen wie vor einem Gewitter, nur vom Scharren der Schubfächer und seinen langsamen Schritten belebt, verlieh dem Bevorstehenden sein ganzes Gewicht. Seine Genießerfreude, mich schmachten zu lassen, diese Verzögerung, der ständige Aufschub – die Instrumente der Mächtigen in Reichweite des kleinen Angestellten, der ins Bordell geht.

Als ich aus Langeweile meine Handgelenke in den Handschellen bewege, stelle ich fest, dass sie mich ebenso wenig aufhalten würden, wenn ich mich wirklich befreien wollte, wie Janus, der keinen Knoten macht, ohne sich mit seiner sanften Stimme zu vergewissern, dass es mir nicht weh tut und nicht das Blut abschnürt. Ich mag ihn für diese liebenswürdige Art: Bei ihm kann mir auf jeden Fall nichts Schlimmes passieren. Das schadet aber auch seiner Glaubwürdigkeit. Eigentlich kann mir überhaupt nichts passieren. Das einzige Risiko bestünde darin, dass ich ein bisschen feucht werde, wenn er in meinen Mund kommt, tief und unerbittlich, sobald seine Erregung einen kritischen Punkt erreicht hat. Er packt mich an den Haaren im Nacken, das ist der einzige Moment, in dem sich Janus unzähmbar gibt, in dem sich die friedlichen Züge eines netten Kerls, der den Folterknecht spielt, auf eine Art, die jede andere erschrecken würde, ein bisschen verkrampfen.

Das macht seine einfache, kindliche Befriedigung im Studio noch rührender. Stricke entwirren. Das Höschen runterziehen, das ich anbehalte, seitdem ich begriffen habe, welche Freude es ihm macht, ein Mädchen auszuziehen, ihm seine Keuschheit zu rauben – auch wenn dieses Mädchen eine Hure und die Keuschheit eine Finte ist, die sich aus fernen Erinnerungen speist. Die Kurbel zu betätigen, um meine Arme über meinem Kopf zu strecken, ist ein königliches Vergnügen. Fast ebenso, wie mein Kinn zu packen und mich zu zwingen, ihm tief in die Augen zu sehen, eine Forderung, der ich zitternd und mit angstvollen Ausweichmanövern nachkomme. In seinem Blick lese ich nur abgrundtiefe Leere, das Nichts. Da muss ich Janus ein gewisses Talent zugestehen, wenn es nur um den Psychopathenblick ginge, könnte er allen etwas beibringen, die den Dominus spielen wollen. Janus spricht wenig, er hat die erotische Dimension des Schweigens erfasst. Und wenn er befiehlt, dann ganz kurz, mit einer tiefen Stimme, die der deutschen Sprache ihren ganzen Glanz verleiht.

Was er auch sehr gut kann, das kleine, unveränderliche Detail, das er inzwischen perfekt beherrscht, ist der Übergang von seinem Vorspiel zu dem, was ich *das Auge des Zyklons* nennen würde. Das Kondom liegt auf der Kommode in einer Muschel. Zuerst löst Janus meine Arme; ich zeige theatralisch mein Leiden, indem ich mir die Handgelenke massiere und matt seufze, um die mit Furcht gemischte Erleichterung eines Mädchens zu spielen, das stundenlang aufgehängt wurde (ich habe gezählt, bis jetzt sind achtzehn Minuten verstrichen). *Auf die Knie.* Er wendet sich bedächtig ab, um das Kondom zu holen. Geniestreich: Mit einer Bewegung, die verächtlich sein soll, wirft er es vor meine Füße. Ich weiß nicht, ob er stolz darauf ist, aber das ist seine glaubwürdigste Aktion, er hat lange gebraucht, um diese Geste zu verfeinern. Von Treffen zu Treffen korrigiert er die Schritte, mit denen er zu mir kommt, und perfektioniert diese trockene Rückhand, um unerbittlich zu wirken. Ich würde mich diesem Detail, das ihn so heißmacht, gern anpassen und in meinem Schatzkästchen eine Reaktion finden, die seiner gespielten Verachtung zusätzliche Tiefe verleiht, aber mir fällt nichts Besseres ein als abgrundtiefes Schweigen, gesenkter Blick, gekrümmte Schultern; hektisch zerreiße ich die Verpackung, als hätte ich es aufgegeben, mich der wohlverdienten Bestrafung zu entziehen. Wenn das Kondom erstmal sitzt, ist keine Überraschung mehr zu erwarten. Selbst die gespielte Dominanz zerfasert, das Kondom – und damit die Möglichkeit abzuspritzen – ist für Janus die Erlaubnis, sich gehenzulassen. Nun steht er am Rand des Abgrunds. Da er gut organisiert ist, weiß er ohne einen Blick auf die Wanduhr, dass noch fünf bis zehn Minuten bleiben. Dann fällt seine Maske mit einem Fingerschnippen, wie tote Haut.

Das ist lächerlich, aber überhaupt nicht verächtlich. Sein Gesicht ist hübsch, wenn er sich zurückhält. Als Bobbie mal von einer Stunde mit ihm kam, sagte sie lachend, *Wenn er kommt, wird er richtig schön.* Schön, wahrhaftig, diese tödliche Anmut sehr sanfter Männer, wenn sie sich hingeben, wenn der Trieb des erstickten Todes wie ein Windhauch über ihre Züge streicht. Und diese bebende Stille, wenn er sich langsam in mir bewegt und dabei die Finger abwechselnd verkrampft und löst. Gleich danach wickelt er das volle Präservativ eifrig in ein Stück Küchenpapier und fragt: *War es okay, nicht zu hart?*

Nein, ich verachte Janus nicht. Er hat keinen anderen Wunsch, als seine kleine Phantasie von einem widerstrebenden Mädchen zu verwirklichen. Janus hat nichts mit denen zu tun, die wir im Studio verachten – und das passiert schnell, wenn wir von einem Mann mit steifen Fingern zusammengeschnürt werden. Noch schneller, als wenn wir auf der richtigen Seite der Peitsche sind wie Delilah.

Olaf zum Beispiel. Olaf, der Spezialist des Leerlaufs. Du fragst dich, was es soll, dass er Satie als Hintergrund verlangt, geschniegelt und gestriegelt ankommt und das Studio auf der Suche nach den exotischsten Instrumenten auf den Kopf stellt, wenn er nach zwanzig Minuten mit seinem Latein am Ende ist. Wenn ein Mann um zweiundzwanzig Uhr ankommt, kann ich wohl annehmen, dass er den ganzen Tag Zeit hatte, sich zu überlegen, was ihm Spaß machen würde – aber nein.

Meistens verkümmert meine Gutwilligkeit sehr schnell, wenn ich, mehr schlecht als recht zusammengeschnürt, darauf warte, dass ihm etwas einfällt. Man muss sich nicht mit SM auskennen, um zu erraten, dass er nichts davon versteht. Unwissenheit, Geilheit und die Inbrunst, es richtig gut zu machen, lassen ihn erlahmen. Obwohl er von Beruf Schneider ist, sind die Knoten, die er bindet, entweder zu locker oder zu fest, wecken Lust, zu lachen oder ihn zu schlagen. Weil er ein netter Junge ist und ich selbst zu nett bin, lasse ich zu, dass er mich am Hals fesselt – wobei ich jedes Mal davor zittere, das Gleichgewicht zu verlieren und wie David Carradine erbärmlich erdrosselt zu werden; ich wette, dass ich bei seiner Methode und der Zeit, die er für seine Knoten braucht, fünfmal tot bin, bevor er begreift, wie er den Rückwärtsgang einlegen kann.

Auch seine Art, mir den Po zu versohlen, verrät die fehlende Technik: Er tut sich selbst mehr weh als mir. Schnell ist er außer Atem und am Ende seiner Kräfte. Gereizt beobachte ich, wie er sich in diesem quälenden Rahmen der Dominanz abstrampelt, den er sich aufgezwungen hat. Er zerbricht sich so sichtbar den Kopf, dass es mir schon peinlich ist – und da er immer am Ende der Schicht kommt, wenn ich meine ganze Geduld an andere Freier verteilt habe, verwandelt sich die Peinlichkeit schnell in Wut. Oder eben in Verachtung. *Olaf, Schätzchen, ganz schön teuer, zweihundert Euro abzudrücken, um wie ein Anfänger auszusehen!* Er steht mit hängenden Armen vor mir und fragt sich, was die nächste Etappe ist. Ihm geht der Sprit aus.

«Was soll ich denn jetzt mit dir machen?»

«Was du mit mir machen sollst?!», schnaube ich hinter meinem lockeren Knebel.

«Worauf hast du Lust?»

Verschnürt, wie ich bin, starre ich ihn fassungslos an:

«Keine Ahnung!»

«Hast du irgendeine Idee?»

«Aber ... nein, ehrlich, keine! Schließlich bin ich hier die Sklavin.»

Olaf kratzt sich am Kopf. Nicht nur, dass ich ihm nicht helfe, ich werde bald anfangen, ihn zu verachten, also beschließt er, mich an der Leine durch das Studio zu führen, in der Hand eine weiche Gerte, die er sich nicht einzusetzen traut. Selbst mit im Rücken gefesselten Handgelenken und der Wange am lauwarmen Linoleum bin ich in keiner allzu unbequemen Position.

«Du musst doch auf irgendwas Lust haben», sagt er, während er mit seiner Leine in der Hand auf der Bank sitzt wie ein Opa, der im Park eine Pause macht, um seinen Hund kacken zu lassen.

Schon außerhalb des Studios ist es reichlich naiv, eine Hure zu fragen, worauf sie Lust hat; wie jeder Angestellte wird sie *auf Urlaub* antworten. Im Studio erhält dieser Überdruss noch eine ganz andere Intensität. Ich sterbe sowieso nicht vor Verlangen, mich verprügeln zu lassen und diskret Finger und Zehen bewegen zu müssen, um die Ameisen zu vertreiben, die darin kribbeln. Ich mache gern mit, weil es zum Spiel gehört, aber dann soll man nicht auf meinen Initiativgeist hoffen. Wer hat schon von einem Dominus gehört, dem nichts einfällt? Wenn es in dem Rhythmus weitergeht, sollte sich Olaf am Vortag einen Spickzettel vorbereiten.

«Soll ich dich losbinden, und du fesselst mich?»

«Äh ... nein. Ich bin die Sklavin hier. Außerdem bin ich überhaupt keine Domina.»

Und sowieso dreht man nicht einfach mangels Inspiration die Rollen um, verdammt noch mal, man verlangt nicht von einem Mädchen, dass es die fehlende Kreativität des Freiers ausgleicht, erst recht nicht im Studio, wo die Regeln vorher festgelegt sind. Es gibt ambivalente Mädchen wie Margaret, die von der Vorstellung, selbst die Peitsche zu halten, ganz angetan wäre und ihn mit Vergnügen seine Unfähigkeit büßen lassen würde, einfach so, aus dem Stegreif – aber Margaret ist sowieso ein Chamäleon des Bordells, sie hat eine unglaubliche Anpassungsfähigkeit. Im Studio gibt es keine schlimmere Beamtin als mich; wenn man mir eine Rolle zuweist, habe ich nicht das geringste Verlangen, sie aufzugeben, und meine Spontaneität versinkt im Tiefschlaf wie eine alte Katze vor dem Kamin. Aber Olaf ertrinkt und zieht mich mit sich runter, also sage ich mit einem Seufzer:

«Ich weiß nicht, warum versuchst du nicht die Bambusrute?»

So verschaffe ich mir ein bisschen Ruhe, ich freue mich, laut zu zählen, damit sich Olaf nicht langweilt. Als er an meinem Schenkel ejakuliert, macht die Gereiztheit der Erleichterung Platz, das hat mich richtig aufgemuntert. Auf der Uhr sehe ich, dass uns noch fünfzehn Minuten bleiben, und er tut mir leid.

«Weißt du, wir können alles machen, du musst mir nur vorher Bescheid sagen. Wenn du willst, dass wir die Rollen tauschen, muss ich mich darauf vorbereiten, ich kann nicht einfach so von der Sklavin zur Domina wechseln.»

«Schon klar. Das war jetzt sehr gut!»

Olaf wischt höflich das Sperma auf dem schwarzen Linoleum auf. Ich sehe, dass er ein bisschen auf meinen Strumpf gespritzt hat, aber er ist mein letzter Kunde heute, also mache ich kein großes Theater. Dafür hat er was auf dem Anzug, in dem er auf dem Heimweg ganz Berlin durchqueren muss.

«Rauchen wir eine?», fragt er und lässt sich auf die Chaiselongue vor der Folterbank fallen.

Wenn Olaf abgespritzt hat, ist er nicht mehr verachtenswert. Er ist gebildet, er ist interessant, er hat schöne Gesichtszüge. Ich sehe ihn, als ich die Fenster aufmache, wie ich auch das Studio plötzlich so sehe, wie es eigentlich ist: ein kleines Zimmer, dessen Wände unser Hausmeister mit schwarzem Kunstleder bespannt und mit Handschellen und Halseisen gespickt hat, die bedrohlich sein sollen, aber zu oft mit Antibakterienspray gewienert werden, als dass jemand sie fürchten würde; wenn der Flaschenzug blockiert oder sich die Leinen verwirren, müssen wir einen richtigen Handwerker rufen, und bis er kommt, hängt die Hausdame ein Schild DEFEKT an die Tür. Saties *Gymnopédies*, die ich ziemlich laut aufgedreht habe, übertönen das Gurgeln der Rohre im benachbarten Badezimmer, wo sich ein Kunde gerade deutlich hörbar den Mund spült. Als ich meine Zigarette anzünde, hören wir durch die Tür gedämpft die Klingel im Flur. Die Studiotür ist angeblich hermetisch verschlossen, lässt aber für den Fall der Fälle raffinierterweise jedes Geräusch hindurch; was sich darin abspielt, entgeht weder den Mädchen noch den Hausdamen, die inzwischen instinktiv falsche Schmerzensschreie und die viel verdächtigere Stille deuten können. Janus und Olaf wissen es nicht, aber genau damit muss man spielen, um uns Angst zu machen. Man muss mit der spannungsgeladenen Ruhe spielen und das Mädchen überzeugen, dass in wenigen Sekunden und ohne jede Vorwarnung ein schreckliches Unglück geschehen kann.

Der, von dem sie alle lernen könnten, der, dessen bloßer Name *La Maison* auf den Kopf stellt, ist Gerd. Meistens kündigt er sich vorher an, aber manchmal taucht er unangemeldet auf, möchte überraschen und sich überraschen lassen – und während der Präsentation entbrennt in unseren Reihen ein stummer Schwesternkrieg. Alle, die bereit sind, ins Studio zu gehen, egal, welche Position sie darin einnehmen, drängeln sich im Flur und kämmen sich mit den Fingern. Das ist keine Frage des Geldes, Gerd lässt nicht mehr Trinkgeld da als die anderen, und ich kann auch nicht behaupten, dass sein Äußeres dafür entschädigen würde. Mit seinem abgewetzten Aktenkoffer und eingeschnürt in einen dicken Wollmantel, erinnert Gerd an einen alten Hausarzt, der uns alle auf die Welt gebracht haben könnte. Aber wenn die Hausdame die Tür aufmacht und ihm mit den begeisterten Vorwürfen eines jungen Stars die Rosen abnimmt, die er nie vergisst, verbreitet sich die Nachricht wie ein Lauffeuer: *Gerd! Gerd ist da ... Nein, ohne Termin!* Das Gerücht erreicht unseren Aufenthaltsraum, wo plötzliche Erregung die Strümpfe an einem halben Dutzend hektischer Schenkel kratzen lässt. Das Telefon klingelt, keiner kümmert sich darum, und eine Unglückliche klagt: *Ich habe schon einen Termin ...*

Als Stammgast weiß Gerd, was sich hinter dem Vorhang abspielt, und obwohl er vom Flur aus nur Schatten und Birgits Pumps sieht, hebt er den Hut in unsere Richtung und grüßt den Vorhang mit einem Nicken. Die Rosen sind immer so schön, seine Kleidung so tadellos, er ist so liebenswürdig, dass auch die Pingeligsten vergessen, dass er mindestens tausend Jahre alt ist. Denn Gerd kennt sein Geschäft. Jede der glücklichen Auserwählten wird es bestätigen – bis auf Delilah, die sich auch für alles Gold der Welt nicht dominieren lassen würde und so etwas wirklich Großes verpasst.

Vielleicht hat sie Angst vor der Aktentasche. Wir haben alle Angst davor. Ich erinnere mich an unsere erste Begegnung. Gerd hatte ausdrücklich das kleine malvenfarbene Zimmer am Ende des Flurs verlangt. Zwar hörten wir dort das Kommen und Gehen der Mädchen, aber ich war so verschnürt, der Hals an die Arme und die wiederum an die Knöchel gefesselt, dass es mir körperlich unmöglich gewesen wäre, auch nur einen Ton herauszubringen. Allmählich keimte die Angst in mir auf. Aus dem Augenwinkel, von dem mit Vorhängen umgebenen niedrigen Schrank aus, auf dem mich Gerd verstaut hatte, sah ich ihn an, während er mich ansah und eine Erektion bekam. Mit regloser Miene. Im klaren Bewusstsein der geringen Bewegungsfreiheit, die mir zum Atmen blieb, der Sekunden, die mich noch von der Erschöpfung und damit möglicherweise der Strangulation trennten. Ich hatte das Gefühl, die Endstation zu erreichen. Nie zuvor war mir ein tragischer Tod näher erschienen. Wenigstens würde man mich an einem freundlichen Ort finden, dachte ich, wenigstens würde es eine untröstliche Hausdame geben, um es meinen Eltern zu erklären, *Wir überwachen, wir passen auf, aber wir können nicht überall sein.*

Ich starrte Gerd mit hervorquellenden Augen an, die Kehle verkrampft von meinem Drang *Mach mich los, mach mich los, ich fall runter* zu schreien. Er lief inzwischen um mich herum, ganz nah, seine kühlen Fingerspitzen spazierten über meine Haut. Ich schloss die Augen, um mein eigenes Ende nicht zu erleben, während er mir *Beruhige dich* ins Ohr wisperte, und ich dachte, das sei der letzte Ton, den ich je hören würde, Gerd sei eine Art Todesengel, der versuchte, mich zu beruhigen, während ich meinen letzten Seufzer tat; meine Knie gaben nach. Ich sah all die schönen Dinge vor mir, die man angeblich im Sterben sieht – das Haus in Nogent, den Sonnenuntergang am Strand von Sainte-Maxime, das Lächeln geliebter Männer. Wahrscheinlich gibt es nie genug Zeit oder zu viele schöne Dinge. Aber mit einer Handbewegung löste Gerd den Knoten, der meinen Hals mit dem Haken an der Decke verband und ich fiel wie ein Paket in seine Arme – die mir plötzlich gar nicht mehr so mager vorkamen. Mein Herz raste so schnell, ich hatte solche Angst gehabt, dass sich eine Welle der Dankbarkeit und Ergebenheit für diesen Mann wie ein Strom von Tränen über mich ergoss. Er ließ meine Brüste schmerzhaft aus einem gekonnt geschnürten Makramee hervorquellen, meine Knie waren in Höhe der Ohren, und ich fühlte mich wie ein Stück Fleisch ohne jede Willenskraft – aber irgendetwas Unterwürfiges und Dumpfes in mir hechelte in Erwartung von Gerds nächsten Gesten. Ich hätte empört sein können, wie ich es so oft gewesen war, als ich ihn einen Latexhandschuh anziehen sah und er die Finger in mich schob; wie viele? Keine Ahnung. Und selbst wenn ich hätte zählen wollen, der Kissenbezug, den mir Gerd inzwischen über den Kopf gezogen hatte, machte mich blind und taub für alles, für mein Fett, das zwischen den Stricken herausquoll, dafür, wie ich aussah, für die Scham, die ich empfunden hätte, wenn eine leichtsinnige Hausdame die Tür geöffnet hätte. Alles, woran ich mich erinnere, ist ein so starker Orgasmus, dass ich mir die Zunge blutig gebissen habe – und als ich danach knallrot in den Aufenthaltsraum zurückkam, lachten Esmée und Hildie sich halb tot: *Alles okay, Justine? Brauchst du einen Schnaps?* Offenkundig kündete die Röte weder von Wut noch von Erschöpfung, und obwohl ich sonst ohne den Hauch von Verlegenheit nackt zwischen ihnen herumspazierte, hatte ich den Reflex, mir eine Decke umzulegen, als würde auch mein Körper die Zeichen einer befriedigten Frau herausschreien. In der Röte meiner

338

Wangen verbarg sich etwas Intimes, das weit über die Nacktheit hinausging und mir Lust auf verträumte Einsamkeit,
eine Siesta so tief wie der Tod machte. Von da an lauerte ich
wie die anderen auf Gerds Besuch.

Auch in der Konversation weckt Gerd keine Verachtung –
es gibt keine. Ein paar Sätze vorneweg und eine Freundlichkeit, das ist alles – guter Mann. Er geht duschen, bringt die
Mädchen mit furchterregender Effizienz zum Orgasmus und
geht wieder nach Hause, nachdem er seine Rosen, zweihundert Euro und eine Ladung Sperma losgeworden ist, die kein
Mädchen je gesehen hat. Ihm genügt das Schauspiel der erregten Frau, die keine Wahl hat, die sich nicht mehr wehrt,
und er verlässt sich ganz auf seine kleine, feine Hand, der
du so viel Raffinesse nie zutrauen würdest. Der kleine Alte
strahlt eine Vornehmheit aus, die wir, Hildie, Thaïs und
ich, eines Morgens in der Küche rühmen, während er Bobbie quält (die es gar nicht verdient, weil sie sowieso kommt,
sobald man sie berührt). Delilah kommt auf eine Zigarette
herein, hört uns zu und mokiert sich:

«Ihr seid zum Piepen mit diesem Kerl, der euer Großvater
sein könnte. Habt ihr seine speckige Aktentasche gesehen?
Man müsste mich schon dafür bezahlen, sie auch nur anzu-
rühren. Habt ihr euch nie gefragt, in wie vielen Mädchen sein
ganzes Spielzeug schon gesteckt hat? Widerlich. Womöglich
geht er in die finstersten Bordelle der Stadt, und wenn er hier
ankommt, seid ihr hin und weg, weil er mit einem Vibrator
in euch rummacht, der gerade aus einer mit Chlamydien ver-
seuchten Hartgeldnutte kommt.»

«Er reinigt alles vor unseren Augen», widerspricht Hildie.
«Er hat sein eigenes Desinfektionsmittel dabei.»

«Eben, sein eigenes ... Wer sagt dir, dass da nicht einfach
Wasser drin ist?»

«Du bist immer so boshaft! Er streift Kondome über alle Dildos und zieht Plastikhandschuhe an, wann immer es geht.»

«Ich trau ihm nicht. Der Alte ist krank. Außerdem rückt er keinen Euro Trinkgeld raus.»

«Stimmt, aber er bringt uns zum Orgasmus», mische ich mich ein, entschlossen, für Gerds Ehre zu kämpfen.

Delilah zuckt mit den Schultern:

«Ich brauch keinen Tattergreis, der mir zeigt, wo meine Klit sitzt, Süße.»

Der letzte Satz macht mich fast wütend, aber ich spüre, dass sich Delilah über unsere Einigkeit ärgert, vor allem darüber, dass es in unserem Gespräch keine Spur von Spott über Gerd gibt. Es stört den Lauf der Welt, wenn Huren plötzlich in Zuneigung für einen Mann entbrennen, der sie quält. Das schlägt eine Bresche in ihren Berufsethos – auf der einen Seite der Liebste, auf der anderen die Freier. Delilahs Verachtung erstreckt sich bis auf das Konzept Mann an sich; was den Liebsten rettet, ist die Zuneigung, die sie für ihn empfindet – gewachsen aus der Abscheu für alle, die zahlen.

JACK ON FIRE, THE GUN CLUB

*W*ie schön der Heimweg sein kann! Im Sommer, wenn der sternenübersäte Himmel zwischen den hässlichen Mietshäusern die Farbe von *Violet Fizz* hat. Wenn ich *La Maison* verlasse, bin ich so fröhlich, dass ich die Leute auf der Straße grüßen könnte – wie jeden Abend winke ich dem türkischen Imbissverkäufer nebenan, der genau weiß, was seine hübschen, zu stark geschminkten Kundinnen machen, die niemals Zwiebel in ihrem Döner wollen. Na und?

Wie ich meinen kleinen U-Bahn-Wagen liebe! Nichts ist berauschender, als sich inmitten einer anständigen, ahnungslosen Menge als Hure zu fühlen – auch wenn ich diesen Beruf mit größtem Eifer ausübe, gehe ich zu dieser späten Stunde und in diesem Viertel eher als Studentin durch. Nach einem ganzen Tag in Hemdchen und Absatzschuhen, mit über die Schultern wallendem Haar und mehr Mascara, als nötig wäre, besteht mein Luxus aus weiten Jeans, einem formlosen Pullover, meinen ausgelatschten Bensimons und einem reizlosen Pferdeschwanz; mit größtem Vergnügen betrachte ich die Mädchen, die ausgehen; sie sehen fast so aus, als würden sie sich alle Mühe geben, dem Bild zu gleichen, das sie sich von uns machen – von uns Huren.

Wer ist hier sittenlos? Die Mädchen in ihren Jeans, die so eng im Schritt sitzen, dass man nicht mal mehr Phantasie braucht, oder ich, die mit ihrem Babysitter-Gesicht ruhig ihr Buch liest? Mit höflichem Lächeln beglücke ich die alten Damen, die sich neben mich drängen, weil ich eine beruhigendere Nachbarin bin als die Trauben junger, aufgehübschter Mädchen, die ihr Berliner Kindl trinken, bevor sie sich im Berghain abweisen lassen. Dieser leichte Geruch nach Männerschweiß kann nur von ihnen kommen, in ihren zu langen Haaren hängen, ihr lautes Lachen übertönt meine Musik; ich sehe, wie die Alten die Stirn runzeln – *Heutzutage können sich die jungen Frauen nicht mehr benehmen.* Mein Gesicht drückt Zustimmung aus, *ja, ja, die Jugend von heute!*

Wie soll ich da lesen? Ich fühle mich wie Superwoman in Zivil, die gerade von allen unbemerkt die Welt gerettet hat – und ich frage mich, ob die Männer es spüren. Das Make-up wird mich bestimmt nicht verraten, ich habe mein Gesicht gründlich gereinigt – aber meine Augen haben die Frechheit des Bordells behalten, eine Ungeniertheit, die an Unverschämtheit grenzt. Ich bin gerade von meinem letzten Kunden gestiegen und weiß genau, dass man das noch spürt. Dass es nur allmählich in mir erlischt, ganz langsam, sofern so etwas in mir überhaupt erlöschen kann. In der U7 sitzen außer den Opas, die nach den Mädchen schielen, nur schläfrige Omas und manchmal Bobbie oder Thaïs, die mit einem Augenzwinkern in meine Richtung Yorckstraße aussteigen. Die U1 ist viel interessanter. Da mischt sich mein Rausch der emsigen Arbeiterin mit der allgemeinen Lebensfreude, die auf Kreuzberg niedergeht. Die Chancen stehen ungefähr eins zu drei, dass ich in der Menge der jungen Berliner in dieser Bahn einen meiner Kunden treffe oder einen, den ich mit Pauline teile (wir beide als Paar ziehen mehr junge, geldlose Künstler als Geschäftsmänner aus dem Westen an). Ich erkenne sie sofort, sie brauchen etwas Zeit und ein paar verstohlene Blicke, um die Verbindung zwischen den Haaren – die ich auch zusammenbinde, wenn ich mich über sie beuge, um ihnen einen zu blasen – und dem französischen Buch herzustellen, das ich nur noch diagonal lese. Wie Werner zum Beispiel, der am Halleschen Tor einsteigt; vor achtundvierzig Stunden habe ich ihn auf mein Gesicht abspritzen lassen, wir haben dieselbe Erinnerung, während er errötet, lächle ich nur. Ich tippe zum Gruß an den Rand meiner albernen Mütze, Werner nickt, und wir vertiefen uns wieder in unsere jeweilige Lektüre, ich Zola, er ein Handbuch von Le Corbusier.

Sieh mich an, schöner Freund. Reiß die Augen von deinem Telefon los. Begegne meinem direkten Blick, wenn du dich traust. Wie kann ein Mädchen mit so einer albernen Mütze wie ich so viele verrückte Sachen in den Augen haben? Ich kann es dir sagen, weil ich mich den ganzen Tag habe vögeln lassen. Ich habe von sechzehn bis dreiundzwanzig Uhr Männer zum Höhepunkt gebracht, und ehrlich gesagt könnte ich noch weitermachen, wenn ich wollte. Vielleicht will ich sogar. Ich wüsste genau, wie ich es anstellen müsste, damit du den Schöpfer anflehst, ich möge deine Seele verschonen.

Ehrlich, ich hatte nie so friedlich obszöne Beziehungen mit den Männern wie in der U-Bahn mit völlig Unbekannten. Von der Arbeit erschöpft, sollte ich alle Sinnlichkeit verloren habe, aber in meinem Kopf dröhnt immer noch Beethovens Neunte, wie in der Schlussszene von *Clockwork Orange*, während die nackten, schweißgebadeten Fahrgäste einander unaussprechliche Dinge antun.

WORDS OF LOVE, BUDDY HOLLY

*R*osiger Morgen über Berlin.

Sarah gähnt, während sie die Sachen in ihr Fach stopft. Bobbie bückt sich, um ihre Söckchen aufzuheben, hockt sich hin, ohne sich um die Speckfalten zu kümmern – rührend wie eine Frau, die gerade aus dem Bett kommt und vorläufig nicht mehr an Verführung denkt. Birgit legt im Badezimmer Handtücher zusammen und hört mit Kopfhörern Radio. Ich schlurfe in meinen Latschen in die Küche, um Kaffee zu kochen, aber Paula ist schon dabei. Sie ist auf 180, denn das Klingeln eben, auf das wir mit einem kollektiven Stöhnen reagiert haben, war ihr erster Freier, der offenbar ganz pünktlich sein wollte und sie jetzt energiegeladen im grünen Zimmer erwartet.

Aggressiv und mit entzückender Vulgarität zündet sie sich eine Winston an, runzelt alle Stirnfalten, atmet den ersten Zug tief ein und schimpft wie ein Rohrspatz:

«Es regt mich auf, wenn sie pünktlich auf die Minute kommen. Du kannst nichts sagen, überall steht, dass wir um zehn aufmachen. Aber ich bin gerade erst angekommen! Ich frag mich fast, ob er nicht hinter mir die Treppe hochgekommen ist. Ehrlich, ich bin fast sicher, dass ich ihn gehört habe!»

«Ätzend», bekräftige ich mit wohlwollender Empörung, zufrieden, dass mein erster Termin erst um zwölf ist.

«Es ist doch unfassbar, dass man gleich nach dem Aufwachen, noch vor der Arbeit ficken will. Deine Frau, okay, sie liegt neben dir im Bett, da brauchst du nur den Arm auszustrecken. Aber vor dem Büro *ins Bordell* gehen! Ich begreif das nicht, da kann ich mir noch so viel Mühe geben, ehrlich, das übersteigt meinen Horizont. Morgens, keine Ahnung, da hat man Lust, in Ruhe seinen Kaffee zu trinken und die Zeitung zu lesen! Mittags herkommen, auf die Mittagspause verzichten, okay. Aber *Punkt zehn*, weil es ihm zusteht ...! Bildet er sich ein, dass ich in Strapsen und High Heels lebe oder was!»

Ehrlich gesagt weiß ich nicht mehr, wie sie gekommen ist. Ihr Bob ist noch ein bisschen zerzaust, sie trägt die Pumps wie Pantoffeln – Paula könnte durchaus in Strapsen und High Heels leben, sie sieht aus, als wäre sie eben aus dem Bett aufgestanden.

«Ich mache gerade meinen Garderobenschrank auf, da stürzt sich Birgit auf mich, *Dein Gast wartet schon*, ich muss mich in aller Eile anziehen und schminken, zum Glück habe ich zu Hause geduscht, für den hätte ich es bestimmt nicht gemacht.»

Wütend reißt sie ihre kleinen, geschminkten Augen auf.

«Ich hab erstmal durchs Schlüsselloch geguckt, wer es ist. Ich hatte so eine Vorahnung. Diesen Kerl könnte ich abschießen. Er ist zärtlich, er klebt, du wirst ihn nicht mehr los, es dauert eine Ewigkeit, ihm klarzumachen, dass er abzischen soll. Und was ist mit meinem Kaffee?»

«Trink ihn doch in Ruhe! Zehn Uhr fünfzehn ist zehn Uhr fünfzehn, wie auf der Post. Versuch mal, zu früh zur Post zu kommen.»

«Der Kaffee ist erst in zehn Minuten fertig, ich kann nicht warten, wenn ich weiß, dass er mit den Händchen auf den Schenkelchen dasitzt und zur Tür starrt. Das macht mich fertig. Dann bringe ich es lieber hinter mich. Aber ich kann dir sagen, so was nervt. Schließlich habe ich morgens auch ein Leben.»

Und nachdem sie die Zigarette im noch sauberen Aschenbecher ausgedrückt hat, zieht Paula mit Mühe ihre Pumps richtig an. Bleibt noch einen Moment in der Hocke, und der Rauch quillt aus ihren Nüstern wie ein resignierter Seufzer.

«Wenn der Tag so losgeht, brauche ich eine Ewigkeit, um wieder in Stimmung zu kommen.»

Ich sehe sie zwischen dem Vorhang und der Küchentür vor ihm zum Badezimmer gehen – ein großer Junge, der sie voller Bewunderung anstarrt und nicht sehen kann, wie sie über dem Pflichtlächeln die Nase rümpft. Während er seine Waschungen vollzieht und sie das Anwesenheitsblatt ausfüllt, seufzt sie: «Der Stecher ist schlau, er hat mir einen Einkaufsgutschein fürs KaDeWe mitgebracht. Nett, oder? Aber jetzt bin ich noch schlechterer Laune; weil ich es bin und weil ich es überhaupt nicht sein sollte.»

Er wird wie immer bezaubert sein. Und als ich Paula später auf dem Balkon mit Genova lachen höre, beide in Zigarettenrauch und Kaffeeduft gehüllt, sage ich mir, dass sie den Kunden letztendlich erledigt hat wie jeden anderen; sie nerven oder rühren uns, solange sie da sind. Wenn sie weg sind, ist es irgendwie so, als hätten sie nie existiert.

TAINTED LOVE, GLORIA JONES

*M*anchmal ist es schwierig, so zu tun, als hätte ich vergessen, was Prostitution ist. Ich sehe das wogende Fleisch zwischen meinen Beinen, höre die angestrengten, übertriebenen, erschöpften Seufzer, die ich selbst ausstoße, ohne nachzudenken, und begreife, wie absurd das alles im Grunde ist.

Ich wollte gerade schreiben – ich habe es in den Fingerspitzen gespürt –, dass sich unsere Erschöpfung mit der eines Kindermädchens vergleichen lässt, das immer mit den Kindern der anderen spielen, ihre diversen Bedürfnisse befriedigen, den eigenen Überdruss unterdrücken muss; für mich verlangen beide Tätigkeiten tatsächlich die gleiche heilige Energie und die gleiche Selbstverleugnung. Aber ich zweifle sehr daran, dass irgendeine Tätigkeit auf der Welt, selbst die anstrengendste, so müde macht wie die der Huren. Ganz zu schweigen von der geistigen Energie, die sie mobilisieren müssen, um sich mit acht verschiedenen Männern zu unterhalten, zu jedem gleichermaßen freundlich und nett zu sein. Titanen-Energie! Niemand weiß, wie eng nach acht Männern Körper und Geist verbunden sind, wie *müde* die Vagina ist – was es bedeutet, diese Vagina achtmal liebenswürdig zu öffnen und bei jedem Stoß die Wut zurückzuhalten, jedes Mal, wenn der Schwanz hineindrischt, wie der x-te Faustschlag in das geschwollene Gesicht eines geprügelten Menschen. Eigentlich spürst du gar nichts mehr. Oder nur noch Schlechtes: Was an Nerven noch lebendig ist, übermittelt dem Gehirn das Gefühl von Eindringling, von Unbehagen, das könnte zur Qual werden und war sicher eine, als es noch kein Gleitmittel gab. Auch das: Die Gewalt, die du dir selbst antust, die Schicksalsergebenheit, wenn du deine Vagina mit Gleitmittel einschmierst, damit es trotz allem rutscht, um die reflexartigen Kontraktionen zu beruhigen – und weiterzulächeln, wenn du Schmerzen hast, damit wenigstens dein Lächeln strahlt. Diese Gewalt tun wir Frauen uns an, wenn wir uns einreden, das Loch sei nun mal da, sei dafür gedacht; und während es für dich schon das achte Mal ist, ist es für ihn der Höhepunkt seines Tages, einen anderen wird er nicht haben, denk an ihn, *denk an ihn*, denn an das Geld zu denken tröstet nicht. Diese Opferbereitschaft lässt uns die andere Wange hinstrecken, damit wenigstens er glücklich ist.

Ich denke darüber nach, weil ich mich heute in meinem Zeitplan geirrt habe und nicht um vierzehn Uhr angefangen habe, wie ich der Hausdame angekündigt hatte, sondern schon um zehn da war. Bis ich meinen Fehler erkannt hatte, waren ein paar Stunden und ein paar Freier vorbei, und ich hatte Termine bis zum ursprünglichen Schichtende. Nach meinen zahlreichen Absagen in letzter Zeit habe ich mich nicht getraut, die Planung gleich wieder umzuschmeißen. Elf Stunden Dienst sind auch für meine Schwestern eine Quälerei, die in einem Café arbeiten, aber im Bordell mischt sich die Folter mit der Überzeugung, dass die ganze Welt gegen dich ist und dich unmenschlich behandelt, von den Männern bis zur Hausdame, die dich überbucht hat, um dir einen Gefallen zu tun.

Genova sitzt in der Küche, sie fängt gerade an. Sie schminkt sich entspannt vor dem kleinen, zweiseitigen Spiegel über dem Tisch, ich sitze ihr gegenüber und rauche, heimlich fasziniert von den unzähligen Etappen ihrer Verwandlung. Zuerst kommt die kupferfarbene Grundierung, die eigentlich gar nicht zu ihrer hellen Haut passt. Aber ganz unerwartet geht es sehr gut. Sie hat diverse Schwämme und Pinsel, mit denen sie zwei Tropfen Creme in eine zweite Haut verwandelt. Das könnte ich nie. Dabei redet sie auch noch, sie schminkt sich mit der gleichen Leichtigkeit, mit der ich einen tadellosen Joint drehe (der meinem Teint viel weniger guttut).

«Wie geht's dir, Justine?»

«Mir geht's gut, und dir?»

«Alles gut.»

Sie zeichnet sich diabolische Augenbrauen, fast wie eine Hexenmaske für den Kinderfasching; aus grauen, schwarzen und braunen Strichen entsteht ein raffiniertes Wunderwerk. Das macht dieser Schwamm, der wie ein Zäpfchen aussieht.

«Ich kann die Kerle nicht ausstehen», platze ich heraus.

«Das glaube ich dir!»

«Das wär ja alles okay, wenn nicht dieser Typ dabei wäre. Nachher kommt einer, dem würde ich noch Geld dafür geben, dass er zu Hause bleibt. Er ist nett, aber ich habe ihm gesagt, dass ich heute keine Zeit habe, und er hat es trotzdem irgendwie geschafft, zwei Stunden rauszuschinden. Das versaut mir den ganzen Tag!»

«Sag ihm einfach, dass du keine Lust hast, ihn zu sehen.»

«Ja, aber was machst du, wenn du heute keine Lust hast, es dir aber nächste Woche egal ist oder du dich sogar freust?»

«Aber das kannst du ihm doch genau so sagen: *Heute bin ich nicht in Stimmung.*»

«Ja, aber das klingt schon ziemlich …»

Genova hält in der Bewegung inne und wartet auf das Wort, das ich suche und das *zickig* heißt. Eingeschüchtert von ihren Brauen, die durch einen dicken Kajalstrich verächtlich hochgezogen werden, seufze ich: «Ich weiß nicht …»

«Hör mal, *Baby*, ich sag dir was: Ich mach diesen Job, um zu leben. Ich muss Rechnungen bezahlen, meine Miete, die Krankenversicherung, ich brauche das Geld, und meistens nehme ich es mit den Kunden nicht so genau, das ist eigentlich mein Prinzip. Aber wenn ich mich einen Tag lang kaputtmache und mir das die Laune versaut, dann weiß ich, dass ich am nächsten Tag absagen werde, auch wenn es verlorenes Geld ist, das ich nie mehr reinhole.»

«Ich weiß ja, dass du recht hast.»

«Wir verkaufen hier schließlich keine Brötchen. Das ist eine menschliche Beziehung. Und manchmal ist es halt so, da hast du keine Lust. Darüber musst du gar nicht diskutieren. Sollen sie sich doch bei der Hausdame beschweren oder der Chefin schreiben, niemand wird dich dafür kritisieren.»

«Beim nächsten Mal denk ich dran. Jetzt ist es zu spät, es geht mir auch schon wieder besser, aber elf Stunden sind einfach zu viel.»

«Ich verstehe, was du meinst.»

Jetzt ist der Lippenstift dran. Ein neutraler Ton, der ihre vollen Lippen glänzen lässt, ohne dass sie geschminkt aussehen.

«Manche Tage sind einfach so. Wenn es dunkel wird und es einfach *zu viel* ist. Mich machen die Spiegel verrückt. Der im Goldenen zum Beispiel. Das ist wie ein zusätzlicher Höllenkreis. Du kannst nicht mehr, aber du musst einfach im Spiegel zusehen, wie der Kerl deinen Hintern und deine Taille begrapscht, dich total durchschüttelt ... Meistens mag ich das, ich steh darauf, wenn es ein bisschen wild zugeht. Aber manchmal spüre ich, wie die Wut in mir aufsteigt, und ich würde ihn am liebsten anbrüllen, *Nimm deine dreckigen Finger von mir, du Arschloch!* Verstehst du?»

Ich antworte mit einem Lächeln. Nie hätte ich mir vorgestellt, dass auch Genova manchmal am Ende ist, überwältigt von der Abscheu gegen die Männer, die heute in mir keimt. Genau das ist es, wie ein *Flash* zwischen den besten Absichten, plötzlich zeigt dir der Spiegel eine misshandelte Puppe mit schöner rosiger Haut unter dem Körper eines Tieres. Das Bild des Massakers – so alt wie die Welt, das Bild der vom Mann erdrückten Frau, die unter ihm leidet, gequält von Ungeduld oder Müdigkeit. Zwischen den Haaren geht mein Blick zu den Vorhängen, den Spiegeln, den Lampen und Blumen, das ganze Zimmer zittert in dem Rhythmus, den *er* bestimmt, und ich sage mir, dass dieses Dekor nur ein Versuch ist, vergessen zu lassen, was tatsächlich geschieht. Es ist gar nicht überraschend, dass für kurze Momente die Wahrheit auftaucht. Komfort und Rücksichtnahme beeindrucken nur im Vergleich zu absolut unmenschlichen Bedingungen. Wirklich menschlich ist dieser Beruf nie. Gesetze, die die Huren schützen, können die Arbeitsbedingungen verbessern, aber sie sind nur das schmerzhafte Bemühen einer Gesellschaft, die Grundvoraussetzung zu versüßen: Die Hure ist ein sexuelles Objekt. Die Möglichkeiten einer Hure, nein zu sagen, sind ziemlich beschränkt. Ja, natürlich kann sie nein sagen, erst recht hier – aber was heißt das dann? Nein wozu? Nein wozu *speziell*?

Und dann gibt es die Tage, wo ich die Freier einfach nicht verstehe; wenn ich zu spät gekommen bin und der erste schon wartet, wenn ich loslege, ohne mich wenigstens zu schminken oder die Kippe zu rauchen, bei der ich mich in Justine verwandeln kann, wenn ich schon an die Handtücher, die Musik, das Gleitmittel denken muss, während mein Kopf noch voll ist mit literarischen Überlegungen oder Phantasien über meinen gerade aktuellen Schatz.

Ich weiß nicht, woran es liegt, aber ich bin nicht bei der Sache, weiß der Himmel, warum; ich bin nicht drin, mein Stöhnen klingt falsch, ich bin unorganisiert ... und als würden die Männer es spüren, sind sie weniger hart, brauchen sie länger, kippt mein schlechtes Gewissen irgendwann in Verachtung, wie bei den Kellnern, die plötzlich alle Gäste hassen, die sie ihre Unfreundlichkeit oder Schusseligkeit spüren lassen. Ich bin ihnen böse, und plötzlich wird jede Kleinigkeit beim Sex unerträglich: Der eine kriegt ihn nicht richtig hoch, der Nächste schwitzt wie ein Schwein, und die Berührung seines triefenden Oberkörpers ist unerträglich (*wenn ich auch nur einen Tropfen ins Gesicht kriege, kratze ich ihm die Augen aus*), der Dritte will mich küssen, und als ich den Kopf zur Seite drehe, leckt er mir wenigstens das Ohr, dieser hier, dem ich ausdrücklich alle analen Spielereien verboten habe, nimmt den Finger einfach nicht aus meinem Arsch, und der Nächste hat einen Geruch, der jenseits von Gut und Böse ist, aber mich reizt, außerdem macht er so einen Lärm, als er mich leckt, dass ich mir die Ohren zuhalte, möglichst diskret – wenn er es merkt, hat er Pech!

Macht meine plötzliche Kälte sie so hilflos, weil sie an meine Freundlichkeit gewöhnt sind? Wenn mich der Wechsel zwischen weicher Penetration und nutzlosem Blasen nervt und meine Stimmritze mal wieder hyperempfindlich ist, reiße ich das Kondom ab wie ein Pflaster und kippe mir Gleitmittel auf die Hände. Zuerst mache ich mich in voreiligem Vertrauen auf die warme Berührung meiner Haut und die unsagbare Raffinesse des Knetens ans Werk. Aber wenn es länger dauert, verliere ich jedes Talent, die gekonnte Liebkosung verwandelt sich in das wütende Zerren einer Melkerin, bis der verunsicherte Penis zwischen meinen Fingern schrumpft und zum leuchtenden Signal meiner totalen

Niederlage, meiner fehlenden Professionalität wird: Das kommt davon, wenn du die Arbeit hinschluderst. Du wolltest es möglichst schnell erledigen, dir wenig Mühe geben, da hast du das Ergebnis. Was meinst du, wo du bist? Deine Arbeit ist eine Kunst! Was dachtest du denn? Sieh dich an, du hast keine Lust zu reden, keine Lust zu ficken, du bist nur da, weil du dich selbst dafür hasst, sechshundert Euro bei Agent Provocateur verschleudert zu haben. So bescheuert! Sechshundert Euro für ein Ensemble. Anscheinend merkst du gar nicht, dass du wirklich zur Hure wirst. Und glaubst du, der Junge schüttelt die Kohle für eine Stunde mit dir aus dem Ärmel? Er ist *Sozialarbeiter*, Herrgott, verheiratet und mit Kindern. Der hat's wirklich schwer – und du stöhnst vor Wut? Wegen einer Stunde, also halb so lange, wie du gestern in deinem Sessel auf Tinder warst, während du dir die Fußnägel gemacht hast? Wo ist dein Herz? Und selbst ohne Herz, wo sind deine Prinzipien?

Und dann werde ich wieder nett. Werde *ausreichend* nett und zärtlich, dass meine Hände mehr bewirken als seine. Wenn er endlich mit ekstatischem Grunzen kommt, steigt eine Mischung von Dankbarkeit und Zuneigung in mir auf. Er sieht so glücklich aus. Er dankt mir mit so seligem Strahlen. Rührt dich das nicht, Herz aus Stein, dass er dir für einen Augenblick der Zärtlichkeit fünfzehn Minuten wildes Melken verzeiht? Dass es im Grunde so einfach sein kann?

Und weil ich mein großes Werk vollendet habe, beschließe ich, künftig zärtlich zu ihnen allen zu sein, egal, wie viele es sind – ich werde ihnen schnurrend die Haare kraulen, besänftigt vom Rausch des vollen Präsers, meinen Gewissensbissen und einer eigenartigen Solidarität mit den Männern, die hergekommen sind, um sich danach schöner zu fühlen. Ein bisschen wie beim Friseur; ohne jede Erfolgsgarantie.

STRANGE MAGIC,
ELECTRIC LIGHT ORCHESTRA

A ls mein Freund Arthur Anfang September Vater wurde, war ich nicht in der Nähe – ich hing im Süden rum, selbst überzeugt, schwanger zu sein. Eine andere hat den Champagnerkorken auf ihrem Sofa in Vincennes knallen lassen. Das war Anne-Lise, die nach zehn Jahren Liebe und dumpfem Groll endlich beschlossen hatte, nicht *so eine* zu sein. In diesen zehn Jahren gab es blutige Racheakte und im Treppenhaus vor ihrer Wohnung deklamierte Tragödien, ein letztes Mal nach dem anderen. Weil Anne-Lise Arthur schon so lange kannte, hatte sie ihn irgendwann verstanden, sie weinte und schrie, aber sie hatte begriffen, dass Wut bei ihm nichts bringt – fortan war sie immer da, wenn er nicht allein sein wollte, wie auch er ihr immer die Tür aufmachte, wenn sie sich einsam fühlte. Sie telefonierten täglich; Anne-Lise war die Ex, mit der Arthurs Freundinnen nicht umgehen konnten; irgendwann fanden sie sich damit ab, mit diesem Schatten und der vagen Gewissheit seines gelegentlichen Fremdgehens zu leben, für das es nie Beweise gab. Eigentlich war Anne-Lise wie eine beste Freundin, der er alles erzählte; deshalb hatte er sie auch nach der Geburt seiner Tochter als Erste angerufen.

Trotz des unklaren, mehr oder weniger bewussten Schmerzes, den Arthurs begeistertes *Sie ist da!* ausgelöst hatte, lud sie ihn drei Tage später zu sich ein. Im Kühlschrank stand Champagner, und Anne-Lise, selbst kinderlos, hatte sich zu der Begeisterung durchgerungen, die man von Frauen gegenüber jungen Vätern erwartet. Berauscht von seinem neuen Status und ihrem bereitwilligen Zuhören, verlor sich Arthur in ausführlichen Berichten von Dammschnitt und Durchtrennen der Nabelschnur, von Füßen, die über dem Boden schweben, und Liebe für die ganze Menschheit. Ohne einen Augenblick daran zu denken, dass in alldem kein Platz für Anne-Lise war.

Er war nicht überrascht, als sie die Bluse auszog und verkündete, sie wolle auch einen Toast ausbringen. Er öffnete ihr mit ehrlicher Begeisterung die Arme, überzeugt, in ihr die Frau an sich, die wunderbare Fruchtbarkeit ihrer Körperöffnungen, jene blinde, idiotische Freude zu feiern, die die Kinder zeugt. Sie liebte ihn so großartig und mit ansteckender Hingabe, erfand für ihn gewagte Stellungen, die ihm den Atem raubten, während sich seine Hände an ihren geschmeidigen Körper klammerten. Er dachte und er sprach es aus, *Das werde ich nie vergessen.*

Als sie sich auf ihn niedersinken ließ und er noch nach Atem rang, lächelte sie und streichelte seine Wange, plötzlich ganz Herrin ihrer selbst: *Ich hatte Lust.* Es war ein Geschenk, das sie ihm gemacht hatte, eine Selbstüberwindung, um das Ereignis zu würdigen. Nichts in ihrer Umarmung hätte so etwas vermuten lassen, jedenfalls nichts Konkretes, nichts Greifbares. Sie hatte rote Flecken auf der Brust, und ihre Augen blitzten verschmitzt unter den halbgeschlossenen Lidern – Arthur fragte sich, woher dieses Blitzen kam. Weil sie einen Orgasmus gehabt hatte? Oder weil sie ihn zum Höhepunkt gebracht hatte? Sie hatte Lust gehabt, ihm diesen wilden Ritt zu schenken; sie hatte es gern gemacht, sozusagen aus Liebe. Im Bewusstsein jeder Bewegung, jeder Stellung, jedes inbrünstigen Blicks zwischen ihrem langen Haar hindurch. Vielleicht auch im Bewusstsein jeder Kontraktion ihrer Vagina, als sie vielleicht einen Orgasmus hatte;

vielleicht – plötzlich war die Welt voll von vielleicht. Nicht, dass es irgendeinen Unterschied machte, Lust bleibt Lust, auch wenn hinter der von Anne-Lise etwas anderes steckte als bloßes Begehren. Und er dachte: *Ist es wirklich denkbar, dass die Frauen so zwei-, drei-, vierschichtig sind, ist es denkbar, dass sie zu ungeheuerlich sind, um sie des Betrugs zu überführen? Ist es denkbar, dass du dich damit abfinden musst, es nie zu wissen, dass du ihnen blindes Vertrauen schenken oder immer zweifeln musst, auf die Gefahr hin, nie glücklich zu sein?*

Und er dachte, dass es im Grunde auch ein Glück war, den Penis zu haben, um das Problem zu lösen, um eine zumindest oberflächliche Sättigung zu erreichen, die das Gewicht der Wahrheit mindern würde. Dass der Penis am Ende immer recht behielt, wenn sich der Geist in endlosen Dilemmas verstrickte; und während Anne-Lise glühend heiß, aber ruhig neben ihm einschlief, erfasste er plötzlich, ganz kurz und doch unvergesslich, das *Elend* der Frauen, ihre Sexualität, die so komplex ist, dass sie selbst es oft nicht verstehen – weil sie keinen dummen Pimmel haben, der die körperliche Befriedigung kundtut. Ein Mann kann immer lügen, nur nicht bei der Ejakulation – auch wenn die Lust nur mäßig gewesen ist. Eine Ejakulation ist ein Endpunkt, während die Frau ihre Befriedigung überall und nirgends finden kann und mit der Last ihrer tausend Persönlichkeiten endlos der Lust hinterherrennt. Für eine Frau gibt es eine Milliarde Gründe, Sex zu haben, von denen keiner ausschließlich körperlich ist. Unter diesen Gründen gab es edle und egozentrische, die Erinnerung an eine andere auslöschen, ein Kompliment machen, weiterexistieren, die Geburt des Kindes einer Frau feiern, die ein Mann ihr vorgezogen hat. Vielleicht entsteht aus diesem Altruismus früher oder später die körperliche Lust, vielleicht verliert sich eine Frau, die mit dem Ziel angefangen hat, den Mann zu befriedigen, in ihrem eigenen Spiel, und vielleicht war Anne-Lises Möse an seinem Schenkel deshalb feucht.

Aber vielleicht war sie auch nur deshalb so feucht, weil Mösen so sind, auch wenn sie nur halb überzeugt sind, vielleicht hatten ihre eigenen Geräusche sie erregt oder der Eindruck, den sie auf ihn gemacht hatte. Besser, es nicht so genau zu wissen. Meine zynischen Bordellberichte hatten Arthur noch mehr verwirrt, er stellte sich vor, wie ich Sex habe und an etwas anderes denke. Die Frauen können also grundsätzlich ganz eins und vielfach, in diversen Dimensionen zugleich anwesend sein.

Ist das wirklich ein Elend? Und wenn ja, was ist mit den Frauen oder Männern, die verzweifelt versuchen, das Wahre vom Falschen zu trennen? Ist nicht das im Grunde das größte Elend? Und grenzt die Fähigkeit der Frauenseele, zugleich hier und da zu sein, nicht an Zauberei?

Ja, dachte er, während er auch einschlief – das muss Zauberei sein.

Umgeben von Anne-Lise und mir, umgeben von all den Frauen, die er zum Schreien und vielleicht zum Orgasmus gebracht hatte, deren Erinnerungen berauschend in ihm kreisten, dachte er, wenn das *Zauberei* wäre, sollte man wie ein Kind davorstehen, ohne Durchtriebenheit, ohne Misstrauen, ohne den Wunsch, den Trick zu durchschauen – und vor allem nicht mit der typischen Erwachsenen-Perversion, unbedingt herausfinden zu müssen, warum gezaubert wird, welche Leerstelle damit gefüllt, welcher tief vergrabene Hunger damit gestillt werden soll, wo man sich doch nur sagen muss, dass eine Zauberin die Augen des Publikums zum Leuchten bringen möchte, dass da ihre persönliche Lust liegt: in der Lust der anderen.

ALWAYS SEE YOUR FACE,
LOVE

*D*ass man einmal ins Bordell kommt, kann ich gut verstehen. Dass man wiederkommt, ist der Beweis, dass der Laden läuft und die Auswahl groß genug ist, um die ewig sich wandelnden Formen der männlichen Phantasie zu befriedigen. Dass man dem Bordell für immer oder auch nur für kurze Zeit den Rücken kehrt, ist ein notwendiges Übel, nur allzu verständlich für Menschen wie mich, die sich ständig abmühen, lasterhafte Gelüste wie Zigarette, Gras oder Rosé zu reduzieren.

Seit meinen ersten Tagen im *Maison* sage ich mir, dass die bunte Palette, die wir darstellen, jedem Mann die Möglichkeit verschafft, sieben Gattinnen pro Woche zu haben, wenn sein Geldbeutel es ihm erlaubt. Das Bordell ist die Möglichkeit der Polygamie für gesetzestreue Bürger. Aber nach mehr als neun Monaten Dienst stelle ich fest, dass mein randvoller Tagesplan wenig Neuankömmlinge enthält; die meisten Vornamen sind mir vertraut, und ich komme selten in den Salon, ohne in immer fließenderem Deutsch zu gurren: «Ach, du bist es! Wie geht's dir?»

Viele von ihnen umarme ich, wie ich Freunde umarmen würde. *Freunde*, der Begriff trifft es nicht richtig. Freunde, auf die ich mühelos verzichten könnte. Freunde, mit denen ich auch sehr gut keinen Sex haben könnte. Dass sie immer wiederkommen, lässt sich vielleicht mit der gewaltigen Macht der Gewohnheit erklären. Die meisten sind der Meinung, dass die einhundertsechzig Euro, die eine Stunde kostet, zu viel Geld sind, als dass sie das Risiko eingehen wollen, woanders enttäuscht (oder besser befriedigt) zu werden. Eine weise Entscheidung, die jede Ehefrau gutheißen würde, der man diese Investition unter erfundenen Ausgaben verbirgt. Was aber würde sie zu der Bindung sagen, die unweigerlich aus so einer Beziehung entsteht, die manchmal länger als sechs Monate dauert?

Das Geld müsste alles belanglos machen, wie bei einer Thai-Massage – aber nach acht Monaten kennt Lorenz meinen richtigen Namen, hat Robert mein Buch gelesen und Jochen meine Telefonnummer gespeichert, haben meine Küsse die professionelle Gleichgültigkeit verloren und gleichen eher denen der Ehefrauen, wenn sie abends von der Arbeit kommen. Was mich noch von einer Mätresse unterscheidet, aber das glauben nur sie und ich, ist der Obolus, der uns eine zeitliche Begrenzung auferlegt. Sie bezahlen, um eine Mätresse zu haben, seit dem 19. Jahrhundert hat sich nicht viel geändert. Sie bezahlen, um eine Einzige, immer dieselbe zu haben; nichts wird sich je an dem Bedürfnis der Männer – wie auch der Frauen – ändern, da, wo eigentlich nur Geld sein sollte, etwas Tieferes entstehen zu lassen.

Und die, die nicht verheiratet sind? Macht das Bordell faul, wenn man dort ein Mädchen nach seinem Geschmack findet? Nehmen wir Theodor: Nach sechs Monaten verziehe ich nicht mehr das Gesicht über sein dürftiges Aussehen – im Gegenteil, eine Vielzahl anderer Parameter macht ihn mir sympathisch, ja *liebenswert*. Theodor ist bestimmt noch keine fünfunddreißig. Er ist Biologe, ein einsamer Beruf, das klingt nicht sehr verlockend. Am liebsten reist Theodor allein quer durch Deutschland und bringt von überall Stecklinge geheimnisvoller Pflanzen mit. Außer von seinen Freunden, deren Namen mir vertraut geworden sind, weiß ich von keinem weiblichen Wesen in Theodors Umgebung. Es ist also nicht abwegig, mich als das anzusehen, was in diesem Einzelgängerdasein am meisten einer Freundin gleicht. Theodor ist superintelligent und weiß eine Menge, ist zärtlich, lustig, geduldig; in den vielen gemeinsamen Monaten habe ich auch gelernt, dass er im Bett überhaupt nicht schlecht oder egoistisch ist – er gehört zu den Freiern, die es als ihre Pflicht ansehen, mich zu befriedigen. Kurz und gut, der Mann hat alles, um eine anständige Frau glücklich zu machen. Und tatsächlich frage ich mich ab und zu, ob ich die Zeit, die ich mit Theodor verbringe, nicht einer Frau raube, die ebenso einsam und zärtlich ist wie er und die keinen Cent dafür verlangen würde, ihn zu umarmen. Ich frage mich, ob ich ihn nicht in der falschen Vorstellung gefangen halte, dass es für ihn keine Liebe gibt, ohne dafür zu bezahlen.

Bei Theodor und anderen fällt es mir immer schwerer, meinen Platz zu definieren. Das Geld, das uns voreinander schützen sollte, ist nur die letzte verlogene Schranke, die in der Hoffnung zwischen uns errichtet ist, so könnten wir uns nicht lieben. Wenn die Illusion schwindet, wird die Wahrheit noch schonungsloser und härter: Da sind immer nur ein Mann und eine Frau, die alles Gold der Welt nicht daran hindert, ineinander einzudringen, in jeder Bedeutung (und die wörtlichste ist bei weitem nicht immer die wichtigste). Wenn die Pflicht des Sex erledigt ist, kommt mein liebster Moment, wenn sie reden und lachen und meinen Bauch streicheln, meine Musik kommentieren, mir von ihrer Woche erzählen. Von ihren Freuden. Ihrem Kummer. Den Kleinigkeiten, die sie in diesem Dasein definieren, zu dem ich gehöre, ohne wirklich darin zu sein.

Es ist Dezember, Lorenz und ich hatten Sex, und ich schimpfe über Weihnachten, das mit Riesenschritten näher kommt, im Schlepptau die ganze Familie und die teuflischen Verpflichtungen, die nur entfernt mit der Geburt des kleinen Jesus verbunden sind – Geschenke, Familienessen, Weihnachtsabend ... Ich erwarte Zustimmung von Lorenz, aber er lächelt vor sich hin, die Arme hinter dem Kopf verschränkt, die Augen auf das rote Lämpchen über uns gerichtet.

«Ich glaube, das wird ein schönes Weihnachten», sagt er schließlich.

«Ach ja? Wieso?»

«Meine Freundin ist schwanger», antwortet Lorenz, und seine Wangen sind plötzlich ganz rot.

So stelle ich es mir vor, wenn eine Frau ihrem Mann sagt, dass sie schwanger ist – und als wäre ich dieser Mann, spüre ich, wie meine Brust vor Begeisterung schwillt:

«Das ist nicht wahr!»

«Doch! Zwillinge!»

Lorenz strahlt. Und da sitzen wir auf unserer Wolke, Lorenz und ich, und sprechen von seiner Freundin, es ist ihre erste Geburt – er hat schon zwei große Jungs, und die Kleinen, die jetzt kommen, machen ihn zwanzig Jahre jünger.

Am Anfang bin ich insgeheim doch ein bisschen baff über das Verlangen und die Freude, die einen künftigen Vater nicht zwischen die Schenkel seiner schwangeren Frau, sondern zum leeren und gleichgültigen – sosehr er es sein kann – Bauch einer anderen treibt. Dass diese andere eine Hure ist, macht überhaupt keinen Unterschied.

In Paris hatte ich ungefähr fünfzehn Monate zuvor eine heimliche und weiß Gott wenig befriedigende Beziehung mit einem verheirateten Mann – einem Mann, das betone ich, der in keinem meiner vergangenen Bücher auftaucht, der x-te also. Dieser Mann ist sechsundvierzig und verheiratet, seit er zwanzig war und seinen ersten Sohn bekam. Eines Abends frage ich ihn zwischen Tür und Angel – unser liebster Treffpunkt – nach dem Tag dieser Geburt, und er erzählt mir folgende Anekdote: In jener Nacht kam der junge Vater wie in Trance aus der Klinik, tief erschüttert, ein kleines rotes, schreiendes Paket in den Armen gehalten zu haben – seinen Sohn. Ist das möglich? Er, einen Sohn? Nie zuvor gab es ein stärkeres Gefühl von Glück und Angst, nie eine ansteckendere Euphorie – selbst Ecstasy, das er reichlich konsumiert hat, macht nicht so verliebt in alles, Paris, die ganze Welt, sogar Gott, den es auf einmal wirklich zu geben schien. Er kaufte Wein, stieg auf seinen Roller und fuhr mit seligem Lächeln quer durch Paris – und wohin, bitte sehr? Zur Wohnung des Mädchens, mit dem er neben seiner Offiziellen rumfickte und an deren Namen er sich nur erinnert, weil sie an dem Abend da war, an dem er Vater wurde. Er rannte die Treppe hoch, die Flaschen unter dem Arm. Er bumste das Mädchen mit erhabener Ruhe und Männlichkeit. *Während deine Frau mit schwarzen Ringen um die Augen und einem Schwimmring unter dem Hintern das Blut im Dammschnitt pochen spürte*, denke ich, und er denkt es wohl auch, denn er lacht:

«Echt schräg, oder? Ich habe mich gefragt, ob ich ein Arschloch bin. Ich habe mich oft wie ein Arschloch benommen, da mache ich mir nichts vor. Aber ich kann schlecht erklären, was mich an dem Abend geritten hat. Ich hatte so viel Liebe in mir, so viel! Ich dachte, ich explodiere. Ich musste das mit irgendwem teilen. Victoire war in der Klinik, erschöpft ...»

«Und deine Kumpel?»

Meine Stimme ist härter, als ich bin, denn irgendetwas

ganz Primitives in mir begreift das Paradox dieses Mannes, möchte es wenigstens begreifen. Irgendwas daran ist unzweifelhaft menschlich oder sogar rührend.

«Ja, meine Kumpel ... die habe ich später getroffen. Aber in dem Moment brauchte ich etwas anderes. Ich brauchte eine Frau. Verstehst du das?»

«Eine Frau, die nicht deine war. Mit der du kein Kind hattest.»

«Wahrscheinlich.»

«Denkst du nicht, dass das Angst war? Ich meine, dass du dich verzweifelt an das geklammert hast, was in diesem Moment für dich der Freiheit am nächsten kam?»

«Sicher», antwortet er brav. «Ich war halbtot vor Angst. Diese Liebe war irgendwie auch erschreckend.»

Ja. So was wie eine Falle, die zuschnappt, eine sehr weiche und bequeme Falle, in der man sich gern fangen lässt – vielleicht für den Rest seines Lebens. Die Liebe selbst ist die Falle. Und dann fickt man andere, weil einem dabei nicht schwindlig wird, es einen nicht so weit über die normalen Sterblichen katapultiert. Ist das der Preis für die junge Mutter, um einen guten, einen präsenten Vater an ihrer Seite zu haben, einen Vater, der seine Frau und seine Kinder liebt? Weiter zu ignorieren oder sogar zu verstehen, dass die wahnsinnige Liebe, gepaart mit der Angst zu versagen, einen jungen Vater untreu machen kann?

Was hat er seiner Geliebten gesagt? Was kann man einer Geliebten sagen, wie weit kann man zugeben, dass man Angst hat, ja dass man vielleicht einen Fehler gemacht hat? Vielleicht ist eine Erektion, die diese Angst durchbohrt, schon ein ausreichendes Geständnis.

Ich merke schon, dass Lorenz irgendwie verlegen ist, hier, bei mir, zu sein und nicht am Bett seiner Frau, deren komplizierte Schwangerschaft sie zwingt, sechs Monate zu liegen. Sex kommt nicht in Frage, höchstens ganz sanft, ganz vorsichtig. Aber wenn man weiß, dass die kleinste Verkrampfung das Leben von zwei Embryos in Gefahr bringt, findet man seinen Schwanz bei aller Vorsicht plötzlich zu dick oder zu lang und zittert, sobald man den Muttermund berührt.

(Während ich tausend Kilometer vom *Maison* und meiner Arbeit dort entfernt diese Zeilen schreibe, denke ich, Gott, gib mir eine einfache Schwangerschaft. Gib mir eine glückliche, sinnliche Schwangerschaft, eine Schwangerschaft, die Heftigkeit erträgt, ja braucht; es ist so erschreckend für eine Frau, plötzlich ein Körper zu sein, der ganz dem Überleben eines Kindes geweiht ist, diese schwere Last zu tragen und die Schatten zu spüren, die um sie herumwimmeln – Frauen mit leerem Bauch –, die stumme Angst zu spüren, die dem Mann die Kehle zuschnürt, und gleichzeitig zu wissen, dass die Tatsache, *die* Frau, die Einzige zu sein, dich dazu verurteilt, betrogen zu werden.)

Um zu meinem Ausgangspunkt zurückzukommen (ich liebe nichts so sehr wie Abschweifungen): Ich glaube, mit etwas Pragmatismus könnte ich sagen, dass Huren Uber-Geliebte für bürgerliche Paare sind. Warum nicht? Hundertsechzig Euro pro Woche sind doch lächerlich im Vergleich zu den Kosten für ein nicht allzu schäbiges Hotelzimmer, Champagner, ein Essen, Geschenke – kurz den ganzen Schwachsinn, der die Tatsache, dass ein verheirateter Mann seine Frau nie verlassen wird, weniger hart und weniger traurig macht. Die Investition lohnt sich in jeder Hinsicht mehr. Ich brauchte eine Weile, bis ich verstanden habe, dass mein Status als Hure in den Augen vieler dieser Männer das letzte Argument ist, das sie bei ihrer Regulären vorbringen werden, wenn sie sich eines Tages erwischen lassen.

Und dann gibt es welche, die nur kommen, um abzuspritzen. Die kann ich auch nur mit großer Mühe verstehen. Ich denke da vor allem an diesen jungen dynamischen Kader, der die Perversion manchmal so weit treibt anzurufen, um zu sagen, dass er gleich da ist, damit ich bereit, gewaschen, erfrischt bin. Beim ersten Mal hat es mich ziemlich geärgert. Er hat mich angelächelt und erklärt, wenn man weniger als eine halbe Stunde buchen könnte, würde er es machen – und oft bleibt er nicht mal so lange. Er springt unter die Dusche, und sobald er im Zimmer ist, rammelt er los und verdreht die Augen, als würde jeden Moment die Welt untergehen. Eine kurze Überschwemmung, aus der er sofort auftaucht, und während ich noch im Bett nach Atem ringe, hat er schon die Hose an und schließt seinen Gürtel. Auf den Lippen das Lächeln eines Mannes, dem du einen anständigen Dienst erwiesen hast. Keine Dusche danach, das macht er lieber zu Hause, in Ruhe. Manchmal entlocke ich ihm ein paar Krümel Konversation. Er hat eine Freundin, die er liebt, aber er ist ihrer überdrüssig. Das Bordell ist eine schlechte Angewohnheit, die er gern ablegen würde, weil sie eine ganze Stange Geld kostet. Aber es liegt nicht am Geld, dass er mit so einem Affenzahn hier ankommt und wieder abzischt, das wäre ein Irrtum. Er ist wie ein Heroinsüchtiger nobler Abstammung, der durch einen bösen Zufall in diesem Morast versunken ist und sich in keiner Weise mit seinen Unglücksgefährten verbunden fühlt; einmal pro Woche muss er sich unter den Abschaum mischen, um seine Dosis zu bekommen – aber er verwendet keine Zeit darauf, bedient sich mit spitzen Fingern, hasst die Vorstellung, ich könnte die Lust in seinem Gesicht lesen, jedes Mal ist das letzte; doch ganz so einfach ist das nicht, der

Beweis ist, dass wir uns jedes Mal mit *bis bald* verabschieden. Ab und zu reden wir ein bisschen über seine Freundin, was nicht läuft oder nicht mehr. Anscheinend zerstört die Langeweile vieles, was man für immer zu genießen hoffte. Wenn es einen Archetyp der Hure gibt, kommen auch feste Freundinnen und Gattinnen aus derselben Form; und auf der Grabplatte, unter der sie ein paar halbe Stunden im Monat versenkt werden, steht der erbitterte Satz: *Erst war ich ein Traum, dann wurde ich die Einzige, und daran bin ich gestorben.*

Vorher, sagen die Männer, liebte sie den Sex. Vorher haben wir nächtelang rumgemacht. Vorher war mir jede Öffnung vertraut. Vorher hat sie mir einen geblasen. Vorher. Vor was? Nicht allen geht es so wie dem jungen Türken, Vater von drei Mädchen und mit einer frommen Frau verheiratet, deren bezaubernder Mund, der während ihrer Verlobungszeit so wunderbare Dinge getan hatte, am Tag nach der Hochzeit verkündete: kein Oralverkehr mehr. Es gibt nur wenige Frauen, die sich vorsätzlich im Sarg des Ehelebens verkriechen und ihren Mann mit sich runterziehen.

Das eigentliche Problem ist die Zeit. Was kannst du gegen die Zeit machen? Gegen diesen überlegenen, unsichtbaren, unbesiegbaren Feind zücken die Männer die Waffe des Bordells als harmlosere Sünde, leichter zu entschuldigen als eine Affäre, vielleicht auch verachtenswerter.

Das Bordell ist die unerbittliche Demütigung in der Gesellschaft, Mann und Frau reduziert auf ihre nackte Wahrheit – auf zwei Körper, die schmecken und riechen und zittern, ohne zu denken, ohne zu rationalisieren, ein Mehr und ein Weniger, die sich penetrieren, weil das die Bestimmung, die Ziellinie dieses wilden Rennens ist.

Das macht nachdenklich. Jeder, der in einer Beziehung war, weiß oder ahnt, wie zweischneidig die Hingabe ist. Du lässt dich mit den besten Absichten hineingleiten wie in ein warmes Bad. Und plötzlich spürst du, wie der Drang, dich von deiner besten Seite zu zeigen, nachlässt. Das ist der Moment, wo in der Wiege der gegenseitigen Liebe allmählich eure Mühe nachlässt, die Wogen zu glätten. Und irgendwann zwingt ihr euch zu gar nichts mehr, was ja auch etwas für sich hat.

Oder? Wer war nie zu zweit – die eine mit einem Twix im Mund und einer unförmigen Jogginghose über dem Hintern, der andere im selben Aufzug damit beschäftigt, auf FIFA den Bayern einzuheizen – und hat nicht hin und wieder eine unbestimmte Gefahr für die Libido des Paares aufblitzen sehen? Ich kenne das jedenfalls. Das heißt nicht zwangsläufig, dass die Qualität des Sex darunter leidet – der Sex ist immer eine sichere Partie. Was fehlt, ist die Möglichkeit des Scheiterns.

Und die Gefahr zu versagen hat offenbar eine phänomenale Anziehungskraft. Einmal begleitete Margaret einen Freier zur Tür, und ich hörte, wie er sie leise fragte, ob es ihr mit ihm gefallen hat. Während ich in der halbgeöffneten Küchentür stand und von der für die Freier bestimmten Schokolade naschte, erschreckte mich die Kühnheit und die Naivität der Frage, ich stellte mir vor, wie schwer es Margaret fallen würde, lächelnd *Das war sehr gut, Liebling* zu sagen. Stattdessen ließ sie ein peinliches Schweigen eintreten, dann seufzte sie:

«Darf ich ganz ehrlich sein?»

«Aber ... natürlich», antwortete der Freier, der es sicher schon bedauerte, den Mund aufgemacht zu haben, anstatt sich einen Abschiedskuss zu holen und mit illusionsgeschwellter Brust abzuziehen.

«Wenn das ein Tinderdate gewesen wäre, ich sag mal, ich bin nicht sicher, ob ich dich wieder anrufen würde.»

Die Wahrscheinlichkeit ist groß, dass ihr Freier und ich, durch die Tür getrennt, in der gleichen Fassungslosigkeit erstarrten. Ich hielt sogar im Kauen inne.

«Aber, äh ... was hat denn nicht gestimmt?»

«Süßer, sei nicht sauer. Ich habe nicht gesagt, ich will dich nicht mehr sehen. Wenn es dir Spaß macht, kannst du wiederkommen, wann immer du willst.»

«Ich war so scharf auf dich, war ich zu schnell?»

«Das auch. Aber das macht nichts. Du kannst es wieder versuchen. Du kannst nicht zum ersten Mal zu mir kommen und alles richtig machen.»

«Aber du hast so zufrieden ausgesehen.»

«Ja, ich habe so ausgesehen. Aber wenn dir das Aussehen nicht reicht, sage ich dir lieber die Wahrheit.»

«Was soll ich denn machen? Sag's mir.»

«O nein, ich sage dir gar nichts. Du musst mich kennenlernen. Wie jede andere Frau. Und jetzt mach's gut, Süßer, ich habe eine Menge zu tun.»

Ein paar Tage später war er wieder da.

Frau oder Hure, für einen Mann, der allein mit ihr ist, ist sie dasselbe geheimnisvolle Geschöpf, auf dessen Gesicht er gern ein Lächeln zaubern möchte.

BOLD AS LOVE (INSTRUMENTAL),
JIMI HENDRIX

*J*eder Tag, jede Stunde, in der ich an diesem Buch arbeite, führt mir vor Augen, dass ich zweifellos die falsche Seite dieser Geschichte gewählt habe. Nicht die falsche – sagen wir, nicht die richtige. Nicht die interessanteste. Am Ende frage ich mich, ob ich vielleicht auf der falschen Seite geboren bin. Ich hätte ein Mann sein müssen, mein Gott; in genau diesem Fall müsste ich ein Mann sein.

Ich wäre der König der Freier. Hätte ich nur für einen Tag (einen sehr langen Tag) mein Frauengehirn im Körper eines jungen Mannes – nicht zu jung, nicht zu schön. Vor allem nicht zu schön, denn nicht damit berührt man die Huren am meisten und erhält etwas von ihrer wunderbaren Hingabe.

Ich würde mit pochendem Herzen, vielleicht auch mit pochender Latte die Treppe hinaufgehen; schon dort breitet sich wie ein roter Teppich ein schwerer, moschussüßer Geruch aus, ein Geruch nach frisch gewaschenen Unterröcken an warmen Hüften, der kindliche, mütterliche und lasterhafte Geruch gepflegter junger Mädchen, die heimlich in der Waschküche rauchen. Als Freier wüsste ich nicht, woher dieser Geruch kommt, ebenso wenig, wie ich als Hure herausgefunden habe, durch welche mikroskopischen Öffnungen unserer gepanzerten Tür er entwischte. Dieses Geheimnis würde mich anziehen wie eine Fliege, und ich würde mit zitterndem Finger klingeln; die Musik dieser Klingel, die für einen Augenblick Lachen und Gespräche verstummen lässt, erzeugt gleich darauf den gedämpften Lärm kichernder

Oberschülerinnen, die sich gegenseitig den Mund zuhalten, um die Illusion einer braven Klasse zu wecken.

Beim Hereinkommen würde ich sie alle spüren, wie sie sich hinter dem Vorhang drängen, um das Gesicht des Neuankömmlings zu sehen. Der Vorhang bewegt sich ein bisschen, eine Wagemutige lässt für einen Augenblick ein langes Bein in schwarzem Strumpf oder ein paar Haarsträhnen aufblitzen.

Ich würde nicht vorher buchen. Ich käme zu einer Zeit, in der die Mädchen wenig zu tun haben.

«Ich rufe Ihnen die Damen», würde Inge mit ihrer fröhlichen Stimme sagen, mit einer leichten Betonung auf der Bezeichnung *Damen* für die Frauen, die man anderswo nicht einmal *Mädchen* nennt.

Ich würde mich gegenüber dem Schlüsselloch hinsetzen, damit mich die Mädchen betrachten können, ehe sie sich vorstellen oder nicht; ich würde so tun, als merkte ich nichts von den blauen, grünen, braunen Augen, den kritischen Blicken, die sich ablösen, um den Freier zu begutachten, als hörte ich nichts von dem Murmeln der einen, die den anderen berichten. Oh, was für ein Glücksgefühl, da zu sitzen, mit Bauchkrämpfen vor Aufregung, in dem ockerfarbenen Licht und der primitiven und lasziven Musik zu baden.

Und dann würde sich die Tür langsam öffnen. Wer kommt als Erste? Birgit mit ihrer entschlossenen Stimme, den langen Beinen und Absatzschuhen, die sie wie Pantoffeln an- und auszieht? Thaïs mit dem gepolsterten, festen Hintern einer jungen Stute, ihrem Lächeln voll geschäftstüchtiger Obszönität und dem unmissverständlichen Blick eines Mädchens, das nicht da ist, um sich umschmeicheln zu lassen? Manuela mit ihren freundlichen Augen und den riesigen Brüsten unter einem nicht sehr anziehenden, aber immer fröhlichen Gesicht, das die schändlichsten Wünsche verzeiht? Odile mit dem Oberkörper einer Murillo-Madonna über ausladenden, vielleicht zu ausladenden Hüften, entzückend von vorn und erregend, wenn sie mit ihrem riesigen, wabbelnden Hintern das Zimmer verlässt? Margaret, ein Meter achtzig schwarze, goldschimmernde jasminduftende Haut? Genova! Genova, die Königin der Huren, die sich für jeden Freier andere Kosenamen ausdenkt, mit ihrer Raubtiermiene, die keinen Raum für Zweifel lässt, mit Grübchen auf den Pobacken, in die du hineinbeißen möchtest? Eddie mit ihrer Pose einer anständigen Frau, die sich in ein Bordell verirrt hat, ihren elegant gestreckten Fingern, als erwartete sie einen Handkuss? Alle, schickt sie mir *alle*! Ich reiche ihnen ehrfürchtig die Hand. Ich entkleide sie in Gedanken, mit größtem Respekt, zu zart, als dass sie es spürten.

Ich wähle eine nicht zu hübsche, nicht zu vertrauensselige. Eine, deren Bauch etwas zu wulstig ist oder deren Strümpfe Laufmaschen haben. Eine, die ich mitten in der Pause gestört habe, die den Geruch von Zigaretten und Ungeduld an sich trägt. Ich nehme eine nicht zu bereitwillige, eine träge, die seufzt, wenn die Hausdame sagt *Er will dich*.

Sonja hat mal gesagt, wenn *La Maison* ihr gehören würde, würde sie die Zimmer nach dem Geschmack der Männer einrichten – Ledersessel, schönes dunkles Holz, Stahl, Tonkaduft, maulwurfsgrau, keine Blumen, keine Rüschen, keine rosa Wäsche, um den Männern das Gefühl zu geben, zu Hause zu sein. Aber genau das, das Gefühl, in eine Frauenwelt einzudringen, macht doch das Genie und den Erfolg des *Maison* aus; wenn ich Freier wäre, würde ich nichts daran ändern wollen, keine Plastikpfingstrose, keinen pflaumenblauen Organdyschleier entfernen, denn darin leben die Mädchen, ihr Blick prägt jede Rüsche, jedes Möbelstück, sie

371

sind in jedem naiven Blümchen auf jeder Tagesdecke. Denn sie sind hier, in dieser bescheidenen, schlichten Illusion zu Hause und gewähren, so scheint es fast, dem Freier die Gunst, ihn in ihrem Schlafzimmer zu empfangen. Ich würde alle Nippes mit einem zärtlichen Blick umfangen; würde diesen kleinen Verzierungen größten Wert beimessen, den kleinen Bemühungen der Frauen, die Zimmer, in denen es nur um Sex geht, hübsch und poetisch zu gestalten. Ich würde die billigen Springbrunnen ebenso in Ehren halten wie die unechten Kamine mit einem Knopf, an dem unechte Flammen und unechtes Knistern eingeschaltet werden. Die Sofas, auf die man sich nur setzt, um die Schuhe zuzubinden, aber auf denen ein kundiges Auge im abgenutzten Samt das gespenstische Lächeln der Mösen erkennt, die dort eines fernen Tages aus Leichtsinn gesessen haben.

Ich habe mich schon zu Hause geduscht, aber ich gehe brav noch einmal ins Bad, und sei es nur, um den Hahn aufzudrehen und ihr Zeit zu lassen, sich vorzubereiten. Ich sitze auf dem Badewannenrand, aufgeregt wie beim ersten Date, und stelle mir vor, wie sie die Handtücher auf dem Bett ausbreitet, überall Kondome, normale und große, bereitlegt, denn sie weiß nie, was auf sie zukommt. Ich lasse sie etwas länger als nötig warten, damit sie sich fragt, was ich treibe, und an mich denkt, genau an mich. Damit sie sich fragt, was ich für einer bin: einer, der ihn nicht hochkriegt, der tausend Jahre braucht, bis er abspritzt, oder der sein vertraglich zugesichertes Recht auf zwei Ejakulationen wahrnehmen will. Wenn ich ins Zimmer komme, liegen all diese Fragen hinter ihrer professionellen Liebenswürdigkeit in der Luft.

Ich ziehe mich nicht aus. Ich sage *Ich will keinen Sex, ich will nicht mal, dass du mich anfasst, nicht mal, dass du mich anschaust. Ich will nicht, dass du so tust, als hättest du mich gern,*

oder dass du mir irgendwas erzählst. Ich will, dass du die Augen
zumachst und das Höschen ausziehst, nur das Höschen, wenn du
eins anhast.

Sie hat keins an. Sie trägt nur einen Body, den sie zwischen den Beinen aufknöpft, dabei lacht sie heiser, ein Mädchen, das alle Lügen hinnimmt, sogar die, man sei nicht da, um Sex zu haben. Sie liegt auf dem Bett, im gelben Lichtfleck eines Sonnenstrahls, der es durch die Vorhänge geschafft hat, ein Kissen unter dem Po, damit er etwas höher liegt. Es ist egal, wie ihre Muschi aussieht, es wird nur die erste in meiner Sammlung sein; aber ich bin gerührt von ihrer Art, sie mir zu zeigen, die Beine zu spreizen. Sie tut es ohne überflüssiges Theater, so wünsche ich sie mir. Sie zeigt sie mir als Frau, die fast vergessen hat, wie sehr Gott in den Details ist, wie sehr dieser Anblick, trotz des Geldes, immer ein Geschenk bleibt.

Es ist egal, wie ihre Muschi aussieht, aber ich stelle sie mir fleischig, voll, unter dichtem Gebüsch vor. Eine Frauenmöse, eingerahmt von runden Schenkeln, wie der Einband einer Bibel. Eine Muschi, die sie als Sechzehnjährige nur verschämt, mit Skrupeln gezeigt hätte, bevor ihr Beruf sie stolz und gleichgültig machte. Mit langen Lippen in der Farbe von frischem Fleisch, wie ein tiefer Schnitt in das dichte Haar. Wenn sie die Beine spreizt, erhalten die Lippen ihre eigene Existenz, die eine unabhängig von der anderen. Eine ist zusammengefaltet, die andere liegt nach außen und enthüllt etwas von den roten und rosigen Tiefen; dass sie sich nicht um dieses hübsche Chaos schert, diese Bescheidenheit treibt mir Tränen in die Augen. Dieser vom Blick Hunderter Männer gewaschene stumme Riss in ihrer Mitte packt mich wie ein Meisterwerk, das ich allein betrachten darf. Ich liebe sogar die künstliche Feuchtigkeit, den Hauch von Gleitmittel, aufgetragen, während ich duschte, falls ich mich sofort auf sie gestürzt hätte. Ich küsse sie dort, auf diese Lüge, die die anderen Männer einfach schlucken. Sie erschauert, ohne dass ich einschätzen kann, ob der Schauer echt ist oder der Anfang ihres üblichen Programms. Und weil ich zweifle, sage ich *Ich möchte nicht, dass du mir etwas vorspielst. Ich möchte nicht, dass du zum Orgasmus kommst, natürlich würde mich das glücklich machen, aber ich will nicht das Unmögliche von dir verlangen. Wenn du kommst, ist es gut, wenn nicht, auch. Ich bin gekommen, um dich anzusehen. Du bist schön.*

Ich würde sie ansehen und mich fragen, wie viele Männer sie völlig ungerührt genommen hat und wie viele sie gerührt haben. Was nötig wäre, um sie zu rühren, welche Dosis von Gleichgültigkeit und Egoismus, welche Liebesmischung, damit sie sich einem Mann hingibt, der sie nicht bezahlt. Ich würde sie berühren, ganz sanft, die zarte Haut um ihre schlafende Klitoris. Ich würde jede Falte, jedes blaue Äderchen betrachten und mich fragen, welches wirklich zu ihrem Kopf führt. Ich würde ganz leicht auf die Haare pusten, die ihre Lippen säumen, um zu sehen, wie sich alles unmerklich zusammenzieht, wie eine Auster, die man mit Zitrone beträufelt. Ich würde sie in die Mitte dieses rosigen Geflechts von Haut und Haaren küssen. Ich würde also die Zeit, die mir gegeben ist, damit verbringen, sie aus allen Blickwinkeln zu betrachten, und auf eine Veränderung in ihrem Atemrhythmus lauern, ohne wirklich daran zu glauben. Ganz langsam würde ich jeden perlmuttweißen Dehnungsstreifen liebkosen, jede Besonderheit dieses Körper-Altars, auf dem sich jeden Tag so viele Männer ergießen und der Göttin des Erbarmens und der Gleichgültigkeit ihre Frustrationen, ihre Freuden, ihre Launen darbringen. Ich würde nicht zum Höhepunkt kommen; ich würde zum Zeichen der Hochachtung meine Erektion gegen ihren zu dicken Hintern drücken und dabei ein anderes Mädchen in einem anderen Zimmer seine Vokalisen singen hören, das Klatschen der Leiber als Metronom. Ich würde mir freundlicherweise im Badezimmer einen runterholen, das aufgedrehte Wasser als einziges Alibi, um weder mein Mädchen zu stören noch das andere, das seinen Freier verabschiedet hätte und trällernd das Zimmer aufräumen würde. Ich würde wahrscheinlich als impotent gelten. Der, der nicht fickt. Der nur kommt, um andächtig dieses Heer von braunen, blonden, rothaarigen, kahlen oder strubbligen Mösen zu küssen, der sein Herbarium mit tausend Klitoris in der raffinierten Form von Kathedralen, mit Gerüchen von Mösen und Ärschen füllen würde und von dem niemand ahnen würde, dass er sich auf der Toilette in einem hektischen Tanz seines Handgelenks erleichtert.

So, wie ich sie kenne, würden sie sich über mich lustig machen. Aber irgendwann würden sie sich meinen Vornamen merken. Sie würden von mir als einfachem, wenn auch etwas schrägem Freier reden; am Ende würden auch die Anspruchsvollsten die Reihe der Präsentation verlängern, wenn sie mich ankommen sähen. Irgendwann würde ich sie in- und auswendig kennen: welches Parfüm sie tragen, welches Make-up, was für Dessous sie mögen. Ich würde an dem fernen und begehrenswerten Atem von Mädchen, die man nicht küsst, die Zusammensetzung ihrer letzten Mahlzeit erkennen, die Dreisten, die einen Döner essen, die, die einen Kaffee trinken, und die, die in der Eile, sich vorzustellen, Kuchenkrümel im Mundwinkel vergessen haben. Ich würde nicht viel reden, ich würde nicht zu den Kunden gehören, die den Koitus durch endloses Geschwätz ersetzen – trotzdem wären sie mir vertraut. Ich würde ihre Stimmung aus den Falten ihrer Möse, an ihrer wechselnden Farbe ablesen, ihre Brüste würden mir verraten, in welchem Moment ihres Monatszyklus ich sie besuche, ich würde unter der Seife, dem Gleitmittel und dem billigen Toilettenwasser der letzten Freier den winzigen kupfernen Hauch des Blutes wahrnehmen. Ich sähe an der Form ihrer Augenbrauen, ob sie Bauchweh haben, und würde meine warmen Hände auf die Haut über dem schmerzenden Uterus legen. Ich wäre still, von reizvoller Demut. So sehr, dass es irgendwann eine geben würde, die den Ehrgeiz hätte, diesen Freier, von dem sie nicht mal weiß, ob er einen Schwanz hat, aus der Reserve zu locken. Es würde sicher eine Freche geben, die mein Schweigen reizt, eine Kühne mit gierigem Ego, die meinen Gürtel öffnen und mich zwingen würde, selbst die Augen zu schließen, die mir als Herausforderung einen blasen würde, auf allen vieren über mir, ihre Spalte wenige Zentimeter vor meinem strahlenden Gesicht liebenswert gespreizt. Irgendwann würde sich eine finden, die mein ruhiger Blick langsam erobert hätte und die sich entschließen würde, sich ein bisschen gehen zu lassen. Eine, bei der ich vergeblich versuchen würde, die obszönen Gedanken zu erraten, während ihre Klitoris aufblüht, die ich im letzten Moment zurückhalten würde, die, auf den Geschmack gekommen, vergessen würde, dass ich sie bezahle, und aufgebracht stöhnen würde, die sich nach dem Orgasmus vielleicht ein bisschen verschämt an mir reiben würde. Eine, die plötzlich Lust auf einen harten Schwanz in ihrem Bauch hätte und es nicht sagen würde. Eine, die ich plötzlich, ohne ein Wort, nehmen würde, in sie gesaugt wie in einen Mund, ich wäre anständig genug, nicht zu lange zu brauchen, damit eine Verunsicherung bleibt. Eine, die mich irgendwann *für einen Kunden ganz sexy* finden würde.

Die köstliche Keuschheit der Anfängerinnen, der Gehorsam oder die Gleichgültigkeit der Erfahrenen, die jede Falte ihres Körpers kennen und ohne einen Angstschauer, ohne jede Verlegenheit alles darbieten, wie Lastesel, deren Fell niemanden interessiert. Der ungeahnte Charme, die Mängel, die man nicht erwartet hatte, bei denen man innerlich *Schade!* seufzt, wenn man sich vorstellt, wie sie früher war. Die schlecht operierten Brüste mit breiten Narben zeugen von der Zeit, als die Chirurgen noch eine schwerere Hand hatten – dieses Mädchen hätte man nicht genommen, wenn man es gewusst hätte, aber plötzlich sind die mit größter Unbefangenheit gezeigten Details wie ein Geschenk. Der blasse Strich eines uralten Dammschnitts, den ich sanft küssen würde – die Kindermacherin, die noch die Zeit, die Güte, die Notwendigkeit findet, dem Meistbietenden ihre brave, emsige Möse darzubieten. Ich würde unter den schwarzen Strümpfen nach unrasierten Beinen suchen, unter den feuchten Achseln ihren Schweißgeruch; ich würde die undenkbarsten, vulgärsten Funde liebkosen, eine von Sperma gehärtete Strähne, die weißen Spritzer einer Aufwallung von Begeisterung in einem zehnmal aus- und wieder angezogenen Höschen, den abgeplatzten Lack der Fußnägel, die abgeknabberten Fingernägel – die oberflächliche Sauberkeit von Mädchen, die sich zwischen zwei Freiern am Bidet einen Wasserstrahl verpassen und am Abend etwas von jedem Mann mit nach Hause nehmen.

Aus den Worten, die sie mit ihren tiefen, lachenden, heiseren, erschöpften, rauen oder zärtlichen Stimmen von sich gäben, würde ich eine Geschichte bauen; ich würde ihnen eine Kindheit, eine Pubertät, eine Familie und Pläne erfinden, ein ganzes Leben, zu dem ich nicht gehöre oder nur ganz wenig. Und ich würde mich so hartnäckig in dem Viertel rumtreiben, dass ich einigen schließlich in Zivilsachen begegnen würde, nach Feierabend oder auf dem Weg zum

Dienst, und ich würde sie mit dem fast unsichtbaren Lächeln eines Freundes grüßen, der um nichts in der Welt ihr Geheimnis verraten würde. Ich würde sie in Jeans sehen, mit Tennisschuhen, eine Jacke über der Schulter, am Telefon lachend und schwatzend, wie alle Frauen, die bunte Farbtupfer in die grauen Straßen bringen. Irgendwann würde ich sie überall sehen: vor mir in der Apotheke oder im Späti, in die Lektüre eines Krimis vertieft neben mir in der U-Bahn, in jeder Fahrradamazone, die zwischen tausend anderen vorbeisaust, überall würde ich Huren sehen. Diese hier, kaum fünfundzwanzig, deren Hüften zu locker schwingen, die da mit dem zu tiefen Ausschnitt, in den die Männer schielen und der ihre schöne Gleichgültigkeit einer Bäckersfrau verrät, deren Haare immer nach Zucker riechen. Oder die da, die dem Blick der Männer standhält, die sie aus Herausforderung oder Gewohnheit im Vorübergehen streift, weil sie ihr schon lange keine Angst mehr machen.

Ich wäre der stumme Biograph dieser Priesterinnen der Träume, die alles ohne ein Wort verstehen und nur lügen, um uns eine Freude zu machen. Ich würde ihnen Gedichte in Sprachen vorlesen, die sie verstehen oder nicht und über die sie lächeln würden; ich würde ihnen die Bücher erzählen, deren Heldinnen sie sind, aus einer Zeit, als es nur Gattinnen und Huren gab. Und weil ich ein Mann wäre, könnte ich ihnen sagen, dass ich ein Buch über sie schreibe, ein Buch, in dem sie alle schön, alle heldenhaft sind, in dem die Schweinerei zum Adel wird, in dem es keine Schweinereien gibt, höchstens die, die einen aufgeilen. Ich würde ihnen in meinem wirren Deutsch eines Franzosen im Exil die anmutige Obszönität ihrer Stellung erklären, wenn sie da hocken, als wollten sie pinkeln, wenn sie ihre Pobacken festhalten, damit nichts von ihrer Spalte dem Blick entgeht, diese Tricks, damit der Mann schneller abspritzt, bei denen er Lust bekommt, sich zurückzuhalten, bis diese Welt zu Staub zerfällt. Ich würde ihnen Seiten von Miller, Calaferte und García Márquez übersetzen, weil ich selbst nichts Schöneres zustande bringen könnte. Ich würde mich natürlich verlieben, wie ein Mann, mitgerissen vom Schwung meiner eigenen Poesie. Und weil ich immer bei ihnen, in ihnen wäre, würde ich zweifellos vergessen, dass es auf dieser Welt, in jeder Straße Mädchen gibt, die man nicht bezahlt, jedenfalls nicht so, nicht so ehrlich, die man anders bezahlt, mit einer Taktik, für die ich zu faul wäre. Ich würde vielleicht zu denen gehören, die eine Hure heiraten, aus Stolz, unter tausend Schwänzen der einzige zu sein, der zählt, der, dessen Finger, obwohl sie nichts anderes tun als die anderen tausend, ihr den Atem rauben, ihre Wangen rot färben, der einzige, für den jeder Widerstand schwindet.

Ich schreibe diese Zeilen vor einem Café in der Boxhagener Straße an einem kühlen, sonnigen Nachmittag; vor mir strömt die bunte Menge der eleganten und der versifften Ecken Ostberlins vorbei, bärtige Männer mit fein frisierten Haaren, Mädchen mit rosa, blau oder grün gefärbter Mähne, Eltern mit nachlässig gekleideten Gören an der Hand, nach Bier stinkende Punks, Omas und Opas voller Tattoos, Männer und Frauen, Huren und Freier, alle durcheinander, ohne dass jemand sagen könnte, wer wer ist, wer was macht und mit wem. Gestern habe ich diese Passage angefangen, nachdem ich eine Woche lang einen krassen Durchhänger hatte, den ich nur mit einer geballten Ladung Zola bekämpfen konnte. Ich hatte Feierabend, hatte gerade im Badezimmer der Freier geduscht. Und dann sah ich mich, betrachtete ich mich plötzlich im Flurspiegel; das bestickte Handtuch um die Hüften, das Handtuch, das immer an meinem Haken hängt, an dem *Justine* steht. Inge hatte im Erdgeschoss schon das Licht und die Musik ausgemacht, ich hörte, wie sie Selbstgespräche führte, das Erledigte und das zu Erledigende auflistete, all die Verpflichtungen, die sie so bereitwillig erfüllt, ohne je eine Spur von Ärger zu zeigen.

Plötzlich packte mich die Erkenntnis, dass ich hier, in diesem Bordell zu Hause bin und dass dieses Zuhause wunderbar ist. Und ich fragte mich etwas misstrauisch, wann ich mich verändert habe, wann die Zimmer, der Geruch, die Mädchen aufgehört haben, mich einzuschüchtern, und dieses seltsame Heim geworden sind. Wann ich zum ersten Mal im Badezimmer der Männer geduscht habe, wann ich zum ersten Mal gesungen habe, ohne es zu merken, während ich ein Bett machte, wann ich mich zum ersten Mal weigerte, mich vorzustellen – wann genau ich mir hier, wie an einem vertrauten Platz, die ersten Freiheiten, die ersten Launen gegönnt habe.

Im Aufenthaltsraum versuchte ich, die Fächer an den Wänden zu zählen und die Namen zu lesen, die sie trugen; jedes hat sein Etikett und seine Extras, jedes bringt seine Stimme in den Chor ein, «*Kein Sex mit Nazis*», «*Komm Zu Mir*», «*Für das Recht auf Faulheit*», ein nackter Weihnachtsmann mit übergeschlagenen Beinen neben dem Namen von Thaïs. Die Postkarten, die sie aus dem Urlaub schicken. Und irgendwo dazwischen mein Name, Justine, mit einem Herzen anstelle des i-Punkts, wann habe ich mich hier glücklich, stolz genug gefühlt, um etwas so Dummes und Kindisches wie ein Herz zu malen? In meinem Fach lagen zwei Zeichnungen meiner Schwestern, um meine Familie ein bisschen mit dieser hier zu mischen.

Splitternackt, während die Freierseife an mir trocknete

und den Geruch verbreitete, den ich unter Tausenden erkenne, spazierte ich durch das geschlossene Bordell, eine leere Muschel, ein schlafender Jahrmarkt.

Ich dachte über die Bedeutung des Wortes *Familie* nach. Lässt es sich wirklich auf das anwenden, was uns Mädchen miteinander verbindet, kann ich die bloße Tatsache, dass wir Frauen sind, Familie nennen? Bezeichnet Familie einfach den warmen und feuchten Teil der Menschheit, der die Männer auf Trab bringt? Für mich ist die Familie ein Ort, ein Moment, eine Umgebung, in der wir mehr als irgendwo sonst lachen und reden und uns anvertrauen – wo wir die gleichen Probleme, die gleichen Siege, die gleichen Niederlagen kennen; die Familie ist ein Ort, an dem die menschliche Rasse schöner, edler und zerbrechlicher wirkt, eine Gemeinschaft sich über den Sumpf erhebt. Das ist eher ein Scheinargument, denn Familie oder Brüderlichkeit entfaltet sich unabhängig vom Kontext, in dem sie entsteht, egal, ob im Licht oder im Schatten der allgemeinen Verachtung, sobald Menschen zusammenkommen, die das gleiche Schicksal teilen. In jedem beliebigen Konglomerat von Mafiosi, Kriminellen, Elenden, in jeder Schicht der Gesellschaft, deren Moral mehr oder weniger zur Vorsicht mahnt, gibt es Momente von Liebe, Verständnis und Gemeinschaft. Und wahrscheinlich ist es ganz natürlich, dass sich dreißig Frauen, die nackt auf engem Raum leben, die durch die bloße Tatsache vereint sind, als Frauen geboren zu sein und dafür bezahlt zu werden, wie Schwestern fühlen können, wenn sie sich nicht als Feindinnen wahrnehmen. Die Familie belastet sich nicht mit Moral, höchstens die eigene; sie gedeiht in der Verfolgung des ihr eigenen Ziels, gleichgültig dafür, was die Außenwelt darüber denkt.

Ich kann nichts über edle Unterfangen sagen, die offen

um das Wohl der Gesellschaft und ihrer Verbesserung konkurrieren, ich weiß nicht, ob die Suche nach Größe die Familien zusammenschweißt, die sich dafür einsetzen. Aber zwischen dem offensichtlichen Gemeinwohl und dem unbestreitbaren Bösen gibt es diesen hellen Schatten, über den ich hier spreche. Gibt es dieses Nest voller Frauen und Mädchen, Mütter und Ehefrauen, die sich mit dem Bewusstsein trösten, mit ihren Körpern und ihrer unendlichen Geduld auch ein wenig zum Wohl der Individuen beizutragen, aus denen die Gesellschaft besteht. Unvermeidlich vergessen sie sich selbst, überwinden ihre Schwächen und verschenken für ein paar Augenblicke der Freude ihren Körper, von dem eines schönen Tages im Namen eines blinden und tauben Himmels beschlossen wurde, dass er nur einem Mann oder dem Teufel gehören darf. Ich spreche von diesen Frauen, die mit ihren zarten Fingern den illusorischen Begriff des Heiligen erschaffen und zerstören, diesen Wesen über der Frau, die wohl nur in den Mauern eines Bordells existieren. Ich spreche über sie, weil sie existieren; und wenn sie das Bordell verlassen, hinterlassen sie in dem leeren Schiff den herzzerreißenden, erschreckenden Geruch von tausend Arten unterschiedlicher Liebe, gesuchter und gefundener Zärtlichkeit, jede auf ihre Weise, den Geruch von jeden Tag erreichter und jeden Morgen neu in Angriff genommener Sättigung. Darin liegt kein Adel, wohl aber eine herzzerreißende Wahrheit, wie du sie nirgendwo sonst findest, ein Zeugnis der Verheißung von Glück und Freude – und irgendwer muss doch darüber sprechen.

DANK

Ich danke meinem Agenten Olivier Rubinstein für seine beispiellose Treue; durch seine Lektüre und sein Urteil hat er uns beide, dieses Buch und mich, gerettet. Ich hoffe, dass ich noch lange deine Freundschaft und Professionalität genießen kann.

Ich danke auch der wunderbaren Élisabeth Samama, die mit ihrem scharfen Blick eine unschätzbare Verbündete war.